식민지 국민문학론

식민지 국민문학론

윤 대 석

도서출판 역락

서 문

이 책의 제목인 '식민지 국민문학론'은 임종국 선생의 『친일문학론』에서 빌려 왔습니다. 그가 보기에는 국민문학은 이어받아야 할 것이고 식민성은 타기해야 할 것이지만, 저의 생각은 다릅니다. 오히려 식민성은 국민문학이 가진 제국주의적 성격으로부터 그것을 일탈시킨다는 것이 저의 생각입니다. 이러한 생각이 저로 하여금 1940년대 전반기 문학이 가진 모방적 성격뿐만 아니라 그 모방이 빚어내는 '차이'에 관심을 가지게 했습니다.

그 시대의 지식인들은 식민지인이었기 때문에 스스로를 제국주의의 주체로 세우고자 하는 욕망을 가질 수도 있었지만, 식민지인이었기 때문에 거꾸로 제국주의가 가지고 있던 억압성을 잘 인식할 수 있었고, 제국주의가 아닌 다른 질서를 상상할 수 있었다고 생각합니다. 그것은 현실적으로 작동하는 일본 주도의 대동아공영권이나 내선일체 가운데에서 아무런 힘도 발휘하지 못했고, 결과적으로 그것으로 흡수되어갔지만, 그들이 애초에 상상한 것은 인종이나 민족이 차이의 표지가 될 수는 있어도 차별의 표지가 될 수는 없는 사회였습니다.

이러한 진정성에 대한 몰이해는 '친일문학'을 '나태'나 '게으름', 혹은 '이기주의'의 소산으로 몰아붙이는 민족주의의 오만에 불과합니다. 그렇다고 해서 진정성이 모든 것을 합리화해줄 수는 없다는 것도 명백합니다. 그들은 일본에 대해서는 '차이'를 '차별'이 아니라 새로운 문화 창조력의 근원으로 삼고자 했지만, 중국이나 여타 민족에 대해서는 '차이'를 '차별'로 전환시켰습니다. 이러한 타자감각의 결여는 그들의 민족의식 결여보다 더욱 치명적인 자기모순을 불러왔습니다. 그들의 진정성은 이 지점에서 빛이 바랩니다.

저는 이 책에서 식민지 국민문학에 관한 객관적·역사적 평가를 시도하지 않았습니다. 단지 그것이 가진 최대한의 가능성을 이끌어내는 데 주력했을 따름입니다. 객관적이 되기에는 제가 서있는 지금, 여기라는 자리가 너무나도 불안정하기 때문입니다. 그들을 비판할 수 있는 단단한 지반을 저는 찾기가 힘들었고, 앞으로도 그러하리라 생각합니다. 이것이 제가 기존의 친일문학론에 위화감을 느끼는 이유입니다. 자신이 발 딛고 서있는 지반의 확실성이 어디에서 비롯되는가 하는 질문 없이 그것을 전제하고 있는 입장은 공허하기 그지없습니다.

한편 식민지 국민문학이 가진 최대한의 가능성을 끌어냄으로써 역설적으로 그것들을 비판할 수 있는 단단한 지반을 찾고자 했습니다. 지금, 여기의 입장에 아니라, 그것들이 가진 논리로 거꾸로 그것들을 바라보는 동시에, 지금·여기에 끊임없이 대입하는 작업을 통해 저는 제가 서야할 단단한 지반을 찾고자 했던 것입니다. 이 책은 그러한 작업의 첫걸음에 지나지 않습니다. 그 첫걸음을 굳이 '친일문학'에서 찾고자 한 것은 그것이 이 사회에서 가장 긍정하기 어려운 담론이고 또한 현실 속에 안주할 수 없는 담론이기에, 제가 서있는 곳을 끊임없이 확인하지 않을 수 없게 만들기 때문입니다.

이 책은 식민지 국민문학에 대해 그동안 써온 논문을 모아서 가필·수정·체계화한 것입니다. 각각이 모두 독립적인 논문이기 때문에 중복되는 부분도 있고, 또한 서로 모순되는 부분도 있습니다. 전체적인 맥락을 알고 싶다면 제1부 「식민지 국민문학론」을 읽는 것으로 충분할 것입니다. 특히 제1장 「식민지 국민문학론 I」은 일종의 요약문이라 할 수 있고, 「식민지 국민문학론 II」는 제가 이 테마로 논문을 쓰기 시작했을 때의 문제제기라는 성격을 가지고 있습니다. 또한 「한국에서의 포스트 콜로니얼 연구」에서는 제 나름대로 저의 공부를 위치 짓고자 했습니다. 제2부와 제3부는 '모방', '언어', '국민화', '동화·이화', '서발턴', '타자'(만주, 일본)라는 개념을 축으로 식민지 국민문학의 한 단면만을 각각 고찰한 것입니다. 겹쳐지고 갈라지는 각각의 단면들을 모아 본다면 식민지 국민문학론의 입체적 모습이 조금 드러날 것입니다. 제4부에는 서평과 해설을 실었습니다. 독백이 아니라 대화라는 점으로 보면 이것이 훨씬 더 생산적일 수 있다는 생각도 들어서 같이 실었습니다. 좀더 체계적인 논의를 필요로 한다면 박사논문인 「1940년대 '국민문학' 연구」를 읽어 주십시오.

이 책에 나오는 용어 가운데에는 지금 보기에 부적절한 말이 많습니다. '내지'라든가 '국어', '조선', '반도', 혹은 '지나', '만주'라는 말은 각각 '일본', '일본어', '한국', '한국', '중국', '동북삼성'으로 써야 옳을 것입니다. 그렇지만 후자가 전자를 대체한다면 당대의 논리가 뚜렷하게 부각되지 못하는 단점이 있습니다. 그렇기 때문에 위험을 무릅쓰고 당시의 표현을 그대로 사용했습니다. 이 점 양해해 주시기 바랍니다.

이 책이 나오기까지 많은 분들의 도움을 받았습니다. 선생님, 선배, 동료, 후배, 친구, 그리고 가족에게서 받은 학은과 사랑은 헤아릴 길이 없습니다. 그렇지만 첫 책인 만큼 돌아가신 어머니께만 헌사를 하겠습니다. 저승에서 그 선한 웃음으로 출간을 축하해주시겠지요. 어머니, 고맙습니다.

2006년 2월

윤 대 석

차 례

/제1부/ 식민지 국민문학론

/제2부/ 저항과 협력을 가로지르는 글쓰기

/제4부/ 책 읽기

제1부
식민지 국민문학론

식민지 국민문학론 I
— 1940년대 전반기 '국민문학'의 논리와 심리

1. '친일' — '친일' 비판 — 근대화

1939년 말부터 1945년 전반기에 걸쳐 조선인 문학자에 의해 전개된 문학을 보통 '친일문학' 혹은 '암흑기 문학'이라 부른다. 이 분야의 대가인 임종국에 의하면 '친일문학'이란 "주체적 조건을 몰각한 맹목적 사대주의적 일본의 예찬 추종을 내용으로 하는 문학"이며, "나아가서는 매국적 문학"이다(『친일문학론』). 즉 '친일문학'은 민족의 이익과는 관계없이, 오히려 민족의 이익에 반해서 당시 일본 군국주의 파시즘의 논리를 주체성도 없이 '앵무새처럼' 반복했다는 것이다. 그러나 이 시기에는 다른 의미에서 민족이 담론의 표면에 떠올랐으며, 집단주체로서의 조선 혹은 조선민족이 문제시되었다. 그러니까 그 이전까지 표면에 떠오르지 못했던 민족의 문제가 문학의 중요한 주제가 되었다. 이 문제는 두 가지로 나눠볼 수 있는데 첫째는 조선민족의 전체 진로가 문제시되었다는 점, 둘째는 이웃민족들과의 관계에서 대동아공영권의 주체('2등 국민'이라는 말로 표현된다)로서의 조선민족이 설정되었다는 점이다. 역설적이게도 결과적으로는 민족단위의 동원 시스템과 타민족에 대한 민족적 자부심은 내선일체와 대동아공영권론을 통해서 훨씬 강고하게 구축되어 갔다고 할 수 있다. 목적은 다르지만 문학이 민족 동원에 이바지한다는 것은 임종국의 독특한 '식민지 국민문학' 개념으로 잘 표출되어 있다.

> 그러나 이러한 과오는 과오로 하고 우리는 몇 가지 주목할 만한 점을 발견할 수 있으니 그 하나가 국가주의 문학이론을 주장했다는 사실이었다. (중략) 비록 그들이 섬긴 조국이 일본국이었지만, 문학에 국가관념을 도입했다는 사실만은 이론 자체로 볼 때 주목해야 할 점이다. (중략) 앞으로 한국의 국민정신에 입각해서, 한국의 국민생활을 선양하는, 한국의 국민문학을 수립하려는 사람들을 위해서 그들의 식민지적 국민문학은 좋은 참고자료가 될 것이다.(pp.468-470)

1940년대 전반기의 '식민지적 국민문학'이 대한민국의 '국민문학' 수립에 참고자료가 될 수 있다는 『친일문학론』의 결론을 읽다 보면 묘한 느낌이 떠오를 때가 있다. 40년대 전반기의 최재서 논문 한편을 읽고 있는 듯한 느낌이 들기도 하고, 임종국 등의 '친일' 논의를 억압했던 70년대 박정희 정권의 모습을 보고 있는 듯한 느낌이 들기도 하기 때문이다. 그렇지만 40년대 전반기의 총동원 시스템이 1970년대의 국민 총동원 운동인 '조국 근대화운동'과 유사하다는 것을 생각하면 이는 조금도 이상할 것이 없다. 그러니까 '친일'과 '친일' 비판(민족주의, 반일)과 '근대화'가 공모하고 있다는 생각이 『친일문학론』의 결론을 읽으면서 드는 묘한 느낌의 원인일 것이다. '친일'과 '친일' 비판이 동시에 반대 방향에서 일본 군국주의 파시즘의 논리를 앵무새처럼 반복하고 있었던 것이다.

그러나 이 글은 이러한 공모 관계를 폭로하기 위해 쓰인 것은 아니다 (이러한 공모관계는 파시즘이라는 개념을 축으로 이 시기 문학을 분석한 연구에서 집중적으로 추궁된다). 오히려 그러한 반복 속에 나타나는 차이에 주목하여 1940년대 전반기 '국민문학'이 가진 가능성과 한계를 따지고자 한다.

이러한 차이는 임종국이 애써 무시하고자 한 1940년대 조선의 국민문학이 가진 식민지적 성격에 대한 해명이 될 것이다. 즉 일본 제국의 담론을 앵무새처럼 반복함으로써 빚어지는 차이가 바로 조선의 '식민지'적 성격에서 유래하는 것이며 이것이 당대 문학담론을 형성하는 주요한 동력이 되었음을 지적하고자 하는 것이다. 여기서 쓰이는 '차이'와 '반복'이라는 개념은 들뢰즈 및 그의 이론을 적용한 호미 바바, 애쉬크로프트 등의 포스트콜로니얼 이론가의 개념을 염두에 두고 있긴 하지만, 엄격하게 말하면 그것과 꼭 일치하는 것은 아니다. 커다란 틀, 그러니까 '차이'는 민족이라는 동일자로 흡수되지 않는다는 점에서만 일치할 뿐이다. 이 글에서는 이러한 개념들을 느슨하게 사용해서 '반복'과 '차이'의 세 가지 양상을 살펴보고, 마지막으로 식민지 본국인이 이 '차이'에 대해 반응하는 방식을 살펴보도록 한다.

2. 반복과 차이(0) ― 뒤틀림

'국민문학'이 가장 먼저 문제시되기 시작한 것은 언어문제를 둘러싼 좌담회(「조선문화의 장래와 현재」, 『경성일보』, 38.11.29~12.7)에서부터였다. 물론 이 시기에는 '국민문학'이라는 단어가 등장하지 않지만, 조선교육령 개정 등을 통해 조선어 문제가 현안으로 떠올랐기 때문에, 언어를 다루는 문학자들로서는 누구보다 이 문제에 민감하지 않을 수 없었던 것이다. 그러나 이 문제가 표면에 떠오르기 시작한 것은 다소 우연적인 사건에 의해서였다.

장혁주가 각본을 쓰고 무라야마 도모요시(村山知義)가 연출한 신쿄(新協) 극단의 『춘향전』이 도쿄·오사카·교토 공연 후 경성 공연을 감행한 것은 1938년 10월 25,26,27일(부민관)이었다. 이를 계기로 장혁주, 무라야마, 하야시 후사오(林房雄), 아키타 우쟈크(秋田雨雀) 등이 조선 문인들과 좌담회를 가지게 되는데, 여기에서 가장 중요한 테마는 언어문제였다. 가장 조선적이라는 『춘향전』의, 일본어 각본과 일본어에 의한 상연은, 조선을 일본어로 표상(재현)할 수 있는가 하는 문제를 제기했기 때문이다. 10월 28일 부민관에서 있었던 「춘향전비판좌담회」에서의 송석하의 발언, 즉 "이번 춘향전을 보고 느낀 것은 조선인의 생활감정을 담지 않았고 또 풍속, 습관을 무시하고 있다"는 비판의 연장선상에서, 공연의 당사자인 장혁주를 제외한 조선인 문인들의 대체적인 견해는 춘향전이 고유의 예술적 분위기를 살려내지 못하고 있고 그것의 원인이 언어에 있다는 것이었다. 따라서 논의는 용어 사용 일반의 문제로 나아가 일본어로 조선의 현실을 그려내고자 하면 반드시 딜레마에 빠지게 되며 일본어로 표현할 수 없는 조선적 현실이 있음을 조선작가들은 주장했다. 그러나 반대로 일본인 작가들은 내선일체의 현실을 내세워 일본어 사용을 적극 권유했다. 이처럼 주장이 서로 엇갈리지만 『경성일보』 지상에 실려 있는 것만을 읽으면, 좌담회를 글로 정리하면서 가감이 있었음을 감안하더라도 두 견해는 그다지 격렬하게 대립되어 있는 것으로는 보이지 않는다. 그러나 문제는 그 이후에 벌어진 격렬한 논쟁에서 나타난다.

　논쟁은 두 갈래로 나뉘어 벌어지는데 하나는 『경성일보』 지상에서 벌어진 용어사용을 둘러싼 한효, 김용제, 임화의 논전이다. 한효가 조선의 현실은 조선어로만 표현할 수 있다는 민족본질주의를 주장①한데 반해 김용제는 국가적 보편성의 입장에서 일본어의 우수성을 주장②한다. 임화는 이 문제를 정치적으로 결정할 것이 아니라("언어는 국경표지가 아니다") 작가에게 가장 사용하기 쉬운 언어를 사용하면 그만이라고 함으로써 간접적으로 조선어 사용을 옹호③한다(제2부 제2장 「언어와 식민지」 참조). 이 세 갈래의 언어관은 40년대에 들어서면서 일본어를 사용하지 않을 수 없는 상황이 되면, 붓을 꺾든가①, 일본어로 내선일체를 찬양하는 글을 쓰든가②, 일본어로 어떻게든 조선의 현실을 재현하고자 하는 글을 쓰는 길(③)로 나뉘게 된다. 이 가운데 세 번째 글쓰기를 이중어 글쓰기라 부를 수 있을 것이다. 이중어 글쓰기란 단순히 일본어와 조선어 양쪽의 글쓰기를 시도하는 것을 가리키지는 않는다. 식민지 본국의 언어로 글을 쓰면서도 식민지의 기억과 현실과 언어를 글속에 새겨넣을 때에야 이중어 글쓰기라 할 수 있을 것이다.

　이 문제는 잠시 접어두고 두 번째 논쟁을 살펴보도록 하자. 두 번째 논쟁은 이 좌담회에 대한 일본인 작가 및 장혁주의 불만에서 시작된다. 이 좌담회는 다음해 1월 『문학계』에 재수록되었는데, 장혁주에 따르면 (「조선지식인에게 호소한다」) 동경문단에서 이 글을 읽은 작가들의 반응은 "조선인은 뒤틀려 있다"라는 것이었다. 이어서 장혁주는 "정의심이 없다", "질투심이 많다는 것"을 조선인의 민족성으로 들면서 이는 내선일체를 통해 해소될 수 있을 것이라고 한다.

> 　그런데 경성의 제군들은 예기치도 않게 각본에 대해 일제공격을 퍼부었다. 게다가 그 공격은 하등의 과학적 비판도 아니고, 다만 나쁘다, 좋지 않다는 말 뿐이고 그게 왜 나쁜지, 그건 이렇게 이건 그렇게 했으면 좋겠다는 말도 하지 않았다. (중략) 좌담회의 주지는 각본비판도 아니며 오로지 내선문화의 융화에 있다는 것을 충분히 알면서도 왜 그런 말을 할까 생각했기 때문이다. (중략) 이 기사(위의 좌담회-인용자)를 제삼자가 읽고 <u>뒤틀려 있다</u>고 느끼는 것은 내가 제군들의 심정을 이해할 수밖에 없었던 것과 일치하는 것이다.(강조-장혁주)

　장혁주의 이 말을 통해서 위의 좌담회가 춘향전에 대해 논의하는 자리도 아니고, 문학 언어로 조선어를 써야 좋은가 일본어를 써야 좋은가를 논의하는 자리도 아니었다는 사실이 드러났다. 위 좌담회는 순전히 '내선문화의 융화'를 위해 마련된 것, 그러니까 조선 작가가 일본어로 글을 쓰도록 강요하는 자리였다는 것을 위의 인용문으로 알 수 있다. 이 점은 장혁주 글에 대한 반박문으로 쓰여진 유진오의 글에서도 확인된다.

> 실은 나는 그 참석자 가운데 한 사람이거니와 때마침 존경하는 동경
> 문화인과 무릎을 맞대고 이야기를 나눌 수 있다길래 대단한 기쁨과 기
> 대를 가지고 만나러 갔지만, 기대와는 반대로 그 모임은 묘한 정치적
> 분위기에 젖어 오히려 이쪽이 불유쾌해질 정도였다. 그 가운데에도 조
> 선어에 관한 문제는 너무 심했다.
>
> ─「장혁주씨에게」

문학을 이야기하러 갔더니 정치적인 이야기만 들었으며 그것이 언어
사용 문제에 관한 것이었다는 것을 인용문에서 확인할 수 있다. 장혁주
의 말과 더불어 위 좌담회를 재구성하면 문학적인 이유, 그러니까 앞에
서 말한 '조선의 현실을 어떻게 재현할 것인가'라는 기준이 아니라 '내
선문화의 융화'라는 정치적 기준에 의해 일본어 사용이 강요되었으며
그 때문에 조선작가들은 불쾌감을 느꼈고, 그 불쾌감에 대해 일본인 작
가 및 장혁주는 '조선인은 뒤틀려 있다(ひねくれている)'는 느낌을 가지게
되었다. 식민지 본국인을 대변하고 있는 장혁주가 파악하는 조선인의
'뒤틀림(ひねくれ)'이 부정적인 것, 따라서 내선일체라는 '민족부흥운동'을
통해 해소되어야 할 것이라면 유진오에 있어 이러한 '뒤틀림'은 다소 다
르게 파악된다.

> 그렇다, 우리들은 뒤틀려 있다. 예를 들면 춘향전이 동경에서 호평이라
> 는 말을 들으면 솔직히 기뻐하기 전에 그것은 동경인의 엑조티즘일 거라
> 고 일단 생각해 보는 습성을 가졌다. 그렇지만 이런 것은 정치적, 문화적
> 으로 뒤져 있는 민족의 경우에는 공통적으로 나타나는 현상이 아닐까.
> 어쨌든 이민족에 대한 경우 경계와 시기심을 가지는 것은 인류에 공
> 통된 본능이며 그것이 약소민족의 경우에는 더욱더 강렬한 것이다. 이
> 것이 조선인의 성질 자체를 인상짓는 커다란 원인이 되어 있음은 의심

할 수 없다. 결국 역설 같지만 조선인의 성정의 내부에 들어가보면 밖
에서 생각하고 있는 것만큼 나쁘지는 않은 것이다.(위의 글)

유진오는 이러한 뒤틀림이 식민지의 자기보호 본능이라고 판단하고
있는 듯하다. 즉 뒤틀림의 원인은 식민지 상황에 있기 때문에 조선이
식민지인 한 조선인은 식민지 본국에서 어떠한 담론이 들어오더라도
일단 한 번 비튼다는 것("동경인의 엑조티즘일 거라고")이다. 식민지인들이
식민지 본국의 담론을 곧이곧대로 받아들이지 않고, 식민지의 맥락에서
재구성한다는 것으로 이 말을 받아들여도 좋을 것이다. 미야타 세쓰코
(宮田節子)가 『조선민중과 '황민화' 정책』에서 사례로 들고 있는 숱한 유
언비어 사건들은 조선의 식민지인들이 식민지 본국의 담론을 훌륭하게
비틀고 있음을 잘 보여준다.

이러한 유언비어는 민족주의 혹은 공산주의 세력이 만들어서 유포한
것이 아니라, 신문, 방송, 관청의 홍보 등의 공식적 네트워크와는 다른
민중의 자율적인 네트워크 속에서 탄생한, 세계를 바라보는 하나의 시
각이다. 이처럼 고유의 담론을 만들어낼 능력이 없는 식민지인들이 식
민지 본국의 담론을 식민지 현실에 조응하여 변형해낼 때 '차이'가 발생
한다. 이러한 '차이'는 유언비어 사건처럼 식민지 본국의 담론에 정면으
로 배치될 수도 있지만, 대부분의 경우는 사소한 것으로 간과되고 만다.
오히려 '차이'보다 '반복'의 쪽이 강조되는 경우도 있을 수 있다. 그러나
'반복'은 항상이라고 해도 좋을 정도로 '차이'를 발생시킨다. 식민지인들
은 식민지 본국의 담론을 반복하지만 똑같이 반복하지 않는다. 호미 바
바식으로 말하면 '갈라진 혀로 말한다'. '뒤틀림'으로까지 나아가는 이
차이는 유진오의 말처럼 "약소민족(나는 유진오가 이 부분을 '식민지인'이라
고 말하고 싶었을 거라고 생각한다)일수록 더욱 강렬하다." 그러나 이것은
화자의 의도나 주체성과는 큰 관계가 없고 무의식 속에서 이루어지는
경우가 대부분이라 할 수 있다.

3. 반복과 차이(1) − 김사량

이러한 '차이'를 언어문제와 관련하여 의도적으로 확대하려한 작가로 김사량을 들 수 있다. 다시 앞의 언어문제로 돌아가자면 이중어 글쓰기는 일본어를 통해서 조선을 재현하는 문제와 관계가 있다.

> 조선의 현실을 충실히 그리고 싶다. 어느정도 정확하게 파악할 수 있을까. 힘껏 노력해보는 수밖에. (중략)
> 써 나가면서 가장 약한 것은 언어이다. 오히려 글에서 일본어를 죽여버릴까 하고도 생각해본다.(─そのこと文章から日本語を殺さうか等さへ考へてみる) 모국어를 가나 문자로 생경한 직역으로 옮긴다면 과연 어떻게 될까.
> ─「잡음」

> 내지어(일본어─인용자)로 쓰려고 하는 많은 작가들은 작가가 의식하고 있든 아니든 상관없이 일본적인 감각과 감정으로 옮겨 가버리는 위험을 느낀다. 나아가서는 자신의 것임에도 불구하고, 엑조틱한 것에 눈이 현혹되기 쉽다. 이러한 일을 나는 실지로 조선어 창작과 일본어 창작을 함께 시도하면서 통감하는 사람 가운데 하나이다.
> ─「조선문화통신」

"조선문학은 조선어로 쓰여져야 하"지만 반드시 "일본어로 써야 할 필요가 있을" 경우에는 위와 같은 문제에 부닥친다는 것이 김사량의 판단이다. 김사량의 경우 "일본어로 써야 할 필요"는 두 가지가 있었다. 첫째는 그가 조선의 현실을 널리 알린다는 뚜렷한 목적을 가지고 있었다는 것이고, 둘째는 김사량이 문학어로서의 조선어에 익숙하지 않았다는 것이다. 이외에도 일본어가 강제된 상황도 고려할 수 있는데, 어쨌든 일본어로 조선의 현실을 재현할 경우, 일본어의 감각을 고집하면 조선의 현실이 엑조틱해지기 때문에 "조선의 현실을 충실히 재현하기 위해"

"모국어를 생경한 직역으로 옮기"거나 하는 방식으로 일본어를 비틀어서 사용할 수밖에 없다는 것이다. 위 인용문에서 말한 "일본어를 죽"인다는 말은 이를 의미하는 것일 터이다. 김사량의 소설에서 자주 나타나는 조선어 가나, 방언 사용 등은 이를 증명한다(제2부 제1장 「식민지인의 두 가지 모방양식」 참조).

김사량의 비틀기가 언어관에서만 나타나는 것은 아니다. 일본어 뒤틀기가 식민지 본국의 담론을 뒤트는 것은 그의 일본어 소설 「풀속깊이」에서 잘 나타난다. 산골 마을에서 이루어지는 '색의장려' 연설회를 묘사함으로써 시작되는 「풀속깊이」는 식민지에서의 권력 관계를 잘 그리고 있다. 소설의 배경이 되는 산골 마을은 식민지의 축소판인데, 여기서는 사용자의 언어 및 에스니시티에 따라 권력 관계가 형성되어 있다. ① 일본어를 상용하는 내지인 주임, ② 일본어와 조선어를 공유하고 있는 이중언어 사용자인 군수・코풀이 선생・박인식, ③ 조선어를 상용하는 식민지 민중인 화전민들은 ① 명령－② 명령의 중계(복종과 명령의 공유)－③ 복종의 관계를 형성하고 있다. 이러한 식민지 주민의 삼분화는 식민지 당국의 분할 통치 방식이 반영된 결과라 할 수 있지만, 동시에 이중언어 사용자의 양가성이 작용한 결과이기도 하다. 즉 군수나 코풀이 선생은 식민지 민중과의 차이를 통해 식민지 본국인과의 차이를 무화시키려 한다. 군수나 코풀이 선생은 끊임없이 일본인을 모방하려고 하지만, 그 모방이 완전할 수 없기 때문에 식민지 민중과의 차별화를 통해 모방의 불일치성을 상상적으로 해결하려고 하는 것이다. 이 때문에 식민지 속에는 또다른 식민지, 즉 내부 식민지가 형성되어 식민지 체제가 식민지 내부에서 확대/재생산된다. 식민지 지배자-식민지 피지배자의 관계가 복제되어 이중언어 사용자-조선어 사용자 사이에 지배 관계가 형성되는 것이다. 이처럼 동화-이화의 양가성을 상상적으로 해결하려는 욕망에 의해 식민지 본국의 분할 통치가 완성되는 것이다.

여기서 김사량이 주목하는 것은 사이에 놓인 존재인 이중어 사용자이다. 군수인 숙부, 화자의 중학교 은사인 코풀이 선생이 이에 해당한다. 이들은 모방을 통해 일본인에 대한 동화를 끊임없이 추구하면서 그것을 근거로 조선 민중에 대해 권력을 행사하려 한다. 이들의 모방은 안쓰럽기까지 할 정도이다. 군수인 숙부는 일본어를 모르는 아내에게까지 일본어로 이야기를 할 정도이다.

> 숙부는 한 군의 장으로서 조선어를 써서는 위신에 관계된다고 생각하기 때문에 코풀이 선생이 대신 그의 내지어를 조선어로 통역하는 것이다.

일본어를 전혀 이해하지 못하는 무지한 산민들을 모아놓고 숙부는 일본어로만 연설을 하고 그것을 코풀이 선생이 번역하는데, 그 이유는 일본어가 권력의 언어이기 때문이다. 그 뿐만 아니라, 화자인 박인식과의 대화에서는 숙부는 일본어로 박인식은 조선어로 대화를 나누는 우스꽝스런 모습을 보이기도 한다. 숙부보다 낮은 위치에 있는, 코풀이 선생의 동화에 대한 노력은 더욱 눈물겹다. 코풀이 선생은 색의장려 운동의 일환으로 산민들의 흰 옷에다 먹으로 표시를 해서 다시는 그 옷을 입지 못하도록 하는 역할을 맡고 있었는데, 그는 아내의 하나밖에 없는 흰 치마에까지 먹칠을 해댄다. 그러나 동화에 대한 그들의 처절한 노력에도 불구하고, 일본이나 일본인과의 완전한 일치는 불가능했다.

> 朝鮮人が貧(ぴん)乏になったのは白い着物を着用したがらである。<u>經</u>(げい)濟的にも時間(がん)的にも不經濟なのである。即ち白い着物は早ぐ汚れるから金が要り、洗ふのに時間が<u>ががる</u>のである。(밑줄-인용자)

위의 인용문은 군수의 일본어 연설 가운데 한 부분인데, 밑줄 친 부분처럼, 그의 일본어는 자신의 의도와는 반대로 항상 어긋난다. 그는 자신이 훌륭한 연설을 한다고 자부하고 있지만, 청음·탁음의 구분, 그의

발음 등 주로 조선인이 잘 틀리는 발음, 그래서 그 당시 집중적으로 교
정 대상이 되었던 엉터리 일본어를 구사한다. 이런 엉터리 일본어는 군
수가 조선인이기 때문에 발생하는 현상, 즉 조선어의 음운 체계가 일본
어의 음운 체계에 간섭하여 영향을 주기 때문에 발생한다. 군수의 행위
는 무의식인 것이었고, 그 때문에 자신의 연설을 자랑할 수 있었지만,
이러한 어긋남은 작가의 의해 포착될 뿐만 아니라 확대된다. 위의 인용
문에서 보듯이 작가는 그러한 차이를 일본어의 루비를 통해 표나게 적
어 두었다. 이 가운데 한자가 동일성을 나타낸다면, 옆에 부기된 루비는
차이를 나타낸다. 이러한 어긋남은 모방이라는 반복 행위가 가져온 것
이었다. 바바의 말대로 군수는 "거의 똑같지만 아주 똑같지는 않은 차
이의 주체로서", "끊임없이 미끄러지고 초과되는 차이"를 생산해 낸다.

　이러한 차이 속에서 색의장려라는 식민지 본국의 담론은 조롱되고
더럽혀진다. 권위적이어야 할 연설은 이 엉터리 일본어로 인해 더럽혀
지고 조롱된다. 그 언어가 더럽혀짐과 함께, 백의는 야만과 비문명, 그
리고 더러움과 빈곤과 불경제의 표지라는, 문명과 가치를 담지하고 있
는 식민지 본국의 담론도 더럽혀지고 조롱된다. 즉 식민지 본국의 담론
은 식민지에서 한번 더 반복되고 식민지인에 의해서 모방될 때 그것은
언어가 뒤틀려 나타나듯이 뒤틀리고 더럽혀져서 나타날 수밖에 없다.
그것은 코훌쩍이 선생의 손수건이 더러운 코를 닦아내면 낼수록 더 더
러워지는 것과 같다. 그러한 차이에 대한 인식이 화자인 박인식으로 하
여금 제국주의 언어를 상대화할 수 있도록 하였다.

　　거기에는 흰 옷을 입은 사람은 한 사람도 없고 그들의 구깃구깃한 복
　장은 몇 년이나 입고 있는 듯한 죄수복처럼 황토색이 아닌가. 게다가
　흰 옷이라고 하면, 연단 옆 의자에 단정히 앉아 있는 내무주임의 린네
　르 하복 정도였다.

제국주의의 눈은 조선인의 백의와 일본인의 린네르가 똑같이 흰색임을 알지 못한다. 아니 조선인의 옷이 흰색이기 때문에 야만적이 아니라, 조선인을 야만적이라고 생각하기 때문에 흰색으로 보이는 것이다. 차이에 주목하는 화자는 식민지 본국의 담론이 가진 허점을 꿰뚫어 봄으로써 그것을 상대화할 수도 있었다. 다음과 같은 사례는 식민지 본국이 식민지인들을 자신의 모방물로 위치 지으려는 노력이 얼마나 어긋나고 조롱되는지를 잘 보여준다.

> 불쌍한 코홀쩍이 선생은 산속 폐사에 가서, 어떻게 해서든 화전민들을 모았을지도 모른다. 그리고 혼자 기분이 좋아져 우선 그 이상한 내지어로 말하고, 그리고 또 스스로 그것을 의기양양하게 통역하던 순간, 뒤에서 그 두 사람이 덮쳐서 죽었을지도 모른다.

이것은 화자인 박인식의 추측에 불과하지만, 스스로 내지어 연설자가 되었다가 또 통역자가 되었다가 하는 것을 반복하는 행위를 통해 선생이 꿈꾸었던 것은 결국 내지어로 연설함으로써 화전민 앞에 군림하는 것이었다. 그러나 이러한 이상하고 우스꽝스러운 모방행위는 식민지 당국의 의도와 어긋나면서 조롱된다. 또한 모방으로 빚어지는 차이 때문에 선생은 자신의 의도와는 반대로 결코 일본인과 동일화될 수 없었다. 선생은 자신의 더러운 코를 평생동안 닦아야 했듯이 자신이 더럽고 빈곤하며 야만적인 조선인이라는 사실을 평생동안 닦아낼 수 없었던 것이다. 이처럼 화자는 모방이 항상 차이를 빚어낸다는 것을 과장된 상상력을 통해 드러냄으로써 식민주의를 상대화할 수 있었다.

그러나 화자 및 작가는 식민지 본국을 모방하고 자신을 그에 동일화시키려는 계층에 희망과 저항의 근거를 둔 것은 아니다. 또한 그렇다고 해서 그들을 완전히 타자로 배제한 것도 아니다. 그들을 식민주의의 희생자로 감싸면서도 그러한 동일화의 노력이 항상 어긋나는 것을 보여

줌으로써, 식민지인이 가진 양가성을 포착하고 거기에 탈식민의 근거를
두었던 것이다.

4. 반복과 차이(2) ― 최재서·김종한

김종한은 식민지 본국의 담론과는 다른, 즉 차이가 발생하는 국민문
학론을 '신지방주의'론이라 이름 붙였다. '신지방주의론'은 『국민문학』을
편집했던 최재서와 김종한의 초기의 지론이었으며 그들이 시국에 협조
할 수 있는 최소한의 자존심이기도 했다. 이들은 내선일체를 주장하면
서도 이와는 모순을 빚을 수 있는 '신지방주의'론을 주장했는데, 이것은
제국 일본에서 조선의 특수성을 부각시키는 것이었다. 조선은 일본이면
서도 홋카이도나 큐슈와는 다른 의미에서 지방이라는 것, 조선어는 일
본어의 방언인 동북지방 방언이나 규슈의 방언과는 다른 존재라는 것
을 이들은 주장한다(최재서, 「조선문학의 현단계」).

그러나 이것은 로컬 컬러(local color)로 이야기되는 지방색이나, 향토색
과는 조금 다른 것이다.

> 유(진오) : 단지 로컬 컬러를 중심으로 하여 일본문학의 장외에 서 있다
> 는 지금까지의 생각은 지금부터는 도저히 허용되지 않습니다. 지금부터는
> 단순한 로컬 컬러의 지방문학이어서는 안됩니다. 무언가 철학적인 새로움
> 과 가치를 가진 것이어야 합니다.
> ― 좌담회 「국민문학의 일년을 말한다」

로컬 컬러나 지방문학이 중앙에 종속되는 것, 즉 일본의 순수성 안에
서의 부분적 차별성으로서 소재나 제재의 문제, 나아가서는 제국주의
일본이 조선을 바라보는 엑조티즘에 그치고 있다면, 신지방주의는 중앙

에서 생산해내는 가치를 그대로 이어받는 존재가 아니라 중앙과는 다른 가치를 생산해내는 주체로서 조선 및 조선문학을 위치짓는다. 이처럼 가치를 생산해내는 조선 및 조선 문학을 상상하는 조선 지식인들에게 대동아 공영권은 자신을 주체로 세울 수 있는 적극적인 계기로 포착된다. 아직 그 모습을 드러내지 않고 형성중에 있는 대동아 공영권을 적극적인 참여로 스스로 만들어낼 수 있다는 생각은 식민지 통치의 대상에서 식민지 지배의 주체로 자신을 변신시키고 하는 욕망과 연결되어 있다. 어쨌건 이들이 상상한 대동아 공영권은 중심이 확장된 제국주의적인 것이 아니라, 중심이 없이 권력이 편제된 제국적인 형태였다.

> 지방경제와 지방문화에 대한 관심이 높아진 것도 사변 이래의 일이지만 전체주의적인 사회 기구에 있어서는 동경도 하나의 지방이라고 생각하는 것이 옳을 것입니다. 라기보담 지방이나 중앙이란 말부터 정치적 친소를 부수하야 좋지 않은 듯 합니다. 동경이나 경성이나 다같은 전체에 있어서의 한 공간적 단위에 불과할 것입니다. 그 경과의 중앙이라든가 전체라든가 하는 것은 국가란 관념적인 것이 아닐까 생각합니다.
>
> ― 김종한, 「일지의 윤리」

'신지방주의'라는 말은 김종한의 용어인데, 최재서 뿐만 아니라 당시의 조선 지식인에게 상당한 공감을 획득했다. 김종한이 말하는 '일지의 윤리'란 '대동아 공영권의 윤리' 혹은 그것의 정당성 및 원리로 해석해도 될 터인데, 여기서는 누구의 목소리가 더 크거나 두드러져 보이는 특권성은 인정되지 않는다. 김종한에 의하면 오히려 "지정학적으로 본다면 대동아의 중심은 조선"이다. 이 말은 중심이 특정한 곳에 있지 않다는 것을 주장하기 위한 전략적인 것으로도 볼 수 있고, 대동아 공영권 건설의 대상이 아니라 주체로서의 조선을 강조하려는 것으로도 볼 수 있다.

일본과 차이를 지닌 조선을 상상하는 『국민문학』 편집인들의 주장은 권력이 편제된 제국에 대한 상상을 거처, 그것을 용인할 수 없는 지금의 일본과는 다른 일본을 상상하는 것으로 이어진다. 즉 동양의 여러 민족들을 포괄하기 위해서는 일본의 질서 자체가 바뀌어야 한다는 것이다.

> 외지 문학을 포용함으로써 일본 문학의 질서는 어느 정도의 재조정을 거치지 않으면 안 된다는 것도 생각해야 한다.(최재서)

> 조선의 문단을 지방문단으로 포용하기 위해서는 일본문학의 전질서가 어느 정도까지 편제를 바꿔야 할 필요가 있는 것은 아닐까.(최재서)

최재서가 말하는 일본 문학 질서의 변용이 어느 수준에서 이루어져야 하는 것인지는 명확하지 않다. 우선 문학에만 국한되지 않는다는 것은 "이민족을 포용하면서도 일본 문화의 순수성을 지킬" 수 있는지가 관건이라고 보았다는 것에서도 볼 수 있다. 그러나 이것이 일본의 질서에 대한 근본적인 변용을 요구하는 것이라고 보기는 힘들다. 일본은 "외래 문화에 접해서 곧잘 그것을 소화하고, 또 소화함으로써 국체 관념을 점점 명징하게 해 왔기" 때문이다. 또한 순수성과 다양성의 모순도 '천황귀일'과 '팔굉일우'라는 일본 정신으로 모순없이 해소될 수 있을 것이라고 한다.

그러나 이러한 모순의 봉합(suture)도 성공적이지 못하다. 이 봉합들은 수술에서의 봉합처럼 베인 상처들을 남긴다. 그 상처들은 상징계의 위태로움을 암시한다. 임종국의 말처럼 이러한 『국민문학』의 '신지방주의'론이나 조선의 특수성에 대한 주장은 "국민문학의 이론에 불철저한 점이 있었다는" 것을 의미하고, "기실은 차마 그것까지를 버리고 일본화할 수 없었던 국민문학자들의 한 오락 남은 양심의 소치였다"고도 할 수 있다. 그러나 봉합에도 불구하고 여전히 남는 상처의 흔적들을 통해 조선 지식인들의 그린 '대동아 공영권'이나, '내선일체'가 일본인의 그것과는 다른 것은 아닌가 하는 의심을 지울 수 없다. 그런 의심은 신지방주의론에 대해 일본인 작가들이 보인 신경질적인 반응을 통해 한번더 확인할 수 있다.

5. 반복과 차이(3) — 이석훈

'내선일체'라는 말은 그 자체에 모순을 포함하고 있다. 내지와 조선이 원래 같다면 '내선일체'가 필요 없으며 그 둘이 원래 다른 것인데 하나로 만드려고 하는 것이라면 그 사이의 차이를 메울 길이 없기 때문이다. 더군다나 그 둘의 관계가 식민지 본국과 식민지라면 더욱더 그러하다. '내선일체'를 진지하게 받아들이면 받아들일수록 이러한 모순에 빠지게 되는데, 그 대표적인 경우가 이석훈이다.

> "이건 진정으로 하는 말인데, 나 일본인이 될 수 없을까?"
> "반드시 될 수 있어요. 단 일본 내지에서 상당 기간 살아야 하지요."
> "큰 일이군요. 나 돈이 없어서 내지에서 상점을 열 수 없는데."
> "그렇지만 조선에 살아도 정말 당신이 일본인이 되고 싶으면 좋은 사람이 되세요. 지금의 당신이 나쁜 사람이라는 게 아니라, 더욱더 훌륭한 사람이 되라는 의미지요."
>
> — 이석훈, 「밤」

이 인용문은 「고요한 폭풍」 3부작 가운데 2부에서 인용한 것이다. '내선일체'로의 내면적 여행이라 부를 수 있는 시국강연 여행을 떠난 박태민과 그의 친구인 러시아인이 나눈 대화이다. 당시 조선에는 국적법이 적용되지 않았고 그렇기 때문에 러시아인이 일본 국적을 취득하기 위해서는 일본 내지에서 상당기간 살아야 한다. 즉 조선에서 상당 기간 살아서는 일본인이 될 수 없는 것이다. 그렇다면 내지에서 상당기간 살지 않았던 조선인 박태민은 일본인인가 외국인인가. 일본인이면서 일본인이 아닌 존재라 하지 않을 수 없다.

법적으로 이미 그런 존재, 그러니까 2등 국민으로 위치 지어져 있는 것이다. 그러나 박태민은 이런 모순을 깨닫지 못한다. 아니 깨달았기 때문에 마지막 대사가 나오는지도 모르겠다. 법적으로 보장받지 못하더라도 일본인이 되기 위해서는 '좋은 사람', '훌륭한 사람'이 되어야 한다. '좋은 사람', '훌륭한 사람'이란 범인류적인 윤리 기준이 아니라 국민으로서의 윤리 기준을 제시한 것이다. 일본인이란 2등 국민에게 있어 도달해야할 목적지이면서도 결코 도달할 수 없는 곳이기 때문에 '좋은 사람', '훌륭한 사람'이라는 애매한 기준밖에 제시하지 못하는 것이다. 조선인 박태민은 이미 일본인이지만 일본인이 아니며 일본인이 될 수도 없고, 조선은 이미 일본이지만, 일본이 아니며 일본이 될 수도 없다는 균열과 둘 사이의 요동을 이 인용문에서 볼 수 있다. "일본인이 되려면 내지에서 살아야 한다"는 말은 순혈론에 대한 절망을, "일본인이 되려면 좋은 사람이 되어야 한다"는 말은 일본인 자체가 본질적인 규정을 결여한 것, 따라서 다가가려 하지만 끝내 닿을 수 없는 상상속의 존재가 일본인임을 보여준다. 그렇기 때문에 이석훈이 말하는 일본인으로 새로 태어난다는 '결의의 문학'은 식민지 조선인의 열등감 속에서만 실재할 수 있다고 할 수 있다.

이석훈은 이러한 모순을 해결하기 위해 녹기연맹에 가입하는 등 일본인보다 더욱 일본인다워짐으로써 일본인이 되고자 하지만, 이러한 노력은 실패로 끝난다. 「선령」은 바로 그러한 이석훈의 절망감을 잘 보여준다. 「고요한 폭풍」의 소재가 되었던, 40년 12월~41년 1월의 조선문인협회 주최 전국 강연회를 마치고 난 후 이석훈은 녹기연맹에 가입한다. 그의 표현에 따르면 녹기연맹은 "일종의 어용단체로 지금 시대에는 대단히 유리한 입장에 있다는 식으로 세상에서는 해석되고 있는" 단체이며 "쇼와(昭和)의 근왕지사(勤王志士)들이 모인" 단체이다. 조선 문인들 사이에서는 이 단체에 가입하는 것을 일종의 변절로 생각할 정도였고, 그 때문에 그는 다른 조선인들의 시기·질투·배척을 받는다. 온갖 비난을 무릅쓰면서도 이석훈이 녹기연맹에 가입한 것은 차이를 메우려는 그의 노력이 얼마나 대단한 것이었는지를 보여준다. 그러나 소설 「선령」은 그 단체에 가입했던 주인공 박태민이 그 단체를 탈퇴해 만주로 가는 것으로 끝이 난다(이 과정은 실제의 이석훈의 행적과 일치한다).

주인공 박태민이 녹기연맹을 탈퇴하는 계기는 사소한 사건에서 발단된다. 일연종 계열인 녹기연맹은 일요일이면 항상 전원이 모여 신사참배를 하는데 그 신사 참배에 늦게 도착한 박태민을 나카무라(中村)라는, 실업가이자 연맹의 간부인 일본인이 많은 사람 앞에서 모욕을 준 것이다. 그는 이 모욕을 통해 녹기연맹이 표방하고 있는 이념 전체를 회의하게 된다.

무엇을 위한 모욕일까? 이것이 규율이라는 것일까? 이것이 훈련이라는 것일까? 아무리 생각해도 그것은 결국 별 것 아닌 일이었다. 결국 그 순간에 박의 태도는 한계에 달했던 것이다. (이런 도량 좁은 늙은이가 간부 노릇하며 제멋대로 구는 단체 따위로부터 빨리 나가버려.)

큰 단체속에서 확실히 두 다리를 딛고 있어 그들 모두가 자신의 동지라는 확신이 있다면 고독하지는 않았을 터인데 그는 그것을 완전히 믿을 수 없었다.

그는 녹기연맹에 가담했던 경험을 통해 은연중에 일본인이 군림하고 있다는 것을 깨달았고, 그처럼 오만한 일본인의 태도란 우생학에 근거한 일본 민족 우월론에 그 뿌리가 있다는 것, 따라서 자신과 일본인의 차이는 결코 메울 수 없는 것을 깨달았던 것이다. 스스로를 시대의 선구자이며 가장 자각적인 내선일체론자로 믿었던 박태민(이석훈)은 혈통

적으로 이미 일본인이 자기보다 앞서 있으며 도저히 그것을 따라잡을
수 없다는 사실에 절망했음에 틀림없다. 그러한 자신의 심정을 박태민
은 예세닌의 시를 인용해 표현했고 당시의 평론가들은 혁명작가의 시
를 인용한 이석훈에 대해 유감을 표명했다. 내선일체의 모순을 보아 버
린 내선일체론자 이석훈은 그 후 더 이상 조선에 머물 수는 없었다. 그
런 그가 선택한 것은 만주행이었다. 1943년 8월의 일이다.

6. 반복과 차이(4) — 식민지 본국인 작가

  이석훈이 보여준 뒤틀림은 의도적인 것이라기보다는 식민지 본국인
이 설정한 차이에 근거한 것이라 할 수 있다. 바바에 따르면 식민지인
이 양가성을 보이는 것은 식민지 본국인이 차이를 설정하고 양가성을
보이기 때문이라고 한다. 식민지 본국인은 식민지인으로 하여금 자신을
모방하도록 하지만 결코 동일화할 수 없는 차이들을 설정해둔다고 한
다. 이 장에서는 식민지 본국인인 일본인 작가들이 어떠한 차이들을 설
정해두고 있는지를 살펴보도록 한다. 대상 작가는 가장 양심적이라는
두 작가를 골랐다. 미야자기 세이타로(宮崎清太郎)와 구보타 유키오(久保田
進男)가 그들이다.
  우선 두 작가의 직업이 교사라는 점이 주목을 끈다. 미야자키는 경성
의 사립 상업학교(대동학교), 기독교계 고보, 공립 경성 중학교를 전전하
며 국어(일본어) 및 영어 교사로 재직했고, 구보타는 함경남도 영흥군 복
흥 공립 국민학교 교장이었다. 이들의 소설이 사소설의 형태를 띠고 있
기 때문에 작가의 처지를 반영하여 소설의 화자도 대개가 교사로 설정
되어 있다. 따라서 이들 소설에서는 가르치는 자로서의 입장에서 시선
이 전개되어 있다. 교사의 시선으로 바라본다는 것은 이미 가르칠 내용
을 화자가 가지고 있음을 전제로 하는 것이다. 이러한 전제는, 그 시선

이 조선인을 향할 때에는 '내선일체', 혹은 일본 민족의 본질을 스스로
가 선험적으로 획득하고 있다는 무의식과 겹치고 있다.

「그의 형」의 배경은 반도(조선) 최초의 학도 출정식이다. 화자인 '나'
도 국민 총력 연맹의 파견으로 그 역사적 현장을 견학하고 보고하기 위
해 집결지에서부터 반도 출신의 학생들 및 그 학부형들과 동행한다. 큰
북 부대, 깃발부대를 선두로 출정하는 학생들이 줄지어 가고 그 뒤를
두루마기 입은 노인, 여학생, 소학생 등이 손에 손에 히노마루를 들고
따라간다. 중간중간에 대오를 선도하고 있는 국민복 입은 애국반 반장
・조장들이 "XXX 반자이(萬歲)"를 선창하고 그것을 사람들이 따라 외치
는 소리, 북소리, 군가, 합창 소리가 어지럽게 들린다. 그러나 화자가 보
기에 이러한 모습들은 내지에서는 흔히 볼 수 있는 모습으로 그리 신기
할 것이 없다. 그렇지만 이러한 모습이 '조선'에서 이루어지고 있다는
사실은 "역사적"이고 감격스럽기까지 하다. 따라서 조선에서의 학도 출
정의 광경은 화자에게 있어 내지와의 변별점을 중심으로 인식된다. 그
러한 차별화는 다음과 같은 형태로 드러난다.

　　반도인다운 사투리 섞인 국어로 말한다.

　　이 서장은 일찍이 신문에서 본 적이 있다. X서 서장으로 반도 출신자
　가운데 임명된 것은 이 사람이 처음으로 상당한 수재라고 한다. "지금
　이야말로 미영 격멸의 가을이고, 지금이야말로 제군들이 진정한 황국신
　민이 될 천재일우의 기회이다."

　　"이기고 돌아오겠다고 용감하게" 이러한 ·말이 지금 정·말 그들의 것
　이 되었다. (중략) 조선도 여기까지 왔다. 처음 접한 이런 장면에 나는
　감동하고 앙분하고, 나아가 나 자신도 처음으로 진정 출정하는 사람을
　보내는 마음이 되어 절실한 마음으로 서있었다.

여기서 '나'와 그들이 나누어져 있고, '나'는 그들의 바깥에서 그들을 바라보고 있다는 것을 알 수 있다. 그들은 국어(일본어)도 제대로 못하고, 그렇기 때문에 진정한 황국 신민은 아직 아니다. 그러나 그들과 동떨어진 곳에 서서 바라보고 있는 '나'는 그러한 황국 신민의 지위를 이미 혈연적으로 획득하고 있다. 그 때문에 차별화는 서로의 독자성을 말하는 것이 아니라, '나'의 우월성을 입증하는 것이 된다. 세 번째 인용에서는 그들이 나의 지위에 오른 것이 마치 감격적인 양 말하고 있지만, 오히려 내가 감격한 것은 그들이 절대로 '나'의 위치에 오를 수 없다는 것, 아무래 수재라도 '나'의 위치에 오를 수 없다는 것에 있다. 또한 그럼에도 불구하고 끊임없이 '나'를, 일본인을 모방하고 있다는 사실에 있다. '나'가 그들의 모습에 쉽게 감격하고 쉽게 실망하는 것은 그런 이유 때문이다. 그러나 이러한 차별화의 감정이 어느 순간 불쾌감으로 바뀌는 장면이 등장한다.

아주 쉽게 감격한 '나'는 아주 쉽게 그들의 모습에 실망하게 되는데 그들이 갑자기 몇 명의 출정자를 둘러싸고 '아리랑'을 부르며 윤무를 추고 있었던 것이다.

> 그들은 아직 이 정도밖에 안된다. 불손하게도 처음부터 내 마음속에 예정되어 있던 것이 우연히(안타깝게도) 형태를 띠고 나타났음에 지나지 않는 것일까. 잠깐 이런 불안과 적요함(마음이 진공관이 되어 버린 것처럼)을 느꼈지만, 나는 머리를 흔들며 예의 "역사적" "역사적"이라는 말을 제목처럼 입 속에서 웅얼거렸다.

조선인들과의 차별성 속에서 자신의 정체성을 확보하고 자신의 우월성을 확인하던 화자는 거꾸로 동화될 수 없는 그들의 이질적인 면(아리랑을 부르며 조선 춤을 추는 것)을 본 순간 불안과 적요함, 불손함을 느낀다. '나'는 그들의 이질성을 인정할 수 없다. 그것을 인정한 순간 '나'의 우월성은 사라져 버리기 때문이다. 식민지인들이 동질화를 주장할 때에는 차별화로 맞서고, 거꾸로 식민지인들이 차별화를 주장할 때에는 동질화로 맞서는 식민자의 양가 감정을 여기서도 확인할 수 있는데, 이는 '대동아 공영권론'이 가진 양면적 성격이기도 했다.

「그의 형」의 화자인 '나'는, 그처럼 실재하며 '나'를 위협하는 이질성을 상상적인 동일화를 통해 해결하려 한다. 즉 '나'가 그 이질적인 것을 받아들이는 방법은 머리를 흔들며 그러한 이질성을 망각해 버리는 것, 대신 그들에게 '역사적'이라는, '나'가 만들어낸 형상과 관념을 부여하는 것이었다. 타자와 자아의 차이에 대한 이러한 양가적 감정은 또한 이미 "내 마음속에 예정되어 있던 것"이었다. 이러한 이질적인 것과의 대면과 그에 따른 실망은 여러 번 반복되어 소설 속에 나타난다. 그러나 '나'는 그럴 때마다 '역사적'이라는 말을 되풀이하면서 자신의 모순을 은폐한다.

미야자키의 소설에서는 일본인으로서의 자아의 우월성이 조선인의 열등성을 토대로 구축되어 있으며, 그러한 시점 하에서 소설의 화자는 조선인들의 이질성을 억압하고 상상속에서 조선인의 상을 구축하고 있는데, 구보타의 「농촌으로부터」에서는 화자의 시선은 기본적으로 이것과 동일하지만 중점은 반대쪽에 놓여 있다. 이 소설에서도 마찬가지로 화자는 교사(교장)이다. 인근의 조선인들을 황국 신민으로 만들어내는 중대한 임무를 띠고 있다고 자부하는 화자는 「그의 형」의 화자와 기본적으로는 같은, 즉 자신의 선험적 우월성이라는 시선으로 조선인들을 바라보고 있다.

국민학교 교장인 '나'에게 어느날 두루마기를 입은 조선 노인이 찾아온다. 말도 통하지 않는 노인이었기 때문에 그가 데리고 온 아이의 통역을 통해서 이야기를 들어보니, 자기 손자가 내년에 여덟 살이 되는데 국민학교에 꼭 넣어달라는 청탁을 하러 온 것이었다. 국민학교에서 수용할 수 있는 인원은 적고 교육열은 높기 때문에 벌어진 현상이었다.

더군다나 그 노인은 저고리속에서 계란을 꺼내 뇌물로 주는 것이 아닌 가. 「그의 형」에서 한 걸음 더 나아가 여기서 일본인은 이처럼 시혜적 입장으로까지 높여져 있다. 그런데 한순간에 그 관계가 역전되는 사건 이 일어난다.

> 아이의 이름을 쓴 쪽지를 놔두고 드디어 그는 돌아가려고 했는데, 갑 자기 노인은 일어서서 황국신민 서사(皇國臣民誓詞)를 외치기 시작하는 것이다. 그것은 정말 갑작스런 일이라 노인을 안내했던 아이의 엄마도 나의 아내도 얼굴을 가리고 웃었고, 통역하는 아이도 웃기 시작했다. 정 말 그것은 너무 갑작스런 일이었다. 그러나 웬일인지 나는 웃을 수 없었 고, 실제로는 나도 바로 웃음이 터져나올 것 같았으나 잠깐 웃고 자세를 바로잡지 않을 수 없었으며 노인의 더듬거리는 서사를 듣고 있었다.

이 우스운 광경을 보고 모두 웃고 있는데 '나'는 웃을 수 없었다. 여 기서의 웃음은 황국신민서사로 상징되는 식민 통치의 권위가 조롱되고 있다는 것, 그것이 재현적 권위를 잃어버리고 있다는 것, 즉 모방(mimicry) 이 차이로 인해 조롱(mockery)으로 변질되고 있기 때문에 발생한다. 노인의 서사는 뇌물로 준 계란과 동일한 의미를 띠고 있는데, 그렇기 때문에, 그리고 그것이 더듬거리기 때문에 엄숙해야 할 원본과 차이를 발생시 키며 황국신민서사의 권위를 조롱하고 웃음을 자아낸다.

그러나 화자인 '나'는 "잠깐 웃고 자세를 바로잡지 않을 수 없었"다. 그것은 식민자와 식민지인의 관계가 역전되었기 때문에, 즉 가르쳐야 하는 상황에서 거꾸로 가르침을 당하는 상황에 처해졌기 때문이다. 자 신이 선취하고 있다고 간주한 일본적인 것을 식민지인인 조선인도 가 지고 있다는 것, 조선인이 완전히 일본에 동화되어 버렸다는 점에 오히 려 위기감을 느꼈기 때문이다. 이 점은 황국신민서사의 역사를 보면 이 해할 수 있는데, 황국신민서사는 조선총독부의 조선인 관리가 만들어 조선에서 먼저 사용하던 것을 일본에서 거꾸로 수입한 경우이다. "총력

전하의 식민지 조선에서 실시된 황국신민화가 조선으로부터 내지로 유
입된 것처럼, 일본민족의 본질을 도야해야 할 교육정책이 주변으로부터
중심으로 역류됨으로써" 일본인의 "본질이 새삼 자각되는 역전현상조차
일어나고 있었"(강상중, 『내셔널리즘』)던 것이다. 또한 창씨개명을 실시할
때에도 얼굴과 체격 조건이 같고, 게다가 일본어마저 완벽하게 구사하
면 내지인과 조선인을 구별할 수 없다고 하여 일본인의 반발이 만만치
않았다. 「농촌으로부터」의 화자인 '나'는 「그의 형」의 화자와는 달리 그
러한 조선인의 동질화에 위협감을 느꼈던 것이다. 일본인보다 더욱 일
본적인 조선인이 존재했으며, 이러한 존재는 오히려 일본인을 불안하게
만들었다는 말은 이러한 사실을 뒷받침해주고 있다.

7. 모순과 균열의 봉합

이상으로 '내선일체'라는 제국주의 일본의 논리와 조선인 문학자의
담론 간에 빚어지는 차이와 뒤틀림의 양상에 대해서 살펴보았다. '국민
문학' 내지 '친일문학'은 일본의 주장을 그대로 반복하여, 완전히 그것과
일치된 주장을 했다고 생각되기 쉽지만, 위에서 본 것처럼 의식적이건,
의식적이지 않건 간에 반복의 과정을 통해 틈과 차이를 발생시킨다. 그
렇기 때문에 1940년대 전반기 문학은 국민문학이긴 하지만 일본의 국
민문학과는 일치되지 않는 식민지적 국민문학인 것이고, 동일성으로 흡
수되지 않는 차이로 표현되는 그러한 식민성이 탈식민의 근거가 되는
것이다. 그러나 이러한 틈과 차이는 상상적으로 봉합될 수도 있고, 더욱
확대될 수도 있다. 그렇기에 세 부류의 문학자들의 후일담이 사실 더
중요할 수도 있다.

이러한 모순과 균열·요동의 해결 방식에는 ①상상적 봉합, ②타자
로의 전가, ③다른 동일성으로의 이탈이라는 세 가지가 있다.

상상적인 봉합(①)은 최재서에게서 볼 수 있다. 최재서의 창씨개명은 예상외로 늦다. 그 이전에도 석전경인(石田耕人)이라는 이름을 써왔지만 이는 석 경우(石耕牛)와 마찬가지로 필명에 지나지 않는 것이었다(김윤식,『한국작가의 일본어 글쓰기론』). 그가 이시다 고조(石田耕造)로 창씨개명하고 이를 고하기 위해 조선신궁을 참배한 것은 각각 1944년 1월 1일과 2일이었다.

여기서 내 자신의 체험을 말하고자 한다. 나는 작년 연말 무렵 여러 가지 자기를 처리하기 위해 깊이 결심하고 새해 아침 그 순서밟기로 창씨를 했다. 그리하여 초이튿날 아침 이를 받들어 고하기 위해 조선신궁에 참배했다. 그 앞에 깊이 머리를 드리우는 순간, 나는 청청한 대기속에 빨려 들어, 모든 의문에서 해방된 듯한 느낌이었다. 일본인이란 천황을 받드는 국민인 것이다.

— 「받드는 문학」

창씨개명을 늦게 했다는 사실, 그리고 44년 1월의 시점에서야 비로소 "천황을 받드는 국민으로서의 일본인"이 핵심이라고 생각했다는 사실은, 거꾸로 최재서가 그 이전까지 조선인은 일본인이 될 수 있는가 하는 의문을 지녔고, 내면 속에서 그것과 싸워왔음을 실토하는 것이라 할 수 있다. 주지주의자 최재서는 이러한 의문을 끝까지 논리와 지성에 의해 풀어 보려했지만(그것의 결론이 44년 이전까지는 '신지방주의'론으로 나타났다) 어떤 장벽에 부딪힐 수밖에 없었다는 것이다. 이처럼 논리에 의해 풀리지 않는 모순은 상상 속에서 해결될 수밖에 없다.

문제는 언제나 간단명료했다. 그대는 일본인이 될 자신이 있는가? 이 질문은 다시 아래와 같은 의문을 일으켰다. 일본인이란 무엇인가. 일본인이 되기 위해서는 어떻게 해야 하는가. 일본인다워지기 위해서는 조선인이라는 사실을 어떻게 처리해야 좋은가.
이러한 의문은 이미 지성적인 이해와 이론적 조작만으로는 아무 소용이 없는 최후의 장벽이었다.(위의 글)

이처럼 상상적 봉합은 비논리의 영역으로, 그러니까 자신이 그토록 비난했던 순혈주의로 귀의하는 것이다. 조선인이면서도 일본인인 이중적 입장을 버리고 오로지 스스로를 순혈 일본인으로 상상하는 것이 그것이다.

두 번째 형태는 제3자에게 그 전가하는 것(②)이다. 우선 이 제3자는 식민지 민중이 될 수 있다. 위에 나온 「풀속깊이」의 군수나 코풀이 선생이 그에 해당하는데, 식민지 민중과의 차이를 통해 식민지 본국인과의 차이를 무화시키는 방식이다. 이를 통해 식민지 민중은 식민지 속의 또다른 식민지, 즉 내부 식민지로 형성되어 식민지 체제가 식민지 내부에서 확대·재생산된다. 또다른 제3자는 다른 민족 혹은 부족인데, 조선에서는 만주 및 대동아 공영권 내의 타민족이 그 대상이었다. 조선인이 만주인을 바라보는 눈은 일본인의 그것과 일치하는데, 이것은 대동아 공영권 내에서의 2등 민족으로서 전쟁에 협력하자는 논리의 연장선상에 있다. 이는 다른 민족과의 차별화를 통해서 일본인과의 차이를 무화시키는 방식이다. 이석훈의 만주행과 만주에 대한 이상화는 이 때문에 가능하고 이는 그 당시 지식인들이 만주에 대해 가진 생각을 대변하고 있다. 그에 따르면 만주국은 "권력 대신에 도의가 지배하는" 이상국이었고 "20세기의 위대한 창조"였으며 엄청난 생산력을 지닌 "제2의 미대륙 발견"이었다(「만주이야기」). 식민화의 타자가 그러한 타자성을 또다른 식민화의 주체를 꿈꾸는 것으로 상쇄하려는 욕망을 고모리 요이치(小森陽一)는 '식민지적 무의식'이라고 부르고 있는데(『포스트콜로니얼』), 이는 자기 식민지화를 은폐하고 망각함으로써 발생하는 것이다. 이석훈은 1943년 8월 만주로 건너가 일본이 패전하고 타민족들이 해방되고 만주국이 지상에서 사라질 때까지 만주에서 살았으며 해방이후 조선으로 돌아와 다음과 같은, 타인의 고통에 대해 무지하다고밖에 할 수 없는 증언을 남기고 있다.

지금은 형용할 정신의 여유가 있어서 세기적 감격이니 하거니와, 그
때는 무지한 중국폭도의 동포 학살 선풍 속에서 얼떨떨하여 미처 바른
정신을 수습치 못하고 있었습니다.

－「고백」

그렇다면 45년 연안으로 탈출③한 김사량의 어떠할까. 그가 정열적
으로 생산해내던 차이와 뒤틀림의 문학은 과연 민족주의라는 동일자로
흡수되어갔을까? 아니면 연구자들이 말하듯이(안우식, 김재용) 애초에 그
차이는 민족주의적인 것이었을까? 여기에 대한 결론은 김사량의 생애
와 문학을 포괄적으로 검토함으로써 해결될 것이기에 다음으로 미루기
로 하고 그가 민족본질주의자에 맞서 내뱉은 다음과 같은 말을 인용함
으로써 개략적인 암시를 얻기로 하자. 그는 언어－민족을 연결시키는
이태준을 겨냥해 다음과 같은 말을 남긴다.

절망적인 구렁이에 빠졌으면서도 희망은 꼭 있다고 생각한 분들이
붓을 꺾은 후 그나마 문화인적 양심과 작가적 정열을 어디다 쓰셨는가
요? 여기에 문제는 전개된다고 생각합니다. 쉽사리 갈라놓자면 문화를
사랑하고 지키는 문학자와 또 그래도 싸우려고 한 문학자, 이 두 갈래.
그러나 일언으로 말하자면 문화인이란 최저의 저항선에서 이보퇴각, 일
보전진하면서도 싸우는 것이 임무라고 생각합니다. 무엇을 어떻게 썼느
냐가 논의될 문제이지 좀 힘들어지니까 또 옷 밥이 나오는 일도 아니니
까 쑥 들어가 팔짱을 끼고 앉았던 것이 드높은 문화인의 정신이었다고
생각하는 데는 나는 반대입니다.

－「문학자의 자기비판」

제 2 장

식민지 국민문학론 II
- 일본의 그늘

1. 동아시아의 인종지도

2002년 「한일 포럼」을 위해 한국을 다녀갔던 메이지학원 대학 교수이자 영화 평론가인 요모타 이누히코(四方田犬彦)는 20년만의 한국 장기 체제 후의 감상을 『서울의 풍경』(岩波新書, 2001) 속에 담았다. 요모타는 80년 광주를 전후하여 한국의 대학에서 일본어를 오랫동안 가르쳤던 적도 있고(그 때의 감상도 『우리들의 타자인 한국』이라는 책으로 묶였다), 한국의 문인·지식인들과도 상당히 가까운 관계를 가지고 있으며 한국 사회 분석에도 뛰어난 것으로 보아 그를 지한파라 할 수 있을 터인데, 그는 '일본의 그늘'이라는 소제목의 글에서 한일 관계가 20년 전과는 달라지고 있고 한국의 경제 성장과 일본 대중 문화의 유입으로 두 나라 간의 거리감이 차츰 사라지고 있으며, 그에 따라 한국인들이 일본인을 자신들과는 다른 존재로 경원시하는 것이 아니라 동등하고 치환가능한 사람으로 취급하는 경향이 있는 것 같다는 요지의 말을 한다. 그러다가 갑자기 그의 이야기는 한국의 인종 지도로 넘어간다. 그에 따르면 한국의 인종 지도에서는 서양인이 맨 위이고, 그 다음이 한국인·일본인, 그리고 그 아래가 중국인(재중 조선인 포함), 동남 아시아인이라는 것이다. 외국인에 대해 배타적인 한국 문화에 대한 그의 비판이 우리의 아픈 곳을 제대로 지적해 주었다는 것은 말할 것도 없다. 그런데 아이러닉한 것은, 저자 자신은 결코 의도하지 않았겠지만, 그러한 이야기가 '일본의 그늘'이라는 제목 속에 담겨져 있다는 사실이다.

한국에서 인종 지도를 그리기 시작한 것은 아마 개화기부터일 것이다.[1] '중화'와 '오랑캐'라는 관념의 분절화를 가져온 문명과 미개의 이분법적 시선이 도입되어 서양의 눈으로, 일본의 눈으로 다른 인종·민족들을 보기 시작한 것은 근대가 성립된 이후이기 때문이다. 그러나 그러한 관념이 실감으로 다가온 것은 역시 만주(정식명칭은 중국 동북삼성) 체험이 처음일 것이다.

> 그 때 이 고개는
> 밀수군 젊은이들의
> 공포의 관문이더니
> 오늘 이 고개엔
> 오색기 나부끼고
> 목도군 젊은이들의
> 노래소리가 우렁차서
> 두만강 나루터엔 다리가 걸리고
> 남쪽으로 연한 길은 넓어져……
> 이 봄도 나의 족속들이
> 무더기 무더기 이 고개를 넘으리
> 한숨도 공포도 다 흘러간 뒤
> 다만 희망의 기쁜 노래 부르며 부르며
> 무더기 무더기 이 고개를 넘으리
>
> ― 윤해영, 「오랑캐 고개」 일부

---

1) 고미숙의 『한국의 근대성, 그 기원을 찾아서』(책세상, 2001) 1장 2절 참조.

　조선인의 만주 이주는 역사가 오래 되었지만, 본격적으로는 한일합방 전후를 기점으로 대량이주가 시작되며 1932년 만주국 성립을 계기로 그 수는 급격히 늘어난다. 초기에는 정치적 망명객에서 시작하여, 일제의 수탈로 발붙일 곳 없는 유랑민이 주류였지만, 점차 일확천금을 노리는 장사군, 만주국을 이상향으로 생각했던 지식인, 조선 총독부의 집단 이주 정책에 의한 개척단이 늘어갔다. 위의 시에서 보듯이 만주국 성립 이전에는 만주가 공포의 대상이었다. 중화적 의미에서 근대적 의미로 분절화를 겪은 오랑캐라는 멸칭으로 보아 알 수 있듯이 미개인에 대한 두려움이 조선인이 만주를 바라보는 시선이었다. 조선에서 살 길이 막막해 만주로 건너갔지만, 그곳에는 이미 주인이 있었다. 그리고 그 주인들은 대량으로 몰려와 논농사를 짓기 위해 수로를 파대는 이방인들을 고운 눈으로 보지 않았다(만주인들은 논농사를 짓지 않는다고 한다). 만주에 관한 최서해의 일련의 작품들은 이러한 만주인에 대한 공포와 멸시로 가득차 있다. 최서해의 작품에서는 왜 주인공의 딸이 희생되고 아버지가 복수를 하는가. 그건 혹시 프로스페로 콤플렉스가 아닐까. 계급적인 시선을 걷어내고 최서해의 소설을 바라보면 "가부장적 식민주의자의 초상과 자신들보다 열등한 존재의 손아귀에 잡혀 (상상적인) 강간을 당하는 딸을 가진 인종 차별주의자의 자화상"[2]을 떠올리기는 어렵지 않다. 이러한 시선이 제국 일본의 시선과 자신을 동일시함으로써 발생하는 것이라는 점은 안수길의 「벼」에서 명확히 나타난다. 떼로 몰려와 논농사를 짓기 위해 수로를 만드는 이방인들을 만주인들은 그리 달갑게 보지 않았고, 그것은 중국인 관리도 마찬가지였다. 그러나 조선인들은 정착을 방해하는 만주인들의 이해를 구하거나 공존을 모색하지 않고, 일본 세력을 등에 업고 일본 영사관의 힘을 빌어 문제를 해결한다. 조선인은 법적으로 일본 국적이었던 것이다.

---

2) 프란츠 파농, 『검은 피부 하얀 가면』, 이석호 역, 인간사랑, 1998, p.131.

오족 협화를 건국 이념으로 내세운(위 시에서는 오색기라는 만주국기로 상
징된다) 만주국 건국 이후에 조선인은 낯선 이방인이 아니라 당당한 만
주국의 일원으로 살아 갈 수 있었다. 만주는 더 이상 고난의 땅이 아니
라, "희망의 기쁜 노래 부르며" 갈 수 있는 환상의 공간이 된 것이다. 그
곳에서 조선인은 일본인과 동등한 권리와 권한을 가진 '반(半)일본인'으
로 취급되어 만주인, 몽고인, 백계 러시아인보다 우월한 위치를 점했고,
그만큼 만주인에 대해 억압적인 태도를 취한 조선인도 많았다.3) 그 때
문에 일본이 패전했을 때 만주에 살았던 많은 조선인들이 만주인들의
폭력 앞에 노출되었던 건 어쩌면 당연한 일인지도 모른다. 어쨌든 만주
에서의 인종지도는 오족협화라는 이념과는 달리 '일본인/조선인/만주인,
몽고인, 백계 러시아인'이라는 권력관계로 형성되어 있었다. 요모타가
설명하는 현대 한국 사회의 인종 지도는, 서양인을 일본인으로 대체하
면 그대로 만주국, 혹은 '대동아 공영권'의 인종 지도가 되는 것이다. 아
시아의 피압박 민족들을 제국주의와의 투쟁에서 연대해야 할 자들이
아니라, 제국주의에 편승해 착취하고 이용해야 할 자들로 인식하는 것
은 만주 경험을 통해서, 혹은 일본 신민으로 지냈던 1940년대 초반기의
경험에서 나왔다고 할 수 있을 것이다(물론 항일 의용군의 존재도 있었다).
그 때문에 만주를 통치하던 관동군 장교 출신의 대통령이 민족 해방운
동을 진압하기 위해 베트남에 군대를 파견한 것도, 베트남전에 참전했던
중소기업 사장이 동남아시아 출신의 노동자들을 착취하는 것도 어쩌면
당연한 일인지도 모른다. 아직도 우리는 일본의 '그늘' 속에 있는 것이다.

2. 황국 신민이 된다는 것

제국에서의 조선의 위치라는 관념이 없이 조선인의 황민화는 생각될

3) 川村湊, 『文學から見る'滿洲'』, 吉川弘文館, 1998, pp.114-116.

수 없었다. '민족을 위해' 친일을 했다는 이광수의 말은 거짓이 아닌 것
이다. 그들에 따르면 '대동아 전쟁'에 조선민족이 얼마나 적극적으로 협
조 내지 주체적으로 참여하느냐에 따라 전쟁 후의 민족의 지위가 달라
질 것이기 때문이다. 즉 일본에 가까이 다가가면 갈수록 훌륭한 민족이
되며 내선일체를 통해 지도적 민족으로 거듭나는 것이다.[4] 조선에서 상
당수의 지식인들은 세계사적으로 민족과 국가의 권력 관계가 급격하게
변동하고 있던 1940년을 전후해서 상당수가 이러한 황민화를 선택했다.
황민화란 일본의 신민이 된다는 의미도 가지고 있지만, 국민국가의 틀
속으로 사람들이 환원된다는 것, 그럼으로써 자신의 생활로부터 뿌리가
뽑힌다는 의미도 가지고 있다. 즉 황민화는 많은 부분에서 계몽의 모습
으로 나타났던 것이다.

흔히들 대만인들은 한국인들과 공통적으로 일본 식민지의 경험을 가
지고 있지만, 그것을 받아들이는 태도가 다르다고, 즉 '친일적'이라고 말
한다. 대만인들이 쓴 글을 직접 읽은 적은 없지만, 일본 문헌[5]이나 최
근에 나온 백영서의 논문[6]에서는 그런 인식의 차이를 논제로 삼고 있
다. 물론 이 두 사람의 글에서 그러한 태도의 차이를 넘어서려는 시도
가 보이고 있긴 하지만. 시바 료타로(司馬遼太郎)의 『대만기행』(朝日文庫, 1997)
은 그것을 넘어서서 "국민당 정부 하에서 얼마나 고생했느냐"는 식의 오
만함을 보이기도 한다. 실제로 2001년 11월에 있었던 개인적인 여행에
서 대만의 '친일적' 성향을 확인할 수 있었다. 어렵게 찾아간 고산족 마
을에 '대동아 전쟁'에 '황군'으로 참여한 고산족을 위해 일본 민간 단체
가 세워준, 대만 총독 하세가와 기요시(長谷川淸) 명의의 추모비가 일장기
에 둘러싸여 있었던 것이다(입구에는 일본 신사에 반드시 세워져 있는 도리이
가 세워져 있었다). 한국에서는 상상도 못할 풍경이 대만에서는 태연히 이

---

4) 최재서, 「징병제 실시의 문화적 의의」, 『국민문학』, 42.5·6 합병호, p.8.
5) 丸川哲史, 『臺灣, ポスト·コロニアルの身體』, 靑土社, 2000.
6) 백영서, 「상상속의 차이, 구조속의 동일」, 『現代思想』, 2002.2.

루어지고 있었다.

이 차이가 왜 발생했는지에 대해서는 잘 알지 못하지만(논자들은 이런 저런 이유를 제시한다. 대표적인 것이 대만의 친일적 성향을 국민당, 즉 중국 본토와의 관계로 설명하는 것이다), 일본인들이 왜 오만한지는 잘 안다. 우리가 너희들을 근대화시켜주지 않았냐는 것, 즉 식민지 근대화론이 그것이다. 대만에서는, 둘 다 바깥에서 온 통치자인 국민당과 일본 총독부를 비교한다고 한다. 우리는 그 비교 자체가 불가능한 인식 체계 위에 서 있다. "왜정때도 이렇지는 않았다"는 채만식의 「논이야기」가 비판적인 힘을 잃지 않는 것은 그런 이유 때문이다. 경제학자나 역사학자가 아니어서 식민지 근대화론에 대해서 말할 입장은 아니지만 근대 국민국가 이데올로기에 기반해 있는 한, 성장 이데올로기에 기반해 있는 한, 일본의 식민지 근대화론을 넘어설 수 있는 논리적 근거는 희박해 보인다는 것만은 이야기할 수 있을 것이다. 40년대 초반기 조선 지식인들이 황민화를 받아들인 상당한 이유 가운데 하나가 황민화가 가진 국민화의 성격, 즉 근대적·계몽적 성격에 있었기 때문이다.

> 겨우 6개월 동안 이렇게 규율 바른 자세가 취해질 수 있을까 하고 친구들도 주의해서 덕차의 모습을 보고 있었다.
> — 안도 마스오[安東益雄], 「젊은 힘」, 『국민문학』, 42.5·6 합병호, p.172

> 징병제 실시로 반도인의 자질이 급격하게 향상되리라고 생각한다. 황군의 훈련이 엄정과 맹렬에 이르러, 세계 무비의 강력하고도 올바른 군대가 형성될 것은 온 세계가 알고 있는 바이다. 이것은 오로지 군적에 몸을 담고 있는 군인에만 국한되지 않고, 나아가서 국민 전반에 그 기풍이 파급되어 일본 국민성의 중핵을 이루게 된다. 이러한 군대에서 조선의 자제들에게 훈련이 실시된다는 것은, 비단 병역에 복역하는 장정들뿐 아니라, 사회 전반에 그와 같은 기풍이 퍼져, 마침내 반도인 전체의 자질이 향상될 것이다.(최재서, 앞의 글, pp.6~7)

전황 확대에 따른 군비 확충이 시급했던 일본 내각은 42년 5월 8일 조선에서 전면적으로 징병제를 실시하기로 결정한다. 당시 조선에서는 징병제가 큰 의미를 지니고 있었다. 조선인이 일본 국민이라는 가장 큰 징표가 병역 의무에 있었기 때문이었다. 조선의 잡지들은 모두 징병제를 주제로 특집호를 만들었다. 징병제를 실시하도록 '성은'을 내려준 천황을 찬양하고 그에 대해 감사하는 시들이 잇달았다. 그들은 징병제를 계기로 조선인이 규율 바르고 훌륭한 국민이 될 수 있을 거라고 했다. 징병제 실시와 더불어, 표면에서 활동하고 있던 조선 지식인·문학인들이 다시 한번 '황은'에 감사하지 않으면 안될 사건이 다시 발생했다. '국민학교 의무교육'을 45년부터 실시한다는 발표가 그것이었다. 일정한 나이에 다다른 모든 어린이들을 똑같은 시설에서, 똑같은 내용으로, 똑같은 형태로 교육한다는 국민교육은 미완인 채로 끝났지만, 그러한 논리의 자명성은 그 시대에 이미 마련되어 있었던 것이다.

국민 교육과 국군은 국민 형성에 필수불가결한 요소이다. 그러한 기제를 통해 국민 이데올로기를 주입받는다는 정신적인 측면에서라기보다 신체적으로 규율된다는 측면에서 그 두 가지 요건은 의미를 가진다. 안도 마스오의 소설이 군대 내부의 생활을 시간대별로 소개하고 그러한 규율적인 생활이 인간을 인간답게 만든다는 것을 역설한 것이나, 최재서가 황군의 기풍이 반도 전체로 퍼져서 반도인의 자질이 향상될 것이라는 주장은 모두 신체에 대한 통제를 찬양하는 담론으로 읽힐 수 있다. 개개인의 신체가 국가라고 하는 통제 기제의 시선에 노출되고, 그 시선을 의식하지 않을 수 없으며, 그에 따라 조직되는 상황은 국민 국가가 보편적으로 가지고 있는 특징일 것이다. 그게 일본의 군대거나 한국의 군대거나, 일본의 학교거나 한국의 학교거나 상관없이 근대적 국민국가는 모두 그런 기제를 반드시 가지고 있다.[7]

---

7) 니시카와 나가오, 『국민이라는 괴물』, 졸역, 소명, 2002 참조.

국어라는 이데올로기 또한 국민화에 필수적이다. 애초에 조선어와 조선 문화의 제한된 보존·유지를 주장했으며 조선어 사용을 긍정적인 시각에서 바라보았던, 당시 내선일체를 지향했던 조선 지식인들에게 조선어는 '고민의 씨앗'(최재서의 표현)이었다. 일단 국민화를 인정한 이상 개별적인 민족어를 인정할 수 있는 근거가 없기 때문이었다. 문학이라는 것, 혹은 문화라는 것은 개별적인 풍토와 언어로 성립되는 것이기 때문에 조선어의 특권성은 지켜져야 하지만, 그렇다면 "민족의 혼일적 융화라는 것은 어떻게 해결지어야 좋은 것인가"(「조선문학에 대한 하나의 의문」,『新潮』, 40.5)라는 모순이 발생한다. '지방 문학'으로서의 조선 문학, '지방어'로서의 조선어가 주장되지만, 이는 방편적인 것에 불과했다. 국민 국가란 모든 지방문학, 지방어의 독자적 존재성을 인정하지 않는 획일화를 의미하기 때문이다. 최재서가 만든『국민문학』은 처음에는 국어(일본어)판 연 4회, 조선어판 연 8회의 계획으로 시작되었지만, 곧 이를 폐기하고 42년 5·6월 합병호부터는 전면 국어(일본어) 사용으로 나아가지 않을 수 없었다. "민족의 혼일적 융화"를 위해서는, "국민으로 재생"하기 위해서는 이는 어쩔 수 없는 일이었다. 개별적 사회의 생활 감각(후설의 표현으로는 생활 세계)을 파괴하고 추상적인 '국어'라는 인공어 속으로 사람들을 강제로 편입시키는 시스템은 국어로서의 일본어나 국어로서의 한국어 모두 가지고 있었다.

이외에도 1940년대 초반기의 문학 담론은 국민의 건강을 통제하에 두는 각종 '위생'에 대한 담론, 국가와 가부장을 연결하는 논리 등 근대적 국민국가의 일반적 특징을 모두 가지고 있었고, 이것들은 모두 해방 이후 대한민국의 국가 담론으로서 부활한다. 40년대 초반기의 '내선일체' 사상이 일본 국민이 되는 '국민화'를 의미하기 때문에 해방 이후에는 사라졌지만, '국민화'의 기억 및 신체 조작 자체는 훌륭하게 재생되고 있음을 보여준 것은『문학속의 파시즘』(삼인, 2001)이었다. 국민문학론이 국가관념을 도입했다는 점에서는 긍정적인 점도 가지고 있었으며 서구적 개인주의 문학 비판이나 국가의식 강조 등을 한국의 국민문학 수립을 위해 취사선택하여 참고할 수 있을 것이라는 임종국의 『친일문학론』이 앞 세대의 '친일'관을 대변한다면 국민국가의 논리 자체를 재검토하는 『문학속의 파시즘』은 새로운 세대의 '친일'관을 대변하는 것이라고 할 수 있다.

3. 국민문학론의 분열과 요동

1940년대 초반기 『국민문학』을 중심으로 이루어졌던 '국민문학론' 및 그것의 핵심인 '내선일체론'은 모든 조선인들을 일본 국민으로 남김없이 흡수한 것은 아니었다. 오히려 그것은 그 자체로 모순이 가득한 담론이었다. 일본의 정책 자체가 요동하고 있었던 것은 물론이고, 거기에 대응하는 조선인들의 대응 또한 요동하고 있었던 것이다. 이러한 요동은 제국으로서의 일본과 민족으로서의 일본 사이에서 일어난다.

일본 사회(당시는 '내지'라고 불렀다) 내에서는 혼합 민족론과 순혈 민족론의 대립이 있었다.[8] 혼합 민족론은 총독부가 가진 기본적인 입장이었고 내선 동조동근론이라는 인류학에 의해 뒷받침되고 있었다. 이에 반해 순혈 민족론은 후생성의 주장이며 일본민족 위생협회에서 학문적 뒷받침을 받고 있었다. 이를 통해서 보면 내지라고 불리던 일본 사회 내에서도 일본 민족의 본질이 자명하지 못한 상태였다고 할 수 있다. 강상중에 의하면 오히려 총력전하의 식민지 조선에서 실시된 '황국신민'화가 조선으로부터 내지로 흘러 들어가는 것에서 볼 수 있듯이 '일본 민족의 본질'을 도야해야 할 교육 정책이 주변에서 중심으로 역류함으로써 본질이 새삼 자각되어간 역전현상이 일어나고 있기도 했다.[9]

---

8) 小熊英二, 『單一民族神話の起源』(新曜社, 1995) 13장 「황민화 대 우생학」 참조.
9) 姜尙中, 『ナショナリズム』, 岩波書店, 2001, p.86.

국어로서의 일본어 또한 사정은 다르지 않았다. 당시 일본에서는 표준어도 미처 확립되어 있지 않았을 뿐만 아니라, 오히려 일본어가 해외로 진출해야 하는 상황에서 표준어가 새삼스럽게 마련되어야 하는 상황이었다.10) 이런 상황에서 내지에서는 해외로 진출해야 하는 일본어와 내지에서 쓰이는 일본어를 분리해야 한다는 주장과 일치시켜야 한다는 주장이 엇갈려 있었다.11) 혼합 민족론과 순혈 민족론, 간편한 일본어와 내지 일본어의 대립·분열·요동은 제국으로서의 일본과 민족으로서의 일본의 대립·분열·요동이라고 할 것이다. 근대 일본 역사를 민족의 발견과 제국으로의 확장 및 그로 인한 민족의 재발견이라는 순환 과정으로 볼 때, 이것은 일본 근대사가 가진 근본적인 모순이라고도 볼 수 있다.

정책적으로 보았을 때 제국으로서의 일본이 통합적 성격을 가지고, 민족으로서의 일본이 배제적 성격을 가진다고 이분화해 볼 수 있는데 이것은 호미 바바가 말한 식민지 종주국이 가진 양가성과 일치한다.12) 식민지 종주국은 식민지인으로 하여금 자신을 모방하도록 권장하지만, 동시에 모방할 수 없는 차이를 항상 설정해 둔다. 창씨 개명은 조선인으로 하여금 일본인을 모방하도록 한 것이지만, 호적에는 여전히 조선적을 표기하여 차이(차별)의 여지를 남겨둔다. 또한 조선은 천황의 신민이었지만, 여전히 제국 헌법의 효력이 미치지 않았다.

"이건 진정으로 하는 말인데, 나 일본인이 될 수 없을까?"
"반드시 될 수 있어요. 단 일본 내지에서 상당 기간 살아야 하지요."
"큰 일이군요. 나 돈이 없어서 내지에서 상점을 열 수 없는데."
"그렇지만 조선에 살아도 정말 당신이 일본인이 되고 싶으면 좋은 사람이 되세요. 지금의 당신이 나쁜 사람이라는 게 아니라, 더욱더 훌륭한

---

10) 小森陽一, 『日本語の近代』(岩波書店, 2000) 제7장「표준어의 제패」참조.
11) イ ヨンスク의 『'國語'という思想』(岩波書店, 1996) 제14장「'공영권어'와 일본어의 '국제화」참조.
12) 호미 바바, 「모방과 인간에 대해」(The Location of Culture, London : Routledge, 1994)

사람이 되라는 의미지요."
— 이석훈, 「밤」, 『국민문학』, 42.5・6 합병호, p.199

위 인용문은 이석훈의 「고요한 폭풍」 3부작 가운데 2부에 나오는 백계 러시아인과 주인공 박태민의 대화에서 따온 것이다. 조선인 박태민은 이미 일본인이지만 일본인이 아니며 일본인이 될 수도 없고, 조선은 이미 일본이지만, 일본이 아니며 일본이 될 수도 없다는 균열과 둘 사이의 요동을 이 인용문에서 볼 수 있다. "일본인이 되려면 내지에서 살아야 한다"는 말은 순혈론에 대한 절망을, "일본인이 되려면 좋은 사람이 되어야 한다"는 말은 일본인 자체가 본질적인 규정을 결여한 것, 따라서 일본인은 다가가려 하지만 끝내 닿을 수 없는 상상속의 존재라는 것을 보여준다.

제국으로서의 일본과 민족으로서의 일본의 대립은 조선 문단에서는 '국민문학 그룹'과 '녹기 그룹' 사이의 대립으로 나타난다.[13] '녹기 그룹'은 잡지 『녹기』를 중심으로 결성된 황도주의자들의 집단이었고 현영섭이나 김용제, 배상하 등을 제외하면 대개 일본인이 중심이었다. 이들은 천황제의 만세일계 사상과 팔굉일우 사상을 주장하면서 40년 이후 조선문단에 군림하려 했는데, 이에 맞선 것이 최재서가 주관하는 『국민문학』을 중심으로 모인 '국민문학 그룹'이었다. 물론 이들에게 천황제의 만세일계 사상이나 대동아 공영권의 팔굉일우 사상이 결여되어 있다는 것은 아니지만, 최소한 이러한 주장과 모순을 빚는 사상이 돌출되어 있다는 점은 주목할만하다. 이 두 가지 요소의 대립・모순・요동은 집단적으로 노출되었을 뿐만 아니라, 한 집단 속에서도, 그리고 한 개인에게서도 발견된다. 이는 '국민문학 그룹의 '신지방주의론'에서, 그리고 개인적으로는 이석훈의 작품에서 확인된다.

---

13) 김윤식, 「1940년 전후 재서울 일본인의 문학 활동」, 『근대 일본과 식민지7』, 岩波書店, 1993.

'신지방주의론'은 『국민문학』을 편집했던 최재서와 김종한의 초기의
지론이었으며 그들이 시국에 협조할 수 있는 최소한의 자존심이기도
했다. 이들은 내선일체를 주장하면서도 이와는 모순을 빚을 수 있는 '신
지방주의론'을 주장했는데 이것은 제국 일본에서 조선의 특수성을 부각
시키는 것이었다. 조선은 일본이면서도 홋카이도나 큐슈와는 다른 의미
에서 지방이라는 것, 조선어는 일본어의 방언인 동북지방 방언이나 규
슈의 방언과는 다른 존재라는 것을 이들은 주장한다.14) 나아가 이들은
동경도 또한 경성과 마찬가지로 지방이며 제국으로서의 국가만이 중앙
이라는 말로 민족으로서의 일본이라는 관념이 제국 전체로 확대 적용
되는 것을 거부했다.

> 지방경제와 지방문화에 대한 관심이 높아진 것도 사변 이래의 일이지
> 만 전체주의적인 사회 기구에 있어서는 동경도 하나의 지방이라고 생각
> 하는 것이 옳을 것입니다. 라기보담 지방이나 중앙이란 말부터 정치적 친
> 소를 부수하야 좋지 않은 듯 합니다. 동경이나 경성이나 다같은 전체에
> 있어서의 한 공간적 단위에 불과할 것입니다. 그 경과의 중앙이라든가 전
> 체라든가 하는 것은 국가란 관념적인 것이 아닐까 생각합니다.
> ― 김종한, 「一技의 윤리」, 『국민문학』, 42.3, p.36

여기서 조금 더 나아가면 조선의 변용과 더불어 일본도 다수의 민족
을 포괄하기 위해서는 그 본질에서 변해야 한다는 주장으로까지 이어
진다.15) 이것을 확대 해석하면 일본이라는 민족의 본질로 전 아시아 인
민을 다스린다는 팔굉일우 사상의 부정으로까지 나아갈 수 있다. 국민
문학 그룹의 이러한 주장은 스스로가 주장하는 내선일체 사상과 모순
될 뿐만 아니라, 조선 문단 내에서 민족으로서의 일본을 강조하는 녹기
그룹과의 대립을 불러일으킨다.

---

14) 최재서, 「조선문학의 현단계」, 『국민문학』, 42.8, p.14.
15) 최재서, 위의 글, p.17.

가라시마 다케시(辛島驍) : 독창성을 추구하기 이전에 나는 앞에서도
되풀이 말했듯이 새로운 감정을 발견하는 것, 그것에 매진해야 한다고
생각한다.

데라다 에이(寺田瑛) : 단적으로 말하면 특수성이라든가 로컬 컬러, 독
자성이라고 하는 말은 있습니다만 일본 문학의 일익으로서가 아니라,
솔직히 말하면, 조선은 조선만에 폐쇄되어 있다고 할까, 조선만을 너무
깊게 파고든다는 감이 있습니다.

최재서 : 지금까지의 일본문화 그 자체가 역시 일종의 전환을 하고
있을 터입니다. 더욱 넓은 것으로 될 터입니다. 그러면 지금까지 내지적
문화에 없었던 어떤 하나의 새로운 가치가 조선문화가 전환하는 것에
의해 부가된다. 그런 것이 없으면 진정한 의미가 없다고 생각합니다.

가라시마 : 조선적인 것을 일본문학에 특별히 부가하려고 하는 의식
을 강조할 필요는 없다고 나는 생각한다. 그 점을 강조하는 것에는 어
떤 과오가 있다고 생각한다.

— 좌담, 「조선 문단의 재출발을 말한다」, 『국민문학』, 41.11, pp.77~79

이처럼 집단간에, 혹은 한 집단의 내부적 논리 속에서, 돌아가야 할 조
국이, 스스로 일치시켜야 할 국가가, 이미 완성되어 있는 것으로 상상된
민족으로서의 일본과 형성중에 있는 제국으로서의 민족으로 분열되고 대
립되고 그 둘 사이를 요동하는 것이 40년대 초반기의 문학과 사상이었다.
이 틈을 자각적으로 파고 든 것이 김사량이었다면,[16] 최재서의 경우는
'천황을 받드는 문학'으로 귀의함으로써 모순과 분열을 극복하려 한다.

4. 만주행 — 자기 분열의 치유

위에서 보았듯이 이석훈 내부에서의 분열과 대립은 「고요한 폭풍」에
이미 나타나 있지만, 자각적인 형태는 아니었다. 그가 이러한 분열과 대

---

16) 졸고, 「식민지인의 두 가지 모방 양식」, 『한국학보』, 2001년 가을호.

립을 자각하게 되는 것은 「선령」(『국민문학』, 44.5)에서이다. 최재서가 이러한 분열의 봉합 쪽으로 나아갔다면 이석훈은 이러한 분열을 회피·전가하는 형태를 취한다. 1940년 12월에서 다음 해 1월까지 계속되었던 조선문인협회 주최 전국 강연회를 마치고 난 후 이석훈은 녹기연맹에 가입한다. 그의 표현에 따르면 녹기연맹은 "일종의 어용단체로 지금 시대에는 대단히 유리한 입장에 있다는 식으로 세상에서는 해석되고 있는" 단체이며 "쇼와(昭和)의 근왕지사(勤王志士)들이 모인" 단체이다. 조선 문인들 사이에서는 이 단체에 가입하는 것을 일종의 변절로 생각할 정도였고, 그 때문에 그(이석훈과 소설의 주인공 박태민은, 작가의 말과는 달리 동일인물로 보아야 한다)는 다른 조선인들의 시기·질투·배척을 받는다. 소설 「선령」은 그 단체에 가입했던 박태민이 그 단체를 탈퇴해 만주로 가는 것으로 끝이 나는데(이 과정은 실제의 이석훈의 행적과 일치한다), 이 과정에서 분열과 요동이 나타난다.

주인공 박태민이 녹기연맹을 탈퇴하는 계기는 사소한 사건에서 발단된다. 황도주의 단체인 녹기연맹은 신도라는 종교 단체에 뿌리를 두고 있기 때문에 일요일이면 항상 전원이 모여 신사참배를 하는데 그 신사참배에 늦게 도착한 박태민을 나카무라(中村)라는, 실업가이자 연맹의 간부인 일본인이 많은 사람 앞에서 모욕을 준 것이다.

① 무엇을 위한 모욕일까? 이것이 규율이라는 것일까? 이것이 훈련이라는 것일까? 아무리 생각해도 그것은 결국 별 것 아닌 일이었다. 결국 그 순간에 박의 태도는 한계에 달했던 것이다. (이런 도량 좁은 늙은이가 간부 노릇하며 제멋대로 구는 단체 따위로부터 빨리 나가버려.)(p.98)

② 큰 단체속에서 확실히 두 다리를 딛고 있어 그들 모두가 자신의 동지라는 확신이 있다면 고독하지는 않았을 터인데 그는 그것을 완전히 믿을 수 없었다.(p.97)

①이 사건이라면 ②는 박태민의 평소 생각일 것이다. 박태민의 탈퇴 이유는 ①이 구실이고 ②가 진짜일 수도 있고, ②가 합리화이고 ①이 진짜일 수도 있다. 아니면 둘 다 동일한 사고의 범주에 속하는 일일 수도 있다. 세 번째가 가장 합당한 듯 여겨지는데 실상 박태민이 평소 가지고 있던 녹기연맹에 대한 생각은 거기에 가입해 있는 것이 스스로에 대한 기만이라는 사실이었다. 그가 한 조선인 청년이 자신의 아버지를 거역하고 녹기연맹을 섬기는 장면을 떠올리면서 자신은 결코 그럴 수가 없다는 것을 암시하는 것으로도 이는 드러난다. 그는 녹기연맹에 가담했던 경험을 통해 은연중에 일본인이 군림하고 있다는 것을 깨달았고, 그처럼 오만한 일본인의 태도란 우생학에 근거한 일본 민족 우월론에서 비롯되며, 내선 일체란 일본 민족의 본질로 조선인이 흡수되어 가는 것임을 명확하게 깨닫게 되었다. 스스로를 시대의 선구자이며 가장 자각적인 내선일체론자로 믿었던 박태민(이석훈)은 혈통적으로 이미 일본인이 자기보다 앞서 있으며 도저히 그것을 따라잡을 수 없다는 사실에 절망했음에 틀림없다. 그러한 자신의 심정을 박태민은 예세닌의 시를 인용해 표현했고 당시의 평론가들은 혁명작가의 시를 인용한 그에 대해 유감을 표명했다.

그렇다면 박태민은 최재서처럼 결코 일치시킬 수 없는 일본 민족의 본질로 계속 매진하든가, 아니면 김사량처럼 그 틈을 확대해 나가든가, 아니면 다른 제3의 길을 찾아야 했다. 박태민(이석훈)은 바로 이 제3의 길을 택한다. 이 제3의 길이란 최재서처럼 '받드는 문학'을 주장함으로써 근왕주의로 귀의하는 것도 아니고, 김사량처럼 항일 유격대에 가담하는 것도 아닌, 만주국행이었다. 43년 8월의 일이다.

그의 만주국행은 일종의 도피이면서 시국에의 적극적인 동참이기도한데, 당시의 만주에 대해서는 이미 앞에서 살펴보았기 때문에 생략하기로 하고 이석훈의 만주에 대해서만 살펴보기로 한다. 그의 만주행은 이것이 처음이 아니었다. 이미 42년 12월 26일 채만식, 이무영, 정인택,

정비석(원래 함대훈이 갈 예정이었으나 개인 사정으로 참가할 수 없었다) 등과 함께 만주국 간도성 홍보위원회의 초청으로 만주 개척촌을 시찰한 적이 있었다. 그는 신문기자 출신답게 시찰 지역마다 기사 형식의 방문기를 남기고 있으며 「북의 여행」(『국민문학』, 43.6)에서 그 체험을 소설화했다.

간도성은 조선인이 가장 많이 사는 지역이며 그렇기 때문에 항일 유격대의 활동도 가장 활발한 지역이었다. 이 지역의 치안을 확보하고 통치력을 유지시키기 위해 만주국이 만든, 자체적 방위체계를 갖춘 지역을 집단 부락, 즉 개척촌이라 불렀다. 개척촌은 철조망과 방벽으로 둘러싸여 있었고 자체적으로 경비대, 자위대를 운영하였으며 개척촌과 개척촌 사이의 통행에는 만주국이 발행한 통행증이 필요했다.17) 이석훈은 이러한 개척촌 안에서 만주를 바라보았고, 이것은 곧 일본인의 시선에서 만주를 바라보았음을 의미한다. 그러한 시점하에서만 만주에 대한 이상화가 가능해진다.

이석훈이 보기에 만주국은 "권력 대신에 도의가 지배하는" 이상국이었고 "20세기의 위대한 창조"였으며 엄청난 생산력을 지닌 "제2의 미대륙 발견"이었다.18) 만주에 대한 이석훈의 이러한 이상화는 만주국의 원주민을 배제함으로써만 가능한 인식임은 말할 것도 없지만, 더 나아가서 조선인 · 일본인의 구별이, 만주인이라는 제3자의 개입에 의해 무화되는 지점에서 가능한 인식이라 하지 않을 수 없다. 조선에서의 절망의 깊이만큼 만주 생활은 그에게 충분히 보상해주었던 것이다. 그는 만주국이 멸망할 때(45년 8월 15일)까지 만주에 머물러 있었고, 해방 이후 귀국하여 다음과 같은, 타인의 고통에 대해 무지하다고밖에 할 수 없는 증언을 남기고 있다. 그는 여전히 일본의 그늘 아래 놓여 있었고, 지금의 우리라고 해서 그리 다르지 않다.

---

17) 윤휘탁, 『일제하 '만주국' 연구』, 일조각, 1996, p.308.
18) 이석훈, 「만주 이야기」, 『신시대』, 44.5.

지금은 형용할 정신의 여유가 있어서 세기적 감격이니 하거니와, 그
때는 무지한 중국폭도의 동포 학살 선풍 속에서 얼떨떨하여 미처 바른
정신을 수습치 못하고 있었습니다.

－「고백」.『백민』, 47.1, p.45

5. 맺으며

40년대 전후의 상황을 암흑기라고 묻어온 것이 우리의 역사 인식이
었다. 이 시대를 단죄의 도구로만 이용했을 뿐, 스스로를 반성하는 거울
로 삼지 못했던 것이다. 친일은 실제 몇몇 사람에게만 그늘을 드리우고
있는 것이 아니라, 우리 전체를 옭아매고 있는 보이지 않는 굴레이다.
이 기억들을 가시화하는 작업을 통해 이 시대 역사를 온전히 복원해내
는 것은 수난의 기억과 함께 수치와 부끄러움의 기억마저 되살리는 작
업이다. 그것은 대한민국이라는 국민국가의 기원을 묻는 일이기도 하
며, 우리들의 세계 인식의 기원을 되돌아보는 일이기도 하다. '친일파
청산', '일제 잔재 청산'은 그런 점에서 의미를 가진다.

제 3 장

한국에서의 포스트콜로니얼 연구

1. '탈식민'의 파토스

70년대 번역/소개/논평되다 그 후 서고에서 잠자고 있던 프란츠 파농의 저서들이 이십 년이 지난 90년대 후반부터 다시 번역/소개/논평되기 시작했다. 누가, 왜, 그를 먼지 않은 서고로부터 불러내었는가를 묻는 일은 90년대 포스트콜로니얼 비평/이론이 어떻게 작동하고 있는지를 해명하는 열쇠가 된다. 한국에서 민족주의 경향의 제3세계론과 마르크시즘에 기반을 둔 민족해방론의 맥락에서 읽혔던 70년대의 파농은 90년대 후반에 그와는 다른 지적 맥락 속에서 부활한다. 그 맥락은 마르크스주의의 몰락과 함께 생성되어서 IMF 체제의 등장과 함께 완성된다. IMF로 초래된 일국 경제의 파탄은 일국 지(知)의 파탄을 의미하기도 했다. 존재조건이 한꺼번에 세계를 향해 열렸을 때 마르크스주의를 대신해 '저항과 해방'을 가져다줄 수 있는 이론적 무기가 필요했고, 그것이 포스트콜로니얼 비평/이론이었다. 한국의 포스트콜로니얼 비평/이론이 '탈식민주의'라 번역되는 것도, 거기에 윤리적 색채가 과다하게 칠해져 있는 것도 그 때문이다. 또한 IMF 이후 급격하게 성장하기 시작한 민족주의와 포스트콜로니얼 비평/이론이 경쟁하면서도 공존할 수 있는 것도 그 때문이다. 금모으기 운동, 붉은악마와 '탈식민주의'의 거리는 그리 멀지 않은 것이다. 90년대에 파농을 번역한 역자는 다음과 같은 묵시론적인 「역자 노트」를 남기고 있다.

> 하늘에 뜬 별을 보며 길을 찾아가는
> 새로운 신화적 판짜기의 세계 그 미래는 없다.
> 단지 "혁명"이라는 그 우울한 낱말의 의미를
> 영원히 바꿔야 할지도 모를 불안한 미래만이 있을 뿐이다.
> "혁명"은 '몸'과 '기억'에 각인된 명령어의 코드를
> 뿌리에서부터 전복하는 새로움의 한 표현이 아니라
> 그 명령어의 성과 이름만을 바꾸는 역성혁명에
> 불과한 것"이라고 말이다.[1]

한국의 포스트콜로니얼 비평/이론의 에너지원이 되는, 마르크스주의적 신화의 붕괴 이후의 '저항과 해방'의 파토스가 위의 글에서 잘 드러나 있다. 서구의 포스트구조주의 및 그것을 원용한 서구 포스트콜로니얼 비평/이론의 문제제기를 받아들이면서도 그 핵심 가운데 하나인 '반인본주의' 앞에서 주저하는 이유도 그 때문이다.

Postcolonialism을 '포스트콜로니얼리즘'이나 '포스트식민주의'가 아니라 '탈식민주의'로 번역하는 것은 이제는 상당히 정착된 관행으로 보인다. 지금 내 책상 위에 놓인 단행본 아홉 종 가운데 세 종을 제외하고는 모두 '탈식민(주의)'라는 타이틀을 가지고 있고, 연구문헌 목록[2]을 보아도 그 비율은 비슷하다. 초기의 문헌이 '포스트콜로니얼리즘' 혹은 '포스트

---

1) 프란츠 파농, 『검은 피부, 하얀 가면』, 이석호 역, 인간사랑, 1998, p.7.
2) 고부응 엮음, 『탈식민주의 : 이론과 쟁점』(문학과지성사, 2003) 부록 및 문학과비평연구회 엮음, 『탈식민의 텍스트, 저항과 해방의 담론』(이회문화사, 2003) 부록 참조.

식민주의'라는 용어를 선호했다면 현시점에 가까워질수록 '탈식민(주의)' 이라는 용어가 더욱 선호되는 경향이 있다.[3] 이러한 경향은 지금, 여기 의 연구자들이 서구의 포스트콜로니얼 비평/이론에 대해서 가지고 있는 욕망과 태도를 드러내준다.

포스트콜로니얼 비평/이론을 '탈식민주의' 혹은 '반식민주의'로, 그러 니까 식민지에서 벗어나려는 노력 혹은 "식민주의 시대가 쉽게 끝날 수 있는 것도 아니고 또한 식민주의 시대가 계속될 수밖에 없다는 사실을 절망적으로 인정하는 태도도 아닌, 식민주의에서 벗어나려는 끊임없는 노력을 강조하는 태도"[4]로 정의하는 것은 포스트콜로니얼 연구가 가진 정치적 입장을 선명하게 드러내준다는 장점이 있다. 더군다나 "전 지구 적 자본주의체제는 다국적이나 초국적의 이름표를 달면서 식민지 지배 자와 피지배자의 구분을 어렵게 만들고 서구의 포스트모더니즘은 문화 다원주의의 논리를 표방하며 문화제국주의의 헤게모니를 교묘하게 위 장하기 때문에 (신)식민주의에 대한 저항은 한층 더 세밀하고 다양한 전 략을 요구"[5]하고 그러한 새로운 식민주의 전략에 대한 유효한 저항으 로 '탈식민주의'를 배치하는 것은 포스트콜로니얼 이론/비평을, 그것이 계승/극복하고자 하는 제3세계론과의 연속성에서 이해할 수 있게 해준 다. 포스트콜로니얼 비평/이론에 대한 이러한 이해는 식민지 경험을 가 지고 있으며 여전히 세계사의 주변부에 자리잡고 있는 지금, 여기의 지 식인들이 서구 포스트콜로니얼 연구에 대해 가지는 반감과 우려의 표 시이기도 하고, 그것을 '주체적으로' 전유하려는 노력의 표시이기도 하

---

3) 하정일은 '포스트'를 '탈(脫)'로 번역한 것은 포스트콜로니얼리즘이 식민주의에 대한 새 로운 저항 담론이어야 한다는 생각이 반영된 것이라고 하고 해체론적 탈식민주의론의 수용 역시 제3세계의 탈식민화에 긍정적으로 기여할 수 있는가라는 관점에서 이루어 져야 한다고 말한다.(하정일, 「한국근대문학연구와 탈식민」, 민족문학사학회 제10회 심포지엄 자료집, 2003년 9월)

4) 고부응, 『초민족시대의 민족 정체성』, 문학과지성사, 2002, p.17.

5) 이경원, 「탈식민주의의 계보와 정체성」, 고부응 엮음, 『탈식민주의 : 이론과 쟁점』, 문 학과지성사, 2003, p.25.

다. Postcolonialism이라는 낯선 것을 지금·여기의 경험에 맞는 익숙한 것으로 이해하는 방식이 '탈식민(주의)'였던 것이다. 이러한 경험적 친근성 때문에 "탈식민역사, 탈식민문학, 탈식민문화 등의 용어가 자연스럽게 받아들여지는 상황"6)인 것이다.

그러나 그 반대로 '저항과 해방'이라는 파토스를 너무 강조하는 것은 서구의 포스트콜로니얼 비평/이론이 가진 문제의식의 날선 각을 무디게 하기도 한다. 우선 민족주의에 대한 태도에서 그것이 드러난다. 지금까지 탈식민적 저항의 이론적, 실천적 거점이었던 저항 민족주의에 대해 포스트콜로니얼 비평/이론이 취하는 입장은 다양하지만, 그것이 가진 이론적 참신함은 상당 부분 제3세계 민족주의의 재검토 혹은 민족주의의 탈식민적 저항에 있어서의 특권적 지위의 거부와 저항축의 다양화에 있다고 할 수 있다. 그러나 식민지/식민주의에 대한 '효율적' 저항을 염두에 둔다면 아무런 비판 없이 언제든지 민족주의로 회귀할 수 있는 가능성을 배제할 수 없다.

두번째로 식민주의에 대한 '저항'으로 '탈식민주의'를 위치시킬 때 다른 저항 담론과 마찬가지로 저항과 해방을 실체화, 본질화시킬 가능성이 있다. 이를 잘 보여주는 것이 문학과비평연구회가 공동연구의 성과를 모은 『탈식민의 텍스트, 저항과 해방의 담론』이다. 제목에서 알 수 있듯이 이 연구 그룹은 '저항과 해방의 담론'으로 포스트콜로니얼 비평/이론을 받아들인다. 그리고 그러한 욕망하에서 저항과 해방을 실체화, 본질화시킴으로써 저항과 해방의 거점을 마련하고자 한다. 오창은은 임화와 파농을 겹쳐 읽는다고 하지만, 파농의 눈을 절대화시켜 그를 통해서 임화의 한계를 드러낸다.

선취된 주체에 의해 구조화된 '지식의 식민성'을 지닐 수밖에 없었던

---

6) 고부응, 같은 책, p.24. 고부응이 한 말의 맥락은 필자가 인용한 것과 차이가 있음을 밝혀둔다.

임화는 한계를 지닌다. 이는 임화의 한계가 아닌, 식민지 마르크스주의 지식인이라는 환경의 힘이 강제한 한계이자, 아시아적 식민지 조선(에-인용자) 특수한 비극일 수 있다. 타자로서 자신을 객관화시킬 수 없었던 '아시아적 식민지 조선'의 지식인 되기는 이렇듯 험난했던 것으로 보인다.[7)

이 연구 그룹의 대표자는 「책머리에」에서 "탈식민주의 문학은 기본적으로 획일주의적인 시각을 거부하는 소통지향형의 문학이다. 그것은 탈식민주의 문학이 각국의 다원적 차이를 우열의 시각이 아닌 공존의 시각에서 바라보고 있음을 의미한다"(p.5)고 파악하고 있지만, 그것과는 모순되게도 "식민성이 근대문학에 있어서 파행적으로 작용했다는 사실에 주목"하고 "식민지 시기에 일본을 통해 왜곡된 근대성을 추구했던 한국"(p.3)에 초점을 맞춤으로써 자신들이 우려했던 '우열의 시각'으로 되돌아간다. 이러한 모순은 식민지 상황에 대한 저항이라는 윤리적 요구로 인해 '탈식민지=온전한 근대=진정한 해방'이라는 이념형을 설정함으로써 발생한다. 저항을 강조하면 할수록 저항의 축을 고정시키려는 유혹에서 벗어나기 힘들다고 할 수 있다.

세번째는 포스트콜로니얼 비평/이론을 '식민지/주의로부터 벗어나기'로 해석함으로써 그것을 기술적인 의미에서의 통치권의 이행으로 고정시키고 내부의 차이와 분열을 무시할 우려가 있다. '식민지로부터 벗어나기'와 '식민 상태로부터 벗어나기'는 서로 연관되어 있지만 그 둘이 일치하는 것도 아니고 후자가 전자에 종속되어 있는 것도 아니다. 포스트콜로니얼 비평/이론은 "역사상 있었던 서구 제국의 식민지 지배(일본 제국의 식민지 지배도 포함-인용자)에만 관심을 제한하는 것도 아니다. 식민적 상황은 한 국가나 민족 내에서도 생"[8)기는 것이다. 그러나 역사적 식민지 지배와 피식민지 내부의 또다른 식민적 상황이 따로 있는 것이

---

7) 오창은, 「'자생성'과 '종속성'의 경계, 그리고 지식의 '탈식민적 가능성'」, 문학과비평연구회, 『탈식민의 텍스트, 저항과 해방의 담론』, 이회문화사, 2003, pp.92~93.
8) 고부응, 같은 책, p.23.

아니고 그 둘이 겹쳐지고 있다. 그렇기 때문에 일반적인 권력 개념으로 그 둘을 동일시할 수 있는 것도 아니고, 식민지 여성 노동자는 계급, 인종, 젠더의 면에서 삼중의 억압을 받고 있다는 식으로 그것을 억압의 강도로 표시할 수 있는 것도 아니다. 계급, 인종, 젠더는 흔히 하는 말로 중층적 관계를 가지고 있고 최종심급에서의 결정적 요소는 고정되어 있지 않다. 어쨌든 '식민지/주의로부터 벗어나기'로서 '탈식민'을 설정하는 것은 역사적 의미의 식민지 지배로 환원될 가능성이 높고 그럼으로써 '일본/미국으로부터 벗어나기'로 고정될 수 있다는 단점이 있다.

서구 세계에서 '제국주의'나 '식민주의' 같은, 마음을 불편하게 하는 용어가 회피되고 일본에서도 '탈식민주의'보다 '포스트콜로니얼리즘'이 선호되듯 한국에서는 정체불명의 외래어보다 '탈식민'이라는 친근하고 마음 포근한 용어가 우위를 점하는 것이라 볼 수 있다. 그러나 위에서 보았듯이 '식민지/주의에서 벗어나기'라는 '저항과 해방'의 파토스로 가득 찬 '탈식민/주의'에는 '식민지/주의'를 '역사적 식민지/주의'로, '저항'을 '주권의 이행'으로 고정시키고자 하는 욕망이 어느 정도 작동하고 있다고 볼 수 있다. "불가피한 물질적 조건에 대한 담론적 저항의 가능성과 필요성"(p.30)에서 '탈식민주의'라는 용어를 선호하는 이경원이 "본질론적 오류에 빠진 토착주의자의 자기 합리화"(p.58)를 경계하면서도 "민족이라는 이론적 허구가 적어도 현시점에서는 서구 문화제국주의에 저항할 수 있는 가장 효과적인 전략"(p.57)이라고 보는 것도 그 때문이다.

2. 민족주의 / 식민주의

포스트콜로니얼 비평/이론이 '탈식민' 전략하에서 제3세계 민족주의로부터 해방적 파토스를 이어받고 있지만 이론적인 면에서 이것과 서로 끊임없는 경쟁관계에 놓여 있다면, 개별적인 쟁점을 두고 대립하는 것은 당연하다. 그 가운데에서 한국사회에서 가장 큰 대립은 '친일' 문제와 민족주의 문제에서 발생한다.

고부응은 영문학의 포스트콜로니얼 이론을 바탕으로 한국의 민족주의를 비판하는 흥미로운 시도를 하고 있다.[9] 그는 차터지의 앤더슨 비판에 기대어 인도 민족주의 성립과 한반도의 민족주의 성립에 대해 논하지만, 그에게 차터지의 문제의식은 사라지고 없다. 차터지는 앤더슨이 2차대전 후에 독립된 제3세계의 민족주의를 아메리카 대륙의 크레올 내셔널리즘과 유럽의 공식 민족주의의 파생 담론(모듈)으로 위치짓는 것에 대해 비판한다. "만약 유럽과 양 아메리카 대륙에서 만들어진 모듈(module)을 차용해서만 세계의 다른 장소에서의 민족주의가 자신의 상상의 공동체를 만들 수 있었다고 한다면 도대체 상상해야 할 무엇이 남아 있다는 것인가."[10] 따라서 차터지는 인도 민족주의를 서구 민족주의와 차이짓기 위해 모방과 저항인 정치적 활동으로서의 민족주의와 피식민자가 차이와 자립을 확립하는 데 도움이 되는 문화적 구축물로서의 민족주의를 구분한다. 차터지가 인도의 자율적 문화를 구제하고자 했다면 고부응은 그것마저도 제국주의에 저항하는 과정에서 나온 "반작용의 결과물"(p.125)로 본다. 그는 식민지 시대에는 저항과 모방을 통해서, 식민지 이후에는 교육, 전쟁 등의 국가기제를 통해 한민족이라는 정체성이 형성되어왔다고 하여 공식 민족주의가 주장하듯이 그것이 원래부터 존재했다는 수사를 거부한다. 그는 '저항'이라는 요소를 도입하지만, 차터지와는 달리 서구 민족주의와 한국 민족주의의 차별성에는 주목하지 않는다. 그가 보기에는 서구 민족주의와 한국 민족주의는 구성물이라는 점에서도 다를 바가 없고, 동질적 내부를 만들기 위해 폭력을 행사하는 점에서도 일치한다.

---

9) 고부응, 같은 책, 제2부 참조.

10) P. Chatterjee, *The Nations and Its Fragments : Colonial and Postcolonial Histories*, Princeton, PUP, 1993, p.5.

저항 민족주의가 서구의 민족주의(제국주의/식민주의)와 대칭적인 위치에 있지만 식민 담론 속으로 회수된다는 비판은 친일파 논의에서도 제기되고 있다.11) 이를테면 『친일문학론』을 통해 친일파 비판을 했던 임종국은 국민문학 자체는 긍정함으로써 결국 일본 식민주의와 공모했다는 것이다.12) 사실 임종국이 친일문학에 대해서 긍정하고 있는 세 가지, 즉 국가 관념, 동양에의 복귀, 서구 자유주의에 대한 비판13)은 당시 일본의 대동아공영권론의 핵심에 해당한다. 그는 '비주체적인 친일파'(사대주의)14)에 대해서는 비판의 시선을 보내고 있지만 그를 통해서 결과적으로 전쟁을 일으키고 식민지인들을 동원한 '주체적인 제국주의자'(식민주의자)에게는 면죄부를 주고 있는 것이다.

저항 민족주의와 식민주의가 공모하고 있음은 '식민지 근대화' 논쟁에서도 드러난다.15) '식민지 근대화론'은 "조선인에 있어서의 일본인의 역할은 압제자임과 동시에 사회경제 변화의 추진자이기도 했다"16)는 에커트의 말에 잘 드러나듯이 한국의 근대화의 기원을 식민주의에서 찾는 논리이다. 에커트는 경성방직의 방대한 자료를 바탕으로 김성수 일가의 사업이 식민지 권력과의 공생을 통해 발전, 확대되었음을 실증하고 이것이 해방 이후의 한국의 경제 성장의 원동력이 되었다고 주장한다. 에커트 자신은 식민주의에 대해 긍정하지 않으나 이러한 논리는 결과적으로 식민지 긍정 및 친일파 옹호의 논리로 이어진다. 복거일이 '기구가설'을 동원해 식민지 사회기구가 독립된 국가의 효율과 발전에

---

11) 강상희, 「친일문학론의 인식구조」, 『한국근대문학연구』, 태학사, 2003, pp.44~45.
12) 하정일, 같은 글 참조.
13) 임종국, 『친일문학론』, 평화출판사, 1966, pp.468~469.
14) 그는 식민지인의 자발성을 인정하지 않는다. 이에 비해서 최근의 친일문학 비판은 '식민지인의 자발성'을 '친일'의 주요 요건으로 삼고 있다.(김재용, 「전도된 오리엔탈리즘으로서의 친일문학」, 『실천문학』 2002년 여름호 참조).
15) 식민지 근대화 논쟁에 대해서는 배성준의 「'식민지 근대화' 논쟁의 한계 지점에 서서」(『당대비평』 2000년 겨울호)를 참조했다.
16) エッカト, 『日本帝國の申し子』, 草思社, 2004, p.28.(원저는 C. J. Eckert, *Offspring of Empire*, Seatle, the University of Washington, 1991.)

영향을 미친다는 사실을 입증하는 것[17]도 이 연장선상에 있다. 배성준은 이러한 식민지 근대화론과 그 대칭적 위치에 있는 식민지 수탈론이 공통적으로 민족주의와 근대화라는 기반을 공유하고 있음을 지적한다. 식민지 근대화론이 궁극적으로 공격하는 것은 수탈론의 과도한 민족주의적 인식이지 민족주의 자체가 아니며 마찬가지로 식민지 수탈론은 민족사의 주체적 발전과정의 목표로 근대화를 내세우고 있다는 점에서, 식민지 근대화론과 식민지 수탈론이 동일한 지반에 서 있음을 지적하고 이에 대한 근본적인 비판으로 근대를 계몽의 기획이 아니라 지배(권력)의 담론으로 파악하는 포스트콜로니얼 이론을 내세운다.

다시 친일 문제로 돌아가면, 이러한 문제의식은 조관자의 '친일 내셔널리스트'로 이어진다.[18] 그는 민족주의는 식민지의 지적 지형을 '저항 민족주의' 중심으로 재단하고, 그들에게 '친일' 혹은 '반일'이라는 단일한 목소리를 부여하여 배제/동일화하지만 해방 후에도 실재한 적이 없는 단일한 민족 주권의 논리로 식민지에서 갈라지고 얽혀 있던 권력 운동의 중층적 관계들을 '저항 민족주의' 중심으로 재단하는 것은, 모든 내러티브가 그러하듯 상상의 산물에 불과할 뿐만 아니라, 서양 제국주의의 동일성 논리를 한번 더 반복함으로써 식민지 논리를 확대, 재생산한다고 비판하고 민족주의자로서의 이광수가 제국의 욕망에 합치되어가는 과정을 그려냄으로써 저항과 협력의 경계를 허물고 있다.

3. 식민지 규율권력 / 내부 식민지

포스트콜로니얼 비평/이론이 민족주의보다 식민주의에 관해 더욱 생

---

17) 복거일, 『죽은 자들을 위한 변호』(들린아침, 2003) 참조.
18) 조관자, 「'민족의 힘'을 욕망한 '친일 내셔널리스트' 이광수」, 『기억과 역사의 투쟁』, 삼인, 2002.

산적일 수 있는 가능성은 여기서 나온다. 첫째는 식민주의가 피식민자의 동의에 기반한/기반하지 않은 지배를 행사하는 지점을 개별적으로 분절화할 수 있는 가능성이다. 민족주의가 주권의 이행만을 강조함으로써 놓치는 부분들을 포착하는 것은 '일상의 파시즘'론[19]과 '생활 속의 식민지주의'론 혹은 '식민지 규율권력'론[20]이다.

> 제국주의가 강제한 식민지 규율체제, 그후를 이은 분단과 전쟁, 유신 독재와 80년대라는 어둡고 긴 터널을 통과하면서 발생한 집단 심성으로서 시민사회를 규율화시키는 이념적 도구인 반공주의, 전체주의적 심성과 위계질서를 구조화하는 언어생활, 청소년기부터 규율과 복종을 내면화시키는 학교교육, 군사화된 생산현장과 회사조직, 카드섹션처럼 일사불란한 학생운동, 사적 이해를 공적인 그것으로 포장한 의리 중심의 정치문화, 여성을 내적 식민지로 하는 가부장주의, 여성과 외국인 노동자 등의 약자와 소수자를 타자화시키는 가부장적 혈통주의.[21]

근대를 계몽의 기획이 아니라 지배의 담론으로 파악함으로써 식민지 권력과 식민지 이후의 국민(민족) 국가를 연속선상에서 바라볼 수 있다. 이 둘은 앤더슨이 말하는 모듈적 성격으로서의 정치체라는 외면적 공통성뿐만 아니라 지배기제를 공유함으로써 내면적 공통성을 가진다. 이러한 문제의식은 '위생'이나 '교육' 같은 개별적 지배기제의 분석으로 구체화되기도 하고 만주국의 개발과 박정희식의 개발주의의 내면적 연관성을 밝히는 작업으로 나가기도 했다.[22]

식민지 규율권력이라는 시점에서 보면 식민지 권력과 식민지 이후의

---

19) 임지현, 권혁범 외, 『일상의 파시즘』, 삼인, 2000 ; 김철, 신형기 외, 『문학 속의 파시즘』, 삼인, 2001.

20) 김진균, 정근식 편, 『근대주체와 식민지 규율권력』, 문화과학사, 1997 ; 水野直樹 編, 『生活の中の植民地主義』, 人文書院, 2004.

21) 정근식, 「식민지 지배, 신체규율, '건강'」, 水野直樹 編, 같은 책, p.67.

22) 역사문제연구소, '식민지 경험과 박정희 시대' 심포지엄(2002년 10월) 자료집 참조.

권력 사이에 질적 차이는 없다. 그러나 그것을 일반적인 근대적 권력으로 환원할 수도 없다. 오히려 식민지 형성을 통해서 자기 형성을 이룬 근대적 권력 자체가 식민지 권력이 되는 것이다. 이 지점에서 통치권으로서의 식민지 권력과 푸코가 말하는 모세혈관적인 규율로서의 근대 권력이 겹쳐진다. 식민지 권력을 주권 개념에서 더욱 확장하여 규율권력으로 파악하는 시각은 '내부 식민지'의 문제로 이어지는데 이것이 포스트콜로니얼 비평/이론이 식민주의를 더욱 생산적으로 이해할 수 있는 두 번째 가능성이다.

식민지에서 주체(subject)는 식민주의에 종속(subject)됨으로써, 즉 식민지 규율권력을 내면화함으로써 주체가 된다. 따라서 이 과정에서 식민주의의 어떤 형태가 식민지 내부에서 반복될 수 있다. 이혜령은 식민지의 남성 주체가 어떻게 식민주의를 내면화하는가를 분석하고[23] 그들이 섹슈얼리티를 담론화하면서 여성을 타자화하여 내부 식민지로 만들었음을 보여준다. 이는 반일/친일의 이분법으로는 포착되지 않는, 그 둘 사이를 가로지르는 식민주의 욕망의 존재를 말해준다. 또한 반식민지 운동이 식민지의 모든 저항을 대변(대리)하는 것이 아님을 말하는 것이기도 하다. 식민지 조선인의 만주 의식을 살펴본 배주영의 논문[24]도 '내부 식민지' 문제를 확장한 것인데, 그는 식민지 지식인들이 만주를 '개척'과 '야만'이라는, 또한 '기회'와 '전복', 가능성의 공간이라는 양가적인 식민지적 인식을 통해 만주를 타자화함으로써 제국적 질서의 중심에 서고자 하는 욕망을 드러내고 자신의 정체성을 유지했음을 고찰한다.

'내부 식민지' 문제는 오히려 식민지 이후에 드러나는 탈식민국가의 갈등에서 잘 드러난다. 식민지 지배가 끝났다고 해서 그걸로 식민화된

---

23) 이혜령, 「남성적 질서의 승인과 파시즘의 내면화」, 『한국현대소설연구』 16호, 2002년 6월.
24) 배주영, 「1930년대 만주를 통해 본 식민지 지식인의 욕망과 정체성」, 『한국학보』 2003년 가을호.

여성, 노동자 계급과 농민의 입장이 자동적으로 개선되는 것은 아니기 때문이다. 고부응은 식민지에서 해방된 이후 대한민국에서 타자를 만들어냄으로써 유지되는 국가체계를 살펴보고 있고25) 신형기는 이러한 이항대립적 자기 동일성 유지의 전략을, 식민지 유제로부터 다소 자유롭다고 이야기되던(친일 청산이 잘 되었다는) 북조선인민공화국에까지 확대 적용한다.26) 식민지 이후의 국가는 다양한 층위에서 중심부 집단(국민)과 주변부 집단(비국민)을 만들어내고 이것의 이항대립을 통해 스스로의 정체성을 창출, 유지함으로써 식민지 시대의 권력관계를 그 내부에서 반복해서 생산한다.

배주영은 앞의 논문에서 제국을 향한 식민지인의 욕망 속에서 식민지 규율권력으로 흡수되는 회로와 그것으로부터 벗어나는 회로를 동시에 보고 있다. "제국적 질서의 중심에 서고 싶은 욕망"은 "다시 제국의 질서를 흔들어 새로운 질서에 대한 갈망"(p.58)으로 전환된다고 하고 있지만, 이 회로를 찾기는 쉽지 않은 것으로 보인다. '식민지 규율권력'과 '내부 식민지'라는 개념을 설정함으로써 포스트콜로니얼 연구는 '탈식민'을 '주권의 이행'에서 해방시켜 식민주의의 다양한 층위를 보여주었지만, 동시에 저항의 가능성도 봉쇄했다는 비판을 받고 있다. 권력은 모든 곳에 있지만 따라서 결국 어디에도 없게 된다는 것이다. 달리 말해 주체가 탈중심화됨으로써 주체가 기성 체제에 대해 행동을 취하거나 그것에 도전할 수 있는 가능성마저 부정될 수밖에 없다는 것이다.27) 그것은 "개인적 삶과 집단적 삶의 다양한 층위에서 촘촘하게 짜여 있는 권력의 그물망 속에 포섭된 자신과 친구들의 모습을 고통스럽지만 단호하게 직시하려는 용기"28)만으로 해결될 수 있는 문제는 아닌 것이다.

---

25) 고부응, 같은 책, 2부 참조.
26) 신형기, 「민족 이야기를 넘어서」, 『당대비평』 2000년 겨울호.
27) ルーンバ, 『ポストコロニアル理論入門』, 松柏社, p.65.(원저는 Ania Loomba, *Colonialism/Postcolonialism*, London and New York, Routledge, 1998.)
28) 임지현, 「'일상적 파시즘' 논의의 진일보를 위하여」, 『당대비평』 2001년 봄호.

포스트콜로니얼 연구에서는 '저항'의 배치를 다시 생각해야 한다. 이분법적 동일성 유지를 차이와 혼종성으로 뒤흔드는 저항에 관해서는 '혼종성/이중언어' 항목에서 보기로 한다.

식민지 규율권력에 관한 또하나의 비판은 식민지 권력과 서구의 근대 권력을 일치시킬 수 있는가 하는 문제이다.[29] 식민정부는 생산/지배의 규율권력이라기보다 억압적 권력에 가깝고 식민지인은 식민자와는 달리 이를 통해 주체가 개인이 될 가능성이 봉쇄되어 있다는 것이다. 이러한 문제제기는 앞서의 식민지 수탈론과 식민지 근대화론의 대립을 다시 한번 반복하는 것인데, 두 사고체계 사이에 뿌리깊은 단절이 있기 때문에 이에 대해서 일반적인 이야기는 할 수 없다. 식민지 상황의 구체적인 장면에 들어가서 두 가지 권력이 어떻게 얽혀 있는지를 살펴볼 수밖에 없다.

또하나의 문제는 고부응이 외면한 차터지의 문제제기, 즉 서구 민족주의와 식민지 민족주의의 구별이다. 물론 차터지는 식민지 이후를 장악한 부르주아의 민족주의에 대해서는 비판적이다. 그러나 식민지의 민족주의가 식민지 내부에서 식민자와 차이를 빚어내는 문화를 구축했음도 사실이다. 이는 공식적 민족문화와도 서구의 민족문화와도 다른 것인데 이러한 문제제기는 차터지도 그 일원으로 참가하고 있는 인도 서발턴 역사그룹의 작업으로 이어진다.

4. 혼종성 / 이중언어

앞의 논문에서 하정일은 친일문학 이해의 새로운 가능성으로서 식민주의의 양가성 개념을 내세우고 있다. 식민자는 피식민자와의 관계를 통해서만 자기 동일성을 유지할 수 있기 때문에 끊임없이 모순과 균열

---

29) 이 문제에 관해서는 롬바의 같은 책, pp.75~78 참조.

이 발생하는데, 이 틈 사이에 저항의 가능성이 편재하고 있다고 한다. 그러나 이러한 진술은 몇 가지 문제점을 가지고 있다. 우선 양가성의 구체적 장면을 역사적 장 속에서 포착하지 못할 경우에는 아무런 이야기를 하지 않은 것과 같다. 내가 어떤 글에서 호미 바바의 표현을 빌려 "식민지 지배자는 갈라진 혀로 말한다"[30]고 한 말을 받아서 어떤 논자는 "식민지인들이 항상 갈라진 혀로 말하는 것은 아니다"[31]고 비판했는데 이 비판은 전적으로 타당하다. 양가성은 구체적 장면에서 어떤 맥락 하에서 드러나는지, 그리고 그것의 효과가 무엇인지 물을 때만 의미를 지닌다고 할 수 있다. 이것이 양가성 개념을 역사화하는 방식이다.

최현식은 김사량의 소설 「빛 속으로」의 혼종성이 놓인 구체적인 장면을 포착하는 데 성공하고 있는 것으로 보이는데,[32] 그것은 주인공 하루오의 인종적 혼종성과 저자 김사량의 문화적 혼종성을 차별, 억압, 왜곡의 식민지 현실, 그리고 대동아공영을 내세운 신체제라는 맥락 속에 놓음으로써 가능하게 된다. 그에 따라 그는 소설 주인공의 혼종성 인정을 "소극적 인정투쟁"이 아니라 "모든 부분에서 차별과 억압, 왜곡에 시달리는 식민지 조선(인)의 현실을 사실적으로 제시함으로써 식민주의의 불합리성과 폭력성을 드러내겠다는 미학적 결투의 의지"로 읽고 그것을 "혼종적 저항"이라 부른다.

여기서 혼종적 저항이 어떤 효과를 가지고 있는지를 묻지 않을 수 없다. 이는 김사량이 해방 후에 한 말, 즉 "최저의 저항선에서 이보 퇴각, 일보 전진하면서도 싸우는 것"[33]의 의미를 묻는 것과도 연관되어 있다. 김사량의 이 말은 자신의 일본어 창작에 대한 변호로서 식민지의 외부

---

30) 졸고, 「'국민문학'의 양가성」, 『트랜스토리아』 2003년 상반기.
31) 박수연, 「내재성 부재의 주체와 문학적 종착지」, 김재용 외, 『친일문학의 내적 논리』, 역락, 2004, p.77.
32) 최현식, 「혼혈, 혼종과 주체의 문제」, 민족문학사학회 제10회 심포지엄 자료집, 2003년 9월.
33) 『인민문학』 1946년 10월, p.46.

가 없을 때 그것이 저항이 될 수 있음을 의미한다. 그러나 김사량이 그렇게 말할 수 있는 근거도 연안 탈출에 있음은 부인할 수 없다. 그러면 혼종적 저항과 동일성에 입각한 저항은 배타적인 것일까, 아니면 상호 보완적인 것일까? 여기에 대답하기 전에 우선 '혼종적 저항'의 의미를 살펴보기로 하자. 호미 바바는 혼종적 저항의 의미를 다음과 같이 말하고 있다.

> 저항은 반드시 정치적 의도를 지닌 적대적 행위는 아니며, 차이로서 지각되었던 다른 문화의 '내용'에 대한 단순한 부정이나 배제도 아니다. 저항이란, 지배 담론이 문화적 차이의 기호들을 분절하고 식민지 권력의 예속적 관계들(위계질서, 규범화, 주변화 등) 내부에 그 기호들을 재연루시킬 때, 지배담론의 인식의 규칙들 내부에서 생산되는 양가성의 효과이다. 왜냐하면 식민지적 지배는 역사적, 정치적 진화론의 목적론적 서사 속에 지배의 동일성의 권위를 보존하기 위해, '왜곡'으로서의 간섭과 탈구된 현존의 혼란을 부정하는, 부인의 과정을 통해 성취되기 때문이다.[34]

이러한 식민주의의 이분법을 해체하고 동일성을 위협하는 저항의 의미 전환은 식민주의와 식민지에 대한 새로운 이해를 가져왔지만, 그보다 더 많은 논란을 불러왔다.[35] 그 가운데 하나는 '양가성'과 '문화적 혼종성'은 민중의 것이 아니라, 부르주아 식민지인의 전유물이며 식민지 당국은 오히려 이러한 분리통치를 통해 식민 권력을 유지해왔다는 것이다. '양가성'이 부르주아의 전유물이 아니라는 것은 바바가 인용하는 '성경을 담배 싸는 종이로 이용하는 원주민'이 부르주아가 아니라는 사실로도 알 수 있다. 또한 일본인 작가의 소설에 그려지고 있는, 손자를 국민학교에 입학시키기 위한 뇌물로 황국신민서사를 갑자기 읊는 조선

---

34) 호미 바바, 『문화의 위치 : 탈식민주의 문화이론』, 나병철 역, 소명, 2002, pp.223~224.
35) 이에 대해서는 박상기의 「탈식민주의 양가성과 혼종성」(고부응 엮음, 앞의 책)을 참조

인 노인36)도 또한 식민지 하수인이라고 할 수 없다. 그러나 대체적으로 '문화적 혼종성'은 식민자와 비교적 접촉이 많고 식민지 교육을 받은 식민지 엘리트라고 볼 수 있는데, 그렇다고 해서 식민지 엘리트가 모두 식민지의 하수인이 되었다고 할 수도 없다. 프로스페로가 말을 가르쳐 준 되갚음으로 그 말로써 그에게 욕을 퍼붓는 칼리반(세익스피어, 『폭풍』)처럼 식민자가 준 무기로 그를 공격할 수도 있기 때문이다. 또한 어떨 때는 지나친 모방조차 식민자에게 위협이 될 때도 있다. 미나미(南) 총독 시대에 정무총감을 지낸 오노(大野)는 지원병에 대한 인상을 다음과 같이 말하고 있다.

> 응모자 수가 꽤 많았어. 많긴 했지만, 이 놈들은 좀처럼 알 수 없는 놈들이었어, 도저히. 그런 경우에는 언제든 그렇지만, 조선 행정을 수행해나가는 데 가장 어려운 일은 무턱대고 우리가 말하는 것에 영합하는 사람이었어.37)

"좀처럼 알 수 없는 놈들"은 동질성과 이질성을 동시에 지닌 존재들이다. 이들은 잠재적 반란자로서 눈에 보이는 명백한 반란자보다 더 위협적일 수도 있었다. 그렇다고 해서 전자가 후자보다 근본적이라거나 더 우월하다는 의미는 아니다. 다만 이 둘은 다른 차원을 문제삼는 것으로서 서로 겹치기도 한다는 사실이다. 이로써 문제는 다시 처음으로 돌아가는데, '혼종적 저항'과 '동일성의 저항'은 서로 겹치기도 하고 배제하기도 하지만, 어느 하나를 절대적인 것으로 고착화시킬 수는 없다38). '동일성의 저항'이야말로 여러 저항 가운데 하나에 불과한 것이다.

---

36) 졸고, 「1940년대 전반기 일본인 작가의 의식구조 연구」, 『한국현대소설연구』17호 (2002년 12월) 참조.

37) 미야타 세쓰코 감수, 『식민 통치의 허상과 실상』, 혜안, 2002, pp.75~76.

38) 이에 대해 바바는 저항을 '의도적인 주체'가 관여하는 '교의적인 것'과 그것이 실제로 시행될 때 '주체/타자' 속에서 양가성을 드러내는 '수행적인 것'으로 구분하고 지배나 저항이 대립관계 속에서 어느 한쪽의 일방적인 작용으로만 진행될 수 없음에 주목한

권력이 지배를 행사하는 지점에서 저항이 발생하고 그 지배가 분절화되어 있다면 저항의 지점들을 세분화하고 다양화하는 작업들이 필요할 것이다.

'혼종성의 저항'에 대한 또하나의 비판은 그것이 낡은 적을 상대하고 있다는 지적이다. 안토니오 네그리와 마이클 하트는『제국』(이학사, 2001)에서 포스트콜로니얼 이론가들이 "자신들의 머리를 뒤로 돌린 채, 자신들이 뛰쳐나오려는 낡은 권력 형식들에 너무 단호하게 자신들의 관심을 집중시키며" "새로운 권력이 환영하는 품속에 부지불식간에 뛰어" (p.200)든다고 비판한다. 이들의 "소중한 개념 가운데 많은 것이 법인 자본의 현 이데올로기와 세계 시장에 완전히 일치"(p.209)하기 때문이다. 따라서 "포스트콜로니얼 담론들이 지닌 해방적 잠재력은 어떤 권리들을, 일정 수준의 부를, 그리고 전지구적 위계에서의 일정한 위치를 즐기는 엘리트 인구의 상황과 공명할 뿐"(p.215)이다. "차이, 혼종성, 이동성은 그 자체로 해방적이지 않을 뿐만 아니라, 진실, 순수성, 그리고 정지도 그 자체로 해방적이지는 않다. 진정한 혁명적 실천은 생산의 수준과 관련된다. (……) 이동성과 혼종성은 해방적이지 않지만, 이동성과 정지, 순수물과 혼합물의 생산을 통제하는 것은 해방적이다."(p.215) 이에 대해 코멘트를 하는 것은 이 글의 범위를 벗어난다. 네그리와 하트의 '제국' 개념과 '생산의 통제' 등을 총체적으로 문제삼지 않을 수 없기 때문이다. 다만 차이, 혼종성, 이동성이 법인 자본 및 세계 시장과 완전히 일치한다는 것은 너무 낙관적인 견해가 아닌가 하는 점은 지적할 수 있겠다.39) 그러나『제국』에서 지적된 문제제기, 특히 혼종성 자체가 해방적이지는 않다는 것은 포스트콜로니얼 이론이 스스로에게 끊임없이 되물

다.(나병철,『탈식민주의와 근대문학』, 문예출판사, 2004, pp.8~9)

39) 마이클 하트가 이분법적 분할에 근거한 미국의 이라크 침략을 "재래의 유럽 모델에 따른 제국주의 권력에의 급속"한 퇴보로 보며 당혹감을 금치 못하는 것도 이 때문이다.(마이클 하트, 「제국과 이라크전쟁」,『現代思想』2003년 2월호)

어야 하는 것임도 틀림없다.

혼종성이 드러나는 것이 텍스트와 그것을 구성하고 있는 언어에서라면 이중언어는 혼종성이 실현되는 장소가 된다. 정백수는 식민지 시기의 이중언어 텍스트를 식민지의 언어 상황 속에 놓아두고 한 공동체에서 혹은 한 작가 안에서 두 가지 언어가 어떻게 대립하면서 공존하고 있는지를 살펴보고 있다.[40] 이를 통해 그는 이중어 작가가 어느 한 언어 영역에 자신을 고정시키는 것이 아니라 두 언어 사이를 끊임없이 왕래함으로써 구성됨을 보여주고자 한다. 또한 그는 '혼종성'이라는 말을 사용하진 않았지만, 두 언어가 '혼종'되어 있는 주체, 혹은 공동체 내부의 혼종 상황(이중언어 상황)이 정치적, 사회적 요건에 따라 끊임없이 변화해감을 보여주고자 한다. 그러나 그는 그러한 이중언어 상황을 주체와 공동체 내부에서만 발견했을 뿐 텍스트의 수준으로까지는 끌어내리지 못했다. 그것은 그가 하나의 텍스트는 하나의 언어체계에서만 의미를 형성한다는 전제에서 벗어나지 못하기 때문이다. 그는 모어 의식의 형성과정을 집중적으로 추적하고 있지만, 그 과정에서 '국어'인 일본어에 균열과 틈이 발생하는 것은 놓치고 있다.

식민지 본국의 언어를 전유하여 사용하는 크레올어에 주목한 것은 영연방문학의 전통에서 포스트콜로니얼 비평을 전개하는 애쉬크로프트 등이다.[41] 그들에 따르면 이중언어란 식민지의 현실을 식민지 본국의 언어로 재현할 때 필연적으로 발생하는 차이이다. 이 가운데 모어의 문장 구성과 음운, 리듬, 단어를 식민지 본국의 문학 형식에 끼워넣는 것은 작가들이 자신의 민족성, 차별화 기능을 증거하기 위해 채택하는 기제이다.(p.88) 영연방문학에서 발생한 식민지 본국어의 전용에 의한 이중언어문학은 마찬가지로 일본 제국의 식민지문학에서도 발생했다. 대만에서는 식민지 본국 출신의 작가 니시카와 미쓰루(西川滿)의 엑조티즘에

---

40) 정백수, 『한국 근대의 식민지 체험과 이중언어문학』, 아세아문화사, 2000.
41) 애쉬크로프트 등, 『포스트콜로니얼 문학이론』, 이석호 역, 민음사, 1996.

반기를 들고 대만의 현실을 그리는 리얼리즘을 주장하여 니시카와와 '개똥 리얼리즘' 논쟁을 불사한 장문환 등의 대만 작가들은 대만 방언을 일본어 속에 삽입했다.[42] 조선의 현실을 일본어로 그리려고 할 때 아무래도 엑조티즘을 배제하기 어렵다는 김사량의 문제의식은 이와 통한다고 할 수 있는데, 그는 조선의 언어, 현실에 맞추어 일본어를 변형시키고 있다.[43] 그러나 그의 이중언어 의식은 여기에 머물지 않고 일본어를 비트는 것을 통해 식민지 본국에 대한 반감을 드러내고 있기도 하다.[44]

그러나 동시에 김사량은 이중언어가 지식인의 전유물이며 이것이 오히려 민중에게 억압으로 작용할 수 있다는 것도 놓치지 않고 있다. 맥락은 다르지만 '혼종성'이 언제나 해방적이지는 않다는 네그리와 하트의 말을 끊임없이 반추해야 하는 이유도 여기에 있다.

5. 서발턴

서발턴 연구는 식민지 이후 공식 민족주의가 독점한 담론들을 비판하면서 엘리트 정치와는 구별되는 '인민의 정치'의 영역을 드러내는 역사의 재구성을 시도한다.[45] 서발턴 연구의 문제의식을 이어받은 윤택림은 구술사라는 방법론으로 공식 민족주의의 역사와 민중사학(마르크시즘 역사학)으로부터 소외된 지방, 여성의 한국 현대사를 재구성한다.[46] 그는 기존의 한국 근현대사 서술을 국가의 공식적 역사와 민중사가 대변

---

42) 山口守 編, 『講座臺灣文學』(國書刊行會, 2003) 참조.
43) 이에 관해서는 졸고, 「식민지인의 두 가지 모방 양식」, 『한국학보』 2001년 가을호 참조.
44) 졸고, 「1940년을 전후한 조선의 언어 상황과 문학자」, 『한국근대문학연구』 2003년 상반기 참조.
45) 서발턴 연구에 관해서는 아래와 같은 김택현의 일련의 논문을 참조.
「인도의 식민지 근대사를 보는 시각과 서발턴 연구」, 『역사비평』 1998년 가을호.
「서발턴에게 역사는 있는가?」, 『트랜스토리아』 2002년 하반기.
46) 윤택림, 『인류학자의 과거 여행』, 역사비평사, 2003.

하는 대항역사라는 두 개의 진리체계의 경합으로 본다. 국가의 공식적 역사는 반공 독재 민족국가 구성에서 벗어나는 담론을 폭력적으로 배제함으로써 성립되었고, 이에 대항하는 민중사학은 역사를 억압받는 민중의 투쟁의 역사로 새롭게 읽었다. 그러나 두 역사 서술은 그 안에 다수의 목소리를 가지고 있음에도 불구하고 동일하게 그 다수성을 억압하는 구조를 가지고 있다고 저자는 비판하고 삶의 이질성과 다양한 목소리를 가진 다중적 주체인 민중의 행위성을 복원하려 한다. 그 방법론은 구술사와 지방사, 생애사, 여성사이다. "민중사에서 민중은 스스로 말할 수 없다. 민중이 스스로 말할 수 있는 능력이 없어서가 아니라 민중의 다양한 목소리를 재현시킬 수 있는 방법론과 이론이 없기 때문이다."(p.100) 서발턴이라는 말을 사용하지 않았지만 이상의 문제의식이 서발턴의 그것과 통한다는 것은 금방 알 수 있을 것이다.

그는 서발턴의 다양한 목소리를 재현시켜야 한다는 당위성은 회복했지만, 어떻게 서발턴이 스스로 말할 수 있는가 하는 방법론은 제시하지 못하고 있는 것으로 보인다. 어느 부분은 전체사의 축소판처럼 보이기도 하고, 어느 부분은 현상을 쫓아가고 있는 듯한 인상을 받지 않을 수 없다. 그러나 이러한 시도는 기존 역사 서술에 대한 비판으로서는 유효하고, 또한 조사과정을 연구 내용에 포함시켜 연구자의 위치를 상대화시킨 점도 눈여겨볼 만하다.

서발턴의 재현은 근대적 식민지 규율권력의 외부의 문제를 제기하는 것이다. 그것은 비록 근대에 종속/통합되어가고는 있지만 그것의 완성을 지연시켰거나 지연시키고 있는 제3세계 인민의 저항적 차이, 또는 유럽에서 생산된 전근대/근대라는 단선적인 역사과정에 통합되거나 회귀하지 않는 제3세계 인민의 또다른 '차이의 역사적 공간'을 복원하는 것이다.[47] 그러한 차이의 공간을 만들어내고 서발턴을 역사의 행위자로

---

47) 김택현, 「식민지 근대사의 새로운 인식」, 『당대비평』, 2000년 겨울호, p.220.

복원시키는 것이 서발턴의 재현에서 핵심적인 부분이라 할 수 있다. 이 점에서 식민지 인식의 '회색지대'를 탐색하는 윤해동의 작업[48]은 중요하다.

그는 근대화라는 측면에서 식민주의와 공모하고 있는 민족주의의 저항의 잣대로 포착되지 않는 저항의 지점을 찾고자 한다. 그러한 일상적 저항은 범죄행위, 특히 경제범죄 등으로 드러나는데 이것은 또한 식민주의에 협력하는 회로이기도 하다. 그러니까 저항과 협력이 교차하는 지점, 즉 '권력이 지배를 행사하는 지점=저항의 거점'을 포착하는 것이 서발턴을 역사의 행위자로 복원시키는 한 방법이 된다. 그는 그것을 '식민지적 공공성'으로 개념화한다.

> 식민지 지배하에서라고 하더라도 참정권의 확대 또는 지역민의 자발적인 발의로 공적 영역은 확대되고 있었던 것이다. 그리고 일부나마 공적 영역의 확대를 통하여 일상에서 문제되는 공동의 문제를 제기할 수 있었고 일정한 영향을 유지할 수 있었다. 식민지 인식의 회색지대, 즉 저항과 협력이 교차하는 지점에 '정치적인 것'=공공영역이 위치하고 있었던 것이다. 우리는 이를 '식민지적 공공성'이라고 부르고자 한다.[49]

식민지 근대 규율권력으로 포착되지 않는 자율적 영역을 포착하려는 시도는 개화기라고 불리는 근대 초기에 초점을 맞춘 작업들에서 의미 있는 담론들을 생산해내고 있다. 그러나 그 부분에 관한 서술은 이 글의 범위를 벗어나는 일이다.

식민지 규율권력은 미세혈관적인 지배를 작동시켜 식민지인들을 주체/종속자로 만들어낸다. 그러나 그러한 식민주의의 전략이 늘 성공적인 것은 아니고, 반드시 잉여를 만들어낸다. 미야타 세쓰코가 보여주고 있는, 일제 말기 조선 민중 사이에서 일어나는 그 많은 유언비어, 경제

---

48) 윤해동, 『식민지의 회색지대』, 역사비평사, 2003.
49) 윤해동, 「식민지 인식의 '회색지대'」, 『당대비평』 2000년 겨울호, p.149.

범죄50) 등은 제국주의 일본의 조선 식민지인들을 제국의 주체/황민(국민, 신민)으로 만드는 데 반드시 성공적이지는 못했음을 보여준다. 그러한 부분들에 관해서 민족주의 담론은 침묵하거나 기껏해야 그것을 즉자적 저항으로 위치짓는다. 심지어는 근대에서 벗어나는 그러한 욕망을 배제하는 데 있어서 식민주의와 공모하기도 했다. 식민주의와 식민지이후의 국민국가를 관통하는 식민지 규율권력의 잉여 부분을 질서짓는 것은 새로운 자유 공간을 창출해내고 그 속에서 서발턴이 행위자로 서는 방법이 되는 것이다.

6. 맺으며

이상으로 몇몇 개념들을 중심으로 한국에서 포스트콜로니얼 연구가 보여주는 새로운 연구 영역을 살펴보았다. 그러나 여기서 다룰 수 있었던 것은 일부에 불과하다. 담론과 언어로의 전환, 그리고 포스트콜로니얼 페미니즘에 대해서는 거의 다루지 못했다. 그리고 포스트콜로니얼 연구의 이론적 연구에 대해서도 거의 다루지 못했다. 포스트콜로니얼 이론 이외의 이론에 대해서도 마찬가지이지만, 특히 포스트콜로니얼 이론은 이론보다는 구체적인 분석을 중요하게 여기지 않을 수 없기 때문이다. 포스트콜로니얼 이론은 다양성의 이론이고 서구의 분석틀로는 환원되지 않는 식민지의 경험에 토대를 두고 있기 때문에 더욱 그러하다. 좀더 나아가 서구의 포스트콜로니얼 이론을 괄호안에 넣어두어야 오히려 더욱 생산적인 연구가 가능하다고까지 말할 수 있다. 위에서 예로 든 '포스트콜로니얼 연구'는 '포스트콜로니얼'이라는 한정사로 모두 설명되지 않는다. 그것들은 서구 및 여타 구식민지의 포스트콜로니얼 연구와 기본적 문제의식을 공유하고 그러한 연대의식을 씨줄로 삼으면서

---

50) 宮田節子, 『朝鮮民衆と'皇民化政策』(未來社, 1985) 참조.

도, 지금, 여기의 경험과 지적 맥락을 날줄로 삼아 짜낸, 여러 가지 색깔을 가진 직조물에 비유될 수 있다. 또한 이 글에서는 '근대비판으로서의 식민주의 비판'만을 '포스트콜로니얼 연구' 영역에 포함시켰다. 이는 분명히 논란의 여지가 있는 부분이지만 '탈식민'을 '탈근대'와 연관짓는 것이 '포스트콜로니얼 연구'의 '새로움'을 이해하는 유력하고도 유일한 방법임은 틀림없다.

제 2 부
저항과 협력을 가로지르는 글쓰기

제 1 장

식민지인의 두 가지 모방 양식

― 식민주의를 넘어서는 두 가지 방식

1. 『문예』지 「조선문학특집」의 의미

1940년 7월 일본의 순문예 잡지 『문예』는 「조선문학특집」을 마련하여 일본 독자들에게 조선의 문학을 소개하였다. 그 전에도 일본에서 조선의 작가 및 작품이 소개된 적은 몇 번 있었다. 일본 프롤레타리아 문학 운동에 참가했던 백철, 김용제, 그리고 프롤레타리아 문학 운동이 한풀 꺾인 후에 본격적인 문학 활동을 펼친 장혁주, 김사량 등이 그들이다. 또한 이광수의 소설 『유정』등 몇몇 작가들의 작품이 일본어로 번역되어 소개된 적도 있었다. 그러나 이들은 모두 개인적인 자격으로 일본 문단에 참가하여 일본 문학의 일부로 다루어졌거나 개인적 친분을 매개로 일본 독자들에게 소개되었을 뿐이다. 조선 문학의 본격적인 소개는, 더군다나 잡지에서 특집의 형식으로 그것이 다루어진 것은 이것이 처음이다. 그러나 이것은 갑자기, 근거 없이 이루어진 사건이 아니었다.

이 무렵 일본에서는 조선 문학의 소개가 활발하게 이루어지고 있었다. 1945년 이전에 나온, 일본어로 된 조선 문학 관계 문헌을 조사한 오무라 마스오는 다음과 같은 통계적 수치를 제시하고 있다.

    1937년 -   49편
    1938년 -   41편
    1939년 - 178편
    1940년 - 152편
    1941년 -   92편
    1942년 - 285편
    1943년 - 300편
    1944년 - 140편[1]

이 통계로 명확히 알 수 있는 것은 1939년에 갑자기 조선 문학의 소개가 활발해졌으며 1941년에 조금 줄어들었다가 42년부터 다시 활발해지기 시작했다는 사실이다. 39년을 경계로 일본에서의 조선문학 소개가 급격히 늘어나게 된 것은 당시의 정치적 상황 때문이었다. 「조선문학특집」을 마련하고 있는 『문예』지도 편집후기에서 이를 전면적으로 내세우고 있다.

> 문학의 세계를 넘어선 강력한 사정이 근본적인 것으로서 그(조선문학의 소개-인용자) 아래에서 작용하고 있는 것은 다툴 수 없는 사실이라고 생각한다.
> 특히 지나 사변 이후 전 일본은 내지 외지를 불문하고 하나의 국민적 감정에 휩싸여 있다.[2]

대륙 병참기지로서 조선을 효과적으로 동원하기 위한 방법이 조선민족의 황민화, 혹은 국민화 과정이었다. 징병제, 의무 교육, 창씨 개명, 국어(일본어) 상용으로 대표되는 국민화를 통해 당시 조선은 식민지가

---

1) 오무라 마스오, 『윤동주와 한국문학』, 소명, 2001, p.478.
2) 『文藝』, 1940.7, p.248. 앞으로 이 책에서 인용한 문장은 쪽수만 표기한다.

아니라 하나의 지방으로 자리매김되었다. 그것은 조선의 독자성, 자립성을 완전히 부정하고 일본 국민국가의 내부에 그것을 편입시킴으로써, 조선 민족을 말살하는 과정이었다. 그러나 내선일체로 표현되는 이러한 국민화, 황민화는 정치적·정책적 문제에만 그친 것은 아니다. 일본 내각·행정부·군부, 조선 총독부의 정책을 뒷받침하는 다양한 지적 담론의 존재 없이는 그것이 상상될 수 없다. '내선 동조동근론'을 주장한 인류학, '근대의 초극'을 내세운 철학 등, 당시의 모든 담론이 전쟁과 내선일체를 위해 총동원되었다. 문학적 담론도 예외는 아니었다. 『문예』지의 「조선문학특집」도 이러한 일본 제국주의의 확장 정책에 동조하는, 혹은 동원된 것으로 볼 수 있다.

오무라의 통계에서 특이한 것은 41년의 갑작스런 침체기이다. 그는 별다른 주석을 붙이고 있지 않지만, 이 시기에 조선 문학에 관한 일본어 문헌이 줄어든 것은 조선 문단의 사정에서 말미암는다. 41년 4월호를 마지막으로 『문장』과 『인문평론』이 폐간되었으며, 8월에는 『조선일보』, 『동아일보』가 폐간된다. 11월에는 반도 유일의 문학 잡지를 표방하는 최재서 주간의 『국민문학』이 창간된다. 이러한 일련의 사정은 식민지 조선에서의 문화 통제가 본격화되었음을 의미하며, 문화 통제는 국어로서의 일본어 상용과 결합되어 더욱 강고해진다. 식민지 당국의 문화 통제가 대강 마무리되고, 국책 문학, 혹은 일본의 지방 문학으로 조선문학이 정리되는 것은 『국민문학』이 창간된 이후, 그러니까 1942년부터라고 할 수 있다. 식민지 조선에서 일본어로 창작된 작품, 혹은 전쟁·내선일체 정책에 협조·찬양한 작품이 쏟아져 나오기 시작하는 것은 이 때부터이다.

이러한 사정을 염두에 두면 39년, 40년에 이루어졌던 일본에서의 조선 문학 소개는 42년 이후와 어느 정도 거리를 두고 있다는 것을 알 수 있다. 일본 제국주의의 확대 정책에 따라 정치적으로는 조선이 중요하게 부각되어 조선 문학을 소개할 필요성은 있으나, 일본 문단, 일본 사회가 그것을 어떻게 위치 지워야 할지 명확히 인식할 수 없었던 시대가 39년, 40년이었다. 일본 잡지『신조』는 그러한 당혹감을 다음과 같이 표현하였다.

> 언어·문자에 의해 성립하는 예술, 게다가 일국 문화의 주요한 위치를 점하는 문학이 조선에서는 오늘날과 같은 모습을 취하고 있지 않으면 안되고, 그것이 민족으로서의 필연적인 숙명이라고 생각하지만, 그러면 민족의 혼일적 융화라는 것은 어떻게 해결 지워야 좋은 것인가 하는 의문이 생긴다.[3]

따라서 39년, 40년의 일본에서의 조선 문학 소개는 정책 선전의 도구에만 머물지 않는, 식민지 본국과 식민지 간에 벌어진 문화 교류로서의 의미를 갖는다. 이 글이『문예』지의「조선문학특집」을 연구 대상으로 설정한 이유도 여기에 있다. 의례적인 문화 정책적 발언이 아니라 타자의 문화를 접했을 때, 혹은 타자에게 자신을 재현할 때 발생하는 문제들이 동시에 이 특집에 담겨 있기 때문이다. 39년 이전은 사례가 너무 적을 뿐만 아니라 일본내의 관심사로 환원되었고, 42년 이후는 문학이 좁은 의미의 정치적 도구로 전락해 있었기 때문에 타자와의 만남인, 이러한 전면적 문화 교류가 성립되지 못했다. 더군다나 식민지 본국인이 식민지를 재현하는 일은 많아도, 식민지인이 식민지 본국인을 향해 자신의 문화를 설명하고, 스스로를 재현해야 하는 상황은 그렇게 흔한 것이 아니다. 이 글은『문예』지의 특집을 텍스트로 하여, 2절에서 식민지 본국인이 식민지를 재현하는 방식을 설명하고, 3절과 4절에 걸쳐서는 식민지인이 식민지 본국인에게 스스로를 재현할 때 발생하는 사건들을 '모방' 개념을 통해서 밝힘으로써 식민지와 식민지 본국 사이에 벌어지는 재현의 문제를 고찰하는 것을 그 목적으로 하고 있다.

---

3)「朝鮮文學についての一つの疑問」,『新潮』, 40.5

2. 재현된 조선

이 특집에 실린 글은 모두 8편이다. 그러나 「조선문학특집」으로 같이 묶여 있지만, 이석훈이 집필한 「조선문학통신」이 『문예』지의 고정란임을 고려한다면, 이 특집을 위해 집필된 글은 7편이라고 할 수 있다. 그 가운데 소설이 4편이고 3편이 평론이며, 6명의 작가가 조선인이고 한 명이 일본인이다. 목차를 펼치면 오른쪽부터 다음과 같은 순서로 나열되어 있다.

조선의 정신　　　　　　하야시 후사오(林房雄)
조선문학의 환경　　　　임 화
욕심의심　　　　　　　　장혁주
여름　　　　　　　　　　유진오
은은한 빛　　　　　　　이효석
풀속깊이　　　　　　　　김사량
조선의 작가와 비평가　　백 철

위의 목차에서도 엿볼 수 있듯이 일본 작가인 하야시 후사오가 맨 앞자리에 나와 있다. 이러한 맨 앞자리는 일본 문단이, 혹은 일본 사회가 조선을 이해하는 방식이 가지는 특징 가운데 하나이다. 식민지 본국인의 시선을 앞세우지 않고는, 그것을 통하지 않고서는 식민지를 인식할 수 없는 것이다. 그리고 이것은 넓게 말하면 주체가 타자를 이해하는 방식이기도 하다. 그러나 주체와 타자와의 관계를 넘어선 시선이 여기에는 존재한다. 보편과 특수의 관계가 그것이다. 하야시의 「조선의 정신」이 "문학은……"으로 시작함에 반해 임화의 「조선문학의 환경」(실제 글에서는 「현대조선문학의 환경」이다)이 "조선문학의……"로 시작하는 것은 특기할 만하다. 식민지 본국이 스스로를 보편으로 자처하고, 식민지가 그것을 받아들여 스스로를 특수로 자처하는 것은 식민지 본국과 식민지 사이의 헤게모니를 반영한다. 그러한 헤게모니, 혹은 담론상의 힘 관계는 잡지의 삽화를 통해서도 드러난다. 하야시의 글에 그려진 삽화가 가로등인 것, 임화 글의 삽화가 무언가를 기원하는 듯 두 손을 모은 한복 입은 조선 여인인 것은 우연적인 사건이 아니다. 식민지를 재현하는 본국인의 시선이 그 속에 고스란히 드러나 있다. 잡지 편집자는 삽화, 편집 후기를 통해 식민지 조선을 재현하고, 하야시는 그의 글을 통해 조선을 재현한다.

> 조선어를 알지 못하고 제군의 문학을 읽지 않았던 나는 함께 이야기 할 수 없었고, 다만 함께 술 마시고 헛되이 난폭한 언동을 일삼는 일 외 에 할 수 있는 일도 없었다.(p.195)

하야시는 자신이 조선어를 알지 못하며 조선 문학에 대해서도 최근 일본어로 번역되어 출판된 몇 권의 책을 통해 읽은 것이 고작이라고 고백한다. 그러한 사실 자체는 문제가 되지 않지만, 조선에 대해, 조선어에 대해, 조선 문학에 대해 알지 못하는 사람이 조선 문학이란 어떠해야 하며, 조선의 장래가 어떠해야 하는가를 썼다는 사실은 문제가 된다. 그것은 피상적으로 썼다거나, 실상을 제대로 모른다는 이야기가 아니다. 그러한 사실을 통해 알 수 있는 것은 이 글이 하야시 후사오의 개인적 의견이 아니라, 일본 문단과 일본 사회의 의견을 반영한 것, 조금 더 나아가 말하면 그러한 집단 의식 혹은 무의식을 그가 나름대로 조합한 것이라는 점이다. 그렇기 때문에 하야시 후사오의 이러한 조선 재현에는 식민지인 조선의 모습이 아니라, 그것을 바라보는 식민지 본국 일본, 그리고 하야시 후사오 개인의 시선만이 노출될 뿐이다.

그러면 하야시 후사오의 눈에 비친 조선, 그리고 조선 문학의 모습은 어떠할까.

나는 작년 가을 조선을 여행했다. 이 여행의 인상은 반드시 즐거운 것만은 아니었다. 조선에는 경주 석불과 이 왕조의 아악과 금강산 외에는 볼 만한 것은 없다고조차 생각했다. 조선 문학의 존재를 몰랐기 때문이다.(p.194)

과학적 · 정치적으로는 수준이 낮지만, 미학적으로는 뛰어나다고 평가하는, 그러면서도 스스로는 조선을 사랑한다고 우기는, 이러한 태도를 두고 오리엔탈리즘의 일본판이라 규정할 수 있을 터이다.4) 문제는 거기에 그치는 것이 아니다. 위 인용문에서는 조선 문학도 그러한 유물, 고적의 일종으로 취급된다. 하야시에게 있어 조선 문학은 마치 박물관의 고려 청자처럼 진열장의 맨 끝을 차지하고 있는 유물에 지나지 않는다. 여기서 조선 문학은 석굴암, 아악, 금강산과 더불어 엑조틱한 타자의 순수한 기표로 취급된다.5) 엑조티즘은 주체가 타자와 마주칠 때 가질 수 있는 감정 가운데 하나이며, 순수한 기표란 대상이 역사적, 체계적 위치를 박탈당할 때 발생한다. 탈역사화, 탈체계화된 유물은 그것을 바라보는 사람(대개 식민지 본국인)에게 아무런 위협이 되지 못한다. 오히려 야릇한 흥분감을 일으키기도 하는데, 그것은 타자에게서 온다기보다 자신의 내부에서 발생하는 감정이다. 엑조티즘은 따라서 식민지 본국인이 식민지를 재현하는 중요한 방식이 된다. 식민지 본국인이 식민지 유물에 대해 느끼는 순수함, 건강함, 강인함 등은 유물 자체의 성격이 아니라, 그것을 바라보는 식민지 본국인의 시선에 불과하다.

① 그러나 조선문학 30년의 고립은 결코 나쁜 결과만을 가져온 것은 아닌 듯 하다. 좁은 반도와 조선어 속에 완고하게 자기를 닫아 버림으

---

4) 김윤식, 『한일 근대문학의 관련 양상 신론』, 서울대 출판부, 2001, p.187. 이 책에서 거론된 것은 야나기 무네요시(柳宗悅)의 조선관이다. 그러나 이는 지한파라 불리는, 조선 및 한국에 관심을 가졌고, 그리고 가지고 있는 일본인의 공통적 특징이기도 하다.

5) Wasserman, R., Re-inventing the New World : Cooper and Alencar, Comparative Literature 36, 1984, p.132

로써 조선의 문학정신은 그 강인함과 순수함과 건강함을 드높이고 있다.(p.195)

② 그것(조선의 정신-인용자)은 건강이고, 순수이고, 풍부함이며, 고귀함이다.(p.194)

조선의 고립으로 생긴 조선 문학의 토속성은 바로 미개함으로 통한다. 또한 이러한 토속성은 앞에서 본 보편성과 특수성의 관계와도 연결되어 있다. 고모리 요이치(小森陽一)는 일본이 조선을 포함한 아시아와의 관계를 문명/미개로 설정함으로써 서양에 대해 가지고 있던 불안과 두려움(서양과의 관계에서는 스스로가 미개가 될 지도 모른다)을 해소·치환했다고 하는데,6) 이 과정을 통해 일본은 스스로를 보편의 위치에 올려 놓는다. 당시 일본은 서양과 대립하는 가운데에서도 아시아를 진정한 연대의 대상이 아니라, 계몽의 대상, 나아가 황국화의 대상으로 설정하는 모순을 보였다. 그러나 이것은 모순이라기보다 오히려 서양과 대립함으로써 서양을 대신해 스스로를 아시아의 보편으로 설정하려는 욕망의 발현으로 보아야 한다. ① 다음에 나오는 말이 "내지 문단의 영향을 거부함으로써"라는 것에서 알 수 있듯이7) 하야시는 일본 영향의 거부를 곧바로 토속성으로 연결시키며 스스로를 보편으로 인식한다.

이제부터 이후는 서로의 교류가 무성하게 될 것이다. 조선 문학은 내지 문학의 나쁜 부분의 영향을 거부하는 것에 진력해야 할 것이다. 계속 지켜왔던 정신의 순수함에 의해 거꾸로 내지 문학에 반성을 줄 것을 내지 문학자의 한사람으로서 나는 바란다.(p.195)

---

6) 小森陽一, 『ポストコロニアル』, 岩波書店, 2001, pp.18~19.
7) 실제 그랬는지 여부는 여기서 중요하지 않다. 하야시가 그렇게 보았다는 것, 즉 하야시가 재현하는 조선의 모습이 이 논의에서는 더욱 중요하다.

이제까지 살펴왔던 사실로 비추어 보면 위 인용문에서 말하는 반성은 진정한 반성이 될 수 없다. 엑조티즘의 대상인 유물이 그것을 감상하는 사람에게 아무런 반성을 주지 못하는 것처럼(오히려 그 반성은 내부에서 일어난다), 하야시의 시선 속에 비친 조선 문학은 일본 문학에 아무런 반성을 주지 못한다. 이러한 가운데 그가 제안하는 내지 작가와 조선작가의 대화란 공허해질 수밖에 없다. 이미 "서로 과거는 묻지 말자"(p.195)고 전제한 가운데 진행되는 대화가 대화로서 성립될 수가 없다. "언어와 문학이 떨어질 수 없는 것이기 때문에 조선문학자 제씨의 고뇌는 깊을 것이라 생각한다"(p.196)라는 말도 내선일체론을 전제한 것이기에 일종의 독백에 지나지 않는다. 하야시는 일방적인 시선으로 조선을 재현하고 일방적으로 조선의 장래를, 조선의 정신을 독백적으로 규정해버린 것이다. 하야시의 글에서 볼 수 있는 것은 식민지 본국인의 시선뿐인 것이다.

임화의 「현대조선문학의 환경」은 마치 이 글에 대한 반론인 것처럼 보인다. 조선문학에 대한 역사화·체계화를 기도하고 있기 때문이다. 이 글에서는 임화가 시종일관 일본 문단 및 독자들을 의식하며 쓴 흔적이 보이는데 그것을 대립 감정으로 파악해도 무방할 것이다. 그것과 관련하여 이 글에서 이채로운 것은 조선문학에 대한 다음과 같은 비유이다. "우리들의 문학은 마치 승합 자동차에 타고 다니면서 성장하는 소녀(소년)들처럼 성장해왔다."(p.200) 조선문학이 서양문학을 무기로 하여 한문으로 대표되는 봉건적 문학과 싸우면서 짧은 기간에 성장해왔다는 것을 임화는 한 문장의 비유로서 말한 것이다. 여기서 '성장한 소녀/소년'에 초점을 맞추면 역사, 체계를 가진 것으로서의 조선문학을 강조하는 것이 되고 '승합 자동차'에 초점을 맞추면 다음과 같은 결론에 도달하게 된다.

결국 조선문학은 <u>우리들</u> 삶의 <u>독특한</u> 방식의 소산이다. 사람들은 객관적으로는 같은 세계에 살면서도 주관적으로는 다른 환경을 체험한다.

이 체험이 소위 '우리들의 현실'이고, 이 현실 속에서 아주 새로운 인간이 형성되고, 그러한 사람들 가운데 더욱 새로운 사고의 방법과 감정의 독특한 양식이 발생한다. 이것이 다름 아닌 독특한 문화이다.

(중략)

우리들은 다만 현대 조선문학이 그 과거의 단초에 있어서도 현대의 영역에 있어서도 고유한 자신만의 환경 속에 있다는 사실을 조선의 작품을 읽는 사람들이 해석해 준다면 스스로 만족할 뿐이다.(p.202, 밑줄-인용자)

인용문에서 유난히 두드러지는 것은 '우리들'이라는 대명사와 '독특한', '고유한'이라는 형용사이다. '우리들'이라는 말이 반복되는 것은, 이 특집에 글을 실은 다른 작가들과 마찬가지로, 임화가 일본인들을 독자로 상정하고 쓴다는 것을 의식했음을 보여주고 있다. 그는 여기서 조선을 대표/재현하고 있다. 임화가 재현하고 있는 조선은 독특한 환경 속에서 독자성을 가지고 전개되어 온 조선이다.

임화가 「신문학사의 방법」(1940.1.13-20)에서 주장한 인접 외국문학의 모방으로서의 환경 개념과 이 글에서의 환경 개념이 완전히 다르다는 것은 명백하다. 이러한 개념전환에 대해서는 따로 살펴볼 필요가 있겠지만, 그것의 원인은 대표/재현에서 실마리를 찾을 수 있다. 즉 타자를 향해서 스스로를 재현할 때, 본질주의를 강조할 위험이 높다는 것이다. 임화가 일본 문단과 독자를 향해 발언할 때, 하고 싶었던 말은 조선에도 근대문학이 있다는 것, 일본과 동일한 수준은 아니지만 동일선상에 놓일 수 있는 문학이 있다는 것이었다. 이것은 하야시가 파악하는, 풍물이나 유물로서의 조선문학에 대한 반발임에 틀림없다. 또한 임화가 일본 독자를 향해 발언할 때 강조하지 않을 수 없는 것은 일본과의 변별점이기도 했다. 그러한 변별점을 임화는 '독특한'이라는 형용사를 사용하여 환경으로 환원시킨다. 이 과정에서 '환경/모방성'이 '환경/독자성'으로 치환되고 그 기원이 은폐된다.

그러나 임화에게 있어 환경이 원래 외국문학의 모방을 의미했듯이, 독특함으로서의 환경이 타자와의 조우를 통해서 그것을 모방함으로써 형성되었다는 것은 숨길 수 없는 사실이다. 이러한 사실은 이효석의 소설「은은한 빛」에서 확인할 수 있다.

3. 전도된 본질주의 – 이효석

「조선문학특집」에 수록된 소설은 모두 네 편이다. 편집자가 커다란 의미를 부여했듯이 이 소설들은 모두 이 특집을 위해 "조선의 대표작가라고 생각되는" "네 명의 작가가 일본어로 직접 쓴 것"이다. 일본어 창작이 본격화되기 이전인 1940년이라는 시점을 생각하면 편집자의 의미부여는 타당하다. 그러나 '내선일체화되고 있는 조선'이라는, 편집자, 즉 식민지 본국인의 의도와는 다르게 각각의 작가는 나름의 방식으로 일본어로 일본의 독자들에게 조선을 재현하고 있다. 당시는 조선이 일본의 한 지방으로 편입될 시점에 놓여 있었다. 이럴 때 임화처럼 조선의 특수성, 및 고유한 환경을 강조하는 것은 조선어와 조선문화를 지키는 하나의 좋은 방법이 될 수 있다. 이처럼 타자의 언어로 번역되지 않는 요소를 강조하는 것을 본질주의라 이름 붙일 수 있다. 식민지 작가가 식민지 본국의 언어로 식민지 본국의 독자들을 향해서 스스로를 재현할 경우, 본질주의의 형태를 띠기 쉬운 것은 어쩌면 당연할 지도 모르겠다.

그러면 그러한 식민지인의 본질주의에 대해 식민지 본국인 독자는 어떠한 시선을 보내고 있었을까. 당시「조선문학특집」을 읽은 독후감을 남기고 있는 식민지 본국인의 시선에서 논의를 출발해 보도록 하자.

『문예』조선문학 특집호(7월호)에는 씨(김사량-인용자) 외에 장혁주씨가 「욕심의심」, 유진오씨가 「여름」, 이효석씨가 「은은한 빛」을 써서 등장하고 있다. (중략) 「은은한 빛」은 조선인의 피속에 남아있는 고물 및 골동품에 대한 이 민족의 깊은 애착을 표현한 작품이다.

대단하지도 않은 작품을 여기서 특히 언급한 것은 그것을 통해 현재 조선문학이 어떠한 것인가를 암시하고 싶었기 때문이다. 즉 이상의 세 사람도 문학의 관점과 형식, 태도가 대체로 장혁주씨와 비슷하다는 것을 알 수 있다. 삽화 등을 써서 사생적으로 조선인의 일단을 알린다는 종류의 작품이다. 새로운 관점, 아주 개성적인 것 따위는 보이지 않는다. ……

이러한 사정 가운데 김사량씨만은 혼자 다르다. 그에게는 단순한 사실 이상의 것이 그 속에 있다.[8]

이타가키(板垣)는 장혁주, 유진오, 이효석의 작품을 "삽화 등을 써서 사생적으로 조선인의 일단을 알린다는 종류의 작품"으로 "새로운 관점, 아주 개성적인 것" 따위가 보이지 않는다고 말한다. 조선의 정신을 지키려는 필사적인 노력, 조선의 문화를 지키려는 필사적 노력은, 그녀에게 보이지 않는 걸까.

논의를 이효석의 「은은한 빛」에 국한시키면, 이 소설에서 중점적으로 그려지는 것은 주인공 욱의 필사적인 유물 지키기이다. 욱은 골동품상으로 조선적 가치에 투철한 사람으로 고구려의 고도(古刀)를 일본인으로부터 지키기에 모든 것을 바친다. 쉽게 말하면 일제로부터 우리 문화재를 지키기에 온 몸과 재산을 바쳤다는 간송 전형필과 비슷한 인물 유형이다.

① 일제에게 국토를 침탈당하고 있는 현실 상황에서 미래의 광복을 지향하는 민족 문화재의 수집·보호와 훗날의 사회적 기여야말로 자신

---

8) 板垣直子, 『事變下の文學』, 第一書房, 1941 : 安宇植, 『評傳金史良』, 草風館, 1983, p.94에서 재인용.

에게 부과된 사명이라고 확신하게 된 간송은 순수한 협력자가 추천하는 미술품과 스스로 주목한 문화재들을 지체 없이 사들이느라고 여차하면 부동산까지 처분했다. 가령 일본인에게 빼앗기게 된 국보급의 고려청자 하나를 시급히 일본에서 되사오기 위해 시골의 농장 하나를 팔아야 했던 일도 있었다.[9]

② 이걸 내놓을 처지이라면, 차라리 내 목숨을 줘버리는 편이 낫다. 밭과 계집 따위가 어디 문제가 되느냐.(p.106)

②와 같은, 고도에 대한 욱은 집착은 작품 곳곳에서 표출된다. 그래서 다른 사람이 보면 거의 미쳤다고 할 정도에까지 이르게 된다. 욱은 고도를 지키기 위해 생활은 물론, 재산은 물론, 여자와 아버지에게까지 등을 돌리는 인물로 그려져 있다. 더군다나 욱은 자신의 행위를 단순한 취미로 치부하지 않고 조선인의 본질에서 나오는 행위로 파악하고 있다. 자신의 골동품 가게에 들어가면 "조용한 벽 속에 영혼의 숨소리"(p.88)를 듣기도 하고, 자신의 행위를 "체질의 문제야, 풍토의 문제야"(p.97)라고 해명하기도 한다.

그러나 이타가키는 그러한 소설을 "조선인의 피 속에 남아있는 고물 및 골동품에 대한 이 민족의 깊은 애착을 표현한 작품"이라 설명한다. 쉽게 말하면 욱의 집착을 엑조틱한 취미라고 보는 것이다. 고물이나 골동품에 대한 애착을 다룬다고 해서 모두 이국적이라고 볼 수 없다. 그것은 태도의 문제이기 때문이다. 결론부터 말하자면 이타가키는 이효석 소설에 나타나는 골동품, 고물에 대한 태도에 새로운 점을 발견할 수 없었던 것이다. 일본의 박물관과 대학에도 널려 있는 조선 골동품에 대한 일본인의 태도와 욱의 태도가 일치하기 때문이다. 이러한 태도는 좀 더 나아가면 식민지 본국에 의해 식민지에 세워진 대학과 박물관을 통

---

9) 이구열, 『한국 문화재 수난사』, 돌베개, 1996, p.58.

해서 확산된 것이다. 일제 시대에 행해진 숱한 발굴과 보관, 전시가 대부분 식민지 당국의 손으로 이루어졌다. 여기에는 식민지 당국뿐만 아니라, 경성제대, 동경제대의 학문적 담론(고고학, 인류학)이 개입해 있다.

조선 총독부는 촉탁 형식으로 이러한 학자들을 동원했는데, 그 가운데 하나가 「은은한 빛」에 등장하는 호리(堀) 평양박물관장 같은 사람이다. 호리는 이효석이 소설 속에 등장시키면서 붙인 이름이다. 아마 이효석이 '유적의 발굴자'라는 뜻으로 '호리'라는 이름을 붙이게 된 것으로 짐작되는 이 인물의 본명은 고이즈미 데루오(小泉顯夫)이다. 조선 총독부 촉탁으로 경주의 금령총, 서봉총 발굴에 참여했고, 34년부터는 평양 박물관장으로 근무하다, 일본의 패전과 함께 귀국한 인물이다.[10] 『조선일보』 36년 6월 23일자 신문을 보면 고이즈미가 서봉총의 금관을 평양 박물관에 전시할 때, 술자리에서 그것을 평양기생의 머리 위에 씌우고 사진을 찍은 것이 스캔들이 되었다는 기사가 나온다. 이에 대해서는 이효석도 「은은한 빛」에서 거의 한 페이지에 걸쳐 사건의 전말을 기술하고 있다. 그러나 거꾸로 그러한 스캔들을 이효석은 그가 조선의 미에 대해서 조예가 깊은 증거의 하나로 이해한다. 호리의 조선 이해는 조선의 현실을 개탄할 정도로 깊다.

> 요즘은 조선 음식도 점점 격이 떨어지는 것 같아, 어딜 가나 순수성이 상실돼 있단 말야. (중략) 난 경주하구 경성서 두어 번 진짜 조선음식을 먹어 봤는데, 그 향긋한 풍미는 지금도 못 잊겠어. (중략)
>
> 먹는 것 뿐만 아니라 격이라는 말이 났으니 말이지 건축이나 복색도 그 모양이라, 언덕배기에다 양관 세울 것은 꿈꾸어두 기와나 통나무로 마련한 멋진 조선식 건축은 깨끗이 잊는가 하면, 괴상한 양장보다는 헐거운 조선옷이 얼마나 고상하고 좋은지 모르겠는데, 덮어 놓고 고래의 물건을 멸시하구 외래의 물건에만 눈이 벌게지고 있는 형편이거든.(p.94)

---

10) 조유전, 『발굴 이야기』, 대원사, 1996. 참조.

그러나 호리의 깊은 조선 이해는 정치적 침략에 못지 않은, 아니 거기에 철저히 동조하고 나아가 그것의 이론적 뒷받침을 마련하는 식민주의적인 것이다. 이런 태도가 오리엔탈리즘의 일본판이며, 엑조티즘의 일종이라는 사실은 말할 필요도 없다. 그러면 이러한 호리 관장과 대립하고 있는 욱은 어떠할까.

> 마을서도 조금 높은 언덕 경사면이었다. 사과나무를 옮겨 심은 자리에 오두막을 세운다고 밭은 파헤쳐져 있었다. 5, 6척 깊이의 한 그루 나무 아래에서 나왔다는, 그 흙투성이의 고도(古刀)를 보았을 때, 욱은 덥석 잡고 잠시 목이 막히는 느낌이었다. 수십 원은 있었을까, 있는 돈을 다 털어 사례를 쥐어주고 그 훌륭한 발견물을 꽉 손에 쥐었던 것이다.(p.92)

욱이 고도를 발견한 순간부터 그것의 가치에 눈을 떴다는 식으로 작가는 기록하고 있다. 그러나 이것은 의식의 전도에 지나지 않는다. 즉 욱은 자신이 가지고 있는 고도에 대한 집착을 본래 있는 것, 체질과 풍토, 즉 자신이 일찍이 가지고 있던 본질에서 나온 것이라 강변하지만, 그것은 아래 인용문에서 보듯 식민지 본국인 호리 박물관장의 욕망을 모방한 결과 생긴 것이었다.

> 그 틀림없는 고구려의 고도를 관장은 한눈에 소망했다. …… 흠허물 없는 사이여서 욱은 주저했지만, 이번만은 그도 고집을 내세웠다.(p.93)

고도에 대한 욱의 집착은 호리 관장의 욕망이 커지면 커질수록, 부풀어 간다. 호리 관장은 온갖 방법을 다 동원해 고도를 인수받으려 하지만, 그럴수록 욱의 집착은 더욱 커진다. 고도의 가격을 1000원에서 2000원으로 올려 보기도 하고, 욱의 광적인 집착에 불만인 아버지를 매수하기도 하지만, 욱은 넘어가지 않는다. 욱이 속으로 마음을 두고 있는 기생 월

매를 꼬드겨도 욱의 마음을 움직이지 못한다. 오히려 욱은 "월매도 아버지도 관장도 한 패가 되어서 나를 놀리려 했다. 누가 질까. 누가 와도 양보할까"(p.106)라고 다짐하게 된다. 지라르가 「적과 흑」의 분석에서 보여주었듯이 경쟁의 모습으로 나타나는 모방의 내적 중계는 주체가 대상을 욕망하는 것이 아니라, 경쟁자의 욕망을 모방한 결과 대상에 대한 욕망이 발생하는 것이다.[11] 그에 비추어 보면 욱의 유물 지키기는 호리 관장의 욕망을 모방한 결과 발생한 것이며, 호리 관장의 박물관을 모방한 것이 욱의 골동품상이다.

그러나 욱의 모방은 근대 소설의 내적 중계보다 확대되어 해석할 필요가 있다. 그 모방이 식민지인에 의한 식민지 본국의 모방이기 때문이다. 식민지 본국에서 파견된 박물관장 호리의 욕망을 모방함으로써 골동품에 대한 욱의 태도마저 호리 관장과 닮게 된다. 이 때 호리 관장이란, 그 사람 자체를 가리키는 것이 아니라 식민지 본국의 담론을 담당하고 있던 사람들 모두를 지칭하는 것이다. 그는 이효석이 다녔던 경성제대의 교수일 수도 있고, 실제 평양 박물관 관장일 수도 있다. 식민지인은 이처럼 식민지 본국인을 모방함으로써 식민지 본국인이 식민지에 대해 가지고 있던 의식, 즉 유물로부터 느끼는 야릇한 흥분감, 식민지 본국을 위협하지 않는 유물의 탈역사화, 탈체계화의 욕망, 즉 엑조티즘마저 모방한다. 식민지인에게 식민주의, 혹은 오리엔탈리즘이 내면화되는 과정이 이러한 모방을 통한 것임은 주목할 만하다.

그러나 이러한 모방은 욱에게 인식되지 않는다. 모방인 줄도 모르면서 모방하는, 식민지 본국의 담론 체계에 들어간 것을 스스로 인식하지 못하는 태도는, 그러한 모방의 결과를 오히려 스스로 생성한 것으로 착각하는 결과를 낳게 된다. 즉 욱은 모방의 자리에 체질과 풍토를 도입하는 전도 현상을 보여준다.

---

11) 르네 지라르, 『소설의 이론』(김윤식 역), 삼영사, 1977, 제5장 참조.

이쪽의 장점이란 이쪽에 본래 있는 거야. 남의 가르침을 받아서 겨우 깨닫는다면 그런 따위는 없어도 좋아. 치즈하구 된장하구 어느 쪽이 자네 구미에 맞는가. 만주 등지를 한 일주일 여행하구 집엘 돌아왔을 때, 무엇이 제일 맛나던가. 조선된장과 김치가 아니었던가. 그런 걸 누구한 테서 배운단 말인가. 체질의 문제이고 풍토의 문제야.(p.97)

이효석은 조선적인 것, 혹은 동양적인 것에 대한 유행이 중일전쟁 이후의 동아시아 신질서론과 내면적 연관관계를 가지고 있음을 잊지는 않는다. 그러나 그러한 외부에서 촉발된 내부에 대한 관심을 '된장'이나 '김치'처럼 감각의 문제로 치환시킨다. 더군다나 "그것을 외면하는 자네 같은 그런 천박한 모방주의만큼 경멸해야 할 것은 없어"라며, 자신의 골동 취미를 비판하는 친구 백빙서를 모방주의자로 몰아 세우며 자신에게 씌어진 혐의를 벗어 던진다. '유물/모방'이 '유물/풍토·체질'로 치환될 때 본질주의가 생겨나는 것이다. 모방에 의해서 생성된 것을 마치 본래 가지고 있던 것인 양 착각하며 그 기원인 모방 행위를 감추고 잊어버리기 위해서라도 대립과 경쟁을 강화하는 것이 바로 본질주의의 특징이다. 외부에 의해서 내부가 발견되고, 새로이 발견된 것이 계속 존재해왔던 것처럼 인식될 때, 자신의 본질이 발견된다.[12] 30년대 후반에서 1940년대 초반에 죽기 전까지 이효석이 견지해왔던 미의식이란 이러한 의식 전도에서 발생한 것이라고 할 수 있다.

이처럼 전도와 기원의 은폐로 발생한 본질주의는 타자에 대해 무관심하며, 심지어는 배타적이기까지 하다. 고도에 대한 욱의 집착은 아버지, 사랑하는 사람을 배제하고 나서야 비로소 가능했던 것이다. 욱에게 있어 그들을 잊고 자신에게로, 자신의 본질로 돌아오기 위해서는 '망각의 굴'이 필요했다.

---

12) 小森陽一, 『日本語の近代』, 岩波書店, 2000, p.25

급기야 아버지와 심한 언쟁을 한 날, 욱은 표연히 거리의 한증막으로 들어가 있었다. (중략) 모닥불로 열한 컴컴한 흙동굴 속에, 너더댓이 한 패가 되어 가마니를 뒤집어 쓴 채 엎드리고 있노라면, 온 몸이 익어 터지는 것 같은 느낌이었다. 가마니 눈는 냄새와 매캐한 연기에 목이 막혀, 눈은 안 보이고 호흡은 가쁘고 의식은 혼돈하여 그대로 타죽지나 않을까 느껴지는 그 초열지옥을 욱은 즐겨 망각의 굴이라 부르고 있었다. 살인적 고행 속에서는 사바세상의 일은 이미 먼 망각의 피안에 몰입해 버리고 말기 때문이었다.(p.102)

타자의 영향에 대한 무시, 망각, 배제, 그리고 자신의 본질에의 몰입이 이효석의 미의식을 탄생시켰다. 인간을 차가운 시선으로, 마치 도자기를 바라보듯이 그릴 수 있는 것(「소복과 청자」)도, 한 여인을 치마를 위해 존재한다고 감히 말할 수 있는 것(「봄 의상」)도 타자를 차단함으로써 가능했던 것이다.

4. 조롱으로서의 모방 - 김사량

모방이 주체의 기원이라는 점을 인정한다는 점에서, 이유는 다르지만 이타가키의 말처럼 김사량은 「조선문학특집」에 동원된 그 외의 작가들과는 달랐다. 김사량은 일본어로 식민지 본국인을 향해 재현할 때 엑조티즘에 빠질 수 있다는 것을 충분히 의식하고 있었다.

내지어로 쓰려고 하는 많은 작가들은 작가가 의식하고 있든 아니든 상관없이 일본적인 감각과 감정으로 옮겨 가버리는 위험을 느낀다. 나아가서는 자신의 것임에도 불구하고, 엑조틱한 것에 눈이 현혹되기 쉽다. 이러한 일을 나는 실지로 조선어 창작과 일본어 창작을 함께 시도하면서 통감하는 사람 가운데 하나이다.[13]

해방 후에 벌어진 좌담회 「문학자의 자기 비판」에서의 이태준과 김
사량의 대립은 잘 알려져 있다.[14] 여기서 이태준이 말하는, 언어는 곧
민족이라는 주장은 아주 명쾌한데 반해, 최저의 저항선에서 이 보 퇴각
일 보 전진하면서 싸우는 것이 문화인의 임무라고 하는 김사량의 주장
은 해방공간 안에서 무기력하며 이태준 같은 민족 본질주의자 앞에서
"모자를 벗지 않을 수가 없"다. 그러나 이것은 해방공간 속에서의 사후
적 판단이라 할 수 없을까. 시점을 일제 말기로 되돌리면 양상은 조금
달라지는 것이 아닐까.

40년 9월 『현지보고』에 발표된 김사량의 「조선문학통신」에는 조선문
학은 조선어로 해야 한다는 주장이 명확하게 표명되어 있다. 한편에서
는 조선의 작가가 모두 내지어로 작품을 써야한다는 논의가 일어나고
있는 반면에 다른 한편에서는 조선문학의 수난기라고 하는 말도 있는
시기에 조선문학자의 입장에서 허심탄회하게 말하겠다는 것이 이 글을
쓴 동기이다. 김사량이 밝히고 있는 조선어 옹호의 이유는 세 가지로
나누어 살필 수 있다. 첫째는 민족 문학의 토양이 된 전통을 무시할 수
없다는 것, 둘째는 조선어로서만 감정과 감각이 충실하게 드러날 수 있
다는 것, 셋째는 내지어로 쓸 때 실제로 예술적 형상화가 가능한 사람
이 적다는 것을 그 이유로 들고 있다.

내지어로 쓰건 안 쓰는 건 작가 개인에 관계된 것이고, 조선 문학이
조선어로 씌어지지 않으면 안 된다는 것은 엄연한 진리이다[15].

이 글이 "조선어로 쓰는 것은 비애국적"이라는 시국논객의 주장에 반
발해서 쓴 것이라고는 하지만 "조선 문학이 조선어로 씌어져야 하는 것

---

13) 金史良, 「朝鮮文學通信」, 『現地報告』, 40.9.
14) 김윤식, 『한국 근대문학 사상사』, 한길사, 1984, pp.401~402 참조.
15) 金史良, 앞의 글.

은 진리"라는 이 주장은 그의 작품 「천마」(『문예춘추』, 40.6)에서 평론가 이명식이 주인공인 겐류(玄龍)에게 접시를 던져 상처를 입히고 체포되는 것만큼이나 당시로서는 과격한 것이었다. 그러나 이 과격함과는 달리 김사량은 계속해서 일본어로 창작활동을 했다. 실제로 「조선문학통신」을 전후하여 장편 「낙조」(『조광』, 40.2~41.1) 등을 조선어로 쓰긴 했지만 혹평의 대상이 되었을 뿐이다.

> 작자의 기억이나 詳考가 여간 억망이 아니다. 풍속 습관에 대해서도 全盲에 가깝지만 언어에 대한 관심도 여간 허술한 것이 아니다. (중략) 동경에서 활동한다는 소문이 자자한 김씨가 언어에 대한 감각이 이처럼 무딘 줄은 알지 못하였다.16)

"일본어로 글을 쓰면 어떻게 해서든지 일본적인 감정과 감각에 휩싸이므로 작품 속의 감정과 감각이 자신의 것이면서도 엑조틱한 것이어서 눈이 어지럽다"고 했던 김사량이 일본작가 가와바타 야스나리(川端康成)로부터는 "문장도 좋다"라는 평을 받으면서도,17) 같은 조선작가에게서는 언어에 대한 감각이 무디다는 비판을 받는 상황을 어떻게 해석하면 좋을까. 그리고 앞에서 보았던 "조선문학은 조선어로 씌어져야 하는 것은 진리"라는 주장과 이것을 어떻게 연관을 시키면 좋을 것인가.

다시 해방공간으로 돌아가면, 김사량이 모자를 벗을 수밖에 없다고 하는 민족 본질주의자와 김사량은 질적으로 다른 존재라 하지 않을 수 없다. 한 국가의 국민은 하나의 언어 체계로 수렴되어야 한다는 주장에 있어서는 민족 본질주의자와 당시의 식민지 당국은 공모관계에 있다. 해방공간의 상황은 민족 본질주의로 모든 것이 환원될 수 있는 여건을 가지고 있었다. 그것은 마치 신성한 빛처럼 바로 바라보기조차 힘들 정

---

16) 김남천, 「산문문학의 일년간」, 『인문평론』, 41.1.
17) 川端康成, 芥川賞 심사문, 『文藝春秋』, 40.3, p.351.

도의 것이었다. 이 지점에서는 모든 개인사와 집단의 역사가 새로 씌어지지 않으면 안 될 정도의 인식의 변환, 혹은 전도가 행해졌다. 문학자의 자기비판도 이렇게 전도된 인식 속에서의 비판이라 할 수 있다.

그러나 얼핏 보기에 민족 본질주의처럼 보이는 김사량의 주장은 당시의 맥락 속에 놓였을 때 의미관계가 달라지게 된다.

> 국어는 조선민중 속에 기피 드러가지 않으면 안 될 것이나 그러나 반면에 있어 조선의 언어라고 하는 것도 살여 가야 할 것이 아닌가 생각합니다. (중략) 언어의 특수성이라는 것을 어느 정도까지 존중하지 않으면 않되리라고 생각하는데.[18]

이태준의 주장이 조선어와 일본어를 동등한 입장에 놓고 대립시키며 이야기하고, 이것이 해방으로 가능하게 된 인식의 전도에 의해 가능하게 된 것임에 반해, 여기서 김사량은 소수어로서의 조선어와 지배 언어로서의 국어를 대립시키고 조선어의 특수성을 내세우고 있다. 이를 통해 보면 김사량은 조선어를 국가와 연결시키지 않은 반면에 이태준은 조선어를 국가와 등치시키고 있다고 할 수 있다. 그렇기 때문에 김사량은 소수어로서 조선어의 옹호가 가능한 것이지만, 조선어 자체가 절대적인 것이 아니라 "이 보 퇴각 일 보 전진"하기 위해서 작가 개인적으로는 일본어로도 쓸 수 있는 것이다. 김사량은 자신의 작품이 조선 문학에는 포함될 수 없다는 사실을 명확히 인식하며 글을 썼다. 그가 관심을 두었던 것은 "절대적인 구렁텅이" 속에서 "최저의 저항선"에 서서 싸우는 일이었다. 이는 그가 이중 언어체계(diglossic system) 속에 놓여 있었기 때문에 가능했다. 그의 이중어 창작은 「풀속깊이」에서 가장 잘 드러난다.

「풀속깊이」의 첫 장면은 색의 장려(色衣獎勵) 연설회로부터 시작한다.

---

18) 金史良・岸田國士의 대담, 「조선문화문제에 대하야」, 『朝光』, 41.4.

여기에는 세 그룹의 인간유형이 한꺼번에 등장한다. (1) 내무주임으로 대표되는 식민지 본국인. (2) 군수인 숙부로 대표되는 식민지 토착 엘리트/코훌쩍이 선생으로 대표되는 그 하수인 (3) 화전민으로 대표되는 하층계급.

이 소설에서 (1)은 단지 시선으로서만 존재한다. 이 텍스트에서 쟁점이 되는 국어상용, 색의 장려, 화전민 통제라는 식민정책은 모두 내무주임으로 대표되는 식민지 본국으로부터 일방적인 명령의 형식으로 내려지며 내무주임은 그러한 명령을 중계하고 그 실행을 감시한다. 식민지 본국은 이러한 감시를 통해 식민지인들을 자신의 체계 속으로 편입시키는데 성공한다. 그러나 식민지 본국은 식민지인에게 그들을 모방하도록 명령/장려하지만, 식민지인이 결코 완전히 똑같은 복제가 되기를 원하지는 않는다. 그것은 너무나도 위협적이기 때문이다.[19] 이 소설이 씌어질 당시에 벌어지고 있던 창씨개명 제도는 식민지 본국의 양가성(ambivalence)을 잘 보여준다. 창씨개명을 통해 식민지 당국은 식민지인으로 하여금 씨제도를 가지도록 했다.[20] 식민지 본국의 의도는 식민지인들이 본국을 모방하는 것에 있었다고 할 수 있다. 그러나 창씨개명 제도가 이루어지기 전부터, 그리고 그 후에도 이에 대한 불안감이 동시에 표출되고 있었다. 얼굴과 체격조선도 같고, 게다가 일본어마저 완벽하게 구사하면 내지인과 조선인을 구별할 수 없다는 차별감정이 그 이유였다. 후생성을 중심으로 하는 우생학적 관점이 일본에서는 상당한 설득력을 가졌고, 조선 총독부는 이에 반대했다.[21] 그러나 조선 총독부조차 호적에 조선인임을 알 수 있는 표지를 남김으로써 식민지인의 모방이 완벽한 것이 되지 못하고 항상 차이를 빚도록 장치해 두었다. 이 소설에

---

19) Bhabha, H. K., *The Location of Culture*, London : Routledge, 1994, p.87.
20) 宮田節子・金英達・梁泰昊, 『創氏改名』, 明石書店, 1992 참조. 창씨개명 제도에 대해 그동안 알려진 것과는 다른 몇 가지 사실들이 이 책에 실려 있다.
21) 이에 관해서는 오구마 에이지(小熊英二), 『單一民族神話의 起源』(新曜社, 1995)의 13장이 상세하다.

서는 그러한 식민지 본국의 양가성이 본격적으로 다루어지고 있지는 않지만, 가봉·임관체계·권한부여 등에서 그것이 드러나고 있다. 이러한 양가성은 어쩔 수 없이 식민지인들로 하여금 양가성을 가지게 한다.

> 군수라고 하면 급료는 낮고 지출은 지나치게 많은 존재이고 실권은 모두 부하인 내무주임에게 장악되어 있다. (중략) 군수는 정해진 자신의 작은 관사에서 쿨쿨 낮잠을 자거나 차만 마시고 있거나 하품을 하거나 하면서 날을 보낸다. 행정일체는 내무주임에게 맡겼다고 보면 틀림없다. 때때로 부하가 결재를 요구하면 커다란 도장을 빵빵 서류에 찍는 것이 낙이다.(p.42)

식민지인의 모방은 (2) 그룹에 속하는 인물들의 특징이다. 숙부는 "한 군의 장으로서 조선어를 사용해서는 위신에 관계된다고 생각하여"(p.37~38) 일본어로 연설을 하고, 코훌쩍이 선생에게 통역을 시킨다. 심지어는 알아듣지도 못하는 아내에게까지 일본어를 쓸 정도로 그의 모방은 철저하다. 이 소설의 관찰자인 인식과 군수의 대화에서는 각기 조선어와 일본어로 대화가 이루어지는 우스꽝스러운 모습도 연출된다.

물론 이 모방의 근저에는 내무주임과의 경쟁심리가 작용하고 있지만 「은은한 빛」에서처럼 이 모방은 모방된 대상과 평행선을 달리지 못한다. 빈약하긴 하지만 「은은한 빛」의 욱에게는 골동품 가게가 있어 호리 관장의 박물관과 등가를 이루고 있다. 그러나 일본인 내무주임을 모방하는 조선인 군수에게는 욱과는 달리 양가성이 존재하기 때문에 이 모방은 항상 차이를 발생시킨다. 그 양가성은 식민지 본국의 것임과 동시에 식민지인의 것이기도 하다.

차이가 가장 크게 발생하는 것은 군수의 일본어이다. 그러나 또한 군수가 내무주임과의 경쟁 심리 속에서 가장 자랑스러워하는 것도 바로 이 일본어이다. 그는 "여우 얼굴을 하고 있는 내무주임은 연설만은 나

(군수)를 감당하지"(p.42) 못한다고 자랑함에도 불구하고 그의 일본어는 항상 어긋난다. 작가는 이러한 어긋남을 일본어 루비를 통해 충분히 표현하고 있다. 주로 탁음/청음의 구분, ㄱ의 발음 등 조선인이 가장 잘 틀리는, 그래서 당시 국어(일본어) 교육에서 중점적인 교정대상이 되었던 틀린 발음을 작가는 텍스트 여기저기에서 표 나게 적어 두었다.

여기서 한자는 동일성을 의미한다면, 그 옆에 달린 루비는 차이를 의미한다고 할 수 있다. 이것을 동시에 표기함으로써 동일성과 차이를, 국어, 즉 일본어에 대한 매력과 반감을 동시에 제시하고 있는 것이다. 거의 같지만, 완전히 같지는 않은[22] 이러한 모방 행위는 식민지 본국에 대한 조롱(mockery), 즉 닮음(resemblance)과 해악(menace)을 동시에 포함하는 것이 된다.

박인식의 집중 관찰대상이 되는 코홀쩍이 선생은 선생 자격증이 없이 중학교 교원을 역임했었다는 점에서 문관자격 없이 군수를 지내고 있는 숙부와 동렬에 놓여진다. 열렬한 모방행위에 있어서도 군수에게 뒤지지 않는다. 색의를 입도록 강제하기 위해 화전민들의 등 뒤에 붓으로 ○, △, ×를 그리는 임무를 맡고 있던 그는 아내의 하나밖에 없는 흰 치마에까지 붓을 댄다. 그를 바라보는 박인식의 다음과 같은 상상 속에서 코홀쩍이 선생의 모방이 얼마나 식민지 본국의 의도와 어긋나게 조롱되고 있는가를 볼 수 있다.

> 불쌍한 코홀쩍이 선생은 산속 폐사에 가서, 어떻게 해서든 화전민들
> 을 모았을지도 모른다. 그리고 혼자 기분이 좋아져 우선 그 이상한 내
> 지어로 말하고, 그리고 또 스스로 그것을 의기양양하게 통역하던 순간,
> 뒤에서 그 두 사람이 덮쳐서 죽었을지도 모른다.(p.63)

초점 인물인 박인식은 어느 정도의 개입은 있지만 이들 바깥에 존재

---

22) Bhabha, 앞의 책, p.86.

하면서 이들의 모방행위에서 나타나는 틈과 차이를 포착하거나 그 틈을 더욱 확대시키는 역할을 하고 있다.

> 이 연설회장 가운데 떠오르는 듯한 흰 옷이라면 연단 옆 의자에 단정히 앉아 있는 내무주임의 린네르 하복 정도였다.(p.39)

> 거기에 모인 사람들(화전민 – 인용자)의 옷은 훌륭한 색의였습니다.(p.43)

이러한 박인식이 동정을 가지고 바라보는 대상은 (3) 화전민들이다. 그들은 식민정책의 가장 주변부에 위치한 존재들, 교화의 대상으로 통제 받고, 쫓겨나는 인물들이다. 이러한 주변성은 원래 존재하는 것이 아니라 식민지 당국의 주변화 정책에 의해서 발생한다. 식민지 본국이 일본어를 국어로, 국민복을 정복으로 정하고, 화전을 금지함으로써 이들은 주변화된다. 김사량이 고향, 향수, 조선이라는 말로 표현하는 것은 이와 같은 주변화된 존재였다. 그러나 그는 이러한 것들에 동정을 연민을 느끼면서도 스스로를 거기에 일체화시킬 수 없었다. 그가 조선적인 것이 조선 문화의 기반이라고 할 때, 이처럼 주변화된 것으로서의 조선문화를 지칭한 것이었다.

소설로 다시 돌아가면 이러한 본질주의에 대한 어색함은 화전민과의 대면에서 나타난다. "다만 자신도 그 가운데 한 사람이라고 생각할 때, 벌써 자신은 구원되리라고 생각했"(p.46)던 박인식은 산으로 화전민들을 찾아간다. 제목인 '풀속깊이'는 '숲속 깊이' 혹은 '숲이 무성한 곳' 등 여러 가지로 번역할 수 있지만, 결국 화전민의 삶터를 지칭하는 것이다. 이 풀 속 깊은 곳에서는 모든 것(식민지 정책도 포함하여)을 다 태워버리고도 남을 약동하는 화전민 문화가 존재하고 있지만, 화전민 편에서도, 박인식 편에서도 서로에 대한 두려움을 가지고 있다. 점재한 화전민 마을에 들어선 박인식을 맞이한 것은 그를 산림감시원으로 오인하고 도망치는 화전민들, 성급하게 도망가느라 버려두고 간 벌거벗은 아이들이었다. 화전민의 입장에서 보면 식민지 지배자와, 위생상태 조사를 하는 박인식은 그리 다르지 않은 존재일 것이다. 어렵게 찾아간 폐사에서는 정감록을 믿는 사교도들이 주문을 외우고 있었는데 그들은 식민정책과는 정면으로 배치되는 교리와 예언, 즉 "조선인은 백의를 입지 않으면 구원받을 수 없다", "언젠가 거대한 물난리가 나서 세상이 뒤집힌다"(p.59~60)를 가지고 있었다. 박인식은 그러한 화전민들의 삶에서 공포를 느끼고 날이 밝자마자 도망가듯이 그곳을 빠져나간다. 몇 가지 사안들, 즉 국어상용, 색의 장려, 화전민 통제를 둘러싸고 대립되는 다른 두 세계를 모두 체험함으로써 박인식이 느낀 감정은 어느 쪽에도 가담할 수 없는 경계에 선 자의 그것이었다.

조선에 대한 김사량의 재현 방식은 다른 작가들처럼 조선 고유의 본질적 요소에 대해 강조하는 것이 아니라, 모방을 직접 문제 삼으며 그러한 모방이 얼마나 뒤틀려서 나타나는가를 그려내는 것이었다. 그러한 뒤틀림에 대한 표현은 그가 이중언어 상황 속에 놓여 있었기에 가능했다.

이중 언어체계는 한 개인의 의식 혹은 무의식 속에 두 가지 언어가 섞여 들어와 간섭 현상을 일으킬 때 가능하다. 두 언어가 대립, 병존하는 상황에서 작가가 어느 한 쪽의 언어를 선택해서 쓴다는 행위는 선택한 언어 구도 속에 자신을 편입시키고 나머지 한쪽의 언어를 배제하는 일[23]일 수 없는 것이다. 이 때문에 이중 언어는 포스트 콜로니얼 문학이론에서 중요한 분석 매개가 된다.[24] 식민 혹은 포스트 식민 상황에서 언어는 이중적 혹은 다중적이라 할 수 있다. 그러나 이중 혹은 다중의 언어들은 동등한 위치를 점하는 것이 아니라, 특권적 언어와 부차적 언어로 구분된다. 이러한 언어상황 가운데 문학활동을 하는 식민지 혹은

---

23) 정백수, 『식민지 체험과 이중언어 문학』, 아세아 문화사, 2000, p.34.
24) 전유에 관해서는 빌 애쉬크로프트 외, 『포스트 콜로니얼 문학이론』(이석호 역, 민음사, 1996)을 참조했다.

포스트 식민지 작가는 특권적 언어의 특권성을 폐기하고, 식민지 본국의 언어를 비틀어서 사용하는 전유를 행한다는 것이다.

김사량은 조선어를 일본어 가운데 섞어서 사용함으로써 일본어를 오염시키고 모어인 조선어의 영향력 안에 유치시키려는 전유행위를 보여주고 있다. 단어 수준에서 파악한 것이어서 사례로는 불완전하지만 김사량이 일본어 소설에서 사용한 전유의 방식은 다음과 같다. 대상 텍스트는 「嫁」(『新潮』, 43.11)로 한정했다.

1. 조선식 이름을 가타가나(片仮名)로 그대로 노출하기 : コブシリ、オングナニ、ソブンネ、ヂョムスンイ、オクブンイ、ツブンネ、ボクシリ 등
2. 조선어 명사를 가타가나로 그대로 노출하기 : チョムヂ、パカチ
3. 조선식 후리가나(振り仮名) 붙이기 : 總角 → チョンガ-、支械 → ちげ、紐 → コルム
4. 조선식 의성어, 의태어 쓰기 : アイゴ-
5. 아오모리(靑森)지방 방언 쓰기 : -てけれ、-すべ
6. 조선식 속담, 상용구 쓰기 : 벼락에 맞아 죽어라 → 雷に打たれろ、입에 거미줄 치다 → 口に蜘蛛の巣がかかる
7. 조선 민요 인용하기 : 달아 달아 밝은 달아 / 이태백이 놀던 달아

김사량은 소설의 표현에서 이중언어 글쓰기를 충분히 활용했다. 일본어로 쓰면 일본적인 감각과 감정에 휩싸이기 때문에 작품의 감정과 감각이 낯설게 느껴진다는 그는 거꾸로 일본어로는 표현하기 어려운 낯선 감정들을 조선어로 그대로 노출시키는 전략을 썼다. 그러면서도 동시에 일본어로 창작함으로써 조선어의 국가어로서의 성격도 부정한다. 또한 식민지 본국을 모방하지만 그 모방에서 항상 틈을 마련함으로써 식민지 본국을 조롱한다. 전유는 그러한 조롱의 한 가지 수단이라 할 수 있다.

이중언어 사용자의 입장을 철저화시켰던 김사량은 그 어느 쪽으로부터도 주변화되었다. 이는 지금까지 그가 한국문학사에도 일본문학사에도 당당하게 들어갈 수 없는 조건으로 작용했다. 그동안 그가 남긴 몇 편의 일본어 소설이 일본문학 측에서 소수문학으로 위치 지어졌고, 한국문학 측에서는 친일문학 범주에서 일부 다루어졌을 뿐이다. 이는 그의 문학행위가 가지는 모방성(일본어 창작)이 너무나 명백한 형태로 드러나 있기 때문이었다. 그러한 명백한 모방성은 그 내면에 있는 미묘한 차이와 틈을 무시하도록 만들었다. 그러나 위에서 보듯이 식민지인은 결코 모방행위에서 자유로울 수 없었다. 이는 민족의 본질적인 요소를 사상적 기반으로 하는 민족주의조차 모방으로 형성되었다는 사실에서 극명하게 드러난다. 이러한 사실을 재평가하기 위해서는 원래부터 존재한 것으로 위장되었던 내부가 모방으로 성립되었다는 사실을 지적하는 것에서 출발해야 할 것이다.

5. 맺으며

이상으로 『문예』지 「조선문학특집」을 중심으로 식민지 본국과 식민지 간의 문화교류에서 벌어지는 재현과 헤게모니의 문제에 대해 살펴보았다. 1939년과 1940년은 일본어 창작이 본격화되지 않은 상황에서 조선의 문화, 문학이 일본에서 대량으로 소개되던 독특한 시기였다. 이 가운데 마련된 「조선문학특집」은 식민지 본국인이 식민지를 재현할 때 발생하는 문제가 고스란히 드러났다. 하야시 후사오는 이 특집에 실린 그의 글을 통해 조선 문학 및 조선 정신에 대해서 이야기하는 것이 아니라, 자신이 조선에 대해 가지고 있는 감상만을 늘어놓으면서 타자로서 조선의 영향을 거부했다. 그러한 거부는 실제로 식민지인 조선을 알기를 두려워하는 태도에서 비롯된다. 즉 조선을 정적이고 탈역사화된

미의 대상으로 설정함으로써 조선의 영향을 무력화시킨다.

이러한 식민지 본국인에 대립되어 식민지인 스스로가 식민지를 재현한 글은 두 가지 유형으로 나뉠 수 있다. 하나는 「은은한 빛」으로 상징되는 본질주의적 태도이고, 하나는 「풀속깊이」로 대표되는, 본질에 근거를 가지지 않은 차이를 강조하는 태도이다. 본질주의적 태도는 고유하고 특수한 요소를 강조함으로써 그러한 고유성이 모방으로 발견되었다는, 그것의 기원을 은폐한다. 그렇기 때문에 오히려 식민지 본국을 무의식적으로 모방하여 그 체계속에 말려들어 간다. 그러나 차이를 강조하는 태도는 작은 틈을 포착하여 그 틈을 확대시켜 나간다. 그러면서도 그 차이를 본질로 환원시키지 않는다. 그러한 태도는 주체성이 모방에서 비롯된 것, 즉 타자의 영향력으로 형성되었다는 것을 인정함으로써 오히려 식민지 본국의 체계와 거리를 두게 된다. 이것은 언어적 측면에서 국가어, 민족어를 인정하지 않는 이중언어 체계로 드러난다.

이 두 관점의 차이는 식민주의의 극복 방식과 연관되어 있다. 식민주의를 민족 본질주의로 대체시킬 것인가, 아니면 본질에 근거를 두지 않고 차이와 틈을 확대시켜 나갈 것인가. 이것은 다음 인용문을 통해서 명확히 드러난다.

> 거지같은 썩어빠진 근성으로 영원히 살기보다 깨끗하게 사라져 버리는 편이 좋지 않을까?
>
> — 이효석, 「은은한 빛」, p.98

> 문화인이란 최저의 저항선에서 이보퇴각 일보전진하면서도 싸우는 것이 임무라고 생각합니다.
>
> — 「문학자의 자기비판」에서의 김사량의 발언

전자는 "조선어와 운명을 같이 하려" 했고, "일본말에 붓을 적시는 사람을 은근히 가장 원망한" 이태준의 태도와 비슷한 점이 있다. 해방 이후에는 전자의 입장만이 강조되었고 후자의 입장은 경계선에 서있는 위험한 것으로 간주되었다. 나는 후자의 손을 들어 주었지만, 쉽게 말할 수 있는 문제는 아니다. 다만 그동안 잊혀졌던 후자의 입장을 부각시킴으로써 논의의 기반을 마련할 필요가 있다는 것만은 말할 수 있을 뿐이다.

제 2 장

언어와 식민지
― 1940년을 전후한 언어상황과 한국 문학자

1. 1940년을 전후한 조선의 언어 상황

1940년은 조선이 일본의 식민지가 된 지 30년이 지난 시점에 해당한
다. 언어 생활에 있어서 공용어(公用語), 특히 교육어가 가진 중요성을 생
각한다면, 30년 동안의 일본어 교육은 조선에서 이중 언어적 상황을 만
들어내기에 충분했다. 근대 이후 한국 및 조선에서 일본어 교육이 처음
으로 실시된 것은 19세기 후반이지만 본격적으로는 1910년을 전후한
시점이었다. 한일 신협약(1907.7)에 따라 제정된 학교령과 그 시행규칙에
서 일본어가 필수 과목이 된 것은 한일 합방 이전인 1907년 8월이었고,
일본어가 제1외국어에서 국어의 지위로 올라서는 것은 1911년 8월 조
선 교육령 실시에 따른 것이었다.[1] 이때부터 일본어는 공용어(학교, 재판
소, 관공서, 군대에서 사용하는 언어)로서 학교에서 교수언어로 사용되는 등,

---

1) 이명화, 「조선총독부의 언어 동화 정책」, 『한국독립운동사 연구』 9집, 1995.12, pp.278~
279. 이 논문에서는 한일신협약 체결시기와 학교령의 제정시기가 모두 1906년으로 되어
있으나, 이는 1907년의 오기이다.

특권적인 언어의 위치를 획득한다. 조선인에게 있어 국어와 모어가 서로 다른 이중언어 생활은 이때부터 시작된다고 할 수 있다.

국어인 일본어의 특권성은 공용어 지정이라는 정치적 행위로만 이루어지는 것은 아니었다. 객관성으로 포장된 언어학은 국어(일본어)=근대·문명/조선어=전근대·야만이라는 이항 대립적인 담론을 생산하고 유통시켰으며,[2] 문학은 일본어로 된 정전(canon)의 생산과 유통을 통해 국어 이데올로기를 재생산했다. 여기에는 총독부가 만든 국어 교과서와 각종 문학 전집의 출간·보급이 큰 역할을 했다. 많은 조선 작가들은 일본어로 교육을 받았으며, 일본 문학을 규범으로 하여 일본어로 습작을 시작했다. 근대문학 초기의 작가인 이인직, 이광수, 염상섭, 김동인 등은 물론 30년대 작가인 한설야, 이효석, 유진오, 최재서, 이상, 정지용 등에게 있어 대문자의 문학은 일본 문학 및 일본어로 번역된 유럽 문학이었다.

규범적·특권적 언어로서의 일본어를 공용어로, 주변적 소수어로서의 조선어를 모어로 가진 조선인들은 분열된 이중 언어 상황에 처해 있으면서도, 그와 동시에 규범어(국어)로서의 조선어를 창출하는 작업을 게을리하지 않았다. 일본어 및 일본 문학의 번역과 전유를 통해 출판어 및 문학어를 확립함으로써 조선어는 준국어로서 자율성을 획득한다. 어학 분야에서는 1933년 조선어학회의 맞춤법 통일안 제정이 이에 해당하는데, 이것은 국가 권력이 개입되지 않는 상황(따라서 준국어라는 용어를 사용한다)이었기에 갈등도 피할 수 없었다.

조선어학연구회에서 주장하는 학설은 재래식 다시 말하면 훈민정음에 가미개선하야 수모던디 해득키 용이하게 한 것이고 한글연구회(조선어학회 – 인용자)에서 주장하는 문구는 훈민정음에 근거를 두디 안코 해득키 난한 신문자를 제조하야 훈민정음에 대하야 이해업는 중추원 기타

---

2) 安田敏朗, 『帝國日本の言語編制』, 世織書房, 1997, p.131.

에 운동하야 소학교 교과서까지 일부분 개조하였고 어느 신문은 막대한
경비로 활자까지 개조하야 세인의 안목을 황홀케 하니 반도동포에 대하
야 실로 사소한 문제가 안이다.
　　　　　　　　　　　　　　　─ 주종훈, 「조선어의 통일을 절규」, 『정음』, 38.7

　갈등의 중심에 훈민정음에 대한 해석이 놓여 있다는 사실은 전통의
창출과 근대성의 관계를 어느 정도 보여주고 있어 흥미롭다. 또한 위의
인용에서도 알 수 있듯이 조선어를 규범으로서 확립시키기 위해 교육
어·출판어를 장악하려 했다는 사실, 따라서 총독부와 신문사·출판사
들과 연대(공모)하지 않을 수 없었다는 점도 흥미롭다. 어쨌거나 조선어
학회안은 1935년 현재 총독부 교과서의 대부분과 상당수의 사전, 종교
서적, 문예 서적 등에서 규범으로 작용하고 있었다.[3] 문학자들도 이에
적극적으로 참여했는데, 그것은 34년 7월 9일에 있었던, 문예가 78명이
참가한 「한글 철자법 시비에 대한 성명서」로 가시화되었다.
　공식적으로서는 주변어(혹은 지방어), 현실적으로는 준국어라는 이중적
인 성격을 띤 조선어의 지위에 변동이 생기는 것은 1930년대 후반이
다.[4] 조선어가 준국어로서의 지위는 물론이고, 주변어로서의 지위마저
부정당하는 것은 '내선일체'로 대표되는 '황국신민화'의 결과이자, 그것
의 주요한 수단이기도 했다. 37년 중일 전쟁의 발발 이후 총독부는 조
선 교육령을 개정(38.3)하여 일본 '내지'와 조선의 학제를 통일하고, 일본
어 교육을 강화하기 위해 조선어를 수의(선택) 과목으로 전락시킴으로써
실제적으로 행해져 왔던 이중어 정책을 포기하고 형식적으로 주장되어
왔던 단일 언어 정책을 현실화한다. 여기서 유의할 것은 당시의 '내선일
체'가 정책적으로는 일반적인 국민화 과정과 일치한다는 점이다. 이 과
정에서 국어 제도, 징병 제도, 교육 제도, 호적 제도가 유기적으로 작동

---

3) 자세한 것은 『한글학회 50년사』(한글학회, 1971, p.177)를 참조.
4) 이 시기 총독부의 국어 정책에 관해서는 이명화의 앞의 논문을 참고했다.

되는데, 이 시기에는 그것이 압축되어서 나타난다는 점에서 이 시기의
국민화 과정은 하나의 분석적·규범적 모델로 작용할 수 있다.[5] 당시의
국어 정책은 병역 제도와 연동해서 실시되며 교육 정책으로 실현된다.
38년의 조선 교육령 개정은 지원병 제도와 연동해서 일어났으며, 42년
5월 5일에 발표된 국어보급 운동요강은 징병제 발표와, 44년 8월의 국
어상용 전해운동은 징병제 실시와 동시에 시작되었다.

그러한 가운데 문학어로서 조선어가 공식적으로 부정당하는 것은
1942년 5월에 발표된 「국어보급 운동요강」(약칭 「요강」)에 의해서이다.
국민총력 조선연맹이 발표한 「요강」 가운데 '문화방면에 대한 방책'은
"1.문학, 영화, 연극, 음악 방면에 대하야 극력 국어사용을 장려할 것"[6]
등 세 가지 항목으로 되어 있는데, 이는 당시 조선에서 유일한 문학 잡
지였던 『국민문학』의 전면적인 국어(일본어) 사용을 가져왔다.

> 조선어는 최근 문화인에게 있어서는 문화의 유산이라기보다 오히려
> 고민의 씨앗이었다. 이 고민의 껍질을 깨뜨리지 않는 한, 우리들의 문화
> 적 창조력은 정신의 수인이 될 뿐이다.
> ― 최재서, 「편집후기」, 『국민문학』, 1942.5·6 합병호

『국민문학』은 원래 "연4회 국어판, 연8회 언문(조선어-인용자)판"으로
해왔지만, 그것은 어디까지나 "과도기적 체제"[7]였다. 국민화를 인정한
이상 국어로의 통일은 필연적인 사실이었고, 조선어는 사라져야 하지만

---

5) 가라타니 고진(柄谷行人)은 자신의 저작 『일본근대문학의 기원』을 다시 읽으면서 일본
   의 국민국가 창출 과정이 서양의 국민국가 형성 과정과 동일하지만, 극히 짧은 기간
   안에 이루어졌기 때문에 서양의 국민국가 형성 과정에서는 두드러지지 않는 전도성을
   보여준다고 한다(「언어와 국가」, 『일본정신분석』, 文藝春秋, 2002, p.11). 그러나 일본제
   국의 내부보다 짧은 시간에 이루어진 식민지에서의 황민화=국민화 과정은 더욱 극렬
   하고, 더욱 억압적인 전도성을 보여준다고 할 수 있다.
6) 총련지도위원회, 「국어보급운동요강」, 『조광』, 42.6, p.106.
7) 「국어잡지로의 전환」, 『국민문학』, 42.5·6 합병호.

여전히 많은 사용자를 가지고 있었기 때문에 완전히 폐지할 수도 없는
'고민의 씨앗'이었을 뿐이었다. 이를 전후하여 '문화적 창조력'이라는 특
권적인 가치는 국어로서의 일본어가 완전히 독점하게 되고 조선어는
새로운 가치를 창조해낼 수 없는 언어로 위치지어졌다.[8]

  그렇지만 조선 문단에서 일본어 창작 문제가 본격적으로 등장하게
되는 1939년 이후부터 일본어 창작의 특권이 확정되는 1942년까지는
언어 문제를 둘러싼 문학적·정치적 대립이 다양한 형태로 나타난다.
지금의 시점에서 보면, 혹은 당시 조선 총독부의 관점에서 보면 1940년
을 전후한 시기는 전면적인 일본어 창작으로 가는 과도기에 불과하지
만, 당시의 시점으로 들어가 이 문제를 살펴보면 이 시기에는 결말을
예측할 수 없을 정도로 국가와 언어, 식민지와 언어의 관계에 대한 다
양한 입장이 서로 대립하고 있었다. 이는 일본어 및 조선어의 지위의
문제와 관련되어 있는데, 크게 나누자면 국어-지방어, 제국어-소수어,
외국어-준국어라는 개념쌍이 이에 해당한다. 이 가운데 첫 번째와 세
번째의 담론이 단일 언어로서의 국어의 보편성을 내세우는 점에서 공
모 관계에 있다면, 두 번째 담론은 이중언어와 잡종 언어에서 가능성을
발견하며 보편어·국어의 특권성을 폐기하는 점에서 구별된다. 또한 첫
번째 담론이 식민주의에 종속된다면, 두 번째와 세 번째의 담론은 탈식
민의 두 가지 방법을 제시한다. 전자(두 번째 담론)가 비본질적·비민족적
인 방식이라면 후자(세 번째 담론)는 본질적·민족적이라 할 수 있다. 이
글은 40년을 전후한 언어 상황 속에서 문학자들이 어떤 입장을 취했는
지를 위의 같이 세 가지로 나누어서 살펴보고, 그 가운데 이중어 창작
의 가능성을 점검해 보기 위해 씌어진다.

---

8) 이와 연동해서 일어난 것이 1942년 10월의 '조선어학회 사건'이었다(김윤식, 「국민국가
   의 문학관에서 본 이중어 글쓰기 문제」, 『한국학보』, 2002 겨울).

2. '제국'의 언어, '제국주의'의 언어

당시의 담론 속에서 일본의 성격은 결코 단일하지 않았으며 일본어
의 지위도 마찬가지였다. 가라타니 고진은 네이션 스테이트와 언어의
관계를 검토하면서 '제국'과 '제국주의'라는 개념를 도입하고,9) 40년대
대동아공영권 표준어로서의 일본어를 고찰하는 가운데 도키에다 모토
키(時枝誠記)에게서 '제국'의 언어로서 일본어의 가능성을 본다.10) 그러나
그가 주장하듯이 다언어의 가능성을 보면서도 국어의 특권성을 주장한
사람은 도키에다만이 아니었다.

> 谷川 : 지금 말씀하신 동화정책과 일종의 협동주의 말입니다. 일본이
> 지금까지 대만과 조선에 해온 정책은 대체로 황민화·동화정책입니다.
> 이런 정책을 남방 제국에서도 취할 수 있을까요. 나는 동화주의는 어렵
> 다고 생각합니다. 협동주의로 나가지 않으면 안 됩니다.
> 平野 : 다만 일본에서 행하는 경우에는 소위 협동정책과 동화정책의
> 장점을 취해 가야 합니다.
> 石黑 : 예를 들어 蘭印(인도네시아)에 인도네시아어 운동이란 게 있습
> 니다만 일단 그 인도네시아어를 수립하는 것을 이쪽이 오히려 도와줘야
> 합니다. 그러나 공용어는 일본어로 해야 합니다.
> ─「좌담회 언어정책」, 『文藝』, 42.3

근대적 개념인 제국주의는 국민국가의 확장된 형태로서 '문명의 이
념'에 그 기반을 두고 있기 때문에 개별적 민족의 자율성은 근본적으로
인정되지 않는다. 제국주의의 질서는 그것이 "뿌리를 내리는 곳 어디에

---

9) 가라타니 고진, 「제국과 네이션」, 『전전의 사고』, 文藝春秋, 1994. 제국과 제국주의의
   구분을 통해 탈냉전 이후의 세계 질서를 설명하려는 가라타니의 시도는 안토니오 네
   그리 · 마이클 하트의 『제국』(윤수종 역, 이학사, 2001)의 내용과 일치한다. 둘 사이의
   선후 관계는 가늠하기 어렵다.
10) 가라타니 고진, 「언어와 국가」, p.34.

서나, 자기 자신의 정체성의 순수함을 단속하고 다른 모든 것을 배제하기 위하여 자신의 사회적 영역을 지배하고 위계적인 영토적 경계들을 강요"[11]했던 것이다. 그러나 이처럼 아시아 민족에 대한 일본의 침략 행위가 민족 본질의 확대 재생산으로서의 성격, 즉 제국주의적 성격을 가지고 있었지만, 당시의 세계질서는 이러한 측면만으로 자신을 정당화하는 것을 허락하지 않았다.[12] 그 때문에 오히려 일본은 각 민족의 아이덴터티를 그대로 유지하면서 느슨한 통일을 지향하는 형태, 예를 들면 만주의 '오족 협화'나, 아시아 민족이 각기 제 권리와 자율성을 가지는 '대동아 공영권'을 대외적으로 선전하고, 어느 정도 이를 보장하지 않을 수 없었다.

언어 정책에서도 마찬가지로 대동아 공영권에서 각 민족어와 공용어인 일본어의 지위를 어떻게 확정하는가는 논란의 대상이었다. 본국에서는 해외로 진출해야 하는 일본어와 내지에서 쓰이는 일본어를 분리해야 한다는 주장과 일치시켜야 된다는 주장이 엇갈려 있었으며, 역사적인 표기법을 보급해야 한다는 주장과 실제 발음에 근거한 표음적 표기법을 보급해야 한다는 주장이 대립되어 있었다.[13] 이러한 논란은 일본 내지의 국어국자 개혁과 연관되어 더욱 복잡한 양상을 띠며 전개되는데, 근본적으로 이것은 일본이 대동아공영권 내에서 제국의 위치에 있는지, 제국주의의 위치에 있는지 명확하지 않았기 때문에 발생한 것이었다. 그러나 대체적으로는 조선·대만에서는 제국주의(동화정책)로, 그 외의 지역에서는 제국(협동정책)으로 위치지어졌다. 대만과 조선에서의 언어 정책이 원주민들을 완전히 내지와 동일한 언어로 통합하고 역사

---

11) 네그리 외, 위의 책, p.17.
12) 네그리 등의 설명에 의하면, 이 시기는 제국주의에서 제국으로 가는 이행의 과정에 있었다.
13) 자세한 것은 고모리 요이치(小森陽一)의 『일본어의 근대』(岩波書店, 2000) 제7장 「표준어의 제패」 및 이연숙의 『'국어'라는 사상』(岩波書店, 1996) 제14장 「'공영권어'와 일본어의 '국제화'」 참조.

적 표기법을 따르도록 하는 것이었다는 사실은 그것을 증명한다.[14]

그러나 이것도 일률적인 것은 아니었다. 만주의 조선인이 오족의 한 구성원인 조선인(만주국민)이면서도 일본인(일본국민)이었고, 조선내의 조선인조차 내선일체(국민화)를 긍정하면서도 제국의 한 민족으로서의 독자적 권리를 끊임없이 주장했다. 자세한 것은 생략하지만[15] 다음의 인용문으로 그 일단을 볼 수 있다.

> 전체주의적인 사회 기구에 있어서는 동경도 하나의 지방이라고 생각하는 것이 옳을 것입니다. 라기보담 지방이나 중앙이란 말부터 정치적 친소를 부수하야 좋지 않은 듯 합니다. 동경이나 경성이나 다같은 전체에 있어서의 한 공간적 단위에 불과할 것입니다.
> — 김종한, 「一枝의 윤리」, 『국민문학』, 1942.3, p.36

이러한 가운데 조선인 문학자들은, 일본어를 제국주의 언어로 파악하고 국어로서 그것을 전면적으로 수용하거나(그러면 조선어의 소멸은 필연적일 뿐만 아니라 바람직한 현상이 된다), 아니면 그것을 제국주의 언어로 파악하지만 거꾸로 조선어의 준국어로서의 특권성을 내세워 그것을 외국어로서 배척하거나, 혹은 일본어를 지배적인 언어로 인정하면서도 그것의 특권을 부정하는 이중언어 전략을 취하거나 하는 세 가지 방법을 취했다.

3. 준국어로서의 조선어 — 한효·이태준

조선에서 문학어로서의 일본어가 논란거리가 되는 것은 1938년 11월

---

14) 이런 이유로 백영서는 월러스틴의 '중심-반주변-주변'라는 개념을 도입한다(백영서, 「상상속의 차이, 구조속의 동일」, 『現代思想』, 2002.2).

15) 김종한과 최재서의 '신지방주의론'에 대해서는 졸고, 「'국민문학'의 양가성」(『트랜스토리아』, 2003 상반기)을 참조.

에 있었던 좌담회 「조선문화의 장래와 현재」(『京城日報』, 38.11.29-12.7)에서
부터이다. 그 전에 이미 "조선에 있어 국어 없이는 하루도 존재할 수 없
는 것은 우리들이 일본 없이는 하루도 존재할 수 없기 때문이다. 언젠
가 조선인은 완전히 일본 민족이 될 운명에 있다"[16]는, 일본인보다 더
일본인답다는 현영섭의 주장이 있었지만, 문학자들은 이에 대해 아무런
반응도 보이지 않는다. 이에 비해 위의 좌담회는 장혁주가 번역하여 일
본에서 상연했던『춘향전』의 경성 공연을 앞두고, 만주 여행길에 조선
에 들른 일본인 문학자들과, 조선인 문학자들이 한 자리에 모인 것을
계기로 이루어진 문학 관련 좌담회였고, 그 자리에서 일본어 창작에 관
한 근본적인 문제가 다루어졌다는 점에서 문단에 큰 반향을 일으켰다.
 이 좌담회의 핵심적 주제는 조선적인 것이 일본어로 표현될 수 있는
가 하는 것이었다. 장혁주가 번역한『춘향전』이 그 본래의 맛을 표현하
지 못했으며, 내지어로는 그것이 불가능하다는 것이 좌담회에 참석한
조선인 작가, 정지용, 유진오, 임화, 이태준의 주장이었다면, 장혁주 및
하야시 후사오(林房雄)를 비롯한 일본인 작가들은『춘향전』이 일본에서
도 환영을 받았다는 사실에서도 알 수 있듯이 일본어로 표현되지 못할
것은 거의 없으며, 내선 교류를 위해 이런 번역 작업이 계속 이어져야
한다고 주장했다.『춘향전』을 둘러싼 이러한 문제들은 그대로 조선작가
의 일본어 창작 문제로 이어진다.

> 이태준 : 아키타(秋田) 선생님께 좀 여쭙겠는데, 조금 전에 조선어로
> 써도 국어-내지어로 써도 무방하다고 하셨는데, 우리들에게는 중대한
> 문제이기 때문에 본론과는 조금 다르지만, 질문 드리겠습니다. 내지의
> 선배분들로서는 우리들 조선 작가가 조선어로 쓰는 것을 마음으로부터
> 희망하고 계십니까, 아니면 내지어로 쓰는 것을 더 희망하고 계십니까?
> 아키타 : 우리들 작가의 요망, 그리고 대중의 요망으로서, 결국 대상

---

16) 현영섭,『조선인이 나아가야 할 길』, 綠旗聯盟, 1938, p.153.

을 대중에게 두는 작가로서는 국어가 좋다고 생각합니다.

하야시 : 국어의 문제가 나왔는데, 이것은 대단히 중대한 것이라고 생 각한다. 우리들로서 조선의 제군들에게 말씀드리는데, 작품은 모두 국 어로 써주었으면 좋겠다.

무라야마 : 목하의 문제로서는 국어로 써도 지장이 없을 것 같기 때 문에 조선어로 쓰지 않으면 안 되는 것은 없다고 생각한다.(12.6)

이태준의 질문은 "일본의 정책이 조선어 창작을 허용하는가"에 놓여 있어 명확함에 비해 일본인 작가들의 대답은 "많이 팔리기 위해서는 내 지어로"(가라시마), "밥먹는 데 곤란하지 않은 사람은 조선문으로"(하야시), "널리 읽히기 위해서는 국어"(무라야마), "대중을 대상에 두는 작가는 국 어"(아키타) 등으로 애매하다.[17] 그들도 또한 민족＝언어라는 인식 속에 놓여 있고 그 때문에 "문학이라는 것, 혹은 문화라는 것은 개별적인 풍 토와 언어로 성립되는 것이기 때문에 조선어의 특권성은 지켜져야 하 지만, 그렇다면 민족의 혼일적 융화라는 것은 어떻게 해결지어야 좋은 것인가"[18]라는 모순을 풀 수 없었기 때문이다. 이에 비해 이태준의 논 리는 아주 명확하다.

사물을 표현하는 경우에 국어로 적확하게 그 내용을 설명할 수 없는 것으로 생각되기 때문이 아닌가 합니다. 그것은 우리들의 독자적인 문 화를 표현하는 경우의 맛은 조선문이 아니고서는 불가능한 부분이 있습 니다. 그것을 국어로 표현하면 그 내용이 내지화되어 버리는 듯한 느낌 이 듭니다. 반드시 그렇게 됩니다.(12.6)

이는 일본어로는 번역되지 않는 본질적이고 독자적인 것이 존재하고, 그것은 조선어로만 표현가능하다는 일종의 민족 본질주의적 주장으로

---

17) 이런 주장은 나중에 한효에 의해 원고료 문제만으로 조선어-일본어 창작 문제를 해 결하려고 한다는 오해를 산다(「국문문학문제」, 『京城日報』, 39.7.13〜19).

18) 「조선문학에 대한 하나의 의문」, 『新潮』, 1940.5.

파악될 수 있다. 이태준의 이러한 발언은 이후의 문헌에도 볼 수 있는데,[19] 해방 이전에 이태준이 조선어와 일본어의 관계나 당시의 언어 정책에 대해 언급한 것은 이 정도가 전부이다. 그러나 그에게는 이렇다할 일본어 작품이 없으며[20], 가장 중요하게는 해방 이후 봉황각 좌담회에서 한 그의 발언으로 미루어 보아 이태준이 민족=언어라는 인식 위에 서 있었다고 말할 수 있다. 따라서 그에게 있어 일본어 창작=친일이었다.

나는 8·15 이전에 가장 위협을 느낀 것은 문학보다 문화요, 문화보다 다시 언어였습니다. 작품이니 내용이니 제2, 제3이요, 말이 없어지는 위기가 아니었습니까? 이 중대간두에서 문학운운은 어리석고 우선 말의 명맥을 부지해 나가야 할 터인데 어학관계에 종사하는 분들은 검거되고 예의 홍원사건 아닙니까? 학교에서 교편을 잡고 있는 분들은 직업을 잃고 조선어의 잡지 등 신문 문화 간행물은 거의 없어지게 되었습니다. 어디서 조선문화를 논할 여지조차 있었습니까? 그런데 이 점엔 소극적으로나마 관심을 갖지 않고 도리혀 조선어 말살정책에 협력해서 일본말로 작품행동을 전향한다는 것은 민족적으로 여간 중대한 반동이 아니었다고 봅니다. 그러므로 나는 같은 조선작가로 최후까지 조선어와 운명을 같이 하려 하지 않고 그렇게 쉽사리 일본말에 붓을 적시는 사람을 은근히 가장 원망했습니다.

— 『인민문학』, 1946.10, p.45

민족=언어의 관계가 38년의 좌담회 당시보다 훨씬 명확한 형태로 드러나는 이 주장은 국가를 되찾은 해방 이후에는 친일파 청산과 국민 국가 수립을 위해서는 유효한 이데올로기가 될 수 있겠지만, 그 당시에는 항일 의용군에 참가하지 않는 한 오히려 가장 무력한 주장이었다. 앞의 인용문에서 하야시가 말한, "작품은 모두 국어로 해주었으면 좋겠다"는

---

19) 「좌담회 문화를 찾아서—세 작가를 둘러싼 좌담회」(『京城日報』, 39.6.23)에서도 이태준은 "조선어가 아니면 이해될 수 없는 것이 있다"는 발언을 한다.
20) 지금까지 발견된 이태준의 일본어 작품은 「第一号船の揷話」(『國民總力』, 1944.9.) 뿐이다.

말이 암시하듯이 이 이데올로기는 국어=국가라는 논리로 흡수될 여지를 충분히 가지고 있고 또한 실제로 그러한 논리와 국가의 폭력에 의해 국어(일본어)가 유지되었기 때문이다. 그리고 이 논리는 조선어에 의한, 제국주의와 침략 전쟁 찬양은 상관없다는 식의 자기변명으로도 이어질 수 있고, 따라서 나아가 민족을 위해 친일했다는 논리마저 합리화될 수 있다.

다시 앞으로 돌아가서 이 좌담회는 일본의 문예 잡지인 『문학계』(39.1)에도 재수록되어 일본 작가들 사이에서도 논란이 되었다. 장혁주가 일본 문예잡지인 『문예』(39.2)에 실은 「조선 지식층에 호소한다」(『삼천리』, 39.4에도 수록)에 따르면 일본 작가들의 대체적인 생각은 "조선인들이 뒤틀려 있다"는 것이었다. 장혁주는 이러한 뒤틀림을 조선민족이 가진 결점인 격정성, 시기심 등으로 설명하지만, 실은 이러한 뒤틀림은 조선 문학을 일본어가 지배하는 것에 대한 거부 반응으로서 조선의 의사 소통 과정에 개입하는 일본어의 강제로부터 벗어나기 위한 일종의 포스트 콜로니얼의 실천이라고도 볼 수 있다. 이 점은 뒤에서 다시 이야기하기로 하고, 장혁주는 국어로 창작하는 것도 배제할 것은 아니라는 말로 이 글을 끝맺는다.

앞의 좌담회와 장혁주의 논문으로 일본어-조선어 문제는 불거지는데, 이에 대한 본격적인 논쟁은 『京城日報』 지상에서 벌어졌다. 한효의 「국문문학문제」, 그것에 반론을 제기한 김용제의 「문학의 진실과 보편성」(39.7.26~8.1), 앞의 두 논문을 모두 비판한 임화의 「언어를 의식한다」(39.8.16~20)가 그것인데 이 논쟁은 앞의 좌담회와는 달리 실제로 일본어 작품이 생산되기 시작한 시점이라는 점에서 의미를 가진다.[21]

한효는 "예술가의 양심으로 국문 문학의 문제를 생각해야"지 "논점을 원고료로 잡는 것은 무모"하다는 관점에서 시작하지만, 앞에서 보았듯

---

21) 한효가 예로 들고 있는 작품은 김용제의 시, 김문집·장혁주 소설과 더불어 한설야의 장편소설 「대륙」(『國民新報』, 39.6.4~9.24)이다.

이 그것은 오해에 불과하다. 원고료로 상징되는 조선 작가의 지위 향상 문제는 일본 국민이 됨으로써 조선인의 지위가 향상될 수 있다는 논리의 한 예에 불과하기 때문이다. 여하튼 한효는 예술가의 양심은 진실을 그리는 것에 있고, 그 진실에 기반하여 예술은 조선적 현실을 그려내야 한다고 주장한다.

> 조선이라는 이 현실은 조선 작가 이외의 어떠한 대작가, 대예술가도 그려낼 수 없는 예술적 대상이다. 조선의 현실을 그림에는 우선 조선의 현실을 알아야 한다. 그리고 그 현실을 알기 위한 방법으로는 그 현실 가운데의 인간, 즉 조선인이지 않으면 안 된다.(7.14)

이러한 주장은 또한 "조선인이 조선의 현실을 그 현실 가운데의 언어로 표현한 작품이 진실로 조선의 문학이고 예술이라는 삼위일체론"(7.15)으로 이어진다. 그 예로 한효가 드는 것은 『대지』이다. 펄 벅이 아무리 뛰어난 작가라도 『대지』는, 중국인으로서 중국어로 중국의 현실을 그린 노신의 작품을 결코 뛰어넘지 못하는 형편없는 작품이라고 한효는 평가한다.

이 논리는 우선 '조선인'이 특정 가능한 개념인지, 혹은 당시 '조선인'='일본 국민'이라는 논리에 어떻게 대응할 수 있을지, 실제로 일본 국민으로서 대동아 공영권에서 일정한 위치를 차지하려는 논리에 대응 가능한지 의문스럽다. 또한 '조선의 현실'이 무엇을 의미하는지, 그 현실이 황국 신민화되어가는 현실도 포함하는 건지 의심스럽다. 또한 "현실 가운데의 언어"로서 일본어가 조선인 10%의 사용자를 가지고 있는 이중 언어 상황은 어떻게 해석할 수 있는지, 일본어 정책이 효과를 거두어 조선에서 일본어가 상용어가 된다면 그것에는 어떻게 대응할 수 있는지 의심스럽다.

실제로 그의 논리는 "이 토지의 현실이 완전히 국어의 생활화를 불러오"는 "객관적 조건이 구비"되면 국어 창작은 가능하다는 것으로 이어진다. 또한 현시점에서 해야 할 일은 "민중의 생활 속에 깊이 들어가 그들의 언어로 황민화를 고취"하는 것이라고 한다. 검열을 의식해서 덧붙여 쓴 것이라고도 판단할 수 있지만, 민족=언어의 논리가 국가=국어의 논리로 자연스럽게 이어질 수 있다는 것을 보여주는 것이기도 하다.

4. 지방어로서의 조선어 — 장혁주·김용제

김용제의 논문은 이 점을 잘 지적하고 있다. "문학상의 언어는 대상의 언어 여하에 관계없이" "작가 자신의 언어로밖에 표현할 수 없고" "대상의 언어를 절대적으로 추수할 때"(7.30) 작품은 불가능하다는 것을 말한다. 이는 조선어로만 조선의 현실을 파악할 수 있고 조선인만이 조선의 현실을 파악할 수 있다는 한효의 주장에 대한 유효한 반박이다. 또한 그는 조선어가 곧바로 조선 문화는 아니라는 것, 즉 어떠한 시대에도 어떠한 환경에서도 고집되어야 할 존재가 아니라는 것을 주장함으로써 조선어=조선인의 관계를 단절한다. 이는 모어라는 것이 쉽게 바뀌지는 않지만, 바뀔 수도 있다는 점에서 올바른 지적이라고 할 수 있다.

그러나 그렇다면 지금 이 시점에서 조선 민족의 언어를 왜 일본어로 바꾸어야 하는가 하는 의문이 생긴다. 김용제는 그것이 조선 민족에게도 좋다, 왜냐하면 일본어는 조선어보다 뛰어난 언어이기 때문에, 라는 말로 대답한다.

국어는 이미 문화어로서 조선어보다 뛰어난 언어이다. 이것은 사실 동양에 있어서 국제어이고, 조선에 있어서는 문자 그대로의 국어이다.(7.27)

일본어가 조선어보다 뛰어날 리가 없다. 마찬가지로 조선어가 일본어보다 뛰어날 리가 없다. 한 언어가 다른 언어에 비해 우월하다든가, 표준어가 방언보다 뛰어나다는 논리는 언어학적으로는 전혀 근거가 없다.[22] 그럼에도 불구하고 민족의 우월성이나 언어의 우월성의 논리는 내선일체의 중요한 근거가 되어 왔다. 김용제는 그러한 비교 인류학·비교 언어학에 의해 생산되고 유포된 제국주의의 논리에 기반해 있었다. 그러나 더욱 중요한 것은 그가 국민국가의 논리에 기반하고 있다는 사실이다. "국가적 보편성의 입장"(7.26)에서 보면, 국어는 조선어보다 뛰어난 언어가 되는데 이를 보증해주는 것은 국민 국가이다. 한효가 민족을 떠난 진실이란 없다고 한 말을 김용제는 국가를 떠난 진실은 없다는 논리로 응수하는데, 국가란 그 자체가 진실과 가치의 담지체여서 아무도 거기에 이의를 제기할 수 없다.

위에서 잠시 살펴 보았던 장혁주의 논리도 이에서 크게 벗어나지 않는다. 그는 39년의 시점에서 미래를 정확하게 예측하고 있는데, "이미 학교령이 변했고, 경찰령도 변했다. 다음에 올 것은 의무교육과 징병제의 실시이다"(p.318)라는 예언은 42년 5월에 실현된다. 그러니까 장혁주는 각종 기제(교육제도, 병역 제도)를 통해 조선인은 결국 일본 국민이 될 것이고, 또한 그것이 "우수한 민족으로 부흥하기 위한" 가장 좋은 방법이라는 것을 전제한 후에, 그렇다면 지금 "국어로 진출하는 것도 반드시 배제할 것은 아니다"고 주장한다. 이 주장은 민족=언어임을 인정하면서도 국가=국어라는 논리로 이를 감싸는 것이라 할 수 있다. 이 논리의 연장 선상에는 조선어가 국민국가 가운데 한 지방의 언어, 즉 방언의 위치를 차지한다는 논리가 존재한다. 여기서 조선어가 일본어의 한 갈래인가, 아니면 독립된 언어인가 하는 점을 과학적으로 따질 필요는 없다.[23] 그것을 결정하는 것은 국가이자 그것의 정치력이기 때문이다.

---

22) 다나카 가쓰히코(田中克彦), 『언어와 국가』, 岩波新書, 1981 참조.
23) 한일합방을 전후해서 가나자와 쇼자부로(金澤庄三郎)의 비교 언어학(『일한 양국어 동

국어는 국가적 견지에서 비롯되는 특수한 가치적 언어이고, 일본어는 그러한 가치의식을 떠나서는 조선어, 그 외 모든 언어와 동등한 위치를 가지는 언어적 대상에 불과한 것이다. 따라서 국어와 일본어는 어떤 경우에는 그 내포를 달리할 수 있다. 방언은 표준어보다 열등하지 않고, 혹은 그 이상으로 연구적 가치가 있는 언어적 대상이고, 또 누구도 자기 방언에 모어로서의 그리움을 느낄 것이다. 그러나 국가적 견지는 이러한 방언을 가능한 한 없애려고 노력한다. 여기에 표준어 교육, 국어교육의 우위가 나타나는 것이다. 국어는 실로 일본국가의, 또 일본국민의 언어를 의미하는 것이다. 국가적 견지에서 비롯되는 방언에 대한 국어의 가치는 곧 조선어에 대한 국어의 우위를 의미하는 것이다. 방언과 조선어에 대하여 국어의 우위를 인정하지 않으면 안 되는 것은 그 근본으로 소급하면 근대의 국가형태에 기초한 것이라고 하지 않으면 안 된다. 여기에서 우리들은 또한 대동아 공영권에서 일본어의 우위라는 것을 생각할 단서가 열리는 것이다.

- 도키에다 모토키, 「조선에서의 국어정책 및 국어교육의 장래」,
『日本語』, 1942.8

도키에다는 국민 국가와 국어의 기원에 대해서는 묻지 않는다. 그것은 자연스럽게 형성된 것, 즉 자명한 것으로 받아들여진다. 그러나 그것은 국가의 폭력에 의해서 강제로 이루어진 것, 여성과 장애인, 어린이, 소수 민족 등 타자를 배제함으로써 이루어진 것이다. 이는 최근 국민국가의 기원을 묻는 일본이나 유럽 및 미국의 논의를 기다릴 필요도 없이

계론』, 『일선동조론』 등)은 일본어와 조선어가 같은 언어임을 학문적으로 주장해왔고, 이 논리는 40년대에 다시 부활하여 내선동조동근론의 유력한 논리적 근거 가운데 하나가 된다(야스다 도시아키, 앞의 책, pp.136~141). 이를 객관적인 학문으로 반박하는 것이 필요하긴 하지만, 오히려 그것보다 그것의 정치성을 폭로하는 것이 더 효과적인 것은 아닐까. 예를 들면 아래와 같은 것은 어떨까.

어떤 언어가 독립의 언어인지 아니면 어떤 언어에 종속되어 그 하위단위를 이루는 방언인지에 대한 논의는 그 언어의 언중이 놓여진 정치 상황과 희망에 의해 결정되는 것이지 결코 동식물의 분류처럼 자연과학적 객관주의에 의해 일의적으로 결정되는 것은 아니다.(다나카 가쓰히코, 앞의 책, p.9)

실패한 국민화 과정인 내선일체, 황민화 정책을 돌아보면 금방 알 수
있다.

> 그러나 문화인과 문예가의 상당한 부분에서는 사상적으로 아직 구각
> 을 벗어버리지 않고, 동아 신건설과 내선일체의 이념 하에서 문화활동
> 에 협력하는 태도로 나오지 않는 자가 있다. (중략) 우리들의 새로운 활
> 동을 질시하고, 시의하고, 무서워하는 비겁한 심리도 고백되어 있어 가
> 련하고 불쌍하다.(김용제, 앞의 글, 7.26)

> 국어는 우리 일본국가의 언어이고 이 때문에 황국신민으로서 국어를
> 알지 못하는 자는 극언하면 황국신민이 아니라고 할 수 있다
> — 히로세 쓰즈쿠, 「국어보급의 신단계」, 『朝鮮』, 42.10

조선인은 반드시 일본 국민이 된다는 역사적 필연성과 또 그래야 한
다는 당위성을 믿고 있는 사람의 확신에 찬 목소리이다. 국가가 진실을
보증해주기 때문에, 진리와 가치를 한꺼번에 담지하게 된 사람의 목소
리이다. 그러나 거꾸로 이것은 진리와 가치를 담지하고 있다고 간주되
는 국가가 배제의 논리에 기반하고 있다는 것을 보여주는 목소리이기
도 하다.

5. 주변어로서의 조선어 – 임화·김사량

임화는 '민족=언어'와 '국가=국어'의 틀을 벗어나기 위해, 문학의 언
어 자체의 성격으로 돌아간다. 언어는 풍토와 더불어 자연이면서, 또한
문학자에게는 도구이다. 도구이기 때문에 언어는 어떤 것이든 표현하기
에 충분하고, 다른 사람이 읽기에 적합하며, 아름다운 언어이면 그만이
다. "언어는 국경표지가"(8.20) 아닌 것이다. "작가들이 언어를 정치적 내

셔널리즘과 같이 이해하려는 생각은 프로 문학 전성기에 말에 대한 관심을 예술 지상주의적이라든가 반동적이라 하여 오로지 이론적으로 정치적으로 사고하고자 했던 조잡한 사고와 공통점이 아주 많다."(8.17) 그렇기 때문에 조선어를 "강인하게 고집하는 것도 논박하는 것도 우스운 일"이다. 왜냐하면 "언어란 변하기도 하면서도 함부로 바꿀 수도 없는 것"(8.16)이기 때문이다. 따라서 문제는 "어떤 언어를 버릴까 쓸까에 있는 것이 아니라, 오늘날의 작가들이 쓰기 좋은가, 나쁜가"(8.18)에 놓여 있다.

"언어는 국경표지가 아니다"라는 임화의 말은 양날의 칼이다. "조선문학은 반드시 조선인이 조선어로 조선의 현실을 그린 것"이라는 민족본질주의자에 대한 유효한 반박이 되는 동시에, "국민은 반드시 국어를 써야한다"는 내선일체론자에 대한 유효한 반박이기도 하다. 그러나 이것도 저것도 아닌 것처럼 보이는 임화의 칼날이 주로 향하고 있는 것은 '국어 창작의 당위성'을 주장하는 후자 쪽이다. 임화의 논지대로 하자면 "작가가 태어나면서 듣고 말해온 언어, 일상 사용함에 불편·부자연함을 느끼지 않는 언어", 바로 모어가 가장 좋은 언어이고, 대부분의 조선인 작가에게 모어가 조선어라는 사실 때문이다. 따라서 결과만을 두고 바라보자면 임화는 조선어 창작을 옹호한 셈이 된다. 그러나 임화의 조선어 창작 옹호의 논리는 민족 본질주의에 기반해 있지 않다. 조선인이기 때문에 조선어를 써야 하며, 조선어를 써야만 조선문학이 될 수 있는 건 아니기 때문이다. 거꾸로 아무리 주변적인 언어이고, 또 그 언어를 사용하는 것이 정치적으로 불리하다고 하더라도, 그 언어를 일상 생활에서 사용하는 사람이 있는 한, 해당 언어로 된 문학이 존재해야 한다는 소수어의 권리 주장이기도 하다.24)

---

24) 임화는 아일랜드의 켈트어를 그 사례로 든다. "잉글랜드 열도에서는 일찍이 영어 대신에, 지금은 사어가 된 켈트어가 통용되던 시대가 있었고, 마찬가지로 앵글로 색슨어가 유행한 시대에도 겔어는 가족법에 대한 관습법처럼 잔존해 있었다."(8.17)

국어는 조선민중 속으로 깊이 들어가지 않으면 안 될 것이나 그러나 반면에 있어 조선의 언어라고 하는 것도 살려가야 할 것이 아닌가 생각합니다. 문화가 언어에 힘입는 바는 대단히 크다고 생각합니다. 가령 문학이라든지 기타 예술에 있어서도 거기에 나타나는 독특한 전통을 가진 언어에 의하여 그 문화와 예술의 가치가 고양되는 것이라고 생각합니다. 가령 문학의 예만을 취하여 생각해 볼지라도 켈트어의 애란문학을 포섭하고 있기 때문에 영문학이 위대한 것이고 또 노서아에는 우크라이나 문학이 있느냐 하면 페테르부르그 문학이 있습니다. (중략) 이런 의미만으로도 언어의 특수성이라는 것을 어느 정도까지 존중하지 않으면 안 되리라고 생각하는데.
  - 김사량·기시다 구니오 대담, 「조선문화 문제에 대하여」, 『조광』, 41.4

얼핏 보면 국어 및 일본의 넓은 포용력을 요구하고 있는 것 같지만, 사실 김사량은 한 국가의 언어가 단일 언어로 통일되어야 한다는 국어의 논리에 반대를 표시하고 있다. 또한 이는 식민지 본국의 언어가 식민지에서 의사소통 체계를 장악하는 것에 대한 반대 의견이기도 하다. "조선인으로서 국어를 해득하는 것은 12,3 퍼센트"밖에 되지 않으며, 그 가운데에는 "조선 언문은 읽는 사람이 많"은데, 그들에게 "문화의 광명을" 박탈해도 좋을 것인가 하는 말은 식민지 본국의 언어이자 국어인 일본어의 특권성을 부정하는 소수어의 권리 주장이다. 이러한 권리 주장이 가능하기 위해서는 식민지의 토착 언어, 소수어의 특권성이 전제가 되어야 한다. 김사량은 "조선문학은 기후 풍토와 오랜 동안의 역사에 순응하여 이루어진, 조선인 독자의 기질과 성격과 언어와 감성의 증거이고, 반향이기도 하기" 때문에 "조선문학은 조선 작가가 조선어로 씀으로써 비로소 성립되어야 한다는 것은 자명한 일이다"라고 하며 조선에서의 조선어의 특권성을 주장한다.[25]

---

25) 김사량, 「조선문화통신」, 『現地報告』, 文藝春秋, 1940.9(언어에 대한 언급만 별도로 「조선문학과 언어문제」라는 제목으로 삼천리 41년 6월에 실렸다).

그렇다고 해서 김사량이 조선인은 반드시 조선어를 써야 한다는 민족 본질주의에 기반하고 있는가 하면 그렇지는 않다. 그는 "언어 문제에서 우리들이 편협한 마음으로 조선문학 쇼비니즘에 빠지지 않도록 경계해야 한다"고 말하고 있기 때문이다. 더군다나 그는 조선인의 일본어 창작을 부정적인 시각에서 바라보지 않았으며, 그 자신도 또한 대부분의 작품을 일본어로 창작했다. 그러나 김사량의 일본어 창작은 소수어인 조선어의 특권성을 회복하기 위한 작업이었지 결코 식민지 본국의 언어이자 국어인 일본어의 특권성을 인정하는 것은 아니었고 여기에서 그의 문화적 실천이 나온다.

절망적인 구렁이에 빠졌으면서도 희망은 꼭 있다고 생각한 분들이 붓을 꺾은 후 그나마 문화인적 양심과 작가적 정열을 어디다 쓰셨는가요? 여기에 문제는 전개된다고 생각합니다. 쉽사리 갈라놓자면 문화를 사랑하고 지키는 문학자와 또 그래도 싸우려고 한 문학자, 이 두 갈래. 그러나 일언으로 말하자면 문화인이란 최저의 저항선에서 이보퇴각, 일보전진하면서도 싸우는 것이 임무라고 생각합니다. 무엇을 어떻게 썼느냐가 논의될 문제이지 좀 힘들어지니까 또 옷 밥이 나오는 일도 아니니까 쑥 들어가 팔짱을 끼고 앉았던 것이 드높은 문화인의 정신이었다고 생각하는 데는 나는 반대입니다.[26]

김사량의 "이 보 퇴각, 일 보 전진"의 의미는 이태준 같은 민족 본질주의자에게는 포착되지 않는다. 그들에게 있어 민족은 언어이고 일본어 사용은 곧 친일의 의미를 가지고 있기 때문에 '이 보 퇴각, 일 보 전진'은 둘에서 하나를 뺀 일 보 퇴각을 의미할 뿐이다. 그러나 김사량의 일본어 창작은 친일이라는 말로 포괄되지 않는 의미, 즉 "중심부의 언어로 이야기하는 기득권을 가진 식민지 본국의 언어를 폐기하고 그 언어를 각 주변부 국가의 모어의 영향력 안에 유치시키려는"[27] 포스트 콜로

---

26) 『인민문학』, 1946.10, p.46.

니얼적 실천의 의미를 가지고 있다.

김사량은 "조선어가 아니라 내지어로 쓰려고 할 때에는 아무래도 작품은 일본적인 감정과 감각에 휩싸이게 되"고 "자신의 것이면서도 엑조틱한 것으로서 눈이 어지러워지기 쉽다"고 하며 자신이 모어인 조선어의 영향권내에 있음을 고백한다. 그러나 그는 작품 대부분을 일본어로 창작했는데, 그것은 그의 모어와 문학어가 서로 달랐기 때문이다. 그는 문학어를 일본어로 습득했으며 모어의 문학어에는 익숙하지 않았다. 예를 들면 그는 조선어로도 창작을 하고, 일본어로도 창작을 했지만, 조선 작가에게서는 "작자의 기억이나 상고가 여간 억망이 아니다. 풍속 습관에 대해서도 전맹에 가깝지만 언어에 대한 관심도 여간 허술한 것이 아니다. (중략) 동경에서 활동한다는 소문이 자자한 김씨가 언어에 대한 감각이 이처럼 무딘 줄은 알지 못하였다"28)라는 혹평을 받는 반면, 일본인 작가로부터는 "문장도 좋다"라는 평을 받는다.29) 어쨌든 김사량은 일본어로 창작을 하면서도 일본적인 감정과 감각에 빠지지 않기 위해, 식민지 본국의 시각을 배제하려고 노력했는데, 그 방법은 일본어를 전유30)하는 것이었다.

6. 포스트 콜로니얼 언어

전유 행위는 타자의 언어로 모어의 정신을 전달하려는 것으로서 일본어로 창작하면서도 로컬 컬러나 지방성 같은 조선의 특수성을 주장한 작가들의 작품에 공통적으로 나타난다. 피진이나 크레올과 같은 형

---

27) 빌 애쉬크로프트 외, 『포스트 콜로니얼 문학이론』, 윤석호 역, 민음사, 1996, p.66.
28) 김남천, 「산문문학의 일년간」, 『인문평론』, 41.1
29) 가와바타 야스나리(川端康成), 아쿠타가와(芥川)상 심사문, 『文藝春秋』, 40.3, p. 351.
30) 전유란 "모어가 아닌 타자의 언어로 모어의 정신을 전달하는 것", 즉 "상호 이질적인 문화적 경험들을 다양한 방식으로 전달하기 위해서 언어를 하나의 도구로 차용 및 선용하는 방식을 의미한다."(빌 애쉬크로프트 외, 앞의 책, 같은 면)

태는 아니지만, 포스트 콜로니얼 이론에서 말하는 괄호치기나, 주석달기, 혹은 주석 배제, 번역 불가능한 단어 제시, 조선어의 문장 구성·음운·리듬 등을 사용하는 포스트 콜로니얼 일본어의 가능성을 보여주고 있다.[31] 이는 조선인 작가의 일본어 실력이 뛰어나지 않다는 이유도 있지만, 대부분의 경우 의도적인 행위라고 볼 수 있는데, 이러한 전유 행위가 식민지 본국의 가치에 대한 조롱과 해체로 나타나는 것은 김사량의 작품에서 볼 수 있다.

「풀속깊이」(『文藝』, 40.7)의 배경이 되는 벽지 마을은 식민지 언어 상황의 축소판이라고 할 수 있다. 일본어 상용자인 내지인 내무주임, 이중언어 사용자인 화자 박인식, 코훌쩍이 선생, 군수인 숙부, 일본어 비사용자인 화전민들은 사용 언어에 따라 서열이 나뉘어져 있다. 일본어 상용자는 명령을 내리는 자의 위치에 있고, 일본어 비사용자는 명령을 받는 대상의 위치에 있으며 이중언어 사용자는 통역자로서 그 명령을 전달하는 인물이다. 이 가운데 소설의 전반부는 이 이중언어 사용자에 맞추어져 있다.

군수인 숙부는 "한 군의 장으로서 조선어를 사용해서는 위신에 관계된다고 생각하여"(pp.37~38) 일본어로 연설을 하고, 코훌쩍이 선생에게 통역을 시킨다. 언어가 바로 권력임을 보여주는 대목이라 할 수 있는데, 그는 심지어는 알아듣지도 못하는 아내에게까지 일본어를 쓸 정도로 일본어 사용에 철저하고 인식과의 대화에서는 각기 일본어와 조선어로 대화가 이루어지는 우스꽝스러운 모습도 연출한다. 식민지 본국의 언어로 된 명령을 조선인 군수가 한 번 더 반복하여 산민들에게 연설하지만, 그것은 이미 더럽혀지고 차이를 발생시키는 반복이다. 왜냐하면 군수는 죄다 엉터리 일본어로 연설을 하기 때문이다. 그 엉터리 일본어를 작가는 일본어 고유의 루비를 통해서 표나게 적어놓고 있다.

---

31) 김사량의 작품에서 나타난 전유에 대해서는 졸고, 「식민지인의 두 가지 모방 양식」 (『한국학보』, 2001 가을호)을 참조

朝鮮人が貧(ぴん)乏になったのは白い着物を着用したがらである。<u>經</u>(げい)濟的にも時間(がん)的にも不經濟なのである。即ち白い着物は早ぐ汚れるから金が要り、洗ふのに時間がががるのである。

(조선인이 빈곤하게 된 것은 흰 옷을 착용하고 있기 때문이다. 경제적으로도 시간적으로도 불경제적이다. 즉 흰 옷은 빨리 더러워지기 때문에 돈이 들고 씻기에도 시간이 걸리는 것이다.)

권위적이어야 할 연설은 이 엉터리 일본어로 인해 더럽혀지고 조롱된다. 그 언어가 더럽혀짐과 함께, 백의는 야만과 비문명, 그리고 더러움과 빈곤과 불경제의 표지라는, 문명과 가치를 담지하고 있는 식민지 본국의 담론도 더럽혀지고 조롱된다. 즉 식민지 본국의 담론은 식민지에서 한번 더 반복되고 식민지인에 의해서 모방될 때 그것은 언어가 뒤틀려 나타나듯이 뒤틀리고 더럽혀져서 나타날 수밖에 없다. 그것은 코홀쩍이 선생의 손수건이 더러운 코를 닦아내면 낼수록 더 더러워지는 것과 같다.

코홀쩍이 선생은 숙부와 마찬가지로 완전한 내지인이 되고자 식민지 본국의 담론을 반복하고 그것을 모방한다. 그의 모방은 숙부보다 더 격렬하고, 더 철저하다. 그는 화전민들의 백의에 검은 먹으로 표시를 하는 업무를 맡는데, 숙부가 일본어를 모르는 아내에게도 일본어로 말하듯이, 코홀쩍이 선생은 자기 아내의 하나밖에 없는 치마에다 검은 먹으로 표시를 해버린다. 이러한 그의 모방 행위의 목적지는 내지인이 되는 것, 즉 일본어로 권력의 언어를 발하는 것이었다.

불쌍한 코홀쩍이 선생은 산속 폐사에 가서, 어떻게 해서든 화전민들을 모았을지도 모른다. 그리고 혼자 기분이 좋아져 우선 그 이상한 내지어로 말하고, 그리고 또 스스로 그것을 의기양양하게 통역하던 순간, 뒤에서 그 두 사람이 덮쳐서 죽었을지도 모른다.

이것은 화자인 박인식의 추측에 불과하지만, 스스로 내지어 연설자가

되었다가 또 통역자가 되었다가 하는 행위를 반복하는 행위를 통해 선
생이 꿈꾸었던 것은 결국 내지어로 연설함으로써 화전민 앞에 군림하
는 것이었다. 그러나 선생은 자신의 더러운 코를 평생동안 닦아야 했듯
이 자신이 더럽고 빈곤하며 야만적인 조선인이라는 사실을 평생동안
닦아낼 수 없었다.

> 거기에는 흰 옷을 입은 사람은 한 사람도 없고 그들의 구깃구깃한 복
> 장은 몇 년이나 입고 있는 듯한 죄수복처럼 황토색이 아닌가. 게다가
> 흰 옷이라고 하면, 연단 옆 의자에 단정히 앉아 있는 내무주임의 린네
> 르 하복 정도였다.

문명의 눈은 조선인의 백의와 일본인의 린네르가 똑같이 흰색임을
알지 못한다. 아니 조선인의 옷이 흰색이기 때문에 야만적이 아니라, 조
선인을 야만적이라고 생각하기 때문에 흰색으로 보이는 것임을 화자는
말하고 있는 것이다. 또한 조선인의 백의는 산민들의 입장에서 보면 그
들 삶에 기반한 민족의 옷임을 내세움으로써 화자는 식민지 본국이 설
정한 기준에 대한 본질주의적 시각을 폐기함과 동시에 제국 중심적 사
고를 폐기한다.[32]

김사량은 식민지 조선에서도 국어를 써야 한다는 본국 중심적 시각
을 폐기하였고, 식민지 본국의 시각으로 조선을 바라보는 시각의 특권
성을 해체했다. 그것은 그가 식민지 본국에서 교육을 받고 식민지 본국
의 언어로 창작을 하면서도 식민지 민중(subaltern)의 삶과 모어의 입장에
섰기 때문에 가능했다. 그러나 그는 그의 글이 식민지 민중을 대변한다
거나, 그들을 재현할 수 있다고는 생각하지 않았다. 화전민들의 삶에 박
인식이 결코 끼어들 수 없었듯이 김사량의 문학은 결코 조선 민중에게
읽힐 수 없었던 것이다.

---

32) 빌 애쉬크로프트, 앞의 책, p.75.

제 3 장

식민지에서의 국민화

1. 신체의 국가 관리 – 라디오 체조

한국 근대문학사에서 풍자문학의 백미로 꼽히는 「치숙」(『동아일보』, 1938.3.7~14)의 화자인 '나'의 이상과 계획은 10만원을 가진 부자가 되어 "생활법식부터 내지인처럼" 하는 것이다. "내지 여자한테 장가"를 들고 "성명도 내지인 성명으로 갈고 집도 내지인 집에서 살고 옷도 내지 옷을 입고 밥도 내지식으로 먹고 아이들도 내지인 이름을 지어서 내지인 학교에 보내"고 "죄선말은 싹 거둬치우고 국어만" 쓰는 것 외에 화자의 장려 사항 가운데에는 다음과 같은 것들도 포함되어 있다.

> 좋고 유익한 것이면 나라에서 도리어 장려하고 잘할라치면 상급도 주고 그러잖아요.
> 활동사진이며 스모며 만자이며 또 왓쇼왓쇼랄지 세이레이 낭아시랄지 라디오 체조랄지 이런 건 다 유익한 일이니까 나라에서 설도도 하고 그러잖아요.
> 나라라는 게 무언데? 그런 걸 다 잘 분간해서 이럴 건 이러고 저럴

건 저러라고 지시하고, 그 덕에 백성들은 제각기 제 분수대로 편안히
살도록 애써 주는 게 나라 아니요?
— 『채만식전집7』, 창작과 비평사, 1989, p.267

'왓쇼이왓쇼이'(전통 축제)나 '세이레이 나가시'(精靈流, 절기 행사), '스모'(일
본 씨름) 같이 일본 정신을 강조하는 것과 중일 전쟁(1937.9) 이후 일본 제
국주의 침략의 선전 도구로 곧잘 이용되었던 영화나 만자이(漫才, 만담)가
가진 이데올로기적 편향성은 뚜렷해 보이지만, 라디오 체조는 개인의 건
강을 증진시키는 방법으로서 불편부당한 것처럼 보인다. 그러나 나라에
서 장려하고 상급도 준다는 위의 인용문에서도 볼 수 있듯이 라디오 체
조의 기원과 전파 과정에는 제국주의 국가의 의도가 개입되어 있다.
정해진 시간에 라디오를 통해 나오는 음악에 맞춰 맨손 체조를 한다
는 아주 단순한 원리를 가지고 있는 라디오 체조가 처음 시작된 곳은
미국으로 그 목적은 상업적인 데에 있었다.[1] 라디오 체조를 통해 보험
가입자의 건강을 증진시켜 사망률을 감소시킴으로써 보험 지급금을 줄
이고자 했던 메트로폴리탄 생명보험 회사의 착안으로 1923년 3월 30일
부터 라디오 체조 방송은 시작된다. 그 목적이 상업적인 데에 있었기
때문에 제작과 전파 사용료는 모두 보험 회사가 담당했다. 그러나 라디
오 체조가 일본으로 도입되면서 이러한 상업성은 사라지고 '국민건강
증진'이라는 공익성과 '국민정신의 진작'이라는 정신성이 부각된다. 일
본 방송협회, 문부성, 체신성의 합작으로 일본에서 라디오 체조가 시작
된 것은 1928년 11월 1일 천황의 대례기념 사업의 일환으로 라디오를
통해 방송되면서부터였고, 이는 국가 시책의 하나였다. 따라서 라디오
체조는 일본정부의 주도하에 31년 여름에 결성된 '라디오 체조회'를 통
해 맹렬한 속도로 보급되어 각급 학교 및 단체는 물론 식민지였던 조선

---

1) 라디오 체조의 기원과 일본에서의 보급에 관해서는 다케야마 아키코(竹山昭子)의 『라
디오의 시대』(東京 : 世界思想社, 2002) 제3장 4절 「라디오 체조」와 구로다 이사무(黑田
勇)의 『라디오 체조의 탄생』(東京 : 靑弓社, 1999)을 참조했다.

과 대만, 사하린에서도 이 모임이 결성되어 라디오 체조의 전파·보급
에 힘을 썼다.

조선에서 라디오 체조가 방송되기 시작한 것은 1932년 7월 21일부터
이며[2] 라디오 체조회가 결성되는 것은 1934년 7월 21일이다.[3] 라디오
체조회는 조선체육협회(회장은 총독부 학무국장이 겸임)와 체신국, 조선방
송협회가 주최하고 조선총독부 학무국과 경찰국의 후원으로 매년 7월
21일에서 8월 20일까지 여름 방학 기간 중에 아침 6시에 지역 주민과
학생들이 한자리에 모여 라디오에서 흘러나오는 음악에 맞추어 똑같은
동작으로 체조를 하는 모임이었다. 라디오 체조의 시작은 총독부를 중
심으로 관청이 주도했지만, 차츰 민간 단체에도 라디오 체조는 급속하
게 보급되어 간다. 총독부는 관청, 은행, 회사, 상점, 공장 등 집단 생활
을 영위하는 곳에서는 점심 시간에 라디오 체조회를 실행하도록 지침
을 내리고 있었기 때문이기도 하지만,[4] 라디오 체조가 '건강 증진'과
'집단 의식의 고취'에 기여한다는 명목을 가지고 있었기 때문에 그것은
강제적인 수용이라기보다 자발적 수용에 가깝다고 할 수 있다.

1938년 이후 학교에서의 체육 활동이 체조와 무도(武道)로 단순화되고
다른 종목의 운동은 배제된다.[5] 그 가운데 체조는 "심신의 건전한 발달
을 도모함과 동시에 단체훈련을 통해 규율을 지키고 협동심을 가지는
습관을 배양한다"는 국가의 국민 체력 통제, 즉 건민(健民) 정책의 일환
이자, 집단성을 통해 황국신민을 육성하는 시책으로 자리매김된다.[6] 그

---

2) 이성진, 「일제하 라디오 방송의 성격에 관한 연구」, 한양대 석사논문, 1998, p.124.
3) 손종현, 「일제 제3차 조선교육령기하 학교교육의 식민지배 관행」, 경북대 박사논문,
   1993, p.121.
4) 앞의 논문, 같은 면.
5) 1938년 제3차 조선 교육령 개정을 반영한 국민학교의 교칙안 가운데 체련과의 항목은
   예외없이 체조와 무도로만 구성되어 있다. 그 이유는 다른 종목이 말단적인 기술에
   빠져 동물적인 육체의 육성만을 염두에 두고 있기 때문이다(井下田繁雄, 『조선 국민학
   교 교칙안 해설』, 조선총독부, 1941 및 八束周吉, 『조선 국민학교 교칙의 실천』, 日本出
   版社, 1941 참조).
6) 조선총독부 후생국 편, 「정무총감 사무 인계서」, 조선총독부, 1942.

러나 라디오 체조가 가치중립적인 것이고 그것을 어떻게 이용하느냐에 따라 그 의미가 달라지는 것은 아니다. 오히려 라디오 체조의 기원 속에 이미 '국민의 형성'이라는 목적이 포함되어 있다고 할 것이다. 국민 체력 증진을 통해 전쟁의 자원을 강화시키고 내선일체를 실현하기 위한 도구로 라디오 체조는 많은 장점을 가지고 있었다. 다른 운동과는 비교가 안 되는 규모의 사람들이 동일한 시간에 동일한 장소(상상적인 국토, 혹은 학교 등 실재하는 일정한 공간)에서 똑같은 동작을 함으로써 국민, 나아가 황국신민으로서의 자신을 상상해 내는 것이다.[7] 이로 보면 완벽한 내지인이 되고자 했던 「치숙」의 화자가 일본의 전통적 행사와 더불어 라디오 체조를 언급한 것은 아주 자연스런 일임을 알 수 있다.

「치숙」에서처럼 사회주의 같은 비판적 정신과 라디오 체조가 서로 양립할 수 없으며, 라디오 체조의 리듬에 자신의 신체 리듬을 맞추는 것이 국민으로서의 자신을 승인하고 나아가 적극적으로 황국신민이 되고자 하는 것임은 김남천의 소설에서도 나타난다. 「처를 때리고」(『조선문학』, 1937.6)와 「어떤 아침」(『국민문학』, 1943.1)에서 라디오 체조에 대한 화자의 태도는 상당히 다른 모습으로 나타난다.

> 이 방이 있는 집채와 안대문 하나로 사이를 둔 회사원네 집에서는 아이들이 벌써 참새와 같이 재깔댄다. 아버지와 함께 라디오에 맞추어 체조를 하려고 모두 일어나서 자리를 개는 모양이다.
> 남수도 그들과 같이 체조를 할까 하였다. 그러나 명랑한 결론만을 생각하고 라디오 체조를 할 만큼 단순할 수는 없었다. (중략)
> 라디오 체조의 호령 소리가 갑자기 그의 귀에 어지럽다.
> ―「처를 때리고」

---

7) 라디오 체조의 이름도 처음에는 국민 보건체조였던 것이 중일전쟁 발발 이후인 1937년 10월 8일부터는 황국신민체조로 바뀐다. 또한 라디오 방송 순서에서도 라디오 체조 직전에 궁성요배의 방송이 추가되었다.

휴게소에는 이미 K시 일행은 보이지 않았고, 메리야스와 당꼬바지 차림을 한 40대 정도의 남자가 아이 네 명과 함께 라디오 체조를 하고 있었다. 6학년 정도 된 장남이 위세 좋게 가장 잘 하고, 그 다음이 4, 5학년 정도의 장녀, 그 다음이 앞에 서서 "하나, 둘. 하나, 둘"하며 구령을 붙이고 있는 이 아이들의 아버지. 그리고 나머지 두 명 가운데 가장 작은, 빨간 재킷을 입은 네다섯 살 소녀는 진지한 얼굴로 다른 사람과는 반대쪽의 손을 흔들거나 발을 들거나 하고 있었다. 바라보고 있으면 아주 마음이 따뜻해지는 정경이었다. 아이들과 서둘러 길을 내려가며 나도 곧 다섯 아이의 아빠가 되는데, 언젠가 다 함께 모이면 모두 데리고 산에 가서 라디오 체조를 해보자고 생각했다. 그 때는 가장 큰 딸 아이를 시켜 지휘를 하게 하고 나와 아내는 그 구령에 맞춰 다리를 들거나 팔을 흔들거나 하겠구나 라고 생각했다.

— 「어떤 아침」

「처를 때리고」의 주인공 차남수가 "명랑한 결론"만을 도출해낼 수 없었고 치열한 자기 모색을 하고 있었기 때문에 라디오 체조의 리듬에 완전히 자신을 맡길 수 없었고 그에 혼란을 느끼고 있다면, 「어떤 아침」의 화자는 생활인으로서, 그리고 가장으로서의 자신을 꿈꾸면서 라디오 체조의 리듬을 받아들인다고 할 수 있다. 체조는 생물학적인 몸에 사회적 의미와 가치를 새겨넣는 기능을 담당하고 신체를 제도의 관습이 기록되는 장소로 만드는 것이라면[8] 라디오 체조의 수용은 곧 황국신민화의 기제들에 자신의 몸을 맡기는 것이 된다. 1940년대 전반기의 김남천 소설의 화자들은 의식적으로는 황국 신민화를 받아들이지는 않지만, 그들의 신체는 그것을 받아들이고 있는 것이다.

라디오 체조가 가지고 있는 신체의 국민화 · 황국 신민화적 특성은 그것의 집단성과 국가의 신체 관리적 성격뿐만 아니라, 국가의 시간 통제와도 긴밀히 연관된다. 근대적 시간에 대한 동조 장치로서 라디오 체

---

8) 이수형, 「김남천 문학연구」, 서울대 석사논문, 1998, p.30.

조는 시간과 개개의 신체를 직접 연결시킴으로써 새로운 사회제도로 사람들을 종속시키는 일상적인 의례였던 것이다.[9]

2. 국가의 일상적 시간관리 – 황국신민의 시간표

김남천의 「등불」(『국민문학』, 1942.3)은 전향자가 사회에 적응할 때 발생하는 어려움을 시간 배분과 직업적 숙련의 미숙함으로 요약하고 있다. 빠르고 정확하게 주판을 놓는 것에서 아름다움을 발견하고 적절한 시간 배분의 필요성을 절감하는 화자의 신체는 이미 사회제도 속에 말려 들어가 있으며 그것은 규칙성과 반복성을 특징으로 하고 있는[10] 라디오 체조의 시간 및 리듬과 일치하고 있다.

> 김군이 생각한 것처럼 역시 시간의 부족입니다. 아침 아홉 시 출근에 오후 다섯 점 퇴근입니다. 요즘의 아홉 시는 그닥 이른 시간은 아니오나 겨울의 아홉 시는 그리 늦은 시각은 아닙니다. 이제 곧 여덟 시 출근이 되겠지요. 다섯시에 일을 마치고 정리하고 회사를 나서는 시간이 다섯 시 반, 집에 오면 여섯 시, 낯 씻고 발 닦고 저녁 먹고 석간신문의 제목만 주르르 훑어보아도 일곱 시가 넘습니다. 아침 일곱 시 전에 일어나려면 수면을 충분히 취하는 나로서는 열시 반부터는 자리를 펴야 합니다.
> — 「등불」

일제 말기 총독부는 직역봉공이라는 이름 하에 개개인의 시간마저 관리하고자 했다. 1943년 4월부터 실시된 조기(早起) 운동에 의해 여름철에는 6시, 겨울철에는 7시에 기상 사이렌이 울린다. 조기 기상으로 생긴

---

9) 구로다, 앞의 책, p.114.
10) 라디오 체조 강습에서는 날마다 규칙적으로 하는 것이 효과적이라는 점이 강조되고 있다(김헌권, 「라디오체조 지상 강습」, 『신시대』, 1941.3).

시간은 "촌각이라도 허비할 수 없으므로 청소·가사·수양 등에 충당해야 한다".[11] 여자는 가사일을 하고 남자와 어린이는 43년 3월부터 실시된 정화운동에 따라 냉수마찰을 하고 가정과 마을 청소에 나서야 하는데, 집안 청소와 마음의 정화는 똑같은 의미를 가진다.[12] 7시(겨울에는 8시)에 다시 한 번 마을의 스피커나 라디오 방송을 통해 사이렌이 울리면(시골에서는 종) 동쪽을 바라보며 궁성요배를 해야 한다.[13] 그리고 1분 후 곧바로 라디오 체조가 실시된다. 라디오 체조가 끝나면 출근이나 통학에서 결근과 지각과 없도록 각자 시간에 맞추어 직장·학교에 가서 직역봉공(職域奉公)을 하다가 12시에 울리는 사이렌에 맞추어 길을 걷던 사람도 멈추고 "출정황군의 무운장구를 기원하고 호국 영령에 감사의 마음을 바치는" 정오의 묵도를 올린다.

> 길을 걷고 있으면
> 갑자기 하늘의 한 구석에서
> 정오의 사이렌이 울려 나온다.
> 기도할 시간이 온 것이다.
>
> 쓰러지는 파도 머리처럼
> 차도 사람도 산뜻하게 멈춰선다.
> 기도를 드리기 위해
> 기도를 드리기 위해
>
> 경성이라는 도시가
> 하나의 거대한 심장이 되어
> 합장이라 하고 있는 것처럼
> 차분한 이 한때

---

11) 국민총력 조선연맹, 『국민총력 운동요람』, 1943.9, p.149.
12) 이광수, 「생활신체제의 윤리」, 『국민생활논총3』, 京城 : 生活科學社, 1941, p.89.
13) 국민총력 조선연맹, 앞의 책, p.136.

멀리 전장에서는 꽃잎처럼
불을 토하며 흩어져 가는 비행기도 있으리라.
그리고 고향에 돌아가는 영령들은
새로운 이 풍속에 미소 지으리라.

버드나무의 긴자(銀座)도 보이지 않는다.
물론 서울이라고 해도 있을 수 없다.
밀레의 그림보다도 더 의미 깊은
이 한 때의 차분함.

이런 반주이기도 한 것처럼
아직 사이렌은 울려오고 있다.
기도를 위해 오르간처럼
아직 사이렌은 울려 오고 있다.
— 김종한, 「風俗」, 『국민문학』, 42.5·6 합병호

이러한 일상 생활의 일람표는 하루에 대한 규정으로만 그치지 않는다. 매달 1일 대조봉대일(大詔奉戴日)에는 전조선에서 예외 없이 마을 단위로 모여 국민의례, 훈시, 실천 철저사항 주지, 황국신민 서사 봉독, 신사참배, 조서 봉대식을 실시하여 필승의 의기를 앙양하고 좀더 직역 봉공에 매진할 것을 다짐하며 성지(聖旨)를 좇아 성전완수에 기여하도록 한다.[14] 매월 10일 밤에는 애국반 단위로 애국반상회를 개최하며, 이외에도 각 직역에 따라 매월 정례적으로 상회(常會)를 개최하여 직장 능률의 증진 동료간의 친화친목을 도모해야 한다. 또한 일주일, 한 달을 주기로 한 행사는 물론, 매년 반복되는 절기마저 국가의 리듬에 맞추어 진행된다.

혼란스럽고 무익하거나 위험한 집단을 질서가 집힌 집단으로 바꾸는

---

14) 앞의 책, 같은 면.

'생생한 일람표'를 만드는 근대적 규율[15]이 가시적 폭력으로 드러나는 것이 전쟁하의 생활이었다. 그러나 라디오 체조가 폭력이 아니라 건강 증진법이라는 지식의 방법인 것과 마찬가지로 일람표는 생활의 지혜로 나타난다.

> 지금까지처럼 집안일을 무턱대 놓고 하고 있다가는 언제나 일에 쫓기다가 그날 하로를 보내게 되고 몸만 피로하고 맙니다. (중략) 우선 반성하고 싶은 것은 무얼하는데 몇 시간 걸리는가를 재는 것입니다. 시계를 더좀 활용합시다. 그리고 하로를 무질서히 보내지 말고 대강으로 좋으니까 그날그날의 시간표를 만듭니다.
>
> — 이은경, 「표준가사시간표」, 『신시대』, 1944.4

"결전하의 주부는 결전하의 살림꾼이 됩시다!!"라는 표어가 붙어 있는 이 시간표는 식사 준비, 설거지, 청소, 세탁, 바느질과 옷수선, 시장보기로 구분되어 있다. 여기서는 개별적 작업의 특징이 아니라 시간이라는 다양한 양을 그 자체로 취급대상으로 삼아 시간을 최대한으로 줄이고 가능한 한 최대의 효과를 이끌어내도록 구성되어 있다.[16] 예를 들어 반찬 가짓수를 줄일 것, 설거지를 줄이기 위해 밥을 남기지 않도록 할 것, 숭늉은 밥그릇에 부어 마시게 할 것, 바느질은 모아 두지 말고 매일 조금씩 할 것, 시장 보다가 길거리에서 이야기하는 것을 삼갈 것 등이 그것이다. 이렇게 시간 절약을 하면 "하루 두 시간 내지 세 시간은 나라를 봉사하는 내직(內職) 시간이 마련될 수 있다"는 것이다.

> 대동아 전쟁이 일어나서 일억 국민이 다 한 덩어리가 되었을 때 누구보다 제일 먼저, 성례는 세간을 날 때 데리고 나온 식모를 내보냈다. 그리군 그야말로 무엇이나 자기 손수 해나갔든 것이다. (중략) 성례는 식

---

15) 푸코, 오생근 역, 『감시와 처벌』, 나남, 1994, p.223.
16) 위의 책, p.224.

모가 있을 때, 피울 수 없든 구공탄을 때기 시작했다. (중략) 연료비만이
아니라, 무엇에나 식모가 하든 때보다 적게 들었다.
　성례는 아침 일곱시 고동이 뚜 불면 일어났다.
— 최정희, 「장미의 집」, 『대동아』, 1942.7

　애국반 반장으로서 가사에서 절약한 비용과 시간을 애국반에 투여하
고 있는 성례에게 남편은 열심히 가사와 애국반 일에 종사하는 것은 노
예 근성 때문이라고 말하지만, 성례는 "어쩔 수 없이 억지로 얽매여서
하는 일이라면 노옐는지 모르지만 재미가 나서 하는 일에 무슨 부자유
한 일이 있겠어요"라고 말한다. 그러나 의식의 자발성을 기준으로 보면
성례는 자유롭겠지만, 통제되는 신체를 기준에 놓고 보면 그는 국가가
통제하는 시간과 신체 속에서 노예의 삶을 살고 있는 것이다.[17] 이 소
설은 애국반이라는 소재 때문에 좀더 황국 신민화에 가깝고 김남천의
「등불」이나 「어떤 아침」은 이와는 달리 개인적인 삶을 그리고 있는
것 같지만, 그것은 소재적 차원에 불과하고 '직역봉공' 및 '생활 개선'이
라는 국가의 시간과 신체 관리 속으로 편입되고자 하는 의지는 동일하
다고 할 수 있을 것이다.

3. 군대 규율의 사회적 확산 – 황국신민화의 완성

　시간과 신체에 대한 지배는 국민화의 기제에서 빼놓을 수 없는 것인
데,[18] 이것이 정점에 달하는 것은 군대와 전쟁에서이다. 복종의 기술을
통해 훈련을 위한 신체, 권력에 의해 조작되는 신체인 새로운 객체[19],

---

17) 인생의 시간을 관리하고, 그것을 유용한 형태로 축적하며, 이렇게 조정된 시간은 인
　간에 대한 권력의 행사에 이바지한다. 신체와 시간에 관한 정치적 기술의 한 요소로
　편입된 수련은 천상의 세계를 향해 올라가는 것이 아니라, 끝없이 계속되는 복종을
　지향하는 것이다(푸코, 앞의 책, p.243).
18) 니시카와 나가오, 『국민이라는 괴물』, 졸역, 소명, 2002, pp.64~69.

즉 황국신민이 만들어지는 장소가 군대이다.

> 사실 훈련소 생활이란 명령과 실행, 이 두 개가 있을 뿐이었다. 명령
> 받고 실행한다. 이것이 첫걸음이었다. 명령받지 않은 일도 필요하다고
> 인정하면 실행하는 데까지 이르고 싶은 바이나, 이 첫걸음을 익히는 데
> 만도 상당한 시간과 훈련이 필요한 것이다. 이것을 오랫동안 반복하는
> 사이에 과묵한 습관이 몸에 배이게 되었다.
> ─ 장혁주, 「새로운 출발」, 『친일문학작품선집2』, 실천문학사, 1986, p.225

> 훈련소의 훈련목표는 여러 가지 있지만 이 충효관의 시정이 최우선
> 이고, 다음으로는 본국생활의 순치라고 하는 게 있었다. 즉 일상생활을
> 내지식으로 고치는 일이었다.(앞의 책, p.229)

한반도에서 처음으로 근대적인 군대 및 군인이 일상화되는 시기가
일제 말기인데, 스스로가 국민, 즉 황국신민임을 머리로 받아들이는 것
이 아니라 신체로 받아들이는 새로운 인간의 탄생과 군대의 인간 개조
능력은 그 자체가 놀라움이었다. "겨우 6개월 만에 이처럼 규율 바른
자세가 취해질 수 있을까 하고 그의 친구들도 묘하게 주의해서 덕차의
모습을 보고 있었다."(안도 마스오, 「젊은 힘」, 『국민문학』, 1942. 5 · 6 합병호,
p.172)라는 말에서 볼 수 있듯이 군인으로서의 인간은 조선 사회에서는
하나의 경이였다. 시간과 신체의 관리와 훈련으로 형성된 이러한 새로
운 인간형은 황국 신민화의 표본이자 목표로 일상 생활로 확산되었다.
1937년 중일 전쟁과 1941년 태평양 전쟁은 동아시아에서 처음으로 벌
어진 근대적인 전면전이었다.[20] 풍속의 측면에서 보면 이러한 전면전은
총후(銃後)라는 또다른 전장(戰場)과 병영을 생활 속에 만들었다. 1938년

---

19) 푸코, 앞의 책, p.234.
20) 근대 이후 동아시아에서 벌어진 청일전쟁, 러일전쟁, 제1차 대전 등은 국지적인 전쟁
   으로 식민지인은 물론 일본인의 전면적 동원도 이루어지지 않았고 생활의 변화도 크
   지 않았다(일본풍속사학회 편, 『일본풍속사사전』, 東京 : 弘文堂, 1994, p.360).

국가총동원법이 공포된 이래 경제와 문화 등 주민들의 모든 분야에 대한 통제가 본격화되었다. 내선일체로 대표되는 황국 신민화의 기제인 국어 상용 운동, 창씨개명, 내선통혼, 국체 명징 등은 징병제로 수렴되었다.[21] 조선 지식인들은 징병제를 통해 차별없는 내선일체가 구현된다고 생각했으며, 군대를 사회적 가치의 척도로 인식했다.

> 말할 것도 없이 황국에서 병권은 대원사 폐하의 통솔하시는 것이므로 병역은 일본 국민에게는 최대의 영광이다. 물론 병역은 국민 3대 의무 가운데 가장 중요한 것이지만 우리들은 오늘날 의무보다도 더많이 부름을 받은 영광과 감격을 생각해야 한다.
> ― 최재서, 「징병제 실시의 문화사적 의의」, 『전환기의 조선문학』,
> 京城 : 人文社, 1943, p.199

이어서 최재서가 거론하고 있는 징병제의 두 번째 의의는 "징병제를 통해 영구히 조국관념을 파지할 수 있게 되었다"는 것이다. 첫 번째와 두 번째 의의는 징병제가 가지는 상징적 의의, 차별의 철폐에 주안점을 둔 것이라면 세 번째와 네 번째 의의는 사회적 가치 척도로서의 군대 규율이다. 세 번째 의의는 징병제 실시에 의해 반도인(조선인)의 자질이 급격하게 향상되리라는 것이고 네 번째는 이러한 자질 향상을 바탕으로 조선인이 대동아 공영권의 지도 민족으로 거듭날 수 있다는 것이다. 조선인의 3대 결점은 "의용봉공의 정신이 결여되어 있고 책임관념이 없으며 단결심이 약하다"는 것인데 징병제를 통해 그 자질이 개조 향상될 수 있다는 것이다.

> 황군의 훈련이 엄정함과 맹렬함의 극을 달해 있고 이로써 세계 무비의 강하고 바른 군대가 구축되어 있는 것은 주지의 사실이다. 이것은 단지 군적에 몸을 둔 군인에게만 해당되는 것이 아니라 나아가서는 국

---

21) 미야다 세쓰코(宮田節子), 『조선민중과 '황민화' 정책』, 東京 : 未來社, 1985 참조.

민 전반에 그 기풍을 미쳐 일본 국민성의 중핵을 이루고 있다. 이러한 군대에서 조선의 자제가 훈련을 받는다는 것은 단지 병역에 복무하는 장정만 아니라 사회전반에 그 기풍을 미쳐 마침내 반도인 전반적 자질을 향상시킬 것이다.(앞의 책, p.203)

실제로 보도 연습반에 참가했던 최재서가 소설의 한 인물을 통해 "내지인의 사회가 훌륭한 것은 군대 훈련을 받고 있기 때문이라고 생각했습니다. 아무리 지식이 있고 아무리 돈이 있어도 군대 훈련을 받지 않으면 제 몫을 다하는 인간이 될 수 없다고 생각합니다"(「보도연습반」, 『국민문학』, 1943.4)라고 말하거나, 육군 지원병 훈련소를 견학한 홍효민이 "대국민의 기백이란 이런 규칙적인 훈련에서만 증장되고 성공되는 것"(「감격의 1일」, 『매일신보』, 1940.10.23)이라고 말했을 때 이는 모두 군대의 규율을 가치의 척도로 삼아 총후의 병영화, 군대 규율의 일상화를 꿈꾸는 것이다.

조선문인협회 현상소설 2등 당선작인 안도 마스오(安東益雄)[22]의 「젊은 힘」은 군대의 인간개조와 총후의 인간개조를 동일선상에 놓고 있다. 이 소설의 주인공인 마키야마 신이치(牧山信一)는 젊은 국민학교 교장으로서 훌륭한 소국민을 연성해야 한다는 사명감에 불타고 있는 사람이다. 그는 시골 사람들을 국민으로 개조시키기 위해서는 교육과 군대가 반드시 필요하다고 생각하는데, 이 두 가지가 요소가 이 소설을 이끌어 가는 두 가지 서사축이 된다. 첫째는 소국민을 더욱 좋은 조건에서 양성하기 위해 새로운 학교 교사를 짓는 과정이며 이를 주도하는 것이 마키야마이다. 처음에는 교사 신축에 반대했던 교사들, 지역 유지들, 농민들도 그의 뜻에 감복해 적극 협조한다. 두 번째 서사는 지원병 훈련소에 입소한 덕차의 귀향과 병영 체험 강연회이다. 지원병 훈련소에서 퇴소한 덕차를 마중 나간 마을 사람들은 그의 변화에 놀라움을 가지고 바라

---

22) 『국민문학』(1942.4)에 작가의 약력이 기재되어 있는데, 이를 통해서 그가 조선인임을 알 수 있으나 본명은 밝혀져 있지 않다.

본다. 훈련소를 마치고 나온 덕차의 현재 모습은 경제적 사정 때문에 소학교를 겨우 마치고 가업을 이어 도공으로 일해왔던 가난한 과거의 모습과 대비될 뿐만 아니라, 볼품없고 나태한 시골 사람들과 국민학교 건설 사업에 사사건건 방해를 하는 기무라(木村)라는 십장의 모습과도 대비된다. 덕차와 동등한 위치에 설 수 있는 것은 오로지 마키야마 뿐이다. 마키야마에게 있어 군인으로서 전쟁에 나가서 싸우는 것과 총후에서 직역봉공하는 것은 동일한 의미를 지닌 것이다.

> 덕차를 보낸 일행은 익숙한 길을 걸어 마을 쪽으로 돌아오기 시작했다.
> 묵묵히 걷던 신이치의 머리는 묘한 흥분에 사로잡혀 갑자기,
> 직역봉공, 직역봉공
> 하고 외치고 있었다.(p.187)

직역봉공이란 국민 각자가 자기 직업을 통해 국가에 봉사한다는 뜻인데[23] 여기에는 군인에 대한 묘한 열등감과 그 때문에 발생하는 열성적인 자기 통제의 의지가 엿보인다. 총후라는 말 자체의 의미에서도 알 수 있듯이 군대를 표준으로 한 민간 생활의 통제와 주민의 시간·신체 관리는 개개인의 자기 통제로 완성된다고 할 수 있다. 이를 통해 개인은 자신의 고유한 특성을 잃고 국가 속으로 흡수되어 끊임없는 복종을 지향하는 국민, 즉 황국신민으로 획일화되어 갔던 것이다.

4. 맺으며

이상으로 라디오 체조, 시간표, 군대 규율이라는 1940년대 전반기 황국 신민화(국민화)의 기제 몇 가지를 살펴보았다. 기존의 친일 문학·담

---

23) 「신체제 용어집」, 『조광』, 1941.1, p.374.

론 비판이 친일의 논리나 황국 신민화 이념의 선전·선동 등 관념적인 면에 집중해 왔는데, 시간과 신체에 대한 통제는 이에 못지 않게 중요하다. 개별적 인간의 국민화, 황국 신민화는 관념이나 이념이 아니라 신체를 매개로 구현되는 것이기 때문이다.

또한 이 관점은 우리의 근대화, 국민화 과정을 반성하는 데 도움을 준다. 임종국의 친일 문학 비판이 일본적 내셔널리즘을 한국적 내셔널리즘으로 번역·모방하는 것, 그리고 그를 통해 한국적 국민 문학을 건설하는 것[24]에 목표가 있었던 것과 마찬가지로 한국이라는 국민 국가의 건설은 식민지 경험의 반복과 모방·번역을 통해 이루어졌기 때문이다. 극히 짧은 기간에 근대화·국민화를 달성해야 했던 1960·70년대의 근대화론자들에게 있어 만주 개발과 황국 신민화 기제들은 매력적이었다. 아니 매력적이었다기보다 자신의 신체에 각인된 황국 신민화 기제들에 아무런 반감도 느끼지 못하고 아주 자연스럽게 그것을 받아들였다. 그들은 "끊임없이 일본놈을 저주하고 있지만, 그 저주를 넘어선 또는 그 저주조차 닿지 않는 그 자신의 내면(신체-인용자) 어딘가에는 이미 근대 국가의 국민으로 주체화되었던 경험이 깊이 각인되어 있었"고 "새로이 대면하는 국가 앞에서 이 경험이 환기되는 것은 너무나 자연스러운 일이었고, 또 이 경험이 일본놈에 대한 저주의 정서와 아무런 마찰도 일으키지 못할 만큼 강력했"[25]던 것이다.

> 이 체조는 조선 국민체질에 적합하도록 조선적 특징을 주로 하고 선진 외국의 보건체조법을 참작하여 단시간에 소기의 효과를 나타낼 수 있도록 기본체조 10종을 창안한 것인데…… (중략) 강철과 같은 국민체력을 조성할 것이며……
> — 조선체조연맹, 「국민보건체조 해설」, 『체육문화』, 1948.4, p.47)

---

24) 졸고, 「'국민문학'의 양가성」, 『트랜스토리아』, 2003 상반기 참조.
25) 김철, 「파시즘과 한국문학」, 김철·신형기 편, 『문학속의 파시즘』, 삼인, 2001, p.14.

일제 말기 라디오 체조의 형태로 보급되었던 국민보건체조, 황국 신민체조는 해방 후 곧 국민보건체조의 이름으로 부활되었고(라디오 체조는 1953.12.30), 국민체조로 이름을 바꾸어 지금까지도 존속되고 있다. 국민의 내용만 일본국민에서 한국국민으로 바뀌었지 라디오 체조의 형식, 사회적 의미, 효과는 그대로 이어지고 있다. 또한 일본 제국주의가 독일의 유겐트, 소련의 G.T.O를 모방해 1938년 3월 제정한 국민체력장은 국민의 신체관리를 통해 국방력 강화에 기여하기 위한 것인데,[26] 이것은 한국에서도 1951년 이후 '학교신체검사 → 체력장'으로 이어지다 90년대 들어와 폐지되기에 이르렀다.

1940년대 전반기의 문학·담론 속에는 이처럼 지금 우리의 모습을 비추는 거울을 여럿 가지고 있다. 이에 대한 반성이 없는 친일 문학·담론에 대한 비판은 온전한 탈식민의 방법론이 될 수 없다. 친일파 청산, 혹은 친일 청산이 인적 청산이나 몇몇 제도의 배제에 그치는 것이 아니라 식민성의 탈출까지 염두에 둔 것이라면 근대 자체를 재검토하지 않을 수 없고,[27] 나아가 계몽이나 개발의 논리는 물론 국민국가 자체를 다시 보지 않을 수 없다.[28] 개별적인 사회의 생활감각(후설의 표현대로 하면 생활세계)이 파괴되고 추상적인 국민의 기억이 개인의 신체속에 각인되는 것은 국민으로서의 체험을 통해서이기 때문이다. 이를 임종국처럼 그것의 내용이 일본 국민이냐, 한국 국민이냐로 구분해서 전자를 부정하고 후자를 긍정하는 것은 국민화 일반이 가진 폭력성을 간

---

26) 마쓰오 사카에(松尾榮), 「명예의 체력장 이야기」, 『신시대』, 1941.6 참조. 이 당시의 체력장은 자격증과 비슷한 것으로서 누구나 응시해서 합격 증명서(휘장. 그 때문에 체력'章'이라는 명칭이 붙었다)를 받을 수 있었다. 이는 개개인의 체력을 향상시키기 위해 존재했다기 보다 장애인이나 신체 허약자 등을 국민의 자격에서 탈락시키기 위해 존재했다. 또한 체력장 종목도 100m·2000m 달리기, 도움닫기 멀리뛰기, 수류탄 투척, 운반, 팔굽혀 펴기 등 개인의 체력 측정이라기보다 전투 능력을 측정하는 데 초점이 맞춰져 있었는데, 이는 체력장의 원래 취지를 가장 잘 따른 것이라 할 수 있다.
27) 이에 대한 문제제기는 류보선, 「친일문학론의 계몽적 담론 구조」, 『한국문학과 계몽담론』(문학사와 비평연구회), 새미, 1999 참조.
28) 이에 대한 문제제기는 김철·신형기 편, 앞의 책 참조.

과하기 쉽다. 오히려 내선일체가 단기간에 일어난 실패한 국민화 과정
이기 때문에 국민화 일반이 가진 폭력성을 극단적으로 보여주는 것이
라 할 수 있다.

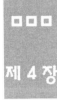

제 4 장

국민문학의 양가성

1. '친일문학' 비판의 두 가지 양상

식민지 지배자는 "갈라진 혀로 말한다."[1] 식민자가 그려낸 식민지의
정형(stereotype)은 복합적이고 양가적이며 모순적인 재현의 양식이다.[2] 그
것은 매력과 반감을 동시에 제시한다. 식민지 피지배자도 마찬가지로
양가성(ambivalence)을 가진다. 식민지인은 식민지 지배자를 모방하면서
차이를 발생시키고 그 차이로 인해 "거의 같지만, 완전히 같지는 않은"
모방이 되는 것이다.[3] 이러한 모방 행위는 식민지 본국에 대한 모조
(mockery), 즉 닮음(resemblance)과 해악(menace)을 동시에 포함하기 때문에 식
민지 피지배자 역시 갈라진 혀로 말한다.

식민지 지배자의 것이건 식민지 피지배자의 것이건 식민지 담론에서
양가성을 포착하는 포스트 콜로니얼의 식민주의 비판과는 달리, 민족주
의 내지 국민국가의 식민주의 비판은 식민지 담론의 단성성과 동일성

1) Homi Bhabha, *The Location of Culture*, London : Routledge, 1994, p.85.
2) 위의 책, p.70.
3) 위의 책, p.86.

을 전제로 하고 있다. '친일'과 '반일', '억압'과 '저항'의 이분법에서 어느 한쪽이 선택되면, 담론의 나머지 목소리는 삭제된다. 제국주의 일본의 억압에 끊임없이 저항하면서 우리 민족의 문화와 정체성을 지켜왔다는 내러티브가 대한민국의 국민사(민족사)를 형성한다. 국민의 역사는 식민지 하에서 생산된 모든 담론(특히 1940년대 전반기)을 '저항 민족주의' 중심으로 재단하고, 그들에게 '친일' 혹은 '반일'이라는 단일한 목소리를 부여하여 배제/동일화한다. 그러나 해방 후에도 실재한 적이 없는 단일한 민족 주권의 논리로 식민지에서 갈라지고 얽혀 있던 권력 운동의 중층적 관계들을 '저항 민족주의' 중심으로 재단하는 것은, 모든 내러티브가 그러하듯 상상의 산물에 불과할 뿐만 아니라, 서양 제국주의의 동일성 논리를 한번더 반복함으로써 식민지 논리를 확대·재생산한다.[4]

그러나 이러한 과오는 과오로 하고 우리는 몇 가지의 주목할 만한 점을 발견할 수 있으니 그 하나가 국가주의 문학이론을 주장했다는 사실이다. 생각건대 인간은 개성적 사회적 동물인 동시에 국가적 동물이다. 그런 이상 국가 관념은 문학에서 개성 및 사회의식 시대의식과 마찬가지로 강조되어야 할 것이 아닌가? 그럼에도 불구하고 문학은 장구한 동안 국가를 망각해 왔다.

— 임종국, 『친일문학론』, 평화출판사, 1966, p.468

자칫 잘못 읽으면 최재서나 이광수의 글로도 읽을 수 있는 이 글은 임종국의 『친일문학론』의 결론 부분이다. 임종국의 결론은 친일 문학에서 '일본'을 '한국' 혹은 '조선'으로 대체하면 훌륭한 문학이 될 수 있다는 것으로 들린다. 일본적 내셔널리즘을 한국적 내셔널리즘으로 번역·모방하는 것, 그리고 그를 통해 한국적 국민 문학을 건설하는 것이 임종국의 『친일문학론』이 가진 궁극적인 목표 지점이었던 것이다. 그러나

---

4) 조관자, 「'민족의 힘'을 욕망한 '친일 내셔널리스트' 이광수」, 『기억과 역사의 투쟁』, 삼인, 2002.4. p.323.

하이데거가 적절하게 지적하고 있듯이 이러한 적극적 부정은 명제의 내용은 바꾸어도 구조 그 자체는 바꿀 수 없다. 오히려 그 구조는 다른 방식으로 반복되어 강고하게 유지된다.[5] 그럼으로써 식민지 담론에 대한 단선적 파악은 저항 민족주의 스스로가 내세우는 탈식민 기획에서도 유효성을 가지지 못한다.

조관자의 지적처럼 식민지의 내셔널리즘 담론에서조차 '친일'과 '반일', '억압'과 '저항'이 공존할 수 있었다. 마찬가지로 식민지 담론은 이 두 가지 목소리를 한꺼번에 내는, 갈라진 혀로 발화된 것이 대부분이다. '동화'와 '이화'라는 양가적 감정으로 분열되고 모순되고, 그 사이를 요동하는 것이 바로 식민지 담론인 것이다. 그러한 양가적 감정은 식민지 지배자의 것이면서도 식민지 피지배자의 것이기도 하다.[6] 식민지 본국의 국민적 정체성으로도, 그리고 식민지 이후의 독립국의 국민적 정체성으로도 흡수되지 않는 식민지 담론의 양가성을 포착하고 그 양가성 사이에 벌어진 틈 속에 탈식민의 논리적 근거를 두는 것이 이 글의 목표이다.

양가성으로 이야기되는 호미 바바의 포스트 콜로니얼 이론이 가진 문제점은 여러 논자에 의해 지적되어 왔다. 그 가운데 주목할만한 것은 서양의 탈구조주의와 정신분석 이론을 정전화함으로써 제3세계의 탈식민적 비평을 서양 중심주의로 재영토화시킨다는 비판[7]과 역사에 대한 무관심, 즉 식민주의라는 역사적 현상을 분석하기 위해 초역사적인 정신분석의 개념들을 부분별하게 사용함으로써 발생하는 몰역사성,[8] 그리고 식민지 지배자가 억압의 주체인 동시에 저항의 주체가 됨으로써

---

5) 사카이 나오키(酒井直樹)・니시타니 오사무(西谷修), 『'세계사'의 해체−번역・주체・역사』, 東京 : 以文社, 1999, p.173.
6) 전자에 관해서는 졸고, 「1940년대 전반기 조선 거주 일본인 작가의 의식구조에 대한 연구」(『현대소설연구』, 한국현대소설학회, 2002.12)를, 후자에 관해서는 「식민지인의 두 가지 모방양식」(『한국학보』, 일지사, 2001 가을)과 「일본의 그늘」(『작가』, 2002 여름)을 참조.
7) 바트 무어-길버트, 이경원 역, 『탈 식민주의! 저항에서 유희로』, 한길사, 2001 참조.
8) 이경원, 「탈식민주의론의 탈역사성」, 『실천문학』, 1998 여름, pp.268-269.

지배자가 식민주의 담론의 실천 과정에 개입할 수 있는 여지가 없어진 다는 점[9]이다. 그러나 다음과 같은 비판에는 동의할 수 없다.

> 탈식민적 글읽기가 바바처럼 식민주의 담론의 내적 모순과 균열에 주목하는 정신분석학적 관점과 잔모하메드처럼 식민주의의 물적 기반 과 담론적 실천의 상호 관련성을 중시하는 유물론적 관점으로 대별된다 고 할 때, 이 둘 사이의 선택이나 상대적인 강조는 독자에게 요구되는 하나의 전제조건이다. 그리고 그 선택은 독자가 (신)식민주의의 수혜자 이냐 희생자이냐에 따라 달라지게 마련이다.(앞의 글, pp.282-293)

정신 분석학적 관점과 유물론적 관점이 양립할 수 없다는 위의 주장 은 필자 자신이 프란츠 파농을 마르크스와 라캉의 공존으로 파악하고 바바가 파농에게서 마르크스를 지워낸 것을 비판한 것과 모순된다. 더 군다나 식민주의의 수혜자냐 희생자냐 하는 필자의 협박성 환원주의에 는 더욱더 동조할 수 없다. 필자가 유물론적 관점에서 식민주의에 저항 하는 거점(주체)으로 설정한 듯이 보이는 식민지 피지배자 민중조차 그 러한 양가성에서 자유롭지 못했다. 식민지 하급 관리를 지내고 있는 친 척을 자랑스럽게 떠벌리고 다니면서도 동시에 담벼락에다 일본을 비방 하는 낙서를 남기는 식민지 피지배 민중을 떠올리는 것은 어렵지 않다. 또한 식민주의를 그 뿌리로 두고 있는 전지구적 자본주의화의 상황에 서 특정인이나 특정 집단 혹은 특정 공동체가 신식민지 체제의 수혜자 인지 희생자인지를 일률적으로 나눌 근거가 없다. 정신 분석학적 관점/ 유물론적 관점, 수혜자/희생자의 이분법은 '저항'과 '억압'이라는 이분법 으로 재영토화되어 제국주의적 질서를 강화할 뿐이다.

포스트 콜로니얼적 실천은 자신이 현재 거주하고 있는 공동체에 개 입하는 형식이 되지 않을 수 없다. 역사적 경험과 현재적 위치에 따라

---

9) 위의 글, p.283.

다양한 모델들을 전제하는 것이 가능하고 또한 필요하다.[10] 개인이 처한 위치에 따라 담론적 개입이 될 수도 있고, 정치적·실천적 개입이 될 수도 있다. 다만 우리의 역사적 경험과 현재를, 비슷한 경험을 가진 공동체의 그것과 비교 분석하지 않는 포스트 콜로니얼 담론은 오히려 서구 이론의 소개에 그칠 우려가 있기 때문에 경계해야 한다. 서구 포스트 콜로니얼 이론이 적용해야 할 정전이 아니라, 그들의 역사적 경험으로 이해해야 하는 이유는 여기에 있다. 바바의 양가성 개념 또한 예외가 아니다. 그것은 전유의 대상이지, 적용의 대상은 아니다. 우리들의 공동체의 역사적 경험과 현재를 분석하는 도구로서 우리들은 끊임없이 서양의 이론을 적용해왔다. 심지어는 식민지 이후의 처리 문제에 그것과는 전혀 관계가 없는 프랑스(=한국)-독일(=일본)의 경우를 적용하기까지 했다. 그러나 그를 통해 반복·강화되는 것은 여전히 '문명-반문명-미개'의 제국주의적 도식일 뿐이다.

이 글은 위와 같은 문제 의식을 바탕으로 1940년대의 식민지 담론이 가진 양가성을 분석한다. 호미 바바의 양가성 개념을 변형해서 빌어오는 것은, 그를 통해 '친일', '반일'이라는 국민국가의 기억을 가로지르는 이 시기 담론의 중층성과 역동성의 한 단면을 제시할 수 있으며, 또한 그러한 분석이 수많은 외국인 노동자와 해외 교포들, 북한 주민들과 공존해야 하는 현재의 우리들의 공동체를 반성하는 거울이 될 수 있을 거라고 믿기 때문이다.

2. '국민문학'의 역사적 양가성

1940년을 전후한 일본의 식민지 지배 체제를 상징하는 '대동아공영권'론은 단일한 것이 아니었다. '동화정책'과 '협동주의'를 둘러싸고 일본

---

10) 바트 무어-길버트, 앞의 책, pp.449-450.

내부에서 끊임없는 논란이 벌어졌고, 이것이 어느 한 쪽으로 입장이 정리되지도 못한 채 패전을 맞이했다. 우선 일본 사회 내에서는 혼합 민족론과 순혈 민족론의 대립이 있었다.[11] 혼합 민족론은 총독부가 가진 기본적인 입장이었고 내선 동조동근론이라는 인류학에 의해 뒷받침되고 있었다. 이에 반해 순혈 민족론은 후생성의 주장이며 일본민족 위생협회에서 학문적 뒷받침을 받고 있었다. 국어로서의 일본어 또한 사정은 다르지 않았다. 당시 일본에서는 표준어도 미처 확립되어 있지 않았을 뿐만 아니라, 오히려 일본어가 해외로 진출해야 하는 상황에서 표준어가 새삼스럽게 마련되어야 하는 상황이었다. 이런 상황에서 내지에서는 해외로 진출해야 하는 일본어와 내지에서 쓰이는 일본어를 분리해야 한다는 주장과 일치시켜야 한다는 주장이 엇갈려 있었다.[12]

> 谷川 : 지금 말씀하신 동화정책과 일종의 협동주의 말입니다. 일본이 지금까지 대만과 조선에 해온 정책은 대체로 황민화―동화정책입니다. 이런 정책을 남방 제국에서도 취할 수 있을까요. 나는 동화주의는 어렵다고 생각합니다. 협동주의로 나가지 않으면 안 됩니다.
> 平野 : 다만 일본에서 행하는 경우에는 소위 협동정책과 동화정책의 장점을 취해 가야 합니다.
> 石黒 : 예를 들어 蘭印(인도네시아)에 인도네시아어 운동이란 게 있습니다만 일단 그 인도네시아어를 수립하는 것을 이쪽이 오히려 도와줘야 합니다. 그러나 공용어는 일본어로 해야 합니다.
> ― 「좌담회 언어정책」, 『文藝』, 42.3

이러한 일본 사회의 양가성은 기본적으로는 역사적이고 정치적인 것이기도 하지만, 그 근본에는 심리적 양가성이 바탕에 깔려 있다. 예를

---

11) 오구마 에이지(小熊英二)의 『단일민족 신화의 기원』(東京 : 新曜社, 1995) 13장 「황민화 대 우생학」 참조.
12) 이연숙의 『'국어'라는 사상』(東京 : 岩波書店, 1996) 제14장 「'공영권어'와 일본어의 '국제화」 참조.

들어 창씨 개명은 조선인으로 하여금 일본인을 모방하도록 한 것이지만, 호적에는 여전히 조선적(籍)을 표기하여 그러한 모방이 어긋나도록하는 차이(차별)의 장치를 만들어 두었다. 이는 순전히 정치적이고 정책적인 조치이기만 한 것은 아니었는데, 얼굴과 체격조건도 같고, 게다가일본어마저 완벽하게 구사하면 내지인과 조선인을 구별할 수 없다는차별 감정과, 완전한 동일화에 대한 불안감이 정책에 반영된 결과이기때문이다.[13]

일본 식민지 당국이 가지고 있었던 양가성을 역사적으로 규정하면제국과 제국주의의 분열과 모순, 요동으로 설명할 수 있다.[14] 근대적개념인 제국주의는 국민국가의 확장된 형태로서 '문명의 이념'에 그 기반을 두고 있기 때문에 개별적 민족의 자율성은 인정되지 않는다. 제국주의의 질서는 그것이 "뿌리를 내리는 곳 어디에서나, 자기 자신의 정체성의 순수함을 단속하고 다른 모든 것을 배제하기 위하여 자신의 사회적 영역을 지배하고 위계적인 영토적 경계들을 강요"[15]했던 것이다.이처럼 아시아 민족에 대한 일본의 침략 행위가 민족 본질의 확대 재생산으로서의 성격, 즉 제국주의적 성격을 가지고 있었지만, 제1차 세계대전을 전후하여 세계질서는 제국주의적 담론만으로 자신을 정당화할수 없게 되었다. 즉 국민국가의 확장된 형태의 식민지 시스템은 정당성을 상실하기에 이르렀다. 조선이나 대만을 침략하는 방식이 제국주의적정당성(동화주의)에 기반하고 있었다면, 1차 대전 이후의 그것은, 즉 만주나 동남 아시아에 대한 침략은 제국적 정당성(협동주의)을 가지고 있었

---

13) 미야타 세쓰코(宮田節子)・김영달(金英達)・양태호(梁泰昊),『창씨개명』, 東京 : 明石書店, 1992 참조.
14) '제국'과 '제국주의'의 변별점에 관해서는 가라타니 고진(柄谷行人)의『전전의 사고』(東京 : 文藝春秋, 1994, pp.17~22)와 네그리・하트의『제국』(윤수종 역, 이학사, 2001) 서문 및 제2부「주권의 이행」을 참조. 또한 일본 식민지 담론에서 드러나는 '제국'과 '제국주의'적 양상의 모순과 분열, 요동에 관해서는 가라타니 고진의『일본정신분석』(東京 : 文藝春秋, 2002) 제1장「언어와 국가」참조.
15) 네그리 외, 앞의 책, p.17.

다. 따라서 일본은 각 민족의 아이덴터티를 그대로 유지하면서 느슨한 통일을 지향하는 형태, 예를 들면 만주의 '오족 협화'나 아시아 민족이 각기 제 권리와 자율성을 가지는 '대동아 공영권'을 대외적으로 선전하고, 어느 정도 이를 보장하지 않을 수 없었다. 그러나 식민주의 담론의 제국적 성격과 제국주의적 성격은 결코 조화롭게 화합되지 못하고 분열되고 모순된 형태를 드러내면서 둘 사이를 요동했다.

대체적으로 보면 1940년을 전후한 일본의 식민지 지배 체제는 조선, 대만에서는 제국주의(동화주의)로, 그 외의 지역에서는 제국(협동주의)으로 위치지을 수 있다. 그러나 일률적으로 그렇게 말할 수 없는 부분도 상당히 많다. 만주의 조선인이 오족의 한 구성원인 조선인(만주국민)이면서도 일본인(일본국민)이었고, '대동아공영권'을 정당화하기 위해 사용해야 했던 민족의 독자적 권리를 조선의 지식인들이 적극적으로 요구하고 전유했기 때문이다.

> 지방경제와 지방문화에 대한 관심이 높아진 것도 사변 이래의 일이지만 전체주의적인 사회 기구에 있어서는 동경도 하나의 지방이라고 생각하는 것이 옳을 것입니다. 라기보담 지방이나 중앙이란 말부터 정치적 친소를 부수하야 좋지 않은 듯 합니다. 동경이나 경성이나 다같은 전체에 있어서의 한 공간적 단위에 불과할 것입니다. 그 경과의 중앙이라든가 전체라든가 하는 것은 국가란 관념적인 것이 아닐까 생각합니다.
> — 김종한, 「一技의 윤리」, 『國民文學』, 1942.3, p.36

'신지방주의론'이라고 스스로 이름붙인 『국민문학』 편집자들의 논리는 일본이 조선에서 실시하고 있던 동화정책과 양립할 수 없었다. 처음에는 일본 내지의 일부인 큐슈나 홋카이도와는 다른 조선의 독자성, 혹은 로컬 컬러를 소극적으로 주장하던 김종한과 최재서는 이처럼 일본의 내셔널리티가 대동아공영권 전체는 물론 조선으로 확대 적용되는 것에조차 거부감을 표시했다. 『국민문학』 초기의 각종 좌담회에서 일본

인 작가와 조선인 작가가 자주 충돌을 빚는 부분은 바로 이 지점이었
다. 조선의 작가들이 내선일체를 긍정하면서도 조선의 독자성에 대한
권리 주장을 하지 않을 수 없었던 것은 일본의 대동아 공영권론이 가진
모순과 분열을 적극적으로 사고했기 때문에 가능했다. 그러나 조선에서
활동한 일본 작가들이 식민지인들이 동질화를 주장할 때에는 차별화로
맞서고, 거꾸로 식민지인들이 차별화를 주장할 때에는 동질화로 맞서는
식민자의 양가 감정을 보여주는 것과 마찬가지로, 일본 식민지 당국은
공영권의 제 민족들이 제국주의적(민족적)인 권리를 주장할 때에는 제국
적(탈민족적)인 질서로 맞서고, 반대로 제국적인 권리를 주장할 때에는
제국주의적인 질서로 맞섰다.

3. 양가성의 심화와 확대

식민지인이 가진 양가성을 의식적으로 추구하여 그 틈속에 탈식민의
근거를 두었던 작가로 김사량을 들 수 있다. 다른 작가들이 대부분 심
리적 분열과 모순, 요동을, 일본의 국체라는 국민국가의 논리 하에 두어
상상적으로 해결하거나,[16] 만주 등 다른 민족에게 전가함으로써[17] 그
분열을 봉합(suture)하는데 비해 김사량은 그 틈을 확대해 나간다.

산골 마을에서 이루어지는 '색의장려' 연설회를 묘사함으로써 시작되
는 「풀속깊이」(『文藝』, 1940.7)는 식민지에서의 권력 관계를 잘 그리고 있
다. 소설의 배경이 되는 산골 마을은 식민지의 축소판인데, 여기서는 사
용자의 언어 및 에스니시티에 따라 권력 관계가 형성되어 있다. 일본어
를 상용하는 내지인 주임, 일본어와 조선어를 공유하고 있는 이중언어

---

16) 최재서의 경우가 이에 해당한다. 최재서는 1943년을 넘어서면 '신지방주의'를 버리고
   뒤늦게 창씨개명하며 천황을 '받드는 문학'을 주장하게 된다(「받드는 문학」, 『國民文
   學』, 1944.4 참조).
17) 졸고, 「일본의 그늘」 참조.

사용자인 군수·통역자 코풀이 선생·화자 박인식, 조선어를 상용하는 식민지 민중인 화전민들은 명령-명령의 중계(복종과 명령의 공유)-복종의 관계를 형성하고 있다. 이러한 식민지 주민의 삼분화는 식민지 당국의 분할 통치 방식이 반영된 결과라 할 수 있지만, 동시에 이중언어 사용자의 양가성이 작용한 결과이기도 하다. 즉 군수나 코풀이 선생은 식민지 민중과의 차이를 통해 식민지 본국인과의 차이를 무화시키려 한다. 군수나 코풀이 선생은 끊임없이 일본인을 모방하려고 하지만, 그 모방이 완전할 수 없기 때문에 식민지 민중과의 차별화를 통해 모방의 불일치성을 상상적으로 해결하려고 하는 것이다. 이 때문에 식민지 속에는 또다른 식민지, 즉 내부 식민지가 형성되어 식민지 체제가 식민지 내부에서 확대·재생산된다. 식민지 지배자-식민지 피지배자의 관계가 복제되어 이중언어 사용자-조선어 사용자 사이에 지배 관계가 형성되는 것이다. 이처럼 동화-이화의 양가성을 상상적으로 해결하려는 욕망에 의해 식민지 본국의 분할 통치가 완성되는 것이다. 이러한 상상적 해결은 다른 민족과의 차별화를 통해 이루어지기도 한다. 「풀속깊이」에서는 다루어지지 않았지만, 만주인을 비롯한 대동아 공영권 내에 타민족과의 차별화를 통해 일본과의 동일성을 추구하는 방식은 이 시기 담론의 한 특징이기도 하다. 대동아 공영권 내의 2등 민족으로서 전쟁에 협력하자는 이광수의 논리는 여기에서 나온 것이라 할 수 있다.[18]

여기서 김사량이 주목하는 것은 사이에 놓인 존재인 이중어 사용자이다. 군수인 숙부, 화자의 중학교 은사인 코풀이 선생이 이에 해당한다. 이들은 모방을 통해 일본인에 대한 동화를 끊임없이 추구하면서 그것을 근거로 조선 민중에 대해 권력을 행사하려 한다. 이들의 모방은 안쓰럽기까지 할 정도이다. 군수인 숙부는 일본어를 모르는 아내에게까지 일본어로 이야기를 할 정도이다.

---

18) 이를 고모리 요이치(小森陽一)는 '식민지적 무의식'이라 부른다(『포스트콜로니얼』, 東京 : 岩波書店, 2001, p.15).

숙부는 한 군의 장으로서 조선어를 써서는 위신에 관계된다고 생각하기 때문에 코풀이 선생이 대신 그의 내지어를 조선어로 통역하는 것이다.
— 『文藝』, pp.37-38

일본어를 전혀 이해하지 못하는 무지한 산민들을 모아놓고 숙부는 일본어로만 연설을 하고 그것을 코풀이 선생이 번역하는데, 그 이유는 일본어가 권력의 언어이기 때문이다. 그 뿐만 아니라, 화자인 박인식과의 대화에서는 숙부는 일본어로 박인식은 조선어로 대화를 나누는 우스꽝스런 모습을 보이기도 한다. 숙부보다 낮은 위치에 있는 코풀이 선생의 동화에 대한 노력은 한층 눈물겹다. 코풀이 선생은 색의장려 운동의 일환으로 산민들의 흰 옷에다 먹으로 표시를 해서 다시는 그 옷을 입지 못하도록 하는 역할을 맡고 있었는데, 그는 아내의 하나밖에 없는 흰 치마에까지 먹칠을 해댄다. 그러나 동화에 대한 그들의 처절한 노력에도 불구하고, 일본인과의 완전한 일치는 불가능했다.

　　朝鮮人が貧(ぴん)乏になったのは白い着物を着用したがらである。經(げい)濟的にも時間(がん)的にも不經濟なのである。卽ち白い着物は早く汚れるから金が要り、洗ふのに時間がががるのである。
　　(조선인이 빈곤하게 된 것은 흰 옷을 착용하고 있기 때문이다. 경제적으로도 시간적으로도 불경제적이다. 즉 흰 옷은 빨리 더러워지기 때문에 돈이 들고 씻기에도 시간이 걸리는 것이다.)
— 『文藝』, p.38, 밑줄—인용자

위의 인용문은 군수의 일본어 연설의 한 부분인데, 밑줄 친 부분처럼, 그의 일본어는 자신의 의도와는 반대로 항상 어긋난다. 청음·탁음의 구분, つ의 발음 등 주로 조선인이 잘 틀리는 발음, 그래서 그 당시 집중적으로 교정 대상이 되었던 엉터리 일본어를 구사한다. 이런 엉터리 일본어는 군수가 조선인이기 때문에 발생하는 현상, 즉 조선어의 음운

체계가 일본어의 음운 체계에 간섭하여 영향을 주기 때문에 발생한다. 군수의 행위는 무의식인 것이었고, 그 때문에 자신의 연설을 자랑할 수 있었지만, 이러한 어긋남은 작가의 의해 포착될 뿐만 아니라 더욱 확대된다. 위의 인용문에서 보듯이 작가는 그러한 차이를 일본어의 루비를 통해 표 나게 적어 두었다. 이 가운데 한자가 동일성을 나타낸다면, 옆에 부기된 루비는 차이를 나타낸다. 이러한 어긋남은 모방이라는 반복 행위가 가져온 것이었다. 군수는 "거의 똑같지만 아주 똑같지는 않은 차이의 주체로서", "끊임없이 미끄러지고 초과되는 차이"를 생산해 낸다.[19)]

이러한 차이 속에서 색의장려라는 식민지 본국의 담론은 조롱되고 더럽혀진다. 권위적이어야 할 연설은 이 엉터리 일본어로 인해 더럽혀지고 조롱된다. 그 언어가 더럽혀짐과 함께, 백의는 야만과 비문명, 그리고 더러움과 빈곤과 불경제의 표지라는, 문명과 가치를 담지하고 있는 식민지 본국의 담론도 더럽혀지고 조롱된다. 즉 식민지 본국의 담론은 식민지에서 한번더 반복되고 식민지인에 의해서 모방될 때 그것은 언어가 뒤틀려 나타나듯이 뒤틀리고 더럽혀져서 나타날 수밖에 없다. 그것은 코훌쩍이 선생의 손수건이 더러운 코를 닦아내면 낼수록 더 더러워지는 것과 같다. 그러한 차이에 대한 인식이 화자인 박인식으로 하여금 제국주의 언어를 상대화할 수 있도록 하였다.

거기에는 흰 옷을 입은 사람은 한 사람도 없고 그들의 구깃구깃한 복장은 몇 년이나 입고 있는 듯한 죄수복처럼 황토색이 아닌가. 게다가 흰 옷이라고 하면, 연단 옆 의자에 단정히 앉아 있는 내무주임의 린네르 하복 정도였다.(p.39)

제국주의의 눈은 조선인의 백의와 일본인의 린네르가 똑같이 흰색임을 알지 못한다. 아니 조선인의 옷이 흰색이기 때문에 야만적이 아니라,

---

19) 바바, 앞의 책, p.86.

조선인을 야만적이라고 생각하기 때문에 흰색으로 보이는 것이다. 차이에 주목하는 화자는 식민지 본국의 담론이 가진 허점을 꿰뚫어 봄으로써 그것을 상대화할 수도 있었다. 다음과 같은 사례는 식민지 본국이 식민지인들을 자신의 모방물로 위치 지으려는 노력이 얼마나 어긋나고 조롱되는지를 잘 보여준다.

> 불쌍한 코홀쩍이 선생은 산속 폐사에 가서, 어떻게 해서든 화전민들을 모았을지도 모른다. 그리고 혼자 기분이 좋아져 우선 그 이상한 내지어로 말하고, 그리고 또 스스로 그것을 의기양양하게 통역하던 순간, 뒤에서 그 두 사람이 덮쳐서 죽었을지도 모른다.(p.63)

이것은 화자인 박인식의 추측에 불과하지만, 스스로 내지어 연설자가 되었다가 또 통역자가 되었다가 하는 행위를 반복하는 행위를 통해 선생이 꿈꾸었던 것은 결국 내지어로 연설함으로써 화전민 앞에 군림하는 것이었다. 그러나 이러한 이상하고 우스꽝스러운 모방행위는 식민지 당국의 의도와 어긋나면서 조롱된다. 또한 모방으로 빚어지는 차이 때문에 선생은 자신의 의도와는 반대로 결코 일본인과 동일화될 수 없었다. 선생은 자신의 더러운 코를 평생동안 닦아야 했듯이 자신이 더럽고 빈곤하며 야만적인 조선인이라는 사실을 평생동안 닦아낼 수 없었던 것이다. 화자는 모방은 항상 차이를 빚어낸다는 것을 과장된 상상력을 통해 드러냄으로써 식민주의를 상대화할 수 있었다.

그러나 화자 및 작가는 식민지 본국을 모방하고 자신을 그에 동일화시키려는 계층에 희망과 저항의 근거를 둔 것은 아니다. 그러나 그렇다고 해서 그들을 완전히 타자로 배제한 것도 아니다. 그들을 식민주의의 희생자로 감싸면서도 그러한 동일화의 노력이 항상 어긋나는 것을 보여줌으로써, 식민지인이 가진 양가성을 포착하고 거기에 탈식민의 근거를 두었던 것이다.

「천마」(『文藝春秋』, 1940.6)에서 이러한 양가성은 정신분열로 나타난다. 이 소설은 당시의 문단을 배경으로 하고 있는데, 화자는 "집도 없고, 마누라도 없고, 자식도 없고, 돈도 없"으면서 "마지막으로 기대는 것은 애국주의자라는 미명아래 숨어 모든 것을 향해 복수를 도모"하기 위해 일본인에게 빌붙어 사는 겐류(玄龍)[20]이다. 이 소설의 배경이 되는 시대는 39년 무렵, 그러니까 조선어 창작과 일본어 창작 사이에서 작가들이 주저하고 있을 때였다.[21] 이 때는 일본어 작가들조차 "우리들로서 조선의 제군들에게 말씀드리는데, 작품은 모두 국어(일본어-인용자)로 써주었으면 좋겠다"(하야시 후사오, 『京城日報』, 12.6)는 정도에 불과했다.

　나는 이제 조선어 창작에는 질렸어요. 조선어 따윈 똥입니다. 그러니
　까 그건 멸망의 부적이기 때문이지요.
　　　　　　　　　　　　　　　　　　　　　　　　　－『文藝春秋』, p.359

　실제 현룡은 보기좋게 애국주의의 미명 아래 숨어서 조선어로 창작
　하는 건 물론, 언어(조선어-인용자)의 존재 자체가 정치적인 무언의 반
　역이라고 참무하고 다니는 사람 가운데 하나였다.(p.361)

그러나 겐류는 일본인보다 한 발 더 나아가 완전한 조선어 철폐/일본어 상용을 주장한다. 따라서 일본인보다 더욱더 일본인다운 조선인이 겐류라 할 수 있는데, 그는 총독부의 정책보다 훨씬 앞서서 조선인의

---

20) 이 소설은 실제 인물인 평론가 김문집을 모델로 한 것이다(김윤식, 『한일문학의 관련
　　양상』, 일지사, 1974, p.39).
21) 38년 11월에 있었던 좌담회 「조선문화의 장래와 현재」(『京城日報』, 38.11.29~12.7)을
　　시작으로 본격적으로 전개된 용어 사용을 둘러싼 논쟁은, 조선 문학은 조선어로 창
　　작해야 한다는 주장과, 일본 문학을 사용함으로써 조선 문학이 가진 한계를 넘어서
　　야 한다는 주장이 평형선을 긋고 있었다. 조선에서 일본어 문학이 본격적으로 등장
　　하는 것은 1941년 11월 『국민문학』의 창간을 기다려야 했기 때문에 이 시기는 과도
　　기라고 볼 수 있을 것이다(졸고, 「1940년을 전후한 언어상황과 문학자」, 한국근대문
　　학회 발표문, 2002. 11.23).

내선일체화를 주장함으로써 권력을 획득하고자 하는 사람이다. 그렇기 때문에 이러한 그의 모방 행위는 조선과 조선인에 대한 차별화를 통해서 일본인과의 동일성을 추구하기도 한다.

> 내지인과 마주 했을 때는 일종의 비굴함에서 조선인의 험담을 해야만 비로소 그 자신도 내지인과 동등하게 이야기할 수 있다고 믿는 그였다.(p.375)

조선인과의 차별화, 일본인과의 동일화를 추구하는 그의 노력은, 그러나 항상 실패할 수밖에 없다. 오히려 동일화를 추구하면 할수록 차이는 더욱 커지게 된다. 그러한 차이를 빚는 모방은 식민지 지배자가 이미 설정해 둔 것이었다.

> 가도이의 인간학적 설명에 의하면 조선의 청년이란 건 모두 겁쟁이고 비뚤어진 근성이 있으며, 게다가 뻔뻔스럽고 당파심이 강한 종족이라는 것이다.(p.374)

> 조선에 돈벌겠다는 근성으로 건너 온 일부의 학자들의 통폐처럼 그도 또한 말로는 내선동인을 외치면서도 자신은 선택받은 자로서 민족적으로 생활적으로 남보다 낫다는 천박한 우월감을 가지고 있었다.(p.373)

식민지 본국인의 의식 속에서 식민지와 식민지인은 정형(stereotype)화되어 있다. 위의 인용문에서 보듯이 겁쟁이, 비뚤어진 근성, 뻔뻔스러움, 당파심 등 마이너스 이미지로 고착화된 것이 정형이다. 그러한 식민지인에 대한 부인과 고착화 속에서 식민지 지배자는 상상계적 나르시즘에 빠져서 완전한 이상적 자아에 대한 동일시, 즉 우월감으로 되돌아온다.[22] 그러나 이러한 타자에 대한 재현도 타자를 고정시키려는 욕망('겁

---

22) 바바, 앞의 책, p.75.

쟁이' 등등)과 타자에 대한 무의식적인 환상('대륙적' 등등)으로 분열되어 있다. 겐류는 이러한 식민지 지배자가 가진 정형을 다음과 같이 반복한다. "뻔뻔스럽고 게다가 겁쟁이라서 당파를 만들고 남이 좀 대단해지려고 하면 잡아 떨어뜨리지.……난 이런 구제 불능의 민족성을 생각하면 슬퍼진다네."(p.375) 그러나 이러한 모방 행위는 "그들의 천박한 우월감" 앞에서 물거품이 되고 만다. 오히려 겐류 자신이 그러한 정형 속에 포섭되어 버리기 때문이다. 자신이 모방하고 반복한 정형성 속에 스스로가 속박되어 버린 겐류는 정신 분열을 일으킨다.

> 그 때 갑자기 발밑에서 개구리들이
> "요보(조센징)!"
> "요보(조센징)!"
> 하고 아우성치는 것처럼 들렸다. 그는 겁에 질린 듯 갑자기 귀를 막고 달아나면서 외쳤다.
> "요보(조센징) 아니야!"
> "요보(조센징) 아니야!"
> 그는 조선인이기 때문에 생긴 오늘날의 비극으로부터 발버둥을 쳐서라도 도망가고 싶었을 것이다.
> (중략)
> 그리고 또 다른 집으로 달려가 커다란 대문을 두드리며
> "열어줘, 이 내지인을 들여보내줘"
> 다시 뛰기 시작한다. 대문을 두드린다.
> "난 이제 요보(조센징)가 아니야! 겐노카미 류노스케야, 류노스케! 류노스케를 들여보내줘!"(p.384)

「풀속깊이」에서 코풀이 선생이 평생 코를 닦아야 했듯이 겐류 또한 더러운 자신의 출신을 열심히 닦아내고자 했지만, 그러한 조선인과의 차별화와 일본인에 대한 동일화가 거꾸로 자신의 출신을 확인시켜주는 역설을 낳았다. 작가 김사량은 이처럼 식민지인의 양가성을 극대화시켜

서 그 속에서 벌어지는 동화와 이화의 틈을 확대시켜 나갔다. 이러한
틈에 대한 인식이 작가 김사량으로 하여금 연안으로 탈출하여 항일의
용군에 가담하게 만든 원동력이었다고 해도 과언이 아니다.

4. '국민문학'에서 배워야 할 것

'국민문학' 내지 '친일문학'은 일본의 주장을 그대로 반복하여, 완전히
그것과 일치된 주장을 했다고 생각되기 쉽지만, 위에서 본 것처럼 의식
적이건, 의식적이지 않건 간에 반복의 과정을 통해 틈과 차이를 발생시
킨다. 그러나 내가 이렇게 주장한다고 해서 당시의 '친일 문학' 내지 '국
민문학'을 전부 포스트 콜로니얼적 실천으로 구제하고자 하는 것은 아
니다. 이러한 틈과 차이는 상상적으로 봉합될 수도 있고, 더욱 확대될
수도 있기 때문이다.

상상적인 봉합은 우선 국민화(내선일체)를 찬양하는 담론 속에서 발견
된다. 당시 내선일체를 찬양하는 담론이 쏟아져 나오는 것은 1942년 5
월 이후이다. 이 때는 징병제와 의무 교육이 발표된 시점인데, 이를 전
후하여 국어 상용도 강화된다. 국민 교육, 국민군, 국어가 국민화의 중
요한 요소라는 것은 잘 알려져 있는데, 이를 통해서 개별적인 사회의
생활감각(후설의 표현대로 하면 생활세계)이 파괴되고 추상적인 국민의 기
억이 개인의 신체속에 각인된다. 이를 임종국처럼 그것의 내용이 일본
국민이냐, 한국 국민이냐로 구분해서 전자를 부정하고 후자를 긍정하는
것은 국민화 일반이 가진 폭력성을 간과하기 쉽다. 오히려 내선일체가
단기간에 일어난 실패한 국민화 과정이기 때문에 국민화 일반이 가진
폭력성을 극단적으로 보여주는 것이라 할 수 있다.[23]

---

23) 바바는 이를 '시차'라는 개념으로 나타냈다. 즉 중심부의 서사가 기념비적 상징으로
　　구성되는 과정에서 어떠한 배제와 억압이 수반되었는지를 폭로한다(바트 무어-길버

또한 이를 합리화하거나, 혹은 이것을 창출해내는 중요한 기제가 바로 국민문학이고, 국가어이고 내셔널 히스토리인데, 이를 만들어 내는 작업을 문학자·지식인·학자들이 떠맡고 있다. 조선과 일본이 동일한 민족이라는 당시의 담론에 대해 지금은 누구나 그것이 조작된 것임을 잘 알고 있다. 또한 일본어가 조선어보다 훌륭한 언어이기 때문에 조선인이 그것을 써야 한다는 당시 지식인의 말이 조작이라는 것도 지금은 잘 알고 있다. 그러나 내셔널 히스토리 자체가 기억에 대한 조작이고 국어의 우수성이라는 이데올로기 또한 조작임을 인정하기는 쉽지 않다. 이는 우리 자신이 국민이라는 자명성 위에 서 있기 때문이다. 그러나 역사에 반하는 가정은 무의미하지만, 일본의 승전을 가정한 『비명을 찾아서』나 「로스트 메모리즈」처럼 그것이 성공한 국민화라고 할 때, 앤더슨이 설명하듯 다민족이 하나의 국민국가를 형성한 인도네시아처럼 국민화의 폭력성과 조작성은 망각되고 국민과 국민국가의 자명성만 남게 되었을 것이다. 우리가 '내선일체' 혹은 국민문학을 통해서 배워야 할 첫 번째 것은 바로 이러한 자명성 속에 가려진 국민화의 폭력성과 조작성이다. 더군다나 이러한 국민화의 기제가 대한민국의 국민화 프로그램에서 그대로 차용되었다는 것에 대해서도 반성적 성찰이 없을 수 없다.

상상적 봉합의 두 번째 형태는 제3자에게 그 전가하는 것이다. 우선 이 제3자는 식민지 민중이 될 수 있다. 위에 나온 「풀속 깊이」의 군수나 코풀이 선생, 「천마」의 겐류가 그에 해당하는데, 식민지 민중과의 차이를 통해 식민지 본국인과의 차이를 무화시키는 방식이다. 이를 통해 식민지 민중은 식민지 속의 또다른 식민지, 즉 내부 식민지로 형성되어 식민지 체제가 식민지 내부에서 확대·재생산된다. 또다른 제3자는 다른 민족 혹은 부족인데, 아프리카 식민지 통치에서 부족간의 서열화나, 대만의 고산족이 일본 식민지 당국에게 다가가려 했던 심리적 기제가

트, 앞의 책, p.292).

그것이다. 조선에서는 만주 및 대동아 공영권 내의 타민족이 그 대상이
었다. 조선인이 만주인을 바라보는 눈은 일본인의 그것과 일치하는데,
이것은 대동아 공영권 내에서의 2등 민족으로서 전쟁에 협력하자는 논
리의 연장선상에 있다. 이는 다른 민족과의 차별화를 통해서 일본인과
의 차이를 무화시키는 방식이다. 이석훈의 만주행과 만주에 대한 이상
화는 이 때문에 가능하고 이는 그 당시 지식인들이 만주에 대해 가진
생각을 대변하고 있다. 또한 이광수가 민족을 위해 친일했다는 논리를
주장할 수 있는 것도 이 때문이다.24) 식민화의 타자가 그러한 타자성을
또다른 식민화의 주체를 꿈꾸는 것으로 상쇄하려는 욕망을 고모리 요
이치는 '식민지적 무의식'이라고 부르고 있는데, 이는 자기 식민지화를
은폐하고 망각함으로써 발생하는 것이다.

　우리가 지금 외국인 노동자를 바라보거나, 동남아 혹은 중국 진출 기
업가들이 현지인들을 바라보는 시선, 나아가 중국의 조선족, 일본의 자
이니치(在日), 북한 주민을 바라보는 시선이 일본으로부터 식민지화된 경
험을 내면화함으로써, 그것을 망각하고 은폐함으로써 발생한 것이 아닐
까. 지금 우리 사회의 인종 인식·민족 인식의 기원에 이러한 식민지성
에 있는 것이 아닐까. 이것이 우리가 친일문학으로부터 배워야 두 번째
것이다.

---

24) 조관자는 이를 '친일 내셔널리스트'로 개념화한다(조관자, 앞의 글 참조).

제 5 장

식민지 자율주체와 제국
― 최병일의 일본어 단편소설집 『배나무』

1. 글쓰기로서의 일본어 소설

전쟁으로 인해 종이난이 극심했던 1940년대 전반기 한국에서 간행된 일본어 소설집은, 선전물이나 선집류를 제외하면 여섯 권 정도밖에 되지 않는다.[1] 이석훈과 이무영이 각각 두 권의 소설집을 간행했고, 정인택이 한 권의 소설집을 간행했다. 이들은 모두 국어문예 총독상이나 조선예술상 같은 식민지 당국 및 민간이 주는 상을 받았을 뿐만 아니라, 그 이전과 이후에도 한글로 창작활동을 했고, 또 여러 연구서를 통해 잘 알려져 있는 작가들이다. 그러나 이 시기에 『배나무』(성문당서점, 1944.3)라는 일본어 창작집을 낸 최병일이란 작가에 대해서는 전혀 알려진 바가 없었다. 이 시기 문학의 대가인 임종국이 쓴 『친일문학론』에서도 이 작가에 대한 정보는 그가 쓴 일본어 단편 세 편에 대한 분석과 소설집 발간 사실만 밝혀져 있고, 일본어 소설의 실증적 연구로 잘 알려진 호테이

---

1) 호테이 도시히로, 「일제말기 일본어 소설 연구」, 서울대 석사논문, 1996, p.79.

도시히로의 연구에서도 그에 대한 연구는 추후과제로 남겨두고 있다.

임종국은 최병일을 '신진작가론 기타'란에서 다루고 있는데, 신진작가 란 1940년대 전반기에 일본어로 작품활동을 시작한 작가들을 가리킨다. 임종국에 따르면 그들은 대체로 "25세 전후"로서 "3·1 운동을 전후하 면서 출생"했고, "지나사변 밑에서 전문교육을 받았고 국민문학의 성장 속에서 문학을 공부했으며, 또한 제1기생들에 의해서 국민문학의 정지 작업이 끝난 후 데뷔한 사람들"이었다. 그러기에 "민족의식의 마비"로 인해 이전 세대가 중요시한 "조선의 특수성 문제"[2)에 대해 등한시했던 부류들이다. 그러나 이들의 가장 두드러진 특징은 한글로 창작한 경험 이 없는, 그러니까 조선 문학의 전통과는 무관한 지점에 위치하고 있었 다는 것이다. 그렇기 때문에 최재서 등이 힘써 주장했던 '조선문학의 국 민적 전회'나 '국어(일본어) 창작'을 위한 노력은 이들에게 의미없는 문제 설정이었다. "일본어 세대의 작가는 전후(광복후) 우선 일본어로 쓴 것을 중국어로 번역하는 단계를 거쳐, 다음으로 머리 속에서 일본어로 생각 하고, 그것을 중국어로 표기하는 단계에 이르고, 마지막으로 중국어로 사고하고 그것을 그대로 중국어로 표기하기에 이르렀다"[3)는 대만 작가 들이 광복 이후에 겪은 문제가 이들에게도 해당된다고 할 것인데, 그렇 기에 이들 가운데 해방 이후 창작활동을 계속한 작가는 김경린, 조연현 등 몇 명에 지나지 않는다. 최병일도 이러한 신진작가에 해당한다고 할 수 있는데, 그는 해방 이후 한글로 된 「통속적」(『신경향』, 1950.6.1)을 비롯 한 두세 편의 단편을 남겼을 뿐 창작활동을 하지 않고 본업인 금융업에 충실했다. 그는 1985년 70세의 나이에 미국으로 이민을 떠났는데, 딸의 증언에 의하면 항상 영·일 사전을 가지고 다니면서 영어를 공부했다 고 한다.[4) 그에게 일본어는 한국어보다 훨씬 익숙하거나, 최소한 대등

---

2) 임종국, 『친일문학론』, 평화출판사, 1966, p.430.
3) 丸川哲史, 『臺灣, ポストコロニアルの身體』, 東京 : 青土社, p.31.
4) 최병일, 『나의 삶, 나의 일』, 씨앤에스, 2002, p.280. 이 책은 그가 전후 한국 금융계에

한 위치에 있었다고 추측할 수 있는 대목이다.

1915년에 태어나 공립상업학교를 졸업했고, 조선 식산은행에서 근무한 최병일(崔秉一. 1915~2005)은 본업 외에 "몸과 마음을 쏟을" 수 있는 자기표현을 소설에서 구했다. 그는 소설을 "단지 예술"이라고 생각하지 않고 "자신의, 진정으로 멈출래야 멈출 수 없는 혼의 연소(燃燒)의 언령(言靈)"[5]으로 보았다. 이러한 자기표현에 대한 욕구는 누구에게나 있을 수 있는 일이다. 그리고 젊은 시절 이러한 욕구를 문학을 통해, 소설을 통해 해소하는 것도 누구에게나 있을 수 있는 일이다. 그는 당대 문화의 주류였던 문학, 그것도 소설을 통해서 자기를 표현하고자 했고, 그것이 제도적으로 일본어 소설로 한정되어 있었던 것이 그가 일본어 소설을 쓰게 된 배경일 터이다. 개인적으로 보면 자기 표현의 양식이 한글 소설일 필요는 없다. 단지 그것이 사회적으로 문학으로 인정받고 한다면, 나름의 전통과 제도를 따르지 않을 수 없을 뿐이다. 일본어 소설은 그 당시에는 제도적으로 문학의 부류에 포함될 수 있었을지는 모르나, 지금은 문학으로 인정되지 않는다. 그것은 다만 글쓰기일 따름인데, 이러한 자기표현으로서의 글쓰기는 언제나 존중받을 수 있을 것이다.

위에서 최병일의 소설을 소설이 아니라, 글쓰기일 따름이라고 했는데, 이것은 그 당시에도 어느정도 그랬던 것으로 보인다. 그는 1940년대 전반기 잡지에 세 편의 소설을 발표하고 있다. 「어느 날 밤」(『동양지광』, 43.1), 「진정한 고백」(『국민문학』, 43.11), 「소식」(『동양지광』, 44.6)이 그것인데, 이 소설들은 그 당시 제도로서의 소설 형식에 잘 부합하고 있다. 왜냐하면 '깨달음-갱생'이라는 당시의 소설 구조를 잘 따르고 있기 때문이다. 「진정한 고백」은 청년대 훈련을 통해 고민과 애매한 태도로부터 벗어나 새로운 삶을 살게 된 구니모토라는 인텔리 청년을 그리고 있고, 「어느 날 밤」은 남양으로 뻗어가는 전선에 대한 뉴스가 어린 시절의 꿈을

서 활동하면서 썼던 수필을 모은 개인 문집 성격의 책이다.
5) 崔秉一, 『梨の木』, 盛文堂書店, 1944, p.268.

일깨워준다는 내용이며, 「소식」은 기생으로 있던 여자가 여공으로 갱생하는 이야기이다.

임종국은 이 소설들에 대해 적절한 평가를 내리고 있는데, 그는 「어느 날 밤」에 대해 "그러나 이 친구, 공상만 하다 말았으니 천행이었지! 만약 군속이라도 지원해서 남양으로 갔을 양이면, 그리고 그 행선지가 월맹쯤이라도 됐을 양이면, 준(작중 주인공-인용자) 이 양반도 별 수 없이 화태 억류민 같은 신세밖에 되지 못했을 터"라고 하고, 「진정한 고백」은 "결전의 각오를 촉구한 단편"이며, 「소식」은 "시국적으로 갱생하고자 하는 기생 이야기"6)라고 평가한다. 당시 자기표현으로서가 아니라 사회적으로, 그러니까 문학적으로(문학도 사회적 제도이므로) 글쓰기가 평가받기 위해서는 '깨달음-갱생'의 구조를 취하지 않을 수 없었다.

그러나 그의 단편집 『배나무』는 위의 세 편의 잡지 발표 소설과 다르다. '깨달음-갱생'이라는 이상화 과정을 거치지 않은, 소설적 결론이 없는 온갖 혼란과 애매모호함으로 가득 차 있기 때문이다. 최병일은 이러한 혼란과 애매모호함을 "자신의 진정으로 멈출래야 멈출 수 없는 혼의 연소의 언령"이라고 보았다. 그가 세 편의 잡지 발표 소설을 이 소설집에 포함시키지 않은 이유는 명확하지 않지만, 이런 비상식적인 행위를 해명할 수 있는 길은 그가 세 편의 잡지 발표 소설과 이 소설집을 명확히 구분했다고 가정하는 것이고, 전자가 "혼의 연소의 언령"에 해당되지 않다고 그가 생각했다고 가정하는 것이다. 그리고 이것은 실제 내용으로도 명확히 구분되는 두 소설군의 차이로 뒷받침된다.

이 글은 최병일의 창작집 『배나무』를 주로 분석함으로써 1940년대 전반기 신진작가의 내면을 들여다보는 것을 과제로 삼는다. 어느 시대나 마찬가지겠지만, 특히 이 시기에 살았던 사람들의 내면은 기록된 활자를 통해서는 상당히 알기 어렵다. 그것은, 변명일 수도 있지만, 이 시기에 발표된 글의 진정성을 저자 본인이 부인하고 있다는 사실에서도 알 수

---

6) 임종국, 앞의 책, pp.453~454.

있다. 그것은 자기 기만일 수 있지만, 어느 정도 진실을 포함하고 있다. 어느 시대에나 문학을 문학이게끔 하는 강제적 요소가 있기 마련이고, 이 시대는 그것이 더욱 강하게 작용했음을 부인하기 어렵기 때문이다. 그러나『배나무』는 당시 문학을 문학이게끔 했던 이러한 제도적 요소가 상당히 약화되어 있다. 그런 이유로 이 소설집이 '자기표현'에 가까운 것이라고 가정한다. 이런 가정은 실증에 의해 뒷받침되지 못하는 추측의 영역에 속하지만, 그것의 생산성으로 비과학성을 만회하고자 한다.

2. 제국적 질서의 전유 – 서발턴의 자율적 정치공간

최병일의 단편집『배나무』는 모호한 소설이다. '친일문학'이라는 관점에서 보면 이것이 친일인지 비친일인지 구분하기가 쉽지 않다. 임종국이 이 소설집에 대한 분석을『친일문학론』에 포함시키지 않은 이유도 그 때문일 터인데, 그는 잡지에 발표된 최병일의 세 편의 소설만 분석하고 있을 뿐『배나무』라는 작품집이 발간되었다고 기록하기만 한다. 호테이 도시히로는 이 소설집에 대해 "일본어로 쓰여졌지만, 시국에서 초연하여 변하지 않는 생활을 보내는 농민과 농촌풍경을 그리고 있다"[7]고 평가하고 있는데, '시국에서 초연'한 지 여부는 차치하고서라도 명확한 시국의식이 드러나 있지 않다는 점에서 '친일소설'로 분류하기에는 곤란한 점이 있다는 것은 사실이다. 이 점을 실제 소설을 통해서 보도록 하자.

「풍경화–소품 삼제」라는 소설은 시골 사람들의 정경을 그린 소설이다. 여기에는 애국반에 대해서 자세하게 묘사되어 있는데, 이것이 너무나 사실적이어서 오히려 생경한 느낌을 자아낸다. 이상화된 애국반, 그러니까 반원들이 일치단결해서 '총후의 직역봉공'을 하는 최소단위로서의 애국반의 모습은 어디에도 없다. 그 대신 시끄러운 시골 장터처럼 여

---

7) 大村益夫・布袋敏博編,『近代朝鮮文學日本語作品集・創作篇6』, 東京 : 綠陰書房, p.441.

러 사람들의 욕망들이 교차되고 섞이는 장으로서 애국반이 그려져 있다.

애국반 활동은 애국일 기념일, 방공훈련, 배급, 반상회 등으로 나뉘는데, 여기에 참가한 반원들은 모두 제각각이어서 행사의 의미는커녕 자신들이 무엇을 하러 모였는지조차 알지 못한다. 항상 늦게 나오는 사람이 많아서 애국반장이 일일이 찾으러 다니기도 하고, 어떤 사람들은 아예 참석하지 않기도 한다. 애국일 기념식에 순보라는 농부는 그날 모임이 마을 공동작업인 줄 잘못 알고 삽을 들고 나오기도 하고, 방공훈련에서는 포탄의 이름을 여러 번 가르쳐 주어도 반원들은 금방 잊어버린다. 애국반장도 촌민들과 다를 바가 없어서, 술을 먹느라고 전달 사항을 잊어버리고 낮에 전달하지 못하여, 밤늦게 소나무 숲 가장 높은 곳에서 마을 향해 전달사항을 큰소리로 외치기도 한다. 이러한 모습에서는 전쟁이라든가, 국민총력이라든가, 직역봉공이라든가 하는 진지한 어떤 것은 찾아볼 수 없다. 심각하고 진지한 것들도 이러한 농촌 공동체의 일상 속으로 들어가면 애국반장의 모습처럼 "웃기기도 하고 골계스럽기도 했"[8]던 것이다.

반상회의 모습은 더욱 가관이다. 여기에도 사람들이 잘 모이지 않아 7시 예정이었던 상회는 9시가 되어서야 비로소 시작된다. 거기 모인 사람들의 면면은 다음과 같다.

소나무숲 절의 스님, 막걸리 파는 아낙네, 늙어서 허리가 직각으로 굽은 노파, 게다가 번쩍번쩍 머리가 벗겨진 노인, 방한모를 쓴 무성한 흰 수염을 가진, 그림책에라도 나올 것 같은 산타클로스 같은 노인, 흰 상복에 퇴색한 여름 파나마 모자를 쓴 남자, 링컨 같은 턱수염을 한 농부, 옛날 풍의 머리에 관을 쓴 코가 붉은 서당 선생 같은 노인, 그리고 거친 일용 노동자와 농부들이었다.[9]

---

8) 崔秉一, 앞의 책, p.221.
9) 위의 책, pp.233~234.

이들은 민중이라는 개념으로도, 국민이라는 개념으로도 묶이기 힘든 사람들이다. 이들은 명확하게 저항하지도 못하고, 그렇다고 협력할 수 있는 능력을 가진 사람들도 아니다. 민중이 저항의 주체이고 국민은 협력과 동원의 주체라면, 저항과 협력의 주체이면서도 객체인 이들은 서발턴(subaltern)이라고 할 수 있을 것이다. 인도 서발턴 연구그룹의 대표인 구하는 "계급·카스트·연령·직업 혹은 이 외 어떤 말로 표현되어도 민중이 종속되어 있는 상황을 지칭하는 말로"[10] 서발턴이라는 개념을 사용한다. 그는 독립 이후 형성된 인도 민족주의 사학과 마르크스주의 사학을 엘리트 역사관이며 '식민지판' 유럽 근대사, 즉 유럽사의 모방이라 비판하고, 서발턴의 역사학을 내세우는데,[11] 구하는 엘리트의 전통적인 정치는 침입해온 식민지 세력에 의해 파괴되어 거의 힘을 잃었지만, 서발턴의 정치는 오히려 영국 지배하 상황에 적응하여 많은 면에서 형식도 내용도 쇄신하면서 면면히 살아남은 자율적인 정치영역이라고 주장한다.[12]

최병일의 「풍경화」에 묘사되어 있는 사람들은 다른 소설에서 묘사되고 있는 국민으로 묶여져 협력하고 동원되는 존재가 아니다. 그렇다고 해서 민족주의 역사학이나, 마르크스주의 역사학이 말하는 저항하는 존재도 아니다. 그들은 애국반상회가 지향하는 애국의 길로 한묶음이 되어서 전진하는 것이 아니라, 애국반상회에서 제각각 말의 보따리를 풀어놓고, 불평을 토로하고, 안부를 묻는, 제각각 다른 방향을 지향하는 존재들이다. 그러나 그들은 애국반상회라는 형식에 포섭되어 있었고, 그 틀 속에서 활동했다는 점에서 분명히 협력적이다. 그러나 애국반상회에 완전히 포섭되어 있지 않았다는 점에서 저항적이다. 이들은 하나둘씩 모이자마자 배급에 대한 불만부터 풀어놓기 시작한다. 다른 사람

10) グハ他, 『サバルタンの歴史』, 東京 : 岩波書店, 1998, p.4.
11) 김택현, 「식민지 근대사의 새로운 인식」, 『당대비평』, 200년 겨울호 참조.
12) グハ, 앞의 책, p.16.

들은 두 개, 세 개씩 받은 수건을 자신은 왜 하나밖에 주지 않느냐는 항의로 시끄러워지기도 한다.

상회가 시작되어 황국신민의 서사를 제창할 때에도 모두 입속으로 우물우물할 뿐 제대로 외는 사람이 없다. "으으으으~코코쿠신민(황국신민-인용자)~으으으으~나리(이다)"13)만 크게 외친다. 그러면서 "외우기가 쉽지 않은 걸. 어쩌면 좋을까"하고 익살을 떨기도 하고, "언문(조선어-인용자)으로 써주면 좋을 텐데"라고 불평을 토로하기도 한다. 이런 식으로 반상회는 진행되는 둥 마는 둥 한다. 그러나 배급의 문제가 되면 상황은 달라진다.

> 느릿느릿 시간만을 소비했다. 잘 알아듣게 설명해도 납득했는지 아닌지 알 수 없다. 그러나 일단 구체적인 배급 이야기가 나오면 좌석은 활기를 띠기 시작했던 것이다.
>
> (중략)
>
> 어이 반년에 한 짝도 받지 못했어 라든가, 누구누구는 두 번 받았다던데, 아무래도 배급이 불공평하다든가, 각자가 마음대로 떠들어댔다. 구장이 정색을 하고 그렇기 때문에 국민의 각오가 필요한 거라고 엄격하게 말해도 좀체 물러서지 않는 것이다.14)

이런 식으로 배급을 둘러싸고 소란이 벌어진 채로 반상회는 아무 것도 결정하지 못하고 다음 상회로 결의안을 미루고 폐회를 하게 된다. 이들에게 '국민의 각오' 따위는 안중에도 없다. 그들에게 애국반상회는 생활을 유지하기 위해 배급을 요구하는 장이고, 이웃 사람들을 만나서 이야기를 나누는 장에 불과한 것이다. 여기에 그려진 애국반 활동은 저항도 아니고 더군다나 협력도 아니다. 이들은 어느 한쪽으로 귀결되지 않는 애국반 활동이라는 구조 속에 있으면서도 그 구조에 균열을 일으

---

13) 최병일, 앞의 책, 같은 면.
14) 위의 책, pp.234~235.

키면서 자신들의 생활의 맥락으로 그것을 재해석하여 실천하는, 구하식으로 표현하지면 '자율적인 정치공간'을 가진 서발턴이라 할 수 있다.

식민지의 하위 계급인 서발턴의 실천은 이처럼 애국반이라는 구조를 모방하지만, 차이를 두어 모방함으로써 제국적 질서를 전유한다. 엄숙하고 진지해야 할 식민지 본국의 담론, 즉 국민의 각오나 황국신민 서사는 서발턴의 자율적 정치장에서는 이들에 의해 반복되면서 우스꽝스런 모습으로 전락하고 만다. 이러한 행위를 호미 바바를 빌어 말하자면, 식민지 본토의 욕망의 주변부인 식민지에서 식민지 본국의 기반들이 그 부분적 대상을 잃어버리고 재현의 권위를 상실하는 것이라 할 수 있다.15) 마치 식민지 본국의 권위의 상징인 가장 신성한 책(성경)을 원주민들이 담배 싸는 종이로 전유하듯이 조선의 식민지 주민들도 또한 반상회를 비롯한, 식민지 본국이 마련한 국민화의 기제를 자율적 공간으로 전유하는 것이다. 제국적 질서의 전유(appropriation)란 식민지 질서를 받아들이지 않고서는 불가능한 일이기에 협력이라고 할 수 있다. 그러나 맥락을 뒤틀어서 받아들이기에 또한 저항이라고 할 수 있다. 이처럼 제국적 질서의 전유는 협력과 저항을 가로지르면서 식민지인들이 행사하는 자율적인 질서지움이라고 할 수 있을 것이다.

3. 제국적 질서에 대한 매력과 반감 – 국어와 법률을 둘러싸고

최병일은 이러한 식민지 민중(서발턴)의 모습을 아무런 가감없이 그려내고 있다. 그는 이처럼 혼란스러운 애국반 활동을 '총후의 국민'으로 이상화하지 않는다. 당시의 소설 문법으로 보면 이러한 묘사는 특기할 만하다고 할 수 있는데, 그는 긍정적인 것과 부정적인 것을 나누고 긍정적인 방향으로 애국반 활동을 인도하려는 아무런 소설적 장치도 마

---

15) 호미 바바, 『문화의 위치』, 나병철 역, 소명출판, 2002, p.191.

련하지 않는다. 그럴 만큼 명확한 방향성을 지닌 주인공, 그러니까 문제
적 인물이 그의 소설에는 등장하지 않는 것이다. 이러한 소설 형태는
1940년대 전반기에는 아주 드물다. 애국반 활동을 그린 최정희의 「2월
15일 밤」(『신시대』, 42.4)에도 애국반의 실상은 잘 그려져 있지만, 이것은
부정적 계기에 불과하다.

> 반원을 집합시키는 경우에는 구장이나 반장의 말투는 언제나 위협적
> 이었다. 출두하지 않은 자에게는 배급전표를 나눠주지 않겠다든가, 이
> 미 배급한 것도 빼앗겠다는 식이었고, 집합한 후도 구장이나 반장은 기
> 계적으로 당국의 전달사항을 말할 뿐이었다.
> 왜 저금을 해야 하는지, 왜 국방헌금을 해야 하는지, 국채는 왜 사고,
> 쇠는 왜 나라에 바쳐야 하는지 하는 것 따위를 그들은 한번도 이야기해
> 주지 않았다. 또 반원은 반원대로 문제였다. 그들 가운데는 아직 전쟁이
> 어디서 일어나고 있는지, 애국반에 집합하는 목적이 무엇인지 모르고
> 있는 자가 대부분이었다. 사실은 그들은 구장이나 반장이 말하고 있는
> 배급전표를 위해 모인 것 같았다. 그렇기 때문에 반원 가운데에는 고무
> 신 배급전표를 주지 않으면 방공연습 때 나오지 않겠으니 그리 알라는
> 말을 하며 이번에는 거꾸로 구장이나 반장을 위협하는 것이었다.[16]

주인공 선주가 애국반장이 되어야 하는 필연성을 말하기 위해 작가
가 무의식적으로 드러내 버린 애국반은, 실상은 최병일이 그린 시골의
그것과 그리 다르지 않다. 그러나 이러한 혼란상은 주인공의 의식 하에
서 부정적인 것으로 규정된다. 그렇기 때문에 주인공 선주의 지도 하에
애국반은 새로운 모습을 지향하게 된다. 부정적으로 묘사된 애국반의
모습이 현실이라면 그것의 개선은 하나의 이상화의 형태를 띤다. 현실
적 모순, 부조리, 혼란 등을 소설의 결말에서는 화해로 이끌어서 이상형
을 만들어내는 것이 1940년대 전반기 소설의 특징이라고 할 수 있을 것

---

16) 崔貞熙, 「二月十五日の夜」, 『綠旗』, 42.4, p.122.

이다. 거기에 작가의 의지나, 식민지 당국의 국책, 나아가 소설의 제도적 장치가 작동하고 있을 터이다. 참고로 정인택의 「청량리 부근」(『국민문학』, 41.11)은 처음부터 애국반의 이상적 상태를 전제로 하고 출발하고 있다. 그러나 이들 소설과는 달리 최병일의 「풍경화」는 애국반상회의 혼란상을 부정적으로 그리지 않는다. 애국반상회를 지시하달의 장이 아니라 주민들의 소통의 장으로 전유하는 모습뿐만 아니라, 배급에만 매달리는 모습마저도 긍정적으로 묘사되고 있다. 이러한 긍정적 묘사는 그들만의 자율적 질서를 전제했을 때만 가능한 것이라 할 수 있다.

자율적 질서에 대한 긍정은 이 소설집의 간판소설격인 「배나무」에서도 드러난다. 여기서 그가 자율적 질서와 대비시켜 그리고 있는 것은 제국적 질서이다. 우선 줄거리를 소개하기로 한다. 권인봉씨는 부자는 아니지만, 원주에서 읍회 회원, 경방단 부단장, 소방조장, 학교협의회 위원, 정미소 조합 이사 등의 직함을 가지고 있는 지방 유지이다. 그는 보통학교를 졸업하고 군청 직원이 되었지만, 학력 때문에 승진이 되지 않아 퇴직했다. 그래서 그는 변호사가 되고자 하는, 이루어지지 않을 꿈을 위해 항상 육법전서를 끼고 산다. 이에 비해 김만복씨는 하층계급 출신으로, 전쟁에 출정한 프랑스 선교사로부터 위탁받은 교회 재산을 유용하여 고리대로 재산을 모은, 읍에서 최고가는 부자이다. 신사, 소방단, 농학교는 물론 관청에도 기부 하는 등, 마을에서는 없어서는 안 될 존재이다. 이 두 사람이 담장을 넘어온 배나무 가지를 둘러싸고 크게 싸움이 벌어진다. 여기까지가 전반부인데, 전반부는 대립을 그리고 있다면 후반부는 화해의 과정을 그리고 있다. 이 두 사람의 싸움을 중재하고자 하는 일본인 서장의 노력에도 불구하고, 법률만을 믿고 의지하는 권인봉씨는 김만복씨를 고소한다. 그러던 중 김만복씨 집에서 화재가 나고, 미처 빠져나오지 못한 김만복씨의 아내를 권인봉씨가 구한다. 이 사건을 계기로 두 사람이 화해하는 것으로 소설은 막을 내린다.

이 두 사람의 싸움은 그저 이웃간의 싸움이지만, 그 과정에는 식민지적 질서가 깊숙이 개입되어 있다. 권인봉씨는 지식적인 측면에서 식민지 엘리트라고 할 수 있다면, 김만복씨는 경제적인 측면에서 식민지 엘리트라고 할 수 있다. 그들은 식민지적 지식 체계를 이용하거나, 식민지의 경제 체계를 이용하여 엘리트의 위치를 구축한 사람들이라고 할 수 있다. 그러나 그들에게는 항상 결여가 존재한다. 권인봉씨는 학력, 그리고 지식의 측면에서 제국의 질서와 조금씩 어긋나 있다. 그가 군청 직원으로 있다가 승진이 되지 않는 것은 그 때문이다. 이에 비해 김만복씨는 제국의 언어를 모른다는 점에서 제국의 질서와 어긋나 있다.

권인봉씨는 다툼의 과정에서 법률이라는 식민지 권력의 논리를 이용한다. 그는 자신의 결여를 법률에 집착함으로써 메우려고 한다. 그러나 그럴수록 그의 식민지 권력에 대한 모방은 미끄러진다. 그가 법률이라는 식민지 권력의 논리에 절대적인 신뢰를 보내는 것은, 곧 식민지 권력의 무소불위성을 믿는 것이다. 그렇지만 법률이라는 것이 이웃간의 배나무 분쟁에 사용될 리가 만무하기 때문에, 그의 법률 사용은 식민지 본국의 논리와 어긋나는 오용에 불과하다. 고지식하게 식민지 본국의 논리를 그대로 따라했기 때문에 오히려 그러한 어긋남이 발생한다. 식민지인이 식민지 본국을 모방할 때 발생하는 차이는 과잉일 수도 있고, 결여일 수도 있다. 권인봉씨의 경우는 결여를 메우기 위해 과잉모방하는 것이라 할 수 있다. 이러한 과잉은 골계스러움을 낳는다. 식민지 본국의 의도와는 달리 식민지인의 모방은 이렇게 미끄러져 재현됨으로 해서 희화화된다. 이러한 모방은 부적합의 기호이기도 하며, 식민권력의 지배 전략적 기능에 조응하고 감시를 강화하게 하면서도, 규범화된 지식과 규율권력에 내재적인 위협이 되는 차이와 반항의 기호이기도 한 것이다.[17)

권인봉씨의 모방은 법률의 사용으로만 드러나는 것은 아니다. 그가

---

17) 호미 바바, 앞의 책, p.179.

법률의 논리를 사용하여 상대방을 윽박지를 때에는 '국어(일본어)'로 한
다. '법률＝국어＝식민지 본국의 질서'이기 때문에 당연하다고 할 수 있
는데, 그의 국어 사용도 온전한 모방이 되지 못하고 차이를 발생시킨다.

> 권인봉씨는 열린 입이 닫히지 않는다고 말하는 대신 얼굴 근육이 굳
> 은, 울 듯 웃을 듯한 묘한 표정이 되었다. 그리고 그의 입에서 국어가
> 김만복씨에게 물을 퍼붓듯이 튀어나왔다. 그 국어를 말함으로써 무상의
> 우월감에 빠져들 수 있을 뿐만 아니라, 무언가 그 국어가 조선어로 말
> 하는 것보다 더욱 힘이 담겨 있어, 욕처럼 느껴지기도 했다. 반대로 이
> 때만큼 김만복씨는 국어를 알지 못하는 초라한 처지를 통절하게 느낀
> 적은 그의 반생에 없었을 정도였다. 권인봉씨로부터 나오는 국어가 김
> 만복씨에게는 모두 욕처럼 들렸다.[18]

일본어를 말하는 자, 그리고 그것을 듣는 자 모두에게 국어(일본어)는
욕으로 인지되고 있음을 위의 인용문으로 알 수 있을 것이다. 이처럼 욕
의 체계로 미끄러지면서 조롱되고 있는 것은 '국어'만이 아니다. '법률＝
국어'의 권위를 보장해주는 것은 현실적인 정치권력뿐만 아니라 권인봉
씨가 읽고 있는 식민지 본국의 문학(『나는 고양이로소이다』, 『자연과 인생』,
『사선을 넘어서』 등)과 학문(『제국헌법요론』, 『행정법총론』, 『일본행정법』 등), 잡
지(『킹』, 『주부지우』 등)와 같은 지식체계이기도 하다. 이들의 체계가, 그러
니까 제국적 질서 자체가 식민지인들 사이에서 욕의 체계로 교환되고
있는 것이라 할 수 있다. 권인봉씨가 자신의 국어 실력에, 법률 지식에,
그리고 자신이 읽고 있는 책들에 대해 자부심이 크면 클수록, 거기에 의
존하면 의존할수록 이러한 미끄러짐과 조롱은 차이로서 드러나게 된다.
　식민지인의 모방행위는 항상 차이를 발생시킬 수밖에 없다. 호미 바
바의 표현대로 하자면, 식민지인은 "갈라진 혀로 말을 하"[19]는 것이다.

---

18) 최병일, 앞의 책, pp.15~16.
19) 호미 바바, 앞의 책, p.178.

일본어를 모르는 자에게까지 일본어를 쓰는 것은 일종의 과잉 모방이다. 그러한 과잉 모방으로 인해 국어 사용은 '욕'이라는 차이를 생산한다. 이것은 무의식적인 것이기도 하고, 스스로 국어를 '욕'으로 전용하는 의식적인 행위이기도 하다. 국어를 욕처럼 사용하는 권인봉씨에게 김만복씨가 대항할 수단은 한 가지밖에 없다. 욕에는 욕으로 대응하는 수밖에 없는 것이다. 김만복씨가 알고 있는 유일한 일본어는 "곤칙쇼"뿐이다. 김만복씨가 "곤칙쇼"를 외치는 것은 권인봉씨에게만 향하지는 않는다. 권인봉씨가 의지하고 있는 법률과 국어 전체를 향해 "곤칙쇼"라는 욕을 되돌려주고 있는 것이다. 식민지 본국의 질서를 등에 업었지만, 그것을 오용한 권인봉씨와, 부를 등에 업은 김만복씨의 다툼은 해결이 될 리가 없다. 누가 우월한가를 결정할 수 없기 때문이다. 상처를 입은 것은 싸움의 두 장본인과, 식민지 본국의 법률과 국어이다.

제국적 질서가 두 사람에게 싸움을 붙였다면 이것을 해결하는 것은 그것과는 무관한 영역에서이다.

> 아무래도 자기 마음의 움직임을 권인봉씨는 자신도 납득할 수 없었다. 무럭무럭 피어오르는 불길이 금방이라도 김만복씨의 부인을 뒤덮으려 할 때 권인봉씨도 김만복씨를 잊고 있었던 것은 아니다. 그런 의미라면 그는 김만복씨의 집에 불이 옮아갔을 때 이 집 전체와 사람들에게 증오를 드러냈던 것이다. 그러나 지금 당장 불길이 한 사람의 인간을 뒤덮으려 할 때 그는 그런 의식보다도 거세게 자신을 채찍질하는 것에 부딪혔다. 책무도 아니고, 하물며 정도 아니다. 정체를 알 수 없는 진솔한 것이었다.[20]

자기욕망의 달성을 위해 제국적 질서를 온갖 방식으로 오용하고 남용하여 상대방을 공격하려 했던 그들에게 화해를 가져온 것은 "인간의

---

20) 최병일, 앞의 책, pp.67~68.

체온과 가슴의 고동"이었다. 다소 작위적인 결론이지만, 이것은 국민으로서의 결의라든지, 국민으로서의 의무 따위로 소설의 결말과 다툼의 화해를 만들어내는 여타 작가의 소설들과는 거리가 멀다는 점에서 특기할 만하다. 온갖 사회의 부조리와 다툼의 원인을 식민지 근성이나 국민성의 결여로 돌리고 시국적인 해결을 도모하는 당대 소설의 일반적 경향과는 달리 이 소설은, 거꾸로 제국적 질서가 빚어낸 불화를 인륜성으로 해결하고 있는데, 이것은 식민지 주민들 사이의 조정 능력, 자율적 질서에 대한 작가의 신념과 무관하다고 할 수 없다.

4. 협력과 저항 사이에서

이외에도 『배나무』에는 몇 편의 소설이 더 실려 있는데, 「안서방」에서는 은행 사환으로 일하는 안서방의 불행한 삶을 그리고 있고, 「마을 사람」에서는 살아남기 위해 일본으로 건너가려는 한 조선 여인의 모습을 그리고 있으며, 「벙어리」에서는 방탕한 생활을 접고 '벙어리 저금통'으로 상징되는 생활을 붙잡으려 노력하는 친구의 모습을 그리고 있다. 이들 소설에서도 식민지 지배장치들이 어김없이 작동하고 있지만, 때로는 그것을 이용하면서, 때로는 그것을 빗겨 가면서 생활을 꾸리려는 식민지 주민들의 삶이 그것보다 더욱 중요하게 그려져 있다. 여기 그려져 있는, 적극적인 협력도 적극적인 저항도 하지 않는 행위주체들이 식민지 주민의 실상이었는지 모른다. 그러나 소설이 실상을 포착하는 것이라기보다는 표상에 불과하다는 것을 생각한다면, 이 소설들은 여전히 작가의 자기표현으로서 존재하는 것일 터이다. 소설 속에서는 작가가 등장하지 않지만, 그러한 행위주체들을 바라보는 관찰자로서 작가가 존재하며, 그들의 삶을 긍정하는 화자로서 작가가 존재한다고 할 수 있다. 이와는 달리 작가의 창작 태도가 직접 드러나 있는 소설은 「나그네」이

다. '직접'이라고 했지만, 엄밀하게 말하자면 이것도 소설이기에 유추될
수 있을 따름이다.

「나그네」는 방랑 시인 김립의 이야기를 소설화한 것인데, 이것 역시
이 시대에 소설로 발표하기에는 부적절한 소재라고 할 수 있다. 방랑,
풍자같은 것이 허용되기 어려웠다고 할 수 있는데, 야담가인 신정언이
쓴 「다한의 삿갓」(『半島の光』, 41.8)도 대체로 김립이 삿갓을 쓰고 방랑하
게 된 경위가 소개되어 있을 뿐이다. 그러나 최병일은 방랑과 풍자를
김립의 핵심에 두었다. 물론 이 소설에서는 김립이나 김삿갓이라는 말
은 나오지 않는다. 다만 커다란 갓을 쓰고 있다는 것, 시를 팔아서 연명
하고 있다는 것, 그리고 다음과 같은 그의 이력이 김립임을 말해준다.

> 기록에 의하면 그는 20세에 집을 버렸다. 조부의 잘못으로 폐족된 그
> 의 일가는 보기에도 비참하게 몰락했는데, 다행히도 여섯 살 무렵부터
> 종복의 집에서 자라난 그는 벌써 그 무렵부터 방랑의 혼이 싹트고 있었
> 다. 그리고 그의 예리한 눈은 나이가 들수록 점점 또랑또랑해져갔다. 집
> 에는 두 아들을 남겨 두었다. 57세에 타향에서 문자 그대로 객사하기까
> 지 산을 사랑하고 구름을 친구 삼아 조선 구석구석을 걸어 다녔다.[21]

신정언의 야담과는 달리 인용문에서 볼 수 있듯이 홍경래 난과 관련
된 일화는 여기에서는 등장하지 않고 오직 선천적인 방랑벽을 방랑의
원인으로 설정하고 있다. 이 소설에서는 김립의 처세술에 초점이 맞추
어져 있고, 그 때문에 김립의 삶은 작가의 창작법, 처세술로 유추해 볼
수 있다. 소설의 주인공은 기향(棄鄕) 혹은 실향(失鄕)한 자이며, 시(문학)를
써서 먹고 살 수밖에 없는 처지라는 점에서 당대의 문학자들과 많이 닮
아 있다. 그리고 그러한 이유로 해서 비굴할 수밖에 없었다는 점에서도
그러하다. "어느새 익혔던가. 그는 방랑 여행의 처세술이라고도 할 수

있는 비굴함을 몸에 지녔다. 게다가 그는 자신의 재능을 파는 것에 의해"[22]라고 화자는 말하고 있다.

험한 산길을 걷던 그는 어떻게 해서든 배를 채워야 했기에 부잣집 환갑 잔치에 간다. 시를 팔지 않으면 배를 채울 수 없었던 그는 그 자리에서 시를 써야했다. 그는 비굴하게 시를 써서 먹고 살지만, 완전히 비굴하지는 않다. 그것은 시를 쓰는 그 특유의 방식 때문인데, 그가 시를 쓰는 방식은 찬양하면서도 풍자하고, 풍자하면서도 찬양하는, 뒤틀린 것, 양가적인 것이었다.

그는 우선 "저기 앉아있는 저 노인은 인간 같지가 않다(彼坐老人不似人)"라고 쓴다. 주위 사람들은, 축하해야할 자리의 흥을 깨는 불손한 시구에 불쾌한 기색을 드러낸다. 그런 눈치를 챘음인지 그는 다음 구절에 "마치 천상에서 강림한 신선 같다(疑是天上降神仙)"라고 쓴다. 주위 사람들은 모두 기뻐하며 그의 시재를 찬양한다. 그렇다면 이러한 시작(詩作)은 비판인가, 찬양인가. 매력인가, 반감인가. 결론만 중요시하는 사람들은 굴종과 아부로 가득 찬 찬양으로 받아들일 것이다. 아니면 지은이의 의도가 비판에 있기 때문에 야유로 보아야 하는가. 그렇다면 지은이의 의도는 어떻게 알 수 있는가. 지은이가 비판의 의도를 가지고 있다고 해서 시가 객관적으로 비판이 될 수 있는가. 비판받는 자에게 타격을 줄 수 없는 비판이 비판이 될 수 있는가. 여러 가지 난제를 포함하고 있는 이러한 창작태도는 작가에게는 양가적으로 인식된다.

> 그는 마음으로 기뻐하는 그들을 기쁘게 하지 않을 수 없었다. 그러나 잠시였지만, 아부다, 영합이다 하는 외침을 그는, 또하나의 그가 외치는 것을 들었다. 과장된 표현을 사용하기는 아주 싫었다. 신선, 천상 따위의 문자가 어떻게 나왔단 말인가. 그러나 그들이 기뻐하는 모습을 보라, 웃을래야 웃을 수 없지 않은가.[23]

---

22) 앞의 책, 같은 면.

그는 다시 "그 속에 있는 일곱 아들은 모두 도둑놈이다(其中七子皆爲賊)" 라고 썼다. 사람들이 다시 노했음은 말할 것도 없다. 아들들은 "당신은 시를 짓는 것인가, 아니면 우리를 매도하고 있는 것인가"하고 힐문한다. 그러자 그는 다시 "큰 복숭아를 훔쳐 환갑 잔칫상에 바치다(偸得王桃獻壽 筵)"라고 썼다. 또다시 사람들이 기뻐했음은 물론이다.

이런 에피소드같은 소설을 하나의 알레고리로 읽으면, 이 작가가 어 떤 자세로 시대를 대면하고, 어떤 방식으로 창작하려 했는지 유추할 수 있다. 시대에 영합하면서도 시대를 비판하고, 시대를 비판하면서도 시 대에 영합하는 글쓰기가 최병일의 글쓰기가 아니었을까. 제국적 질서에 협력하면서도 저항하고, 저항하면서도 협력하는 글쓰기, 매력과 반감을 동시에 표출하는 글쓰기가 그의 글쓰기가 아니었을까.

5. 식민지인들의 자율성

식민지인은 제국적 질서에 저항하기만 하거나 협력하기만 하지는 않 는다. 식민지 통치와 관련하여 저항하거나 협력하면서 다양한 갈래의 행위를 보인다고 할 수 있는데, 이것은 식민지 엘리트의 논리인 민족주 의와 그에 저항하는 구조주의의 논리를 상대화시킬 수 있다는 점에서 의미가 있다.

1940년대 전반기, 이 땅에서 벌어진 문학행위를 논리화하는 작업은 크게 두 갈래로 진행되어 왔다. 하나는 민족주의 담론에 근거하여 '협력 의 문학/비협력·저항의 문학'으로 이 시기 문학 텍스트를 이분하는 방 식이고, 또다른 하나는 이 시기의 파시즘적·근대규율적 담론 구조를 문학 텍스트 속에서 적발해내는 방식이다. 흔히 전자를 '친일문학론'이 라고 부르고 후자를 '친일파시즘문학'론이라고 부른다. 이러한 명칭은

---

23) 앞의 책, p.189.

임의적인 것인데, 양자의 차이는 본질적으로, 전자가 '민족적 주체'라는 고정된 본질적 개념을 설정함으로써 근대적 주체론으로 귀결되는 반면, 후자는 근대적 주체란 사회적·정치적 담론의 구성물에 불과하다는 구조주의 내지 탈구조주의적 주체론으로 귀결된다는 점에 있다.

민족주의적 관점은 식민주의를 너무 안이하게 사고한 나머지 주권의 회복으로 탈식민을 이룰 수 있다고 보고 있지만, 사실은 그렇지 않다. 식민주의는 현실을 그릇되게 표상하는 이데올로기임과 동시에 현실에 새로운 질서를 주는 권력이기도 하기 때문에 그것은 세밀한 일상에, 그리고 근대적 주체가 방기해온 무의식(구조) 속에 깊숙이 침투해 있다. 근대적 지(知)가 식민주의에 의해 분절화된 지점들은 밝히는 것은 포스트 콜로니얼 이론/비평의 중요한 주제인데, 이러한 식민주의 비판이 탈근대적 전망과 연결되지 않는다면, 자리바꿈의 욕망에 지나지 않을 것이다. 더군다나 식민지인뿐만 아니라 식민자조차 식민주의에 의해 형성된 주체라고 한다면, 자리를 바꾸었다고 하더라도, 그러니까 스스로 식민자가 되었다고 하더라도 식민주의의 그늘에서 벗어날 수는 없을 것이다. 자신이 명백하게 반대하는 담론에 무의식적으로 연루되어 있을 가능성을 쉽게 간과해서는 안 될 것이다.

반면에 후자는 식민주의를 돌파해 나갈 주체를 삭제하고 그것을 식민주의·파시즘·근대규율권력으로 환원시킨다. 이런 점에서 한국의 포스트 콜로니얼 이론/비평은 탈구조주의적이라기보다 구조주의적이다. 그것은 탈식민을 주권의 이행에서 해방시켜 식민주의의 다양한 층위를 보여주었지만, 동시에 저항의 가능성도 봉쇄했다. 권력은 모든 곳에 있지만, 따라서 결국 어디에도 없게 되는 것이다. 따라서 민족적·근대적 주체를 삭제하기 위해 모든 주체를 삭제하거나 허위적인 주체로 명명함으로써 거꾸로 식민주의로부터 벗어나려는 욕망들조차 모두 식민주의로 환원시켜 버린다. '친일파시즘문학'론이라 불리는 이러한 관점은 식민지인의 자율성이나 주체성을 완전히 무시하고, 미리 주어진 근대적

지의 구조 분석으로써, 그러니까 식민자의 분석으로, 식민지인의 분석
을 대체한다. IMF 사태 이후의 민족주의 중흥기를 경계하고자 하는 담
론의 역사성을 고려하더라도, 이러한 관점은 문제가 있다고 할 것이다.

그렇다면 중요한 것은 근대적·민족주의적 주체·아이덴티티 개념을
경계하면서도 식민지인의 주체성·자율성을 논리화하는 아주 어려운
작업이 될 터이다. 이에 관련하여 오한론과 워쉬부룩의 다음과 같은 말
은 좋은 참고가 될 것이다.

> 모든 것을 빼앗긴 자들은 이의제기의 정치학을 추구하며 목소리를
> 높이고 있다. 여기에는 어떤 형태의 경험이나 행위자(agency)라는 개념이
> 반드시 필요하다. 분산된 권력관계가 낳은 효과에 지나지 않는 것이, 때
> 로는 그 경험과 내성이 변화를 추구하는 투쟁의 기반이 되는 자율주체
> (agent)가 되는 이유가 확실하지 않기 때문이다. 경험이나 행위자(agency)
> 라는 범주가 어떤 형태로든 필요하다고 주장하더라도 19세기 자유인간
> 주의(liberal humanism)의 차이화되지 않는 고정적인 경험이나 행위주체
> 의 개념으로 되돌아가는 것은 아니다. 오늘날 우리들의 과제는 우리들
> 이 알고 싶다고 생각하는 서발턴(subaltern)이 모순 투성이의 주체(subject)
> 로 구축되면서도 동시에 본인의 의식에서는 수미일관된 핵을 가진 자율
> 주체(agent)가 되는 길을 투쟁을 통해 발견해왔음을 이해하는 것이다.24)

이러한 서발턴은 저항과 협력이라는 논리를 가로지르며 존재한다. 그
것은 부정성으로서만 존재하는 행위주체가 아니라 긍정성으로도 존재
할 수 있는 행위주체이다. 소설은 구조에만 종속되어 있는 것이 아니라,
상상력과 관찰에 의해 구조의 틈새를 보여주기 때문에 의미가 있다고
할 것인데, 그것을 논리화하는 것은 연구자의 몫이 될 것이다.

---

24) R. O'Hanlon and D. Washbrook, 'After Orientalism : Culture, Criticism, and Politics in the
   Third World', *Comparative Studies in Society and History* 34(1), January, p.153.

제3부
식민지 타자의 표상

제 1 장

'만주'와 한국 문학자

1. '수난과 저항'의 신화를 넘어서

1945년 해방 이후 남북한이 함께 그려온 식민지 시대 '만주'의 상은 '수난과 저항'의 공간이었다. 공산주의 운동인가 민족주의 운동인가 하는 정치적 주도권의 차이는 있지만, 국가의 공식적 역사(국사) 속에서 조선인(한국인)은 일본 제국주의와 그 괴뢰정부인 만주국의 탄압과 착취를 받으면서도 거기에 저항해 독립운동을 해온 것으로 되어 있다. 역사적 소급에 의해 '만주'가 '민족의 시원', '민족의 발상지'라는 의식이 덧붙여지면서 '만주'는 식민지 시대 한민족의 정통성을 보존해온 공간으로 위치지어지기도 한다.[1] 따라서 저항 시인 윤동주가 자라난 공간이며, 김좌진·홍범도 등이 '독립운동'을 했으며, 김일성을 비롯한 항일의용군이 활동한 공간으로서 '만주'는 남북한에서 모두 신화적 공간이 되었다. 그러한 신화 속에서는 조선인과 중국인 사이의 갈등은 삭제되었고, 두 민

---

1) 오양호, 『한국문학과 간도』, 문예출판사, 1988.
   _____, 『일제강점기 만주조선인 문학연구』, 문예출판사, 1996.

족 사이의 연대만이 부각되었다. 김동인의 「붉은산」(『삼천리』, 33.4)의 해석은 역사적 배경(만보산 사건, 만주국 성립)을 삭제함으로써 이 텍스트를 공허하고 추상적인 민족애로 귀착시켜 버렸고, 최서해의 「홍염」(『조선문단』, 27.1)의 해석은 중국인 지주와의 갈등을 일반적인 지주와의 갈등으로 환원시켜 계급적 갈등에 초점을 맞추었다.

그러나 그 가운데 「홍염」은 확실히 계급적 갈등 이상의 것을 포함하고 있다. 중국인 지주의 착취에 대한 분노가 단지 지주에 대한 분노에 머물지 않고 민족적 멸시감을 포함하고 있는 것이다. '되놈'이라는 표현이 반복되는 것은 물론, '되놈은 인륜이 없다', '되놈은 의심이 많다', '되놈은 색욕이 강하다' 등 중국 민족 일반에 대한 비하가 전제되어 있기 때문에 그 해결 방법인 방화나 살인이 정당화되는 것이다. 특히 최서해의 소설 주인공에게는, 파농이 마노니를 빌어 설명하는 '프로스페로 콤플렉스'[2]가 엿보인다. 세익스피어의 희곡『폭풍』에 나오는 프로스페로가 괴물 칼리반이 자신의 딸 미란다를 범할 것이라는 망상에 빠져 있듯이, 최서해의 소설에서는 항상 '되놈' 지주가 자기의 딸 혹은 아내를 노리고 있거나 실제로 그녀들을 가부장인 조선인 주인공으로부터 빼앗아 가고 있다. 이러한 '프로스페로 콤플렉스'는 이후 '만주'를 배경으로 하여 조선민족 수난사를 그리는 소설에서 거의 항상 나오는 모티프이지만, 그렇다고 해서 「홍염」을 식민주의적 무의식이라는 추상적인 틀로 모두 해석할 수 있는 것은 아니다. 식민주의적 무의식은 당시의 구체적 역사 속에 놓일 때에만 의미를 발생시킬 수 있을 터인데, 최서해의 일련의 만주 소설은 1927년의 '지나인 배척사건'이 그 배경에 놓여 있다.

1925년 조선총독부 경무국장과 봉천성 경찰국장 사이에 맺어진 '미쓰

---

2) 프란츠 파농,『검은 피부, 흰 가면』, 이석호 역, 인간사랑, 1998, pp.131~132. 파농은 '프로스페로 콤플렉스'를 "가부장적 식민주의자의 초상과 자신들보다 열등한 존재의 손아귀에 잡혀 (상상적인) 강간을 당하는 딸을 가진 인종차별주의자의 자화상을 그 내용으로 거느리고 있다"고 설명한다.

야(三矢) 협정'은 조선인 독립운동에 대해 단속을 강화할 것을 합의한 것이었다.[3] 중국측은 이 협정을 이용해 토지조차의 취소, 조선인 학교의 폐쇄, 조선인의 추방을 감행함으로써 일본의 영향력을 약화시키려 했다. 중국측에서 보면 일본의 첨병인 조선인에 대한 배척운동은 민족운동·항일운동의 일환이었던 것이다. 이에 대해 일본측이 선량한 '제국신민'인 조선인의 보호를 위해 중국측에 항의를 하면 이것이 다시 중국의 민족운동에 기름을 붓는 격이 되었다. 이러한 연쇄를 발생시킨 것은 일본이었지만, 현실에서는 가장 하층민이라 할 수 있는, 농사에 종사하는 재만 조선인과 중국 사이의 대립·분쟁으로 나타났던 것이다.[4] 그러나 조선 내에서는 그 정치적 배경이 삭제된 채 중국인의 조선인 탄압만이 전해져 민중들의 자발적인 중국인 배척운동이 벌어진다. 총독부 경무국의 문서에 따르면 1927년 12월 조선 내의 '지나인' 배척 사건은 총 702건, 그 가운데 집단 폭력은 87건, '지나인' 피해는 사망 2명, 중상 12명, 경상 54명이었다.[5] 그 운동의 집단적 주체는 자발적 민중운동 단체인 청년회, 노동조합이었는데, 「홍염」은 이러한 사회적 배경을 등에 업고, 거기에 편승해서 중국인에 대한 조선 민중의 적대감을 상상적인 방식으로만 해결한 것이 아니라, 실제로 중국인 배척운동을 선동한 것이라고 할 수 있다.

이처럼 다양한 층위의 갈등과 대립을 이분법으로 잘라낸 '수난과 저항'이라는 국가적 신화는 만주에서 중국인이라는 타자를 삭제함으로써만 가능했다. 오로지 '억압과 저항'이라는 민족사의 이분법적 틀을 만주라는 공간으로 확장했을 뿐이었다. 그 속에는 일제라는 억압자와 피억압자인 조선 민중만 있을 뿐 현지인인 중국인은 존재하지 않았던 것이

---

3) 이에 관해서는 水野直樹, 「國籍をめぐる東アジア關係」, 古屋哲夫·山室信一編, 『近代日本における東アジア問題』, 吉川弘文館, 2001 참조.
4) 山室信一, 『キメラ―滿州國の肖像』, 中公新書, 1993, p.38.
5) 朝鮮總督府警務局, 『昭和二年在留支那人排斥事件狀況』, 朝鮮總督府, 1927.

다. '수난과 저항'이라는 민족주의적 신화를 넘어서기 위해서는 지금까지 삭제되어왔던 타자를 역사의 무대에 등장시키지 않으면 안 되는 이유가 거기에 있다.

2. 호명된 주체, 2등 국민

'수난과 저항'이라는 '만주' 상 대신에 최근에 등장하고 있는 것이 '2등국민'으로서의 조선인 상이다. 이러한 관점은 국가적 신화 속에서 삭제되었던 '중국인'을 등장시켜 '일본-중국-조선'의 삼자 관계 속에서 만주를 구조적으로 파악하게 해 준다.

당시의 조선 농민들은 중국 정부의 조선 이민자에 대한 정책과 일본의 만주 경영 계획이 교차하는 지점에 놓여 있었다. 1915년 5월 일본의 21개조 요구에 기초하여 체결된 「남만주 및 동부 내몽고에 관한 조약」에 대한 해석을 두고 중국과 일본 양 정부는 서로 다른 견해를 가지고 있었는데, 위의 조약은 남만주에서 '일본국 신민'이 토지상조권, 거주권, 영업권 등을 가진다고 하여 일본의 치외법권을 승인하는 것이었다.[6] 문제는 이 조약이 '일본국 신민'으로 편입된 조선인이 많이 살고 있는 간도에도 적용되는가 하는 것이었다. 일본 당국은 위 조약의 간도 적용을 주장하여 간도에 영사관 분서를 증설하고 경찰관을 파견하여 조선인을 관리하려 했다. 그러나 실제로는 일본 정부가 재판권을 행사할 수 있는 여지는 적었으며, 사건이 발생하면 중국 당국에 항의하는 정도였다. 일본과의 충돌을 우려한 중국 당국은 조선인에게 귀화를 장려했으나, 조선의 독립운동에 대한 단속이 불가능해질 우려가 있어 일본은 내지에서 실시되고 있는 국적법을 조선인에게는 적용하지 않음으로써 조선인의 귀화를 원천적으로 봉쇄했다. 따라서 중국 당국에게 조선인의 증가

---

6) 이에 관해서는 水野直樹, 앞의 글 참조.

와 번성은 만주에서 일본의 영향력을 키우는 결과를 가져왔기 때문에, 중국이 조선인들을 일본 세력의 첨병으로 간주할 수밖에 없는 구조에 놓여 있었다고 할 수 있다. 만보산 사건에서 보듯이 조선 농민들이 의존할 수 있는 곳이 일본 영사관밖에 없었고 대개 농민들 스스로가 일본 신민임을 내세워 중국인과의 분쟁을 일본 영사관의 개입으로 해결하려 했을 뿐만 아니라 조선 농민은 구조적으로 자신의 생활을 확보하려고 노력하면 할수록 일본의 대륙침략의 첨병이 될 수밖에 없었다. 일제 말기 가장 손쉬운 주체 확립의 방법이 일본 제국 신민으로서의 주체가 되는 것이었듯이.

따라서 조선인들은 구조적으로는 일본 식민주의자의 눈을 통해서 만주를 바라볼 수밖에 없었다. 식민지인이면서도 그러한 식민지 상황을 은폐하거나 망각하기 위해 스스로를 식민자로 상상하는 것을 고모리는 식민지적 무의식이라고 이름붙였는데,[7] 이러한 현상은 내부에 여성이나 어린이, 하층계급같은 또다른 식민지를 만드는 '내부 식민지'의 경우처럼 식민지에서는 구조적으로 일어나는 현상이었다고 할 수 있다. 1931년 만주사변 이후 일본의 주도로 만주가 운영되고 개발되기 시작한 이래 이러한 구조는 '2등 국민'이라는 형태로 더욱 확고해졌다. 기본적으로는 어느 누구도 근대 식민주의가 낳은 이러한 구조를 벗어날 수 없었는데 이 지점에 착목한 것이 김철, 이경훈의 연구이다.

'일상의 파시즘'론 혹은 '근대 규율권력'론이라 불리는 이러한 경향의 연구에서 근대적 주체는 모두 '호명된 주체'이고 누구도 여기에서 벗어나지 못한다. 그들은 협력의 범위를 구조적인 문제로까지 넓힘으로써 그동안 '비협력 저항' 측으로 분류되던 이기영, 이태준, 김동리, 이효석 등도 여기에서 자유롭지 못했음을 증명한다.[8] 그럼으로써, 그러니까 협

---

7) 小森陽一, 『ポストコロニアル』, 岩波書店, 2001, pp.18~19.
8) 김철, 「몰락하는 신생－'만주'의 꿈과 『농군』의 오독」, 『상허학보』 9집, 2002.
  이경훈, 「만주와 친일 로맨티시즘」, 『한국근대문학연구』, 2003년 상반기.

력의 범위를 넓힘으로써 협력과 저항의 경계를 허물고 '수난과 저항'이
라는 민족사를 해체하려 한다. 그들에게 있어 만주는 '수난과 저항'이
아니라 일본 제국주의에 의해 주체가 '호명'되는 공간인 것이다. 따라서
식민지 지식인·작가는 만주를 '야만'으로, 즉 '인종적 타자'로 인식함으
로써 제국주의의 주체가 된다. 그들에게 있어 주체(subject)는 곧 신민
(subject)이었던 것이다.

만주에서의 조선인의 존재가 '2등 국민'이었다는 것에 대해서는 다소
논란이 있고 실제 만주에서 조선인의 위치가 불안정했던 듯하지만,9) 만
주를 통해 제국주의적 주체로 흡수되는 회로가 강력하게 존재했음을
부정하지는 못할 것이다. 현재 진행되고 있는 '친일파' 논쟁이 친일파의
범위를 둘러싸고 이루어지고 있고, 따라서 그것이 누가 '친일'이라는 굴
레를 벗고 한민족과 대한민국의 정통성을 이어갈 것인가에 초점을 맞
추고 있다면(부르주아·엘리트인가 민중인가), '호명된 주체'를 내세우는 것
은 그러한 구도 자체를 흔들어 놓는다는 점에서 의미를 가진다. 그러나
이들은 민족이라는 주체를 삭제하기 위해 모든 주체를 삭제하거나 허
위적인 주체로 명명함으로써 거꾸로 제국주의로부터 벗어나려는 욕망
들조차 모두 제국주의로 환원시켜 버린다. 모든 주체들이 제국주의에서
벗어날 수 없었지만, 동시에 모든 주체들이 제국주의를 최종 목표로 삼
았다고 할 수도 없을 것이다. 제국주의에 접속하면서도 그것에서 벗어
난 새로운 질서를 꿈꾸는 욕망들이 생성되어나간 흔적은 여기저기에
남아 있다. 배주영이 말한 대로 "만주를 야만으로 취급하는 이미지, 그
러면서 제국적 질서의 중심에 서고 싶은 욕망, 이 욕망은 다시 제국의
질서를 흔들어 새로운 질서에 대한 갈망으로 전환"10)되는 가능성의 공

_____, 「하르빈의 푸른 하늘 : '벽공무한'과 대동아공영」, 『문학속의 파시즘』, 삼인, 2001.
  김예림, 『1930년대 후반 근대인식의 틀과 미의식』, 소명출판사, 2004.

9) 윤휘탁, 「만주국의 '2등 국(공)민', 그 실상과 허상」, 『역사학보』 제169집, 2001.

10) 배주영, 「1930년대 만주를 통해 본 식민지 지식인의 욕망과 정체성」, 『한국학보』,
  2003년 가을.

간이 만주이자 1940년대 전반기 조선의 담론상황이었던 것이다. 조금
추상적으로 말하자면 주체는 곧 신민이자, 신민이 아니기도 했던 것이
다(주체≠신민).

3. 생산과 노동의 공동체 - 개척문학

　30년대 후반에서 40년대 전반기까지 '만주'는 조선 문학의 소재 가운
데 커다란 위치를 차지하고 있었다. 그것은 두 가지 측면에서 살펴볼
수 있다. 첫 번째는 '만주'라는 소재가 "작품세계의 저미와 제재의 빈곤,
비평정신의 상실 등 무기력·무풍상태"[11]에 빠져 있는 조선 문단에 "문
학의 침체를 타개할 방법"[12]으로 제시되었다는 점이다. 한식에 따르면
1940년에 어떤 신문에서는 소설계의 현상 타개책이라는 논제로 설문조
사를 했는데, 생산문학·전기소설이 주종을 이루었고, 또한 농촌, 어촌,
만주행이 추천되었다는 것이다. 둘째는 당시 '만주'는 가장 중요한 국책
가운데 하나였다는 점이다. 최재서는 문예인도 국책에 관심을 가져야
한다고 하면서 문학의 소재로서 "동양 신질서에 있어서의 민족협화의
문제, 만주개척민의 문제, 조선의 산업적 사명, 더욱이 국방에 대한 신
성한 의무 등"[13]을 들었다. 또한 1939년 10월 발족한 조선 문인협회는
개편을 맞이할 때마다 새로운 사업으로 '만주개척촌 시찰'을 빠뜨리지
않았다.[14]
　소재의 빈곤에 허덕이는 조선 문학의 타개책이라는 문단의 내부적
욕망과 국책이라는 외부적 욕망이 만나는 곳에 '만주'라는 공간이 놓여
있었다고 할 수 있는데, 이 경우 만주문학은 '개척문학'이라는 이름을

---

11) 韓植, 「朝鮮文學の展望」, 文芸家協會編, 『文芸年鑑』, 第一書房, 1940.12, p.13.
12) 위의 글, p.12.
13) 최재서, 「국책과 문학」, 『인문평론』, 1940.4, p.6.
14) 「문인협회의 신발족」, 『매일신보』, 1942.9.10.

가지고 나타났다. 위에서 '농촌-어촌-만주'가 나란히 연결되어 있는 것에서도 알 수 있듯이 개척문학에서 만주는 조선의 연장으로 인식되었다. 이기영이나 이무영처럼 농촌소설의 일환으로서 만주 개척소설이 씌어지거나 정인택처럼 '단련의 장소'로서 만주가 위치지어졌다.

개척문학에서 만주인 혹은 중국인이라는 타자는 아무런 의미가 없다. 논이 없는 만주는 아직 개간되지 않은 미개간지 혹은 '처녀지'일 뿐이고 거기서 생활하는 원주민 또한 개척되어야 할 자연에 불과하다. 그러한 자연이 자신과 동일한 인간의 모습을 하고 반항할 때 '야만'이라는 이름을 붙인다.

> 그들은 참으로 그곳 동포와 무슨 웬수가 젓기에 그런 참혹한 거조를 하엿슬까요? 그것은 다른 원인보다도 그들의 무지가 그러케 한 것입니다. 일반으로 물을 무서워하는 만인들은 우리 동포들이 이민으로 드러와서 자기 동리압 들에다가 별안간 논을 풀고 밧사이로 보뚝을 내서 바다와 가치 물을 대노앗스니 평생 논구경을 못한 그들은 자기네 동리가 금방 물로 망할 것가치 겁이 나서 미련하게도 수전을 개척한 동포를 도리혀 죽이게까지 한 것이올시다. 가만이 생각하면 세상에 이와가튼 무지가 어데 잇겟습니까? 그러나 무지한 그 사람으로 볼 때는 도리혀 그것을 정당히 생각하고 하엿슬 것입니다. 그러면 이것이 지옥이 아니고 무엇입니까? 무지와 편견과 모든 불의한 욕심은 이런 지옥을 이 세상에 다 만드러냅니다. 그것은 크게는 나라가 그러하고 적게는 사회와 개인이 그러합니다. 그래서 자고로 무지는 호랑이보다도 무섭다는 것이 아니겟습니까? 이곳 무지가 지옥을 낫는다는 말슴이올시다.[15]

'논농사=문명/밭농사=미개'라는 설정은 개척 소설의 특징 가운데 하나인데, 「대지의 아들」에서는 이러한 타자의식이 천당/지옥의 기독교적 윤리에 의한 '문명의 사명'으로 나타난다는 점에서 특이하다. '오족협화'

---

15) 이기영, 「대지의 아들」, 『조선일보』, 1940.1.16.

라는 슬로건이 만주국의 건국 이념이었음에도 불구하고, 만주인을 무지, 편견, 욕심으로 표상하는 것은 스스로를 식민주의자와 일치시키지 않고서는 불가능한 일이다. 채만식은 「대륙경륜의 장도 그 세계사적 의의」(『매일신보』, 40.11.22-23)에서 인종적 편견에 가득 차서 중국을 바라보고 있는데, 그것은 "우리 1억 대일본민족" 속에 조선인을 포함시키지 않고서는 불가능한 일이었다. 그는 "우수한 민족이 우수치 못한 민족보다 높은 지위가 요구되는 것은 성인이 소아에 비하여 보다 많은 식량이 요구되는 것과 똑같다"고 전제한 후 "내란과 탐관오리에 백색자본의 착취와 쿠리, 아편"밖에 없는 중국민족에게 중국의 땅은 과분하기 때문에 "동아의 장자인 우리 일본민족"이 주인이 되어야 한다고 말했다.

만주인=미개로 보는 관점은 만보산 사건을 정당화시키는 논리, 그러니까 중국 당국의 조선인 박해를 무지의 산물로 보는 논리를 성립시킨다. 만보산 사건을 배경으로 한 이태준의 「농군」(『문장』, 39.7)에서는 다른 개척 소설처럼 만주인에 대한 편견은 두드러지지 않는다. 그러나 「농군」도 마찬가지로 쌀농사에 대한 만주인의 무지가 조선인 박해의 배경임을 암시하고 있다.

> 자기넨 베농사를 지을줄도 모르거니와 이밥을 못먹는다는 것이다. 고소하지도 않을 뿐 아니라 배가 아퍼진다는 것이다.16)

"만주국이 생기자 일등은 일본인, 이등은 조선인, 삼등은 한(漢)·만인으로 구별하고, 배급의 식량도 일본인에게는 백미, 조선인에게는 백미와 고량 반씩, 중국인에게는 고량으로 나누었고, 급료도 차를 두었다"17) 혹은 "중국인 학생의 식사는 고량뿐이었고 그것도 말이나 소에게 먹이는 사료용의 붉은 고량이었다. 그 때 위병이나 위궤양에 걸린 학생들은

---

16) 이태준, 「농군」, 『돌다리』, 박문서관, 1943, p.114.
17) 安藤彦太郞, 「延辺紀行」, 『東洋文化』 36号, 1964(山室信一, 앞의 책, p.280 재인용).

40년이 지난 지금도 가끔 지병으로 괴로워하고 있다"[18]는 어느 중국인의 증언과, "나는 이 방법이 옳았다고 생각했지만 역시 비난은 나왔다. 일본인에게만 쌀을 배급하고 자기들 만계에게는 쌀을 먹여주지 않는다는 비난이었는데 실제로 그들은 쌀을 보통 먹지 않았던 것이다. 그것은 어쨌든 방법적으로는 옳았다고 믿고 있다"[19]는, 배급정책 추진자인 일본인 관리의 증언을 비교해본다면, 누구의 말이 타당한가를 떠나서 이태준이 어느 측 입장에 서 있었는지를 위의 인용문으로 알 수 있을 것이다.

「농군」이 조선인의 노동과 희생을 미학화시킨다면 이기영의 「대지의 아들」은 그것을 사상화시켜서 개척민의 '사명'을 설파한다. 「농군」이 생활의 절박함을 개척의 원동력으로 삼고 있음에 비해 「대지의 아들」은 생활이 아니라 '창조의 기쁨', '생산의 기쁨'이 개척의 원동력이다. 이기영에 따르면 "구복을 채우기 위해 이 황량한 만주벌판을 차저온 것은 아니"고 "이 동아의 대륙을 개발하는 만주국민의 한분자로서 개척민의 사명을 다" 하기 위해서이다. 이기영에게 있어서 "만주국민의 한 분자"라는 국민으로서의 의식은 이차적인 문제이다. 그에게는 황무지를 논으로 개간하는 인간 노동이 가진 무한한 힘이야말로 가장 찬양해야 할 존재이다. "만주는 과연 넓고 크다. (중략) 나는 이 광막한 평원에 서곡이 욱어진 것을 보앗다. 다시금 전가의 근고를 생각해 볼 때 인력이 또한 자연에 못지 안케 위대함을 느꼈다. 더욱 그것은 도처에 수전을 개척하여 석일의 황무지를 옥야로 만들어낸―백의동포의 개척사적 노력을 상급할 때 그러하다"는 「작자의 말」(『조선일보』, 1939.10.5)은 이를 잘 드러내주는데, 이러한 땅의 사상을 가진 자가 바로 '대지의 아들'인 것이다.

정인택의 「검은 흙과 흰 얼굴」(『조광』, 1942.11)에서는 '만주'가 '단련', '속죄', '갱생'의 공간으로 그려져 있다. 만주 개척촌 시찰에 나선 주인공

---

18) 高山,「滿洲國軍官學校」,『中國少年の見た日本軍』(山室信一, 앞의 책, p.281 재인용).
19) 山室信一, 앞의 책, p.280.

철수는 옛 애인 혜옥인 듯한 여자가 만주 개척촌에서 박봉과 나쁜 환경 속에서 헌신적으로 교육사업에 종사하고 있는 것을 발견한다. 그녀는 온갖 스캔들 속에 그를 떠난 여자였지만, 만주에서는 "훌륭한 여자로 갱생해 주었"던 것이다.

이런 면에서 보면 노동과 헌신을 통해서 '제국의 신민'을 만들어낸다는 '연성', 제국내에서의 물질적 기여를 의미하는 '생산력'과 직접 연결되어 있는 생산소설의 연장선상에 '만주개척소설'이 놓여 있음은 당연한 일이다. 정인섭은 심지어 개척 문학을 국내 개척인 생산문학과 만주 내지 외지의 신대지에 대한 개척문학으로 나눌 정도였다.[20] 권환은 생산문학에 대해 "생산문학을 제작하려면 어떠한 생산부문에든지 거기 대한 지식의 획득을 위하여 부단한 노력과 계획적 행동이 필요"[21]하다고 했고, 임화는 생산문학을 통해 "작가들이 시정을 지배할 능력을 얻게 함과 동시에 그것으로 일반 작가들의 정신능력의 부활과 제재에 대한 지배력의 재생의 계기를 삼"[22]아야 한다고 주장한다. 시정(세태)과 내면으로 분열되어 있던 주체를 통합하여 새로운 주체를 만드는 것이 30년대 후반의 과제였다면 생산문학 혹은 개척문학이 그 과제를 잇고 있음을 알 수 있다.

개척문학이 광대한 자연에 대한 완전한 장악을 목적으로 한다면 그것을 위해서는 자율적인 공동체가 필요했다.

> 단체적 행동의 체험은 그들로 하여금 전에 맛보지 못하는 새로운 쾌락을 주엇다. (중략) 그것은 비록 며칠동안이 아니라도 공동된 정신 밑에서 진실한 생활체험을 어들 수 잇섯다. 거기에는 아무런 불의가 업섯고 조금도 위선이 업섯다. 허위나 사기가 업섯고 조금도 위선이 업는 생활이엇다. 왜 그러냐 하면 생활의 정신이 갓기 때문에. 그들은 한가지

---

20) 정인섭, 「총후문학과 개척문학」, 『매일신보』, 1940.7.6.
21) 권환, 「생산문학의 전망」, 『조선일보』, 1940.6.26.
22) 임화, 「생산소설론」, 『인문평론』, 1940.4.

목적을 달하기 위해서 제각기 지혜를 짜내고 힘을 합치고 게으름뱅이를
격려하고 약한 자를 붙들어주고 장상을 공경하고 여럿 사람들을 무애할
수 잇섯기 때문에－그들은 조금도 사욕이 업섯다.23)

이기영이 그리고 있는 개양둔에는 자율적이고 자급자족적인 공동체
가 존재한다. 거기는 학교는 물론이고, 엉성하지만 군대마저 있는 작은
국가이다. 그렇기 때문에 기존의 국가의 모습을 그대로 모방한다. 강물
을 가로막고 있는 상류의 댐을 허물기 위해 편성된 행동대에는 총지휘,
부지휘, 척후대, 의료반, 식량반, 경호반 등을 둔다. 그리고 군대식 점호
도 이루어지며 '행군', '기착', '우향우', '각게아시' 등 군대용어도 사용되
고 있다. 각양각색의 차림을 하고 있고 행동도 제각각이지만, 이 군대는
개양둔의 남자들을 거의 포괄하고 있고 여기에 참여하지 않은 자들(부
락장의 아들)은 이등주민(국민)의 취급을 받는다. 또한 그들을 조직하는
데에는 이름부르기(호명)와 명부제작이 필수적이었다. 이러한 개양둔의
자율적 공동체를 현존하는 국민국가, 즉 만주국 혹은 일본 제국의 존재
에 곧장 연결시킬 수는 없을 것이다. 오히려 위에서 묘사된 단체적 행
동의 체험은 현실적 국민국가에서는 만족시킬 수 없는 것으로서 현실
비판으로 작용할 수 있는 가능성도 배제할 수는 없다. 그러나 '기술을
통해서 자연을 개조해 간다'는 생산의 정신이 밑바탕에 흐르는 한, '사
회에서 짐이 되는 것은 배제해간다'는 합리화로 나갈 수밖에 없을 것이
고 결국 거기서 파시즘이 탄생하는 것이다.24) 개양둔을 이어받을 신세
대들이 삼간방 농장의 생산성에 감탄하는 장면은 그 마을의 앞날을 예
시(豫示)하는 것인지도 모르겠다. 생산주의는 바로 국민국가가 벗어날 수
없는 숙명 가운데 하나인 것이다.

그러나 개척문학에는 조선에서는 실현 불가능한 공간들이 '만주'에서

---

23) 이기영, 앞의 글, 1940.5.8.
24) 山之內靖對談集, 『再魔術化する世界』, お茶の水書房, 2004, pp.27~28.

상상되고 있다는 점에서, 기존의 국민국가로 흡수될 가능성만 있었던 것이 아니라 조선의 현실, 나아가 전체 일본 제국의 방향에 대한 비판의 가능성도 내재되어 있다. 그것은 물론 일본 제국이 만들어낸 것이지만, 그 의도와는 다른 방식으로 뻗어나갈 가능성도 잠재되어 있었던 것이다. 그것을 잘 보여주는 것이 한설야의 『대륙』이다.

4. 민족 협화와 제국 개조의 꿈 — 한설야의 『대륙』

만주를 소재로 쓴 소설 가운데 한설야의 『대륙』만큼 만주인이 성격 (character)을 가지고 등장하는 경우는 없다. '민족협화'가 만주국의 이상이었음에도 불구하고 개척 소설에서 만주인은 항상 객체이거나 대상, 심지어는 자연과 동일한 존재였을 뿐이었다. 그러나 『대륙』에서는 만주인이 소설의 한 주체(주인공)로 뚜렷한 성격을 가지고 등장한다. 일본 작가가 만주에 대해 쓴 작품을 두고 "일본작가는 지나를 왜소화함으로써만 자신의 것으로 표현할 수 있다"거나 "지나도 지나의 여자도 그리지 못하고 있다"[25]고 한설야가 비판할 수 있는 것도 자신이 『대륙』에서 보인 중국인 인물 형상화에 대해 그만큼 자신감을 가지고 있었기 때문이었다.

이 소설은 네 부분으로 나누어져 있다. 첫 번째 부분은 하야시의 사업 전개, 두 번째 부분은 오오야마와 마리의 이민족간의 사랑과 그 좌절, 세 번째 부분은 오오야마 부자의 납치와 마리 부녀의 석방 노력, 네 번째 부분은 오오야마와 마리의 결합과 일본인 개조. 세 번째 부분이 상당한 분량을 차지하고 있지만, 사건 반전의 한 계기가 될 뿐이라는 점에서 스토리 라인에서 의미를 가지지 못한다면 이 소설은 하야시의 사업과 오오야마와 마리의 결합이 중심이 되고 있다고 말할 수 있다. 그리고 하야시의 사업과 오오야마와 마리의 결합이라는 두 스토리 라

---

25) 韓雪野, 「大陸文學など」, 『京城日報』, 1940.8.2.

인은 서로 겹치면서 동일한 방향, 그러니까 진정한 민족 협화를 향해 나아간다.

하야시는 여전히 "붉은 입김이 남아 있는"26) 전향 사회주의자로서 "만주에서 뼈를 묻을 생각"27)으로 사업을 전개하고 있다. "교육 사업보다는 생활이 먼저라고 생각"하기 때문이며 그것은 예전에 자신이 사회주의자로서 활동했던 시절에는 "자본주의가 유행하던 시대라서 모든 방면에서 개선이 주장되던 때"였지만, "지금처럼 긴박한 상황에서는 문자보다 빵이 먼저"라는 "유물론적"28) 사고에 바탕을 두고 있다. 그에게 있어 만주의 주체는 대중이다. 그렇기 때문에 그는 만주에서의 사업을 대재벌이나 이권을 쫓는 자본가들에게 맡겨둘 수 없다고 생각한다. 그렇게 되면 그들은 국가 권력까지 이용하여 있는 대로 사욕을 채울 것이라고 한다. 그에 비해 자신의 사업은 군대나 국가 권력을 빌리지 않는, 어디까지나 자치에 입각한 공존공영의 사업이라는 것이다. 그 주체는 만주인과 조선인, 그리고 우월의식을 가지지 않은 일본인이다. 그리고 그의 사업은 어디까지나 대중에 기반한 것이라고 한다.

> 지금은 일만 양국간에 국가적 차원에서 대륙 경제를 세우고 있습니다만 그런 사업을 국가 차원에만 맡기고 싶지 않습니다, 그런 건 좋은 것을 얻을 수 없고 대륙 경제에는 우리 민간의 자각이 토대가 되지 않으면 안 된다고 생각합니다. (중략) 군대나 권력에 의존하는 이민이 되고 싶지 않습니다. 우리 자신의 힘으로 일어설 수 있는 새로운 토지를 만들고 싶습니다.29)

이러한 대중을 주체로 하는 대중 자치론은 대중을 객체로 보는 대중

---

26) 韓雪野, 「大陸」, 『國民新報』, 1939.6.11.
27) 위의 글, 1939.6.11.
28) 위의 글, 1939.6.4.
29) 위의 글, 1939.6.4.

동원론과 뒤섞이고 있지만, 그 과정은 상당히 사회주의적이다. 만주가 전향 사회주의자에게 가지는 의미는 다음과 같은 인용문에서 뚜렷하게 드러날 것이다.

> 지금은 꼭 변증법의 정, 반, 합 가운데 반의 끝부분에 와 있어. 합의 과정은 실로 대중의 총의에 의해 비로소 성취되는 거야.[30]

여기서 '합'이란 무엇일까? '정'이 자본주의라면, '반'은 자본주의를 넘어서는 과도기로서의 지금의 만주국, 그렇다면 "대중의 총의에 의해 비로소 성취되는" '합'은 과연 무엇일까. 이 '합'이 의미하는 바가 바로 한설야가 만주국을 통해 실현가능하다고 생각했던 이상적인 사회일 것이다. 전향 사회주의자에게 이상적인 사회가 여전히 '사회주의'일 수는 없을 것이다. 그것이 사회주의를 의미할지라도 그 내용은 '반'의 만주국의 경험을 거친 '사회주의', 그러니까 일본의 일부 전향 사회주의자가 '신체제'를 통해 꿈꾸었던 국가 사회주의와 비슷한 것이 아니었을까. 「대륙」에서는 어렴풋한 상밖에 그려지지 않는, 한설야가 만주를 통해 꿈꾸었던 바로 그 '합'의 내용을 재구성하려면, 만주를 변혁의 계기로 생각했던 일본의 전향 사회주의자와의 거리를 재는 것도 한 가지 방법일 것이다.

만주를 변혁의 계기로 사고했던 일본 지식인 그룹은 대개 세 부류로 나뉜다. 첫째는 다치바나 시라키(橘樸)를 따르는 합작사 그룹[31]과 만철조사회의 전향 사회주의자들, 둘째는 오자키 호쓰미(尾崎秀實)를 비롯한 쇼와(昭和) 연구회,[32] 셋째는 만주에서의 실패를 바탕으로 이시하라 간지(石原莞爾)가 만든 동아연맹[33]이 그것이다. 첫째 그룹이 조선에 준 영향이

---

30) 위의 글, 1939.6.18.
31) 이에 대해서는 田中武夫, 『橘樸と佐藤大四郎』, 龍溪書舍, 1975 참조.
32) 이에 대해서는 米谷匡史, 「戰時期日本の社會思想」, 『思想』, 1997.12 참조.
33) 이에 대해서는 小林英夫, 「東亞連盟運動」, 小林英夫 · 피터 · 드우스編, 『帝國という幻想』, 靑木書店 , 1998 참조.

미비했음에 비해 둘째 부류와 셋째 부류의 지식인들의 활동은 당시 김
명식, 서인식, 박치우같은 조선 지식인들에게 깊은 영향을 주었다.[34] 조
선인 문학자들도 여기에서 예외일 수 없었는데, 김팔봉은 1930년대 후
반 자신이 사회활동을 재개하게 된 계기가 1941년의 진주만 공격이라
고 하며 다음과 같이 말하고 있다.

> 1937년 노구교 사건을 계기로 폭발된 중일전쟁이 그간 5년 동안 계
> 속되었지만 지금까지 나는 이런 전쟁과는 전혀 무관계하다는 태도로 살
> 아왔었는데, 이날(1941년 12월 9일) 일본이 미국·영국에 대해서 선전포
> 고를 하고 진주만을 폭격했다는 뉴스를 듣고는 큰 충격을 받았다. 이제
> 부터는 술타령만 해서는 안 되겠다 싶었다. (중략) 아편전쟁 이후로 앵
> 글로 색슨족이 동양에 와서 약탈하고 침략하고 착취하고 동양 평화를
> 어지럽힌 죄를 생각한다면 동양 사람으로서 마땅히 한번 저들을 응징할
> 필요가 있는데, (중략) 그렇게 되는 동시 일본의 신흥 혁신 세력이 일본
> 국내 정치 기구를 혁신케 되어 조선은 독립이 되도록 일을 준비해야겠
> 다……[35]

> 몽양은 대천주명(大川周明)과 함께 '동아연맹'의 서울지부를 꾸밀려고
> 하는 사람이니[36]

오오카와 슈메이(大川周明)과 몽양 여운형과의 긴밀한 관계는 잘 밝혀
져 있지 않지만 오오카와의 서한집에는 여운형이 보낸 편지가 수록되
어 있어 여운형이 도쿄에 들를 때마다 오오카와를 찾았고 거꾸로 오오
카와도 그랬음을 잘 알 수 있다. 그렇지만 여운형과 '동아연맹'과의 관
계는 확실하지 않다. 또한 해방 이후의 기억이기 때문에 사실관계에 왜

---

34) 홍종욱, 「중일전쟁기 사회주의자들의 전향과 그 논리」, 『동양사학연구』, 1996.
    趙寬子, 「植民地帝國日本と‘東亞共同體’」, 『朝鮮史硏究會論文集』, 2003.10.
35) 김팔봉, 『김팔봉문학전집2』, 문학과지성사, 1988, p.279.
36) 위의 책, p.113.

곡이 많을 것이다. 그렇지만 '서양과의 대립→동아의 단결→일본 혁신→조선의 독립 내지 자치'라는 동아연맹의 핵심적 사고가 해방 후에도 김팔봉의 기억속에 남아 있다는 것은 그만큼 당시 지식인들이 동아연맹에 대해 어느 정도 기대감을 가지고 있었고, 동아연맹 등이 제시한 담론을 축으로 제국으로 흡수되어갔음을 알 수 있다. 동아연맹 운동이 조선의 독립을 부추긴다고 하여 일본 정부는 조선인의 가입을 금지했음에도 불구하고 여러 조선인들이 동아연맹에 비밀리에 가입했음은 여러 재판기록에서 드러나는 바이다.37) 또한 김용제는 동아연맹 조선지부가 박희도를 중심으로 동양지광사에 비밀리에 결성되었으며 이를 통해서 독립운동을 했다고 증언하고 있기까지 하다.38) 이에 대해서는 그 사실을 확인할 수는 없고, 오히려 그러한 동아연맹론이 "어디까지나 '대동아공영권'을 실현하기 위한 침략적 구상의 일환을 이룬"39) 것이라고 할 수 있을지도 모르지만, '정치의 독립', '국방의 공동', '경제의 일체화'를 강령으로 내세우고,40) 조선에 대해 "강도의 통일을 요하는 사항 이외는 고도의 자치를 행하게 한다"41)고 한 동아연맹론이 당시 지식인들에게 하나의 가능성으로 떠올랐다는 사실 또한 부인할 수 없다.

1939년 10월에 탄생한 동아연맹과 더불어 동아시아 신질서론을 선도했던 그룹이 쇼와 연구회의 혁신좌파 지식인들이었다. 이들과 사회운동 세력인 사회대중당, 일본 혁신농촌 협의회, 전국 수평사 등이 주장한 것이 '동아협동체론'이었다.42) 이것은 일본 제국주의의 침략과, 국공합작

---

37) 小林英夫, 앞의 논문 참조. 또한 조선에서는 동아연맹에 관련된 서적을 읽는 것도 금지되어 있었는데, '동아연맹론을 이용한 조선독립운동 사건'으로 대전에서 8명이 구속되는 독서회 사건도 있었다(조선총독부고등법원 검사국사상부, 『사상휘보속간』, 1943, p.11).

38) 김용제, 「고백적 친일문학론」, 『한국문학』, 1978.8.

39) 大村益夫, 『愛する大陸よ』, 大和書房, 1992, p.164.

40) 入江辰雄, 『石原莞爾』, たまいらぼ, 1985, p.237.

41) 小林英夫, 앞의 논문, p.240.

42) 이에 대해서는 米谷匡史의 앞의 논문과 米谷匡史編, 『尾崎秀實時評集』 解說, 東洋文庫, 2004 참조.

정권에 의한 중국의 저항이 서로 항쟁하는 상황을 일본 자본주의의 정치, 경제, 사회구조를 변혁함으로써 뛰어넘어 일본과 중국이 공존하는 새로운 동아시아를 형성하고자 하는 것이었다. 요네타니에 의하면 이것은 전향으로 발생한 패배주의를 '전시변혁'으로 전환한 것이었다. 또한 이들은 이중의 과제를 지니고 있었는데 하나는 자유와 통제에 의한 국내변혁(신체제)이라면 다른 하나는 자주와 협동에 의한 일중연대(동아협동체)였다.

「대륙」이 동아연맹론과 공유하고 있는 것은 '민족 협화'이고 동아 협동체론과는 '재벌 중심의 경제구조의 거부', '동아의 연대', '대중동원론', '민중生活의 안정'이며, 공통적으로 공유하고 있는 점은 중국 혹은 만주를 축으로 하여 제국 일본을 개조한다는 것이다.

> 원래 대륙이 우리에게 고마운 점을 말하자면 지리(地利) 만이 아니다. 그것보다 오히려 나는 일본인의 성격개조의 새로운 무대로서, 도장으로서 대륙을 예찬하고 싶다. 예찬이라기보다 몸을 부딪쳐서 생활하고 싶네. 확실히 시대는 새로운 성격을 요구하고 있어. 여기에 오면 우리들은 다른 어느 곳에 있을 때보다 일본이라고 하는 것을 명확하게 보게 되는데, 확실히 대개조가 필요해. 호흡이 너무 작고 선이 너무 얇아. (중략) 섬나라 쇼비니스트들…… (중략) 앞으로의 시대를 짊어질 신일본의 성격은 반드시 대륙을 바탕으로 형성될 것은 틀림없어.43)

따라서 위의 인용문에서 보듯이 이 소설을 단순히 '민족 협화'나 '만주 개발', '만주 이민'의 문제, 그러니까 만주의 현실에 개입하고자 하는 것44)으로 축소시킬 수 없다. 이 소설이 씌어진 것은 민족협화에 의한 자치론에서 일본인 관리에 의한 내면지도로, 대자본의 거부에서 수용으

---

43) 韓雪野,「大陸」, 1939.7.24.
44) 김재용,「새로 발견된 한설야의 소설『대륙』과 만주인식」,『역사비평』, 2003년 여름호 참조.

로 만주국의 방침이 이미 굳어진 이후이기 때문이다.[45] 그럼에도 불구하고 만주국 건국 초기를 무대로 소설을 쓴 한설야의 의도는 당시 전개되고 있던 동아협동체, 동아연맹론 등으로 대표되는 동아시아 신질서론에 참여해서 그것을 변형하고자 하는 데 있었다고 생각된다. 그것이 바로 한설야가 당시의 만주국이 아니라 다양한 가능성이 남아 있었던 초기의 만주국을 배경으로 설정하여 '섬나라 쇼비니스트'를 비판하는 이유이다. 그렇지만 이런 제국 일본의 개조와 일본인에 대한 비판을 김재용식으로 곧장 '비협력 저항'이라고 할 수도 없는데 이런 식의 사고는 동아연맹론이나, 동아협동체론에서도 심심찮게 발견되기 때문이다. "우리들은 더욱더 섬나라 근성을 버려야 한다"[46]와 같은 발언은 어쩌면 동아 신질서로 가기위한 자기갱신의 통과의례였는지도 모른다. 어쨌든 「대륙」은 당시의 동아신질서론에 깊이 개입되어 그것과 사고를 공유하고 있다는 점에서 '저항'과는 거리가 멀었다.

그렇지만 그렇다고 해서 일본 제국에 대한 '협력'이라고 할 수 있는가 하면, 꼭 그렇지만도 않다. 그것은 두 가지 점에서 그러하다. 첫째는 만주의 '민족협화'나 동아연맹론, 동아협동체론 자체가 조선의 내선일체화와 어긋날 수 있는 가능성 때문이다. 이는 동아연맹론이 조선에서 금지되었고 제국 일본의 구도 속에서 조선은 연맹은 물론이고 협화나, 협동의 대상조차 되지 못하는 현실과는 다른 상상을 「대륙」이 추동시켰다는 것을 의미한다. 둘째는 「대륙」이 당시의 담론에 깊이 개입되어 있으면서도 당시 담론의 치명적인 약점을 건드리고 있다는 점이다. 이를 해명하기 위해서는 텍스트를 통해 좀더 깊이 보아야한다.

당대의 신질서론의 가장 큰 약점이자 모순은 타자와의 결합을 이야기하면서도 주체의 선도성을 놓치 않는다는 데 있었다. 그러니까 동아신질서의 주체는 각 민족이 될 수 있지만, 그 주도권은 일본에 있다는

---

45) 山室信一, 앞의 책 참조.
46) 陶山敏, 「新秩序に於ける朝鮮の再認識」, 『東亞聯盟』, 1940.6.

것이다. 이것은 만주에서도 마찬가지였다. 민족 협화라고 하지만 결국
은 일본인 주도의 협화에 불과했던 것이다. 물론 이상과는 달리 실제로
는 만주국이 민족협화를 실현하기는커녕, 일본의 괴뢰국가에 불과하긴
했지만. 동아협동체론도 마찬가지였다. 미키 기요시도 「신일본의 사상
원리」에서 다음과 같이 말한다.

> 동아협동체는 민족협동을 의도하는 것이기 때문에 그 사상은 단순한
> 민족주의의 입장을 초월할 것이 요구된다. 그렇지만 이러한 협동체의
> 내부에서는 각각의 민족에게 독자성이 인정되어야 한다. (중략) 현재 동
> 아협동체도 일본민족의 이니셔티브 하에 형성되는 것이다.[47]

아무리 급진적인 사상이어도 타자에 대한 주체의 선도성을 넘어서는
경우가 없었다. 이러한 사정은 조선 지식인도 마찬가지였다. 서인식은
도처가 중심이 될 수 있는 세계를 꿈꾸면서도 "어느 민족 어느 성층이
이러한 세계성적 세계의 형성에 있어 주체가 될 수 있는가"를 묻지 않
을 수 없었다.[48] 그러면 「대륙」에서는 이러한 점이 완전히 극복되었는
가 하면 그렇지는 않다. 앞에서 하야시의 대중인식에는 대중 동원론과
대중 자치론이 교차되고 있다고 말했다. 「대륙」에서는 끊임없이 일본인
에 대한 비판이 등장하나, 만주에서 사업을 전개하는 하야시도 일본인
이고, 소설에서 스토리를 이끌어가는 것도 일본인이다. 만주인과 조선
인은 일본인만큼 소설의 주체가 되지 못하고 있는 것이다. 심지어 「대
륙」에서는 인종적 타자의식의 편린마저 보이기도 한다.[49]

---

47) 三木淸, 『三木淸全集17』, 岩波書店, 1968, pp.516~517.
48) 김예림, 앞의 책, p.225.
49) 김성경, 「인종적 타자의식의 그늘」, 『민족문학사연구』, 2004년 봄호. 김성경은 부정적
인물의 인종적 타자 의식을 문제 삼고 있는데, 이것을 한설야나 주인공 혹은 이 소설
자체의 인종적 타자의식으로 보는 것은 문제가 있다. 그렇지만 내포 작가의 부정적
인 태도 하에 진술되고 묘사된 것 이외에도 인종적 타자의식으로 파악할 수 있는 요
소들은 충분히 있다고 할 수 있다.

그러나 하야시를 중심으로 한 사업 전개의 스토리 라인과는 달리 오 오야마와 마리를 중심으로 전개되는 연애 성사의 스토리 라인은 타자 에 대한 깊은 인식이 포함되어 있다. 물론 만주인=여성, 일본인=남성 이라는 구도의 한계는 있지만, 여성/남성의 권력관계를 포함해 만주인/ 일본인의 권력관계에 대한 깊은 성찰이 이루어지고 있는 것이다. 이것 을 일-중 제휴라고 해도 마찬가지이다.[50] 위에서 말한 것처럼 현실의 일-중 제휴는 물론 동아협동체나 동아연맹론에서도 일-중 제휴에서 권 력관계는 존재했기 때문이다. 일-중 제휴 자체가 문제가 되는 것이 아 니라, 그 질을 문제 삼아야 한설야의 의도 속으로 들어갈 수 있다고 나 는 생각한다. 우리가 그에게 일본 제국의 담론을 완전히 벗어난 저항을 요구하는 것이 아니기 때문에 그러하다.

이 소설에서 한설야가 가장 심혈을 기울인 것은 마리라는 성격을 창 조하는 것이었다. "작가가 아니더라도 진지하게 생각하는 인간이라면 지나의 일각에 서서 가령 한 사람의 쿠리, 한 사람의 인력거군이라도 결코 유희적인 심리로 바라볼 수 없을 터"이고 중국인을 "엑조틱"하게 그려서는 안 되며 "정말로 대륙을 호흡하고 생활하는 새로운 인간성격 을 만들어"[51]야 하기 때문이다. 앞에서도 언급했듯이 일본인 작가들에 게 "지나도 지나의 여자도 그리지 못하고 있다"고 비판할 수 있었던 것 도 마리라는 여성을 한설야가 그려냈기 때문에 그 자부심이 근거가 되 었던 것이다. 마리는 군국주의나 국민국가가 요구하는 현모양처의 타입 이 아니었다. 만주국에서 "여성에게 기대되었던 것은" "개척농민의 좋 은 조경자(助耕者), 개척가정의 좋은 위안자, 제2세의 좋은 보육자로서" "스스로가 좋은 노동력이면서 남성 개척자에게 위안을 주고, 민족을 늘 리는 좋은 어머니라는 역할"[52]이었다. 그러나 마리는 자신의 생활을 가

---

50) 위의 논문, p.147.
51) 韓雪野, 「大陸文學など」, 1940.8.3~4.
52) 山室信一, 앞의 책, 증보판, 2004, p.360.

지고, 자신의 의지로 사랑을 하며, 인종적 차별에 대해 끊임없이 항의하고, 사랑하는 사람의 위기에 대해서는 적극적으로 행동하는 인물이다. 한설야 제시하고자 했던, 그리고 그에 대해 자부심을 가지고 있었던 "정말로 대륙을 호흡하고 생활하는 새로운 인간성격" 가운데 하나가 마리였던 것이다. 마리는 자신이 만주인임을 잊거나 부정하지 않으며, 그렇다고 해서 일본인과의 사이에 존재하는 권력 관계에 대해서도 또렷이 인식하고 있으면서 그것을 타파하고자 하는 것이다.

그러나 더욱 중요한 것은 이러한 마리와의 사랑으로 인해 오오야마가 마리에게 배우면서 스스로 변해간다는 사실이다. 처음 본 만주인 여성에게 "가볍게 농담을 걸" 정도로 무의식적으로 일본인의 우월성에 젖어있던 오오야마는 마리와의 사랑을 통해 만주에서의 일본인과 만주인의 비균등적 관계가 자신들의 사랑을 방해하고 있다는 것을 깨닫게 된다. 그러나 사랑을 방해하는 인종적 권력 관계를 관념 속에서 부정함으로써 해결하려 하지 않는다. 오히려 그것을 또렷이 의식함으로써 그것을 실제적으로 타파하고자 한다.

> 그는 지금 이 순간만큼 일본인과 만주인을 분명하게 본 적이 없었다. 그녀의 생각을 '뒤틀림'이라 말해 버렸지만, 그것은 자신의 얕은 생각이었다. 인간의 마음과 마음이 서로 녹아내리는 사랑의 과정에서도 민족이라는 관념이 더욱더 뿌리깊고 심각하게 작동하고 있음을 그는 비로소 육신으로 깨달았다.
>
> 그것은 그녀는 알고 있어도 오오야마는 깨닫지 못한다는 그녀의 말도, 하나의 움직일 수 없는 진리라고 생각되었다. 일본인은 자칫하면 민족적 우월감 하에 당연한 인간적 사고를 잊기 쉬운 것이다.
>
> "마리, 우리들은 서로 래디컬해져야겠어요. 우리들의 결합을 사랑 이상의 것으로 만들어야 해요. 그 점에서 내가 마리보다 좀 모자랐군요."[53]

---

53) 韓雪野, 「大陸」, 1939.7.30.

자신의 무의식속에서, 혹은 사회 관계속에서 끊임없이 자신이 우월한 위치로 내몰리게 된다는 것을 자각하는 것이 그러한 권력 관계를 타파하는 첫 단추가 아닐까. 사랑으로 모든 것이 해결된다는 것이 아니라, 그러니까 평등하다는 환상으로 자신과 타자를 맞춰시키는 것이 아니라, 남녀 관계에서도 사회적 관계·인종적 관계가 끊임없이 작동한다는 것을 이해한 채 타자를 받아들이는 것, 이것이 한설야가 제시한 이민족 간의 사랑의 방식이다. 이것은 사랑뿐만 아니라, 민족 협화에서도 마찬가지로 적용될 것이다. 한설야의 이러한 인식은 스스로를 하야시나 오오야마에게 일치시키는 것이 아니라, 마리에게 일치시킴으로써 가능했다. 그것은 다른 작가들이 '일본인 : 조선인=조선인 : 만주인'이라는 구도를 만드는 데 비해, 한설야가 '일본인 : 조선인=일본인 : 만주인'이라는 구도를 만들었기 때문에 가능했던 것이 아닐까 한다. 그것은 이 소설에서 조선인을 주인공으로 등장하지 않고 괄호 속에 묶어 둠으로써, 그러니까 다른 작가들과는 달리 자신의 주체성을 내세우지 않음으로써 가능했다.

「대륙」은 당시 일본 제국의 담론, 즉 동아 신질서론의 연장선상에 놓여 있다. 그러나 제국 일본의 구도 속에서 자신의 위치를 괄호 속에 넣음으로써 이것과는 어긋나는 상상력을 통해 이를 비판할 수 있었다. 이것은 '저항/협력'이라는 이분법적 틀로는 잘 포착되지 않는다. 또한 '식민지 근대규율론'에서처럼 당대의 인식론적 틀, 즉 일본 제국의 담론으로 이를 모두 설명할 수도 없다. 제국과 어긋나고, 제국의 강고한 틀이 지닌 틈을 통해 빠져나가는 상상들이 여기저기 존재하고 있기 때문이다. 이러한 점에 주목하지 않는다면 당대의 조선에서 어떤 요구들이 생겨났고, 이 요구들을 해결하기 위해 어떤 상상력을 펼쳤는지를 해명할 길이 없어지게 되는 것이다. 제국에 대한 연구를 가지고 식민지에 대한 연구를 대체할 수는 없는 것이다.

제 2 장

식민자의 문학

1. 문제제기

임종국의『친일문학론』(1966) 이후 간헐적으로 이루어져 왔던 1940년
대 전반기 문학에 대한 연구가 최근 다시 부상하고 있다.『실천문학』을
비롯한 몇 개의 문학 잡지가 '친일문학'을 주제로 특집을 내고 있으며,
심포지엄 · 세미나 등에서도 이에 관한 논의가 자주 등장하고 있다. 심
지어는 문학에 관여하는 사람이라면 이에 대해 일정한 견해를 표현하
기를 강요당하는 억압적인 상황마저 벌어지고 있다. 이러한 현상의 배
후에는 두 가지 큰 흐름이 존재하는 것으로 생각된다. 해방 이후 줄곧
미뤄지기만 했던 친일파 청산이라는 국민국가의 프로그램을 현 시점에
서 실시할 수 있다는 자신감과, 동시에 세계화에 따른, 민족적 정체성을
잃어버릴 위기감에서 자기 확인의 필요성이 대두된 것이 그 하나라면1),
다른 하나는 그것과 반대로 근대 및 국민국가의 모순을 이 시기의 문학

---

1) 이러한 연구 경향은 임종국의『친일문학론』에서 제기되었지만 그동안 철저하게 무시
되던 것이 최근의 김재용의 일련의 논문으로 부활하였고, 또한 일정한 정치적 세력마
저 획득하기에 이르렀다.

및 담론에서 발견하고 그것을 한국이라는 국민국가의 기원에 둠으로써
근대 및 국민국가에 틈을 내려는 시도이다.[2] 둘 다 지금까지 이어지고
있는 식민지 문제를 해결하기 위한 방안으로 제시된 것이지만, 전자가
국민국가를 강화해야 한다는 입장인데 반해 후자는 국민국가를 넘어서
야 한다는 입장으로, 서로 상반된 문제 의식에서 출발한다.

이 글은 후자의 문제의식을 이어받아 1940년대 전반기에 '조선'이라
는 지역에서 이루어진 일본 출신 작가들의 문학 작품 및 문학 활동을
검토한다. 1940년대 전반기는 세계를 통틀어 전쟁의 시기였으며 일본의
식민지였던 조선도 이에서 벗어나지 못했다. 오히려 전쟁을 통해 일본
국가로 완전히 흡수될 처지에 놓여 있었던 것이 그 당시 조선의 특수성
이라고 할 수 있다. 그러나 이러한 특수성은 이미 다른 식민지들이 경
험한 보편적인 것이기도 했다. 19세기 후반에서 20세기 초반에 걸쳐 서
양 제국은 근대성이라는 이름으로, 혹은 문명이라는 이름으로 식민지의
문화를, 언어를 말살했던 것이다. 식민지 정책이란 어느 나라, 어느 지
역이건 기본적으로 '동화정책'이라고 할 수 있는데, 이로 보면 일제 말
기의 '친일 문학'이란 '조선 반도'라고 하는 일정한 지역의 특수한 현상
이 아니라, 식민지에서는 항상 벌어질 수 있는 보편적 현상이라고 파악
할 수 있다. 민족사, 혹은 민족 문학을 중심에 두고 이 시기의 문학을
바라보면 예외적이고 특수한 것일 터이지만, 근대사, 혹은 근대 문학 전
체를 두고 바라보면 그렇지도 않은 것이다. 포스트 콜로니얼 이론이 이

---

2) '친일 문학'을 통해 국민국가의 논리 자체를 재검토하려는 시도는 『문학속의 파시즘』
(삼인, 2001) 및 이 책에 논문을 실은 바 있는 김철, 이경훈 등의 다른 연구 논문으로
대표된다. 또한 '친일문학'의 검토를 통해 근대를 재검토하려는 시도로는 류보선의
「친일문학론의 계몽적 담론 구조」(문학사와 비평연구회 편, 『한국문학과 계몽담론』,
새미, 1999) 등이 있다. 이와 비슷하게 사학계에서도 식민지 근대화론 등에서 박정희
식의 근대화 담론, 그러니까 한국이라는 국민국가의 기원을 만주 및 식민지 체제에서
찾고자 하는 연구가 최근 이루어지고 있다. 그러나 이것은 기존의 식민지 긍정론과는
일정한 선을 긋고 있으며 오히려 서구의 포스트 콜로니얼 이론과 일정한 연대의식을
갖는 것으로 보인다.

시기 문학 및 담론에 적절한 참고가 될 수 있는 것도 이 때문이다.

당시 조선에서 이루어진 조선인의 문학 활동은, 같은 지역에서 동시대에 이루어진 일본인의 문학활동에 대한 검토 없이는 파악될 수 없다. 대타 의식이라는 주체의 의식 활동의 측면 뿐만 아니라, 이 시기의 문학 자체가 일본인과의 길항 관계 속에서 형성되었고, 끊임없이 형성되고 있었다는 문학 생산의 측면에서도 그러하다. 즉 일본인(문학)과의 동화와 이화라는 끊임없는 모순과 요동 속에서 이 시대의 조선인의 문학 활동(보통 '친일문학'이라 부르는 것)이 존재했던 것이다. 이 글은 이와 같은 문제의식 하에서 1940년대 전반기 조선에서의 문학 활동을 일본인 측에서 바라봄으로써 이를 입체적으로 파악하려는 시도이다. 글의 목적이 일본인의 문학 활동을 그 자체로 밝히는 것이 아니라, 조선인 및 조선인 문학자와 관련만을 문제 삼는 것이기에 이 글은 조선에 거주했던 일본인의 소설 전체를 대상으로 해서 그것을 분류하거나 전체적인 경향을 분석하는 방식을 사용하지는 않고 식민지인과 식민자의 관계성만을 문제로 삼는다. 이를 통해서 '친일 문학'이 우리 내부의 양심이나 윤리 문제가 아니라, 식민지 문학이 일반적으로 가지고 있는, 식민지인과 식민자의 관계를 통해 생산된다는 보편성을 가지고 있음을 증명함으로써 우리 문학의 '식민지성=근대성' 탈출의 단초를 찾고자 한다.

2. 일본인 문학자의 등장 배경

1939년 10월 조선 문인협회가 창립되기 전까지 식민지 조선에서 일본인의 문학 활동은 상당히 미미했다. 경성제대 학부생들이 만든 『청량』을 중심으로 이루어진 학생 문예나 아마추어 문학 애호가들의 동인지 활동, 일본의 전통적 시가인 단가(短歌)를 짓는 동호인 모임이 전부라고 해도 과언이 아니었다. 그것조차 전문적인 수준에서 이루어진 것은 아니라, 일본(동경) 문단에 진출하기 위한 습작 활동이거나 문학 애호가의 취미 생활에 불과했다. 이들은 문학 언어로서 조선어를 사용할 수 없었기 때문에 조선 문단에도 진출하지 못했고, 그렇다고 일본 문단과 연계를 가질 만큼 실력을 가진 것도 아니었다. 1939년까지는 조선에 거주하는 일본인에게는 독자적인 문단이 존재하지 않았을 뿐만 아니라, 근대적인 의미에서의 문학활동3) 자체가 존재하지 않았다고 할 수 있다.4) 또한 조선 문단과 일본 문단은 영향 관계는 있었지만, 개인적 교류 이외에 어떤 연계도 없었으며, 조선인 작가의 개별적인 일본 문단 참여는 있었지만, 그 반대의 경우는 없었다. 따라서 39년 이전에 조선에서의 문학 활동과 일본에서의 문학 활동은 완전히 분리되어 있었다고 할 수 있다.

이러한 현실에 본질적인 변화가 일어나는 것은 당시의 정치적 상황과 밀접한 관계가 있다. 37년 7월 중·일 전쟁의 발발을 계기로 일어난 '내선일체' 운동이 그것이다. '내선일체' 운동은 말할 것도 없이 전쟁동원을 위한 조선인의 황민화를 의미하는데 그것은 동등한 입장에서의 일체화가 아니라, 일본의 '국체'(만세일계의 천황의 통치, 팔굉일우)를 기반으로 조선인을 일본 국민으로 만드는 것이었다. 37년 10월 황국신민 서사의 제정, 38년 2월의 육군 특별지원병령 제정, 3월의 3차 조선 교육령 개정을 시작으로 40년 2월부터 실시된 창씨개명, 3월의 국민학교령 제정, 42년 5월의 징병령 및 국민학교 의무교육 결정 등에서 볼 수 있는 것처럼 여기에서는 국어, 국민 교육, 국군 등 근대 국민 국가의 기제가 모두 동원되었다.

사상적인 측면에서는 '국체명징'이라는 말에서 드러나듯이 일본은 전

---

3) '근대적인 문학 활동'은 작가·독자·출판 제도 등을 모두 아울러서 일컫는 말이다. 전문적인 작가 의식, 고정적인 독자층, 대량 출판 등을 이에 대응시킬 수 있을 것인데, 1939년까지 식민지 조선에서 활동한 일본인 작가들은 이들 요소 가운데 하나도 가지지 못했다.
4) 39년 이전까지 식민지 조선에서의 일본인 문학활동에 대해서는 『조선연감』(경성일보사, 1942, pp.590~591)을 참조.

쟁을 수행하고, 아시아 제 민족들을 통치하기 위해 일본의 본질을 명확
하게 규정하지 않을 수 없었다. 민족의 본질을 규정하기 위해서는 시간
적으로는 고대로 회귀해야 했고, 공간적으로는 다른 민족, 특히 서양과
의 변별점을 찾아 전통을 창출해야 했다. 일본이 주장한 '대동아공영권'
사상은 이렇게 마련된(창조된) 일본 민족의 본질을 바탕으로 아시아를
규합한다는 것이었다. 그럴 때 통치원리를 이미 가지고 있다고 간주되
는(상상되는) 일본인이 주도권을 잡는 것은 자연스런 논리였다. 조선 문
단에서도 일본인이 주도권을 잡게 되는 것은 그들이 이미 '국체'의 본질
을 선취하고 있다는 것 때문이었지만, 그것은 상상에 불과했다. '국체'라
는 관념 자체가 '천황으로부터의 거리에 비례하는 무책임의 구조'에 근
거하고 있었다는 지적5)에서도 볼 수 있듯이 공허한 것이었으며 일본
민족의 본질이라는 것도 결코 자명한 것이 아니었다.

　이러한 점은 국어라는 사상에서도 마찬가지였다. 실상 이때 일본에서
는 표준어도 미처 확립되어 있지 않았는데, 오히려 일본어가 해외로 진
출해야 하는 상황에서 표준어가 새삼스럽게 마련되어야 하는 상황이었
다.6) 그뿐만 아니라 조선에 거주하는 일본인들의 일본어는 일본어의 해
외 진출을 저해할 정도로 통일되어 있지 않았다. 그러나 국어에서도 이
미 일본인은 생득적으로 그것을 선취하고 있다고 간주되었다. 그러한
일본인의 선험성을 바탕으로 당시 조선에서는 국어 상용이 장려(강요)되
고 있었고, 이는 문학 부문에서도 예외는 아니었다. 제3차 조선 교육령
개정을 통해 국어(일본어) 상용을 법제화한 총독부는 조선 문단에도 그
것을 강요하기 시작했다. 당시 일본 문단에서 활동하고 있던 작가 장혁
주는 이에 호응해「조선의 지식인에게 호소한다」7)를 통해 '내선일체'의
당위성과 국어 상용의 필연성을 역설해 조선 문단에 파문을 일으켰다.

---

5) 마루야먀 마사오, 『현대정치의 사상과 행동』, 김석근 역, 한길사, 1997, p.59.
6) 고모리 요이치(小森陽一)의 『일본어의 근대』(岩波書店, 2000) 제7장「표준어의 제패」참조
7) 『문예』, 39.2에 실렸고, 같은 해 4월 『삼천리』에 다시 게재되었다.

그 당시의 논쟁에 대해서는 김사량의 「천마」(『문예춘추』, 40.6)에 잘 묘사
되어 있는데, 김사량은 다른 글(「조선문학통신」, 『현지보고』, 40.9)을 통해 조
선문학은 조선어로 씌어져야 함을 전제한 가운데, 폭넓은 독자층을 확
보하기 위해 개개인에 따라 일본어로도 글을 쓸 수 있을 것이라고 여운
을 남겼다. 장혁주의 경우처럼 '내선일체'의 수단으로서 일본어 사용을
주장했건, 김사량처럼 새로운 시대에 대한 대처 방식으로서 일본어 사
용을 긍정했건 간에 조선 문단에서의 일본어 사용은 대세를 점하게 되
었다. 그러한 가운데 일본인은 자신들의 민족적 선험성을 바탕으로 조
선 문단의 흐름에 자연스럽게 동참할 수 있었다.

　일본 문학인들이 조선 문단에 등장하게 되는 결정적인 사건은 조선
문인협회의 창립(1939.10.29, 부민관)이었다. 문인협회의 결성에 이미 조선
총독부가 개입하고 있었으며 지도부 구성에서도 요직에는 일본인이 배
치되었다.[8] 또한 조선에서 발행되는 일본어 잡지 및 일본어 지면의 확
대가 이러한 현상을 가속화시켰음을 빼놓을 수 없다. 40년을 전후한 시
점 이전에는 동인지나 단가 잡지를 제외하면 일본어 문학 잡지가 전혀
없었지만, 그 이후에는 『국민시가』, 『녹기』, 『조선공론』, 『동양지광』, 『신
여성』, 『국민신보』 등 일본어 전용 잡지·신문이 새로 발간되며 『조광』,
『삼천리』(이후 『대동아』), 『신시대』, 『야담』, 『춘추』, 『매일신보』 등 조선
어 잡지·신문에서도 일본어 지면이 늘어나게 되었고, 마침내 41년 11월
에는 문학 전문 잡지인 『국민문학』이 창간되었다. 『국민문학』은 연4회
국어판, 연 8회 조선어판으로 계획되었지만, 42년 2월호, 3월호만 조선
어로 발간하고 42년 5·6월 합병호부터 국어 전용으로 전환되었다. 확
대된 일본어 지면에 비해 필자가 부족했고 이를 메우기 위해 문학적 능
력이 검증되지 않은 일본인 작가를 새로이 동원하거나 동경에서 활동
하는 일본인 작가들의 글을 실을 수밖에 없었다.

8) 조선 문인협회의 인적 구성과 결성과정에 대해서는 임종국의 『친일문학론』(평화출판
　사, 1966, pp.96~110)을 참조.

동호회 정도에 불과했던 일본인의 문학활동이 표면에 떠오르고, 동경 문단과의 관련만을 가졌던 조선 거주 일본 문학인들이 조선 문단에 가세하여 주도권을 쥐기 시작한 것은 위에서 보았듯이 '국어상용', '내선일체' 운동 및 그에 바탕을 둔 '조선 문인협회'의 결성과 일본어 지면의 확대를 통해서였다. '내선일체'가 일본의 '국체'로 조선인을 흡수하는 것이었고, '국어상용'이 일본어 상용을 의미했다는 점을 고려하면 이는 조금도 이상한 일이 아닌데, 일본인 작가들이 일본 정신을 선험적으로 획득하고 있다고 간주되었다는 점, 그들이 국가어로서의 일본어를 문학언어로 계속 사용해왔다는 점에서 문학적 수준에 관계없이 조선 문단을 전유하여 지도적인 입장에 서게 된다. 그러나 이에 대한 조선인 작가들의 반발도 만만치 않았다.

3. 일본인 작가의 식민지적 무의식
  — 다나카 히데미쓰, 유아사 가쓰에

일본인 작가들은 지역문학론이라는 『국민문학』의 방침에 거부감을 표현했다. 그러한 거부감은 자신의 모순과 분열, 요동을 인정하지 않으려는 것이었다. 조선의 특수성을 인정해 버리면 일본인으로서의 선험적 우월성과 모순되기 때문이었다. 그들은 '대동아 공영권'을 균질한 공간, 즉 일본의 국체로서 일률적으로 통치되는 공간으로 상정했으며 이질적인 것을 생리적으로 받아들일 수 없었다. 의식적인 수준에서는 제국적 질서, 즉 민족의 자율성을 존중하지만, 무의식적 수준에서는 여전히 제국주의적 질서, 즉 일본인의 선험적 본질성을 강조했다.

(다나카 히데미쓰[田中英光]) 나는 조선에서 쓰건, 전지(戰地)에서 쓰건, 동경에서 쓰건, 하나의 전통을 몸으로 가지고 있습니다. (중략) 김종

한씨의 지론처럼 내지 작가가 반도에서 문학을 하는 의미를 세 가지로
나눠보면, 하나는 반도 사람들의 생활을 쓰든가, 또 하나는 내지 작가가
조선을 사모해서 그 특수한 생활 감정을 쓰든가, 또 하나는 내선문화의
교류를 쓰는 것이라고 하셨습니다만, 그것은 원칙으로서는 옳다고 생각
합니다. 그러나 그것은 원칙이고 나는 그렇게는 말할 수 없다고 생각합
니다.

  (마키 히로시[牧洋, 이석훈 – 인용자]) 다나카씨는 조선의 생활이 몸에
익숙하지 않기 때문에 조선에 대해 쓸 수 없는 것이지……
                      — 「국민문학의 일년을 말한다」, 『국민문학』, 42.11, p.94

  위에서 말하는 하나의 전통이라는 것이 창출된 일본의 본질, 즉 '국
체' 관념을 의미한다면 다나카가 사물을 보고 글을 쓰는 시선의 중심에
일본의 본질이 놓여 있다는 것을 알 수 있다. 동등한 입장에서 조선과
일본이 일체화되어야 한다는 것을 그도 원칙으로는 알고 있지만 그것
은 원칙일 뿐이고 생리적으로는 그것을 인정할 수 없었다. 그는 조선에
서건 만주에서건, 전쟁 중인 중국에서건 동일한 시선으로, 즉 자신을 절
대화된 투명한 자리에 놓아두고 이를 토대로 이질적인 것을 바라보는
것이다. 그것은 자신을 문명이라고 자처하고 타민족을 그러한 문명의
관점을 통해 바라보며, 그들을 문명에 동화시키려 하는 '제국주의적=식
민주의적' 시선이다. 작가 자신이 직접 전투에 참가한 경험을 바탕으로
쓴 「달은 동쪽으로」에서 그는 중국 군인을 다음과 같은 시선으로 바라
보았다.

  야만인에게 쫓기는 모험영화의 주인공 같은 느낌도 잠시 들 정도로 여
유가 있었던 것이 불가사의했다.
                      — 「달은 동쪽으로」, 『국민문학』, 41.11, p.148

아시아의 해방을 내세웠지만 실제로는 자신들이 침략자였음을 고백

하고 있는 글이라고도 읽을 수 있는데, 여기서 우선 주목되는 것은 '여유=문학'과 '전쟁'의 관계에 대해서이다. 일본의 전통적 시가라고 하는 하이쿠 구절로부터 시작되는 이 소설의 주제는 전쟁 속에서 맛보는 여유와 낭만이다. 이러한 여유와 낭만이 문학을 생산하는 원동력이 되었을 터인데, 그러나 여기서 그 여유와 낭만은 전쟁을 상대화하고 비판하는 준거가 되는 것이 아니라, 오히려 전쟁을 합리화하는 수단으로 사용되고 있다. 여유와 낭만을, 즉 문학을 알지 못하는 야만인을 해방시켜준다는 논리가 바로 그것이다. '고귀한 문학'과 '야만적인 침략행위'에 대한 상관관계에 대해서는 이미 사이드의 정치한 분석이 존재하는데,[9] 여기서도 문학과 전쟁 및 정치는 서로를 합리화해주는 수단이 되고 있다.

그러나 동시에 여기에는 모순된 감정도 포함되어 있다. 이를 간단하게 설명하면, 서양에 대한 동일시와 아시아에 대한 차별화라고 할 수 있는데, 표면적·의식적으로는 영·미와의 대립과 아시아의 연대를 내세우지만, 무의식 속에서는 이것이 역전되어 나타나고 있는 것이다. 화자는 의식의 수준에서는 영·미의 대리인인 중국인과 싸우고 있지만, 무의식의 수준에서는, 위의 인용문에서 스스로를 모험영화의 주인공과 일치시키고 중국인을 서양 영화의 야만인과 일치시키는 것에서도 볼 수 있듯이 스스로 영·미의 대리인이 되어 야만인인 중국인을 해방·계몽시키고 있는 것이다. 이를 고모리 요이치는 식민지적 무의식(서양과 대립한다고 생각하지만 실상은 서양의 식민지적 성격을 가지고 있다)과 식민주의적 무의식(아시아와 연대한다고 생각하지만 실상은 아시아를 식민지로 간주하고 있다)이라고 말하고 있는데, 이는 구미열강에 의해 식민지화될 지도 모르는 위기적 상황을 은폐하고 마치 자발적 의지인 것처럼 '문명개화'라는 슬로건을 내걸며 구미열강에 대한 모방에 내재하는 자기 식민지화를 은폐하고 망각함으로써 동시에 발생한다.[10] 이러한 동시 발생적인

---

9) 에드워드 사이드, 『세계, 텍스트, 비평가』, 일역본, 法政大學出版局, 1995, pp.3~4.
10) 고모리 요이치, 『포스트콜로니얼』, 岩波書店, 2001, p.15.

무의식은 표면적으로 침략을 합리화한 작가뿐만 아니라 식민지를 동정의 눈을 가지고 바라본 작가에게도 공통적으로 나타난다. 일본인 작가가 가지는 타민족에 대한 동화와 배제라는 모순된 양가 감정은 여기에서 발생하는 것이다.

중국에 대한 이러한 시선이 조선으로 돌려졌을 때 나타나는 현상을 그린 것은 유아사 가쓰에(湯淺克衛)의 소설 「가네우미 기요코」(『국민문학』, 42.1)이다. 여섯 살에 조선에 건너와 수원에 정착하여 소년 시절을 보낸 유아사는, 스스로를 '조선의 제2세'라고 부르는 것에서도 알 수 있듯이 식민지 조선에 대해 고향 의식을 가지고 있었다.[11] 그는 조선과 조선 민중에 대한 애착을 가지고 소설을 썼으며 그의 국책 소설조차 조선의 발전과 행복을 위한 충언이었다고 생각했다.[12] 그러나 그런 그조차 일본 중심적 사고에서 자유롭지 못했다.

> (유아사 :) 소위 협화라고 하는 것이라도 그 종국의 목표를 상정하지 않는 협화라는 것은 아주 이상하다고 생각합니다. 역시 종국의 목표가 있을 것이고, 그것은 앞으로 커다란 템포에서 말하면 협화와 친선이라는 것도 단지 그것만이 아니라고 생각합니다. 따라서 점점 일본적이 된다는 것은 결코 앞으로 직할지(조선, 대만 – 인용자)가 되어 있는 곳이 그렇다는 의미가 아니라, 대동아 전체가 하나가 되어 간다는 그런 관점을 확실히 파악해 주었으면 좋겠다고 나는 생각합니다.
> – 「좌담회 신반도문학에의 요망」, 『국민문학』, 43.3, p.14

만주의 오족 협화나, 대동아공영권의 협화라는 것도 결국은 일본화가 궁극적인 목적지임을 말하고 있는 이 말에서 우리는 그의 입각지가 '일

---

11) 유아사의 고향 의식에 관해서는 남부진의 「모태로서의 수원 – 유아사 가쓰에론」(『근대문학의 '조선' 체험』, 勉誠出版, 2001)을 참조.
12) 『문학평론』(35.4)에 발표된 「간난이」에서는 조선 소녀 간난이와 일본에서 건너온 류지(龍二)의 우정과 만세 사건으로 인한 총독부의 조선인 탄압을 그렸고, 「심전개발」(『자유』, 37.10)에서는 당시 조선에서 벌어지고 있던 '심전개발운동'에 대한 비판적인 시각을 그리고 있다(남부진의 앞의 책 참조).

본적인 것'에 있음을 명확히 볼 수 있다. 그러한 시점에서는 '일본적인 것' 이외의 것은 모두 야만이다. 조선에서 이루어진 내선일체, 즉 국민화가 이러한 문명의 논리로 전개되었다. 창씨개명에서는 합리적인 가족제도의 도입이 내세워졌고, 국어 상용에는 일본어의 우위론이 전개되었다. 조선인으로 하여금 백의를 벗고 색의를 입으라고 강요했던 색의장려 운동도, 그 당시에 이루어졌던 위생에 관련된 다양한 담론도 '조선-야만, 일본-문명'의 시점에서 행해졌다. 유아사의 조선인에 대한 애착, 조선에 대한 충언도 여기에서 벗어나지 못했다.

「가네우미 기요코」의 화자인 '나'는 북방의 조선 마을을 여행하고 있다. 여행의 목적이나 여행자인 '나'의 신분은 명확하게 드러나지 않지만, 총독부·도·군 공무원들이 환송 나오는 것을 보면, 작가 시찰단 같은 것으로 추측할 수 있다. 유아사가 조선 북방 지역을 시찰한 기록이 있는 것 보면[13] 작가 자신의 체험을 바탕으로 한 것, 아니 보고문 비슷한 것일 가능성이 많다. 거기서 '나'는 농촌 계몽 활동을 벌이는 어떤 여자를 만나 이야기를 나누게 되는데, 그것이 이 소설의 큰 줄거리를 이루고 있다 여기서 화자인 '나'가 조선의 농촌을 바라보는 기본적인 시점은 '상투, 조혼, 첩제도'로 상징되듯 '침체되어 있는 농촌'이다. 이러한 '침체되어 있는 농촌'은 식민지 당국(총독부·도·군)에 의해 야만으로 명명되는데, 중국의 야만이 침략에 의해 타파되는데 비해(다나카의 소설) 조선의 그것은 계몽의 대상이 되는 점이 다를 뿐, 기본적인 시각은 마찬가지이다.

우리들 지금은 국민의례의 철저에 가장 마음을 쏟고 있어요. 공동취사와 공동 탁아소의 문제 같은 것도 지금 여러 가지로 앞으로 할 일은 많지만 탁아소를 빼면 앞으로 해야 할 일뿐이에요. 무엇보다도 환경의 청결화, 식사의 단순화, 아침 식사는 간단히 하고 점심은 도시락, 밤에 조금 칼로리가 많고 중후한 식사라는 식입니다.(p.194)

---

13) 다카사키 소지(高崎宗司), 『식민지 조선의 일본인』, 岩波新書, 2002, p.183.

생활의 합리화와 '농경지의 합리적 배분' 등 농촌 개량 운동은 얼핏 보기에는 중립적인 듯이 보이지만, 인용문에서 볼 수 있듯이 이것은 '국민의례'와 '내선일체'라는 것으로 흡수되어, 그것을 실시하는 식민지 본국을 '선(善)'의 위치에 올려 놓는다. 앞의 유아사의 발언, 당시 전쟁의 목적이 '일본화'에 있다는 말에서도 알 수 있듯이, 농촌 개량운동의 궁극적인 목적은 '내선일체'에 있었던 것이다.

> 사상적으로 급격하게 내선일체의 방향으로 나아가기 위해서는 낡은 것이 산적해 있는 부락의 가정부인의 진심어린 찬동을 얻지 않으면 아무것도 가능하지 않다.(p.195)

여기서는 여성의 해방이 직접적으로 언급되어 있지는 않지만, 작가는 농촌 계몽운동을 벌이고 있는 조선인 여성을 묘사함으로써 여성을 가정으로부터 불러내어 공적인 자리에 위치시킨다. 당시 여성의 국민화는 식민지 본국에 의해 큰 의미를 부여받았는데, 간판한 옷차림을 위해 몸뻬를 입게 한다든지, 국어를 모어로 만들기 위해 여성이 해야 할 역할 등을 강조함으로써 총후(銃後) 생활의 지지자로서 여성을 동원했다. 이러한 여성의 동원에도 문명의 논리가 사용되었다. 이 소설에서 그 여자에 대한 '나'의 인식이 '첩'('나'의 오인)에서 '여성 지도자'로 바뀌는데 비례하여 그녀를 보는 '나'의 시선도 '최근에 본 가장 아름다운 여성'에서 '존경'으로 바뀌게 된다. '첩'은 야만적이라 경멸스럽지만 아름답다. 처음에 화자가 가네우미에게 보내는 묘한 시선은 이 때문이다. 그러나 '나'와 식민지 당국은 그녀를 그러한 첩이나 평범한 가정주부에서 여성 지도자로 바꿈으로써 식민지 원주민 여성을 야만적인 식민지로부터 구해낸다. 유아사는 조선에 애착을 가졌고, 조선에 대한 충언을 아끼지 않았다고 하지만, 위에서 본 바와 같이 그것은 조선을 야만이라고 규정하고 식민지 당국의 계몽의 대상으로 규정함으로써 가능했다.

4. 식민자의 민족 에고이즘과 양가 감정
　　– 미야자키 세이타로, 구보다 유키오

　여기서는 당시 식민지 조선에 거주했으며 조선에 대해 조의가 깊고 호의적인 시선을 보냈던 작가, 즉 미야자키 세이타로(宮崎淸太郞), 구보타 유키오(久保田進男)에 한정해서 그들의 작품에 나타난 식민지 작가의 양가 감정을 살펴본다. 작품 분석을 두 작가로 한정한 것은 이 두 작가가 식민지에서 문학활동을 시작했다는 점, 그것도 1940년대에 『국민문학』을 통해서 작품 활동을 시작했다는 점 때문이다. 그들은 『국민문학』의 편집자에 의해 '지역 문학론'에 걸맞은 작가로서 문학적 수준에 관계없이 동원되었다.[14] 그들이야말로 조선의 땅에 철저하려는 작가였지만,[15] 편집자의 의도와는 다르게 그들도 일본인으로서의 선험적 우월감에서 자유롭지 못했다. 위에서 말한 제국과 제국주의라는, 동화와 배제라는, 차별화와 동일화라는 서로 모순된 가치 체계 속에서 자아가 형성되었기 때문인데, 그러한 이유로 이들의 작품은 조선인 문학자들의 '지역 문학론'과 일본인 작가 사이의 거리를 측정하는 데 하나의 척도로 이용될 수 있을 것이다.

　우선 두 작가의 직업이 교사라는 점이 주목을 끈다. 미야자키는 경성의 사립 상업학교(대동학교), 기독교계 고보, 공립 경성 중학교를 전전하며 국어(일본어) 및 영어 교사로 재직했고,[16] 구보타는 함경남도 영흥군 복흥 공립 국민학교 교장이었다.[17] 이들의 소설이 사소설의 변형인 신

---

14) 김종한은 이 두 작가가 문학적 수준이 낮다는 것을 말하고 있으면서도 "다른 이유 때문에" 고평하지 않을 수 없는 상황을 고백하고 있다(「신진작가론」, 『국민문학』, 43.3, pp.27~28). 그 "다른 이유"란 김종한 등이 주장한 신지방주의론에 이들 작가들이 부합하기 때문이다.

15) 위의 좌담회에서 다나카도 『국민문학』 편집자가 주장하는 신지방주의론과 비슷한 경향을 가진 작가가 미야자키임을 지적하고 있다(「국민문학의 일년을 말한다」, 『국민문학』, 42.11, p.94).

16) 「작가소개」, 『조선국민문학집』(조선문인협회 편), 東都書籍, 1943, p.359.

변 소설의 형태를 띠고 있었기 때문에 작가의 처지를 반영하여 소설의
화자도 대개가 교사로 설정되어 있다. 따라서 이들 소설에서는 가르치
는 자로서의 입장에서 시선이 전개되어 있다. 교사의 시선으로 바라본
다는 것은 이미 가르칠 내용을 화자가 가지고 있음을 전제로 하는 것이
다. 이러한 전제는 그 시선이 조선인을 향할 때에는 '내선일체', 혹은 일
본 민족의 본질을 스스로가 선험적으로 획득하고 있다는 무의식과 겹
치고 있다. 우선 제자들의 학도 출정을 따라 대구까지 내려가는 사립
중학 교사이자 문인 보국회 시부(詩部)에도 관여하고 있는 「그의 형」(『국
민문학』, 44.4)의 화자의 시선을 따라 가보기로 하자.

　오늘은 반도 최초의 학도 출정식이 있는 날이다. 화자인 '나'도 국민
총력 연맹의 파견으로 그 역사적 현장을 견학하고 보고하기 위해 집결
지에서부터 반도 출신의 학생들 및 그 학부형들과 동행한다. 큰북 부대,
깃발부대를 선두로 출정하는 학생들이 줄지어 가고 그 뒤를 두루마기
입은 노인, 여학생, 소학생 등이 손에 손에 히노마루(일장기)를 들고 따
라간다. 중간중간에 대오를 선도하고 있는 국민복 입은 애국반 반장·
조장들이 'XXX 반자이(萬歲)'를 선창하고 그것을 사람들이 따라 외치는
소리, 북소리, 군가, 합창 소리가 어지럽게 들린다. 그러나 화자가 보기
에 이러한 모습들은 내지에서는 흔히 볼 수 있는 모습으로 그리 신기할
것이 없다. 그렇지만 이러한 모습이 '조선'에서 이루어지고 있다는 사실
은 '역사적'이고 감격스럽기까지 하다. 따라서 조선에서의 학도 출정의
광경은 화자에게 있어 내지와의 변별점을 중심으로 인식된다. 그러한
차별화는 다음과 같은 형태로 드러난다.

　　반도인다운 사투리 섞인 국어로 말한다.(p.58)

　　이 서장은 일찍이 신문에서 본 적이 있다. X서 서장으로 반도 출신자

---

17) 「문인협회현상소설」, 『국민문학』, 42.1, p.85.

가운데 임명된 것은 이 사람이 처음으로 상당한 수재라고 한다. "지금 이야말로 미영 격멸의 가을이고, 지금이야말로 제군들이 진정한 황국신 민이 될 천재일우의 기회이다."(p.58)

"이기고 돌아오겠다고 용감하게" 이러한 말이 지금 정-말 그들의 것 이 되었다. (중략) 조선도 여기까지 왔다. 처음 접한 이런 장면에 나는 감동하고 앙분하고, 나아가 나 자신도 처음으로 진정 출정하는 사람을 보내는 마음이 되어 절실한 마음으로 서있었다.(p.59)

여기서 '나'와 그들이 나누어져 있고, '나'는 그들의 바깥에서 그들을 바라보고 있다는 것을 알 수 있다. 그들은 국어도 제대로 못하고, 그렇 기 때문에 진정한 황국 신민은 아직 아니다. 그러나 그들과 동떨어진 곳에 서서 바라보고 있는 '나'는 그러한 황국 신민의 지위를 이미 출신 상 획득하고 있다. 그 때문에 차별화는 서로의 독자성을 말하는 것이 아니라, '나'의 우월성을 입증하는 것이 된다. 세 번째 인용에서는 그들 이 '나'의 지위에 오른 것이 마치 감격적인 양 말하고 있지만, 오히려 '나'가 감격한 것은 그들이 절대로 '나'의 위치에 오를 수 없다는 것, 아 무래 수재라도 '나'의 위치에 오를 수 없다는 것에 있다. 또한 그럼에도 불구하고 끊임없이 '나'를, 일본인을 모방하고 있다는 사실에 있다. '나' 가 그들의 모습에 쉽게 감격하고 쉽게 실망하는 것은 그런 이유 때문이 다. 그러나 이러한 차별화의 감정이 어느 순간 불쾌감으로 바뀌는 장면 이 등장한다.

아주 쉽게 감격한 '나'는 아주 쉽게 그들의 모습에 실망하게 되는데 그들이 갑자기 몇 명의 출정자를 둘러싸고 '아리랑'을 부르며 윤무를 추 고 있었던 것이다.

그들은 아직 이 정도밖에 안된다. 불손하게도 처음부터 내 마음속에 예정되어 있던 것이 우연히(안타깝게도) 형태를 띠고 나타났음에 지나지 않는 것일까. 잠깐 이런 불안과 적요함(마음이 진공관이 되어 버린 것처럼)을 느꼈지만, 나는 머리를 흔들며 예의 "역사적" "역사적"이라는 말을 제목처럼 입 속에서 웅얼거렸다.(p.62)

조선인들과의 차별성 속에서 자신의 정체성을 확보하고 자신의 우월성을 확인하던 화자는 거꾸로 동화될 수 없는 그들의 이질적인 면을 본 순간 불안과 적요함, 불손함을 느낀다. '나'는 그들의 이질성을 인정할 수 없다. 그것을 인정한 순간 '나'의 우월성은 사라져 버리기 때문이다. 식민지인들이 동질화를 주장할 때에는 차별화로 맞서고, 거꾸로 식민지인들이 차별화를 주장할 때에는 동질화로 맞서는 식민자의 양가 감정을 여기서도 확인할 수 있는데, 이는 '대동아 공영권론'이 가진 양면적 성격이기도 했다. 즉 일본은 공영권의 제 민족들이 제국주의적(민족적)인 권리를 주장할 때에는 제국적(탈민족적)인 질서로 맞서고, 반대로 제국적인 권리를 주장할 때에는 제국주의적인 질서로 맞섰던 것이다.

마찬가지로 「그의 형」의 화자인 '나'도, 그렇게 실재하며 '나'를 위협하는 이질성을 상상적인 동일화를 통해 해결하려 한다. 즉 '나'가 그 이질적인 것을 받아들이는 방법은 머리를 흔들며 그러한 이질성을 망각해 버리는 것, 대신 그들에게 '역사적'이라는, '나'가 만들어낸 형상과 관념을 부여하는 것이었다. 타자와 자아의 차이에 대한 이러한 양가적 감정은 또한 이미 "내 마음속에 예정되어 있던 것"이었다. 이러한 이질적인 것과의 대면과 그에 따른 실망은 여러 번 반복되어 소설 속에 나타난다. 그러나 '나'는 그럴 때마다 '역사적'이라는 말을 되풀이하면서 자신의 모순을 은폐한다.[18]

미야자키의 소설에서는 일본인으로서의 자아의 우월성이 조선인의

---

18) 바바에 따르면 이러한 양가성은 식민지인을 '불완전한(partial)' 존재로 고정시키는 불확실성으로 변형되는 종잡을 수 없는 과정이다. 바바에게 있어 '불완전한'이라는 말은 '완전하지 않은'과 '상상적'이라는 것을 모두 의미한다(Homi Bhabha, *The Location of Culture*, London : Routledge, 1994, p.86).

열등성을 토대로 구축되어 있으며, 그러한 시점 하에서 소설의 화자는 조선인들의 이질성을 억압하고 상상속에서 조선인의 상을 구축하고 있지만, 구보타의 「농촌으로부터」(『국민문학』, 43.2)에서도 화자의 시선은 기본적으로 이것과 동일하지만 중점은 반대쪽에 놓여 있다. 이 소설에서도 마찬가지로 화자는 교사(교장)이다. 인근의 조선인들을 황국 신민으로 만들어내는 중대한 임무를 띠고 있다고 자부하는 화자는 「그의 형」의 화자와 기본적으로는 같은, 즉 자신의 선험적 우월성이라는 시선으로 조선인들을 바라보고 있다.

국민학교 교장인 '나'에게 어느날 두루마기를 입은 조선 노인이 찾아온다. 말도 통하지 않는 노인이었기 때문에 그가 데리고 온 아이의 통역을 통해서 이야기를 들어보니, 자기 손자가 내년에 여덟 살이 되는데 국민학교에 꼭 넣어달라는 청탁을 하러 온 것이었다. 국민학교에서 수용할 수 있는 인원은 적고 교육열은 높기 때문에 벌어진 현상이었다. 더군다나 그 노인은 저고리속에서 계란을 꺼내 뇌물로 주는 것이 아닌가. 「그의 형」에서 한 걸음 더 나아가 여기서 일본인은 시혜적 입장으로까지 높여져 있다. 그런데 한순간에 그 관계가 역전되는 사건이 일어난다.

> 아이의 이름을 쓴 쪽지를 놔두고 드디어 그는 돌아가려고 했는데, 갑자기 노인은 일어서서 황국신민 서사(皇國臣民誓詞)를 외치기 시작하는 것이다. 그것은 정말 갑작스런 일이라 노인을 안내했던 아이의 엄마도 나의 아내도 얼굴을 가리고 웃었고, 통역하는 아이도 웃기 시작했다. 정말 그것은 너무 갑작스런 일이었다. 그러나 웬일인지 나는 웃을 수 없었고, 실제로는 나도 바로 웃음이 터져 나올 것 같았으나 잠깐 웃고 자세를 바로잡지 않을 수 없었으며 노인의 더듬거리는 서사를 듣고 있었다.(p.134)

이 우스운 광경을 보고 모두 웃고 있는데 '나'는 웃을 수 없었다. 이

소설에 대한 서평을 보면 김종한도 웃을 수 없었던 것 같다. 그는 "눈물
이 나와서 어쩔 수 없었다"라고 하며 감동적인 장면이라고 칭찬한다.[19]
다른 사람들은 모두 웃고 있는데, 왜 이 두 사람은 웃을 수 없었을까.
웃을 수 없는 이유는 두 사람이 같을까 다를까. 다시 바바의 논리를 빌
지 않을 수 없는데, 여기서의 웃음은 황국신민서사로 상징되는 식민 통
치의 권위가 조롱되고 있다는 것, 그것이 재현적 권위를 잃어버리고 있
다는 것, 즉 모방(mimicry)이 차이로 인해 조롱(mockery)으로 변질되고 있기
때문에 발생한다.[20] 노인의 서사는 뇌물로 준 계란과 동일한 의미를 띠
고 있는데, 그렇기 때문에, 그리고 그것이 더듬거리기 때문에 엄숙해야
할 원본과 차이를 발생시키며 황국신민서사의 권위를 조롱하고 웃음을
자아낸다.

식민지인이었던 김종한이 웃을 수 없었던 것은 일본인보다 더 일본
적인 되려고 노력해도 결코 일본인이 될 수 없는 절망감에서 비롯된 것
일 터이다. 노인과 자신을 일치시키지 않고서는 웃음이 나오지 않을 수
가 없는데, 그 노인의 모습 속에서 김종한은 신지방주의론이 좌절되고
남은 길은 일본의 본질을 향해 끊임없이 자신을 동화시켜야 하는 길밖
에 없었지만 그것마저도 불가능한 자신의 모습을 보았던 것이 아닐
까.[21] 이석훈의 만주행과 더불어 이 점은 좀더 탐구해 볼 필요가 있을
것이다.

그러면 화자인 '나'는 "잠깐 웃고 자세를 바로잡지 않을 수 없었"을까.
그것은 식민자와 식민지인의 관계가 역전되었기 때문에, 즉 가르쳐야
하는 상황에서 거꾸로 가르침을 당하는 상황에 처해졌기 때문이다. 자

---

19) 김종한, 앞의 글, p.28.
20) 바바, 앞의 책, p.92.
21) 이것은 민족적인 저항과는 거리가 멀다. 김종한이 "일본인 게스트 논객에게 대들기
　도 하여"(오무라 마스오, 『윤동주와 한국문학』, 소명, 2001, p.257) 『국민문학』 편집에
　서 제외(1943.7)되었다고 해도 이는 마찬가지이다. 그러나 당시의 조선인 문학자들이
　'내선일체'의 틈과 모순을 보고 있었던 것만은 확실하다(졸고, pp.52~53).

신이 선취하고 있다고 간주한 일본적인 것을 식민지인인 조선인도 가지고 있다는 것, 조선인이 완전히 일본에 동화되어 버렸다는 점에 오히려 위기감을 느꼈기 때문이다. 이 점은 황국신민서사의 역사를 보면 이해할 수 있는데, 황국신민서사는 조선총독부의 조선인 관리가 만들어 조선에서 먼저 사용하던 것을 일본에서 거꾸로 수입한 경우이다. "총력전하의 식민지 조선에서 실시된 황국신민화가 조선으로부터 내지로 유입된 것처럼, 일본민족의 본질을 도야해야 할 교육정책이 주변으로부터 중심으로 역류됨으로써" 일본인의 "본질이 새삼 자각되는 역전현상조차 일어나고 있었"[22]던 것이다. 또한 창씨 개명을 실시할 때에도 얼굴과 체격 조건이 같고, 게다가 일본어마저 완벽하게 구사하면 내지인과 조선인을 구별할 수 없다고 하여 일본인의 반발이 만만치 않았다. 「농촌으로부터」의 화자인 '나'는 「그의 형」의 화자와는 달리 그러한 조선인의 동질화에 위협감을 느꼈던 것이다. 일본인보다 더욱 일본적인 조선인이 존재했으며, 이러한 존재는 오히려 일본인을 불안하게 만들었다는 말은 이러한 사실을 뒷받침해주고 있다.

5. 맺으며

1940년을 전후하여 일본인 문학자가 조선 문단에 대거 참여하게 되는데, 그 논리적 근거는 조선인이 일본인과 동일화된다는 '내선일체'에 있었다. 조선인 작가들은 내선일체에 동의하면서도 그것과는 모순되는 다양한 담론을 펼쳤다. '내선일체'가 국민국가의 이론임에도 불구하고 '신지방주의'나 '조선의 특수성'처럼 국민 국가의 틀에서는 인정되지 않는 그러한 담론들을 어느 정도 인정할 수밖에 없었던 것은 '대동아 공영권'이 갖는 모순, 제국주의적이면서도 제국적인 모습을 그대로 보여

---

22) 강상중(姜尙中), 『내셔널리즘』, 岩波書店, 2001, p.86.

주는 것이었다. 이 가운데 동질화와 차별화의 양가감정은 그러한 모순
을 단적으로 드러내고 있다.

　동질화와 차별화의 양가 감정은 식민지인뿐만 아니라 식민자도 또한
가지고 있는 것이었다. 이는 개별적 민족 문학의 틀 속에서는 파악될
수 없고 둘 사이의 관련 양상 속에서만, 혹은 그 틈과 사이를 통해서만
파악될 수 있는 성질의 것이다. 또한 식민지인(조선인)의 식민지 본국어
문학(일본어 문학)이 해방 이후의 국민 문학(한국 문학)에 포함될 수 없는
것이 당연한 것처럼, 식민자(일본인)의 식민지에서의 문학도 또한 식민지
종주국의 국민 문학(일본 문학)에 포함되지 않는다. 이 두 종류의 문학은
어떤 국민 문학으로도 환원되지 않는 사생아적인 문학, 즉 경계에 선
문학이라 할 수 있다. 그러나 식민지 종주국의 뛰어난 문학이 식민지와
의 관련 없이는 성립될 수 없었던 것이라면,23) 마찬가지로 식민지의 뛰
어난 문학이 식민지 종주국과의 관련 없이는 성립될 수 없었던 것이라
면, 식민지와 근대의 모순을 가장 극명하게 드러내주는 이 시기 문학은
하나의 시험지로서 의미를 가질 수 있을 것이다.

---

23) 서구의 포스트 콜로니얼 이론은 물론, 일본의 대문호 나쓰메 소세키(夏目漱石)의 작품
　　생산을 식민지와 연결시켜 설명하는 고모리 요이치의 문학 연구가 대표적이다.

제4부
책 읽기

구조주의적 인식의 성과와 한계
― 김예림, 『1930년대 후반 근대인식의 틀과 미의식』, 소명출판, 2004

1. 1930년대 후반기의 담론을 바라보는 세 가지 시각

1930년대 후반기의 담론을 연구하는 것은 현재의 전망과 깊이 연결되어 있다는 점에서 정치적이다. 문학 연구, 나아가 역사 연구가 과거에 대한 발언일 뿐만 아니라 현재에 대한 발언이기도 하다는 점에서 문학연구, 역사 연구 자체가 정치적인 것은 말할 것도 없지만, 1930년대 후반기의 담론이 현재와 유사한 정황들을 보여주고 있고, 실제로 그것이 현재 정치적·사회적 쟁점의 하나로 부상해 있다는 점에서 그러하다. '친일'을 둘러싼 논란이 바로 그것인데, 사실 '친일'에 대한 연구는 '역사의 진실'을 밝히는 것이라기보다 역사에 대한 해석의 차이를 드러내는 것이라 할 수 있다. '친일' 연구자들이 어떤 문학자나 저명 인사의 친일행각을 밝혀내는 것도 사실을 밝힌다기보다 그들이 전제하고 있는 '친일/반일'의 이분법을 재생산하고 그 구도를 강화하는 것이라 할 수 있다. 그렇기 때문에 새로운 사실의 발견으로 입장의 차이가 해소될 수 없는 것이다. 베버식으로 말하자면 각자의 신만을 섬기고 그 밖의 다른 모든 신에게는 모욕을 주는 궁극적 입장들의 불일치성, 그 입장들간의 투쟁의 중재불가능성이 '친일'을 둘러싼 입장 차이에서도 드러난다. 오히려 그러한 차이를 또렷이 인식하고 자신이 섬기는 신을 있는 그대로 보여주는 것이 입장의 차이를 차이로서 인식하게 만들어줄 것이다.

1930대 후반기의 담론에 대한 입장은 대략 세 가지로 나뉜다. 첫 번째 신은 '민족'이라는 신이다. 이는 역사학에서는 민족주의 사학과 식민지 수탈론, 문학에서는 민족문학론과 친일문학 연구로 드러난다. 이 입장에서 역사는 민족의 수난과 그 극복으로 정리된다. 따라서 '민족/반민족', 그러니까 '친일/반일', '저항/협력'이라는 이분법적 인식이 그 근저를 차지한다. 여기에는 '국수적 민족주의'에서 '열린(?) 민족주의'까지 다양한 스펙트럼이 존재할 수 있고, 근대화론/탈근대화론과 다양한 방식으로 결합할 수도 있다. 중요한 것은 궁극적으로 귀환하고 의지할 '민족'이라는 존재가 뚜렷하다는 점이다. 이 책의 저자도 지적한 것이지만, 친일 문학에 대한 근래의 논의들이 저항/순응, 친일/반일의 단순 이분법에서 벗어나고 있다(p.24). 그러나 이 입장은 아무리 자기 갱신을 하더라도, 식민지 체제의 바깥이 이데올로기적으로나 현실 정치적으로 존재할 수 있고, 또 실제로 존재한다고 보고, 협력에 대립되는 비협력 저항의 축을 '민족'에 설정하는 한, 이분법적 틀로 환원될 수밖에 없다.

두 번째 신은 '근대'라는 신이다. 이는 역사학에서는 식민지 근대화론, 문학 연구에서는 미적 자율성을 근거로 하는 모더니즘론이다. 이 입장에서 보면 이념형으로서 '근대'라는 것이 절대적으로 존재하고, 이것이 역사를 바라보는 표준이 된다. 식민지 근대화론은 "조선인에 있어서의 일본인의 역할은 압제자임과 동시에 사회경제 변화의 추진자이기도 했다"(『일본제국의 산물』, 일역본, p.28)는 에커트의 말에서 잘 드러나듯 한국 근대화의 기원을 식민지에서 찾는 논리이다. 최근 복거일이 '기구가설'을 동원해 식민지 사회기구가 독립된 국가의 효율과 발전에 영향을 미친다는 사실을 입증하는 것(『죽은 자들을 위한 변호』)도 이 연장선상에 있다. '근대/비근대'라는 구도 속에 갇혀 있는 이 입장에서는 식민지=근대의 바깥을 상상하는 것 자체가 불가능하거나, 가능하다고 해도 아무런 의미를 가지지 않는다. 물론 이 입장은 민족주의와 결합될 수 있고, 실제로 그렇게 진행되어 왔지만, 민족주의의 비합리성과는 철저하게 대립되어 있다.

세 번째는 아무런 신도 섬기지 않는다고 착각하는 입장이 있다. 이 입장은 식민지=근대의 바깥을 상상하지만, 그 바깥을 고정화시켜 저항의 축을 설정하지 않는다. 첫 번째 입장을 포스트 콜로니얼리즘이라고 보는(p.18) 저자는 동의하지 않겠지만, 나는 이것이 포스트 콜로니얼 연구라고 생각한다(『문학동네』, 2004년 여름호 참조). 저자가 서있는 위치가 여기인데, 이 입장에서 바라보면 근대는 계몽의 기획이 아니라 지배의 담론이고, 그러한 지배 담론으로서의 식민지주의 혹은 식민지 규율권력은 미세 혈관처럼 세밀하게 작동하고 있기 때문에 섣불리 그 바깥을 설정할 수 없다. 따라서 저항도 그다지 의미가 없다. 이들은 루쉰이 『납함』 서문에서 말한 그런 쇠로 만든 방 속에 갇혀서, 그 쇠로 만든 방과 자신을 일치시키지 못하고 그렇다고 해서 그 방 바깥에 어떤 세상이 있는지도 모르면서 저항을 한답시고 여기저기 낙서를 하거나 괜히 잠들어 있는 사람들을 깨우거나 하는 식의 행동을 보인다. 이 입장이 아무런 신도 가지지 않는다고 했지만, 실은 이러한 '저항'이라는 덜떨어진 신을 섬기고 있다. 그렇기 때문에 아주 쉽게 첫 번째와 두 번째 입장으로 흡수되고 통합된다. 오해받기를 두려워하기 때문에. 혹은 '저항'을 '효율적'으로 하기 위해.

2. '데카당스'라는 개념이 가진 장점과 한계

이 책은 1930년대 후반기의 담론을 틀 짓고 배치하는 것을 그 주안으

로 삼고 있다. 그것을 행하는 주된 개념은 '데카당스'이다. 저자는 '데카
당스'라는 "근대 자체의 추동 논리"(p.33)를 "인식론적 층위로 끌어올려
강화시킨 특수한 태도이자 이념으로서의 데카당스"(p.34)를 분석 개념으
로 삼는다. 원래 '퇴폐'와 '쇠락'을 의미하는 데카당스는 이 책에서는 이
러한 몰락의 감각이면서도 몰락 이후의 재생의 감각이기도 하다. 이러
한 데카당스의 새로운 정의는 이 책의 장점이기도 하면서 문제점이기
도 하다. 저자의 데카당스의 개념은 기존 연구의 틀로는 설명될 수 없
었던 1930년대 후반기 담론의 인식론적 비약을 설명하는 데 유효하다.
그러니까 민족주의자, 혹은 사회주의자가 어떻게 제국에 자신을 일치시
키며 '친일'파가 될 수 있었는가를 설명할 수 있는 것이다. 몰락과 재생,
혹은 반일과 친일을 가로질러 흐르며 때에 따라 어느 곳에도 접속할 수
있는 힘의 존재를 '데카당스'라는 개념은 잘 설명해주고 있는 것이다.
저자가 보기에는 '친일/반일'이라는 표면적 전환 아래에 '몰락'에서 '재
생'으로의 감각전이가 일어나고 있다. 저자는 이 개념을 가지고 당대의
지식인들이 '몰락'의 상황에서 전망을 찾으려 하면 할수록, 곧 '재생'하
려고 하면 할수록 더욱더 깊숙이 제국의 담론으로 포섭되어 가는 과정
을 근대 비판을 둘러싼 역사철학을 중심으로 설명하고 있다(제2장 전형기
근대인식과 시공간 정치학).

　제3장과 제4장에서는 이러한 역사철학의 전환과 연동되어 일어나는
문학자들의 인식 전환을 몰락의 감각(단층파와 최명익)과 재생의 욕망(이
태준, 김동리)으로 나누어 설명하고 있다. 이 가운데 몰락의 감각을 설명
하는 제3장에서는 '데카당스'라는 개념이 힘을 발휘하지 못한다. 저자가
단층파와 최명익을 분석하는 '병든 신체', '육체적인 죽음', '소진과 고갈'
같은 개념들이 기존의 데카당스의 개념과 너무나 밀착되어 있어서 오
히려 그러하다. 단층파와 최명익에게 있어 데카당스가 '소멸'과 '고갈',
'퇴폐'만을 의미한다면 몰락/재생으로서의 '데카당스' 개념이 무슨 필요
가 있는가. 어쨌든 저자가 보기에는 최명익과 단층파는 몰락과 재생의

감각을 한 몸에 가지고 있지 못하고 몰락의 감각만을 가지고 있다. 이들은 이 몰락의 감각 속에서 근대에 대한 비판을 끝까지 밀고 나갔을 뿐 그것을 재생의 감각으로 연결시키지 못한다.

> 이들은 근대를 끝나가는 것으로 상상하면서 그 끝의 지점에서 자기 시대를 문제화하고 있으나, 그 다음의 역사-문화적 단계를 조망하지도 않았고 조망할 수도 없었다. 이와 같은 인식론적 위상과 시계의 한계로 인해 단층파와 최명익은 1930년대 후반에 드리워져 있던 데카당스의 몰락/재생의 서사를 내에서 몰락의 정황을 전유하여 해체와 파국의 시대 풍경을 구체화했던 것이다.(pp.90~91)

저자는 동의할지 모르겠지만, 이 논문에서 단층파와 최명익에 대한 분석은 이태준과 김동리를 논의하기 위한 징검다리의 역할을 할 뿐 그 자체로는 큰 의미가 없는 듯하다. 단층파에 적용되는 데카당스 개념의 차원과 저자가 내세우는 데카당스라는 개념의 차원은 다르기 때문이다.

이에 비해서 이 책의 '데카당스' 개념은 이태준과 김동리의 문학 담론을 설명하는 데에는 아주 유효하게 작용한다. 저자가 보기에 이태준과 김동리는 몰락의 감각을 재생의 감각으로 훌륭하게 전이시킨 경우에 속한다. '근대=서양'의 몰락이라는 서사가 '비근대=동양'의 재생이라는 서사로 연결되는 것이다. 이것이 이태준, 김동리가 상상했던 동양론, 전통론의 실상인데, 이는 당대의 인식론적 전환을 그대로 보여주는 것으로서 지배 담론인 제국의 논리를 적극적으로 내면화한 결과이다.

> 여기서 주목해야 할 것은 그가 미적이고 정서적인 작동을 통해 구상한 유기체적 통합체가 당시의 정치적 이념과 동질적인 모델을 공유하고 있다는 점이다. 이는 이태준의 소위 고전적인 미의식이 실상은 당대 지배 이념의 지향점을 내면화하고 있는 전형적인 사례임을 의미한다.(pp.162~163)

특히 그(김동리-인용자)의 극단적인 근대부정의 의지가 보다 상위의 '정신' 혹은 그 동의어인 '동양'으로 수렴되고 있었다는 점에 주목하여 나는 그의 작품을 1930년대 후반 재생 서사를 내면화함으로써 자기 확장의 환상을 갖게 된 식민지 조선의 내면을 가장 급진적으로 반영하고 있는 자료로 보고자 한다.(p.188)

이러한 논의는 '전통론' 혹은 '고전론', '동양론'을 일본에 저항하고자 하는 개인의 의지를 나타내주는 잣대로 취급하는 기존의 견해에 정면으로 배치된다. 저자의 논리에 따르자면 이태준과 김동리의 담론은 제국이 생산해낸 당대의 인식론적 틀에서 한발자국도 벗어나지 못한, 부처님 손바닥 위의 손오공이었던 셈이다. 이러한 결론은 일면에서는 신선하고 또 일면에서는 진부하다. 신선한 것은 '전통론'에 대한 새로운 해석이 가능해졌다는 점에서 그러하고, 진부하다는 것은 이경훈, 김철 등의 생산소설론에 대한 논의를 전통론에까지 확장한 것에 불과하기 때문이다. 저자의 1930년대 후반기 인식틀의 배치, 그러니까 '국민문학론-생산소설론-전통론·동양론'의 순으로 배열되는, 지배담론과 갖는 친연성을 기준으로 이루어진 배치(pp.144~145)를 보면 더욱 그런 생각이 든다. 저자가 보기에는 '국민문학론'이 정치적으로 당대의 지배담론과 가장 근접해 있다면 '전통론'은 미학적으로 당대의 지배담론과 가장 근접해 있다는 차이밖에 없다.

내가 보기에 저자의 논의가 가장 빛을 발하는 것은 그 결론이라기보다, 역시 '데카당스'라는 개념으로 1930년대 후반기 담론을 분석하는 지점이다. 그러니까 "파시즘의 역사관은 데카당스의 상상체계를 극단화한 형태"(p.38)라는 인식을 기반으로, 데카당스적 감각이 몰락하는 서양에서 재생하는 동양으로 물꼬가 트이는 장면을 보여준다는 점이다. 김동리의 「황토기」와 「무녀도」 분석이 이에 해당하는데, 저자는 「황토기」의 "자기 소모적 힘이 투쟁적인 거대한 신체라는 반대되는 성질의 형상과 결합하여 공격적 충동으로 표출되고 있는 역설적인 양태"(p.206)를 이러한 데카당스적 감각으로 설명하고 있다. 그러니까 이것은 데카당스의 소멸/재생의 감각과 마찬가지로 "소멸이 단지 무력한 사라짐으로 그치지 않고 하나의 강력한 에너지로 형질 전환하는 순간을 고스란히 보여주고 있"(p.206)는 것이고 이것은 파시즘의 강력한 에너지가 될 수 있다.

앞에서 말했듯이 이러한 데카당스 개념과 저자가 단층파와 최명익의 문학 담론에 적용하는 데카당스 개념은 차원이 다른 것이다. 더군다나 저자가 지적했듯이 "몰락의 상상력과 재생의 상상력이 근대에 대해 부정적으로 사유했다고 해서 기계적으로 동일화될 수는 없다"(p.142)고 한다면 이 두 부류를 동일선상에서 사고하는 것은 문제가 있지 않을까. 만약 이태준, 김동리와 대비시키면서 "이들(단층파와 최명익—인용자)의 의식은 부정적인 방식으로 제국 서사의 영향권으로부터 벗어나고 있는 셈"(p.215)이라고 말하고 싶었다면, 그럼으로써 단층파와 최명익을 '저항'까지는 아니더라도 하나의 가능성으로 제시하고 싶었다면 더욱 문제가 아닐 수 없다. '제국의 담론에 포섭되지 않은 단층파·최명익'/'제국의 담론에 포섭된 국민문학론·생산문학론·전통론'이라는 구도는 기존의 '저항/협력'의 구도로 쉽사리 넘어갈 가능성이 있다. 이경훈처럼 '친일파시즘'이라는 용어를 사용한다면, 그 자신은 전혀 그런 의도가 없겠지만, 이러한 논의가 이태준·김동리도 기존의 지배 담론으로부터 자유롭지 못했다는, 친일 개념의 확장에 불과하게 될 것이다. 섣부른 전망의 제시는 제국주의로 흡수되는 지름길이라고 말한다면 이해가 갈 수도 있겠지만, "전망없음이라는 극심한 절망에 고착"하고 "어떤 전망도 찾지 못한 채 환멸과 절망에 침잠"(p.215)하는 것이 "동시대 지배가치의 균열지점을 드러내는 역설적 가능성"(p.140)을 보여준다고 설명하는 것은 '몰락/재생'의 구도가 '저항/협력'의 구도를 재생산하고 있을지도 모른다는 의심이 들게 한다. 비흡수/흡수로 분류될 수 있는 것이 아니라, 개별적 담론 속에 두 가지 가능성이 모두 들어있었던 것이 아닐까.

3. '인식적 틀'의 분석이 가진 한계

이 책이 가진 이러한 한계는 저자가 설정하는 두 가지 인식론적 조작에서 오는 것이 아닌가 생각된다. '협력/저항'의 이분법이 좁은 의미의 정치성의 수준에서 1930년대 후반기 담론을 분석한다면, 저자는 넓은 의미의 정치성(미시정치), 그러니까 인식론적 틀 혹은 미적 지향성이 가진 정치성을 분석하는 수준에서 논의를 전개한다. 이것이 첫 번째 인식론적 조작인데, 이러한 조작은 '협력/저항'의 이분법을 가로지르는 정치성이 작동함을 입증하는 데 아주 유효하다. 그것은 "정치적 무의식"(p.26)을 분석함으로써 밝혀질 수 있거나 혹은 그러한 무의식을 틀 짓고 있는 언어적 기호물(담론)의 체계(p.28)를 분석함으로써 밝혀질 수 있다. 이것은 기존의 친일문학 연구에서 '친일'의 기준으로 들고 있는 자발성, 의식성과는 차원이 다른(높다거나 낮다는 의미가 아니다), 따라서 서로 소통되기 힘든 논의이다. 어쨌든 저자는 작가 "특유의 미적 경향을 작가 개인의 능력이나 자질 문제로 환원시키지 않을 것이며 당대의 전반적인 정신적 편향의 양상을 드러내는 일종의 징후로서 보고자 한다."(p.147)

이것과 연결된 것이긴 하지만, 저자가 이 논문에서 행하는 두 번째 인식론적 조작은 문학, 비문학을 통틀어서 '서사'로 본다는 것이다. 저자가 보기에 문학과 비문학의 차이는 없거나 있어도 미미하다. 비문학적 담론이 정치성을 "직접적으로 표출"(p.27)한다면 문학적 담론은 "정치성이 훨씬 더 두텁게, 몇 겹으로 덧칠"되지만 "이것은 정치성의 약화를 의미하는 게 아니라 그 표출의 중층적 중개성을 의미할"(p.27) 뿐이다. 이로써 문학은 비문학화될 뿐만 아니라, '서사'라는 개념을 통해 비문학적 담론에 화자가 부여됨으로써 비문학은 문학화한다. 그렇지만 이 서사를 쓰는, 혹은 진술하는 화자는 개인으로서의 작가, 필자가 아니다. 그것은 "일종의 집단 의식, 시대 정신"(p.35)이고, 나아가 그것으로 인해 형성된 인식론적 틀이며, 더 나아간다면, "식민지 조선에서 생산된 논의들"이

환기시키는 "제국 담론"(p.51)이다. 그 속에서 개인인 작가·필자는 "이 구도를 적극적으로 자기화" 내지 "내면화"(p.188)하거나 "상상력을 통해 재현"(p.84)할 뿐이다. 이 속에서 개인·작가는 지배담론으로부터 호출될 뿐이고, 그것으로부터 벗어나고자 하면 할수록 더욱더 그 수렁으로 깊숙이 빠져들 수밖에 없다. 그렇기 때문에 제국으로부터 탈출하기란 지난한, 아니 차라리 불가능에 가까운 작업이 아닐 수 없다.

이러한 '호명된 주체', 그러니까 인식론적 틀에 갇힌 주체에 대한 분석은 '협력/저항'의 구도를 흔들어놓는다는 점에서 의미를 가진다. 그러나 '협력/저항'에서 말하는 민족이라는 주체를 삭제하기 위해 모든 주체를 삭제하거나 허위적인 주체로 명명함으로써 거꾸로 제국으로부터 벗어나려는 욕망들조차 모두 제국으로 환원시켜서는 안 된다.

> 한 시대의 지배 담론 혹은 지배적인 담론으로부터 벗어날 수 있는 미의식이란 어떤 것일까. 1930년대 후반 이후 조선에서 일어난 일련의 정신적 방향찾기 작업을 검토할 때마다 나는 곤혹스러움에 빠지곤 한다. 문학적 상상력은 자율적인 자기 근거를 갖지만 동시에 철저하게 사회적이고 정치적이며 문화적인 산물이라는 점에서, 엄밀히 말하자면 전적인 '벗어남' 같은 것은 불가능하다. 그러므로 여기에서 벗어남이란 강고한 이념체계 내부에서 일어나는 균열을 의미할 것이다. 그렇다면 균열내기는 어떻게 가능해지는 것일까. (중략) 제국의 시선을 자신의 것으로 착각하지 않을 때 혹은 제국의 시선이 작동하고 있다는 사실 자체를 희미하게나마 감지할 때 그것에 흠집을 내는 일이 가능하다.(p.213)

저자는 지배담론, 그러니까 제국의 시선에서 전적으로 벗어날 수 없으며, 그러한 사실을 인식할 때 그것으로부터 벗어날 수 있는 작은 가능성이 열린다고 한다. 그러나 전적으로 주체의 의식성만으로 그것이 가능할까? 이념체계가 강고하게 구축되어 있고 주체는 꼼짝달싹도 할 수 없는데 말이다. 아마 저자는 이러한 상념 속에서 단층파와 최명익을 떠올렸을 것이다. 그들은 물론 "제국의 시선을 자신의 것으로 착각"하지도 않았고, "제국의 시선이 작동하고 있다는 사실 자체를 희미하게나마 감지"했다. 그러나 그 뿐이었다.

오히려 제국 자체가 분열되어 있었던 게 아닐까. 또한 모든 주체들이 제국에서 벗어날 수 없었지만, 동시에 모든 주체들이 제국을 최종 목표로 삼았다고 할 수도 없지 않을까. 제국에 접속하면서도 그것에서 벗어난 새로운 질서를 꿈꾸는 욕망들이 생성되어나간 흔적들을 찾는 것이 중요하지 않을까. 그것이 제국이 형성한 '인식론적 틀'로 모든 주체를 환원하는 구조주의적 인식의 한계를 극복하는 길이 아닐까.

이러한 나의 질문에 대답이라도 하듯이 저자는 다른 논문에서 다음과 같은 질문을 던진다.

> 도대체 식민지인의 삶 어디까지가 제국의 힘에 장악되어 있는 것인가. 그들의 일상과 내면의 수위 어느 선까지 제국의 미시권력에 노출되어 있는 것인가. 일방적인 권력관계가 느슨해지거나 끊어질 가능성은 있는가. 있다면 그것은 어떻게 가능한가. 혹은 어떤 식으로 실현되는가. 없다면, 정말 없는가. 이 대답하기 어려울 뿐만 아니라 신중을 기해야 하는 질문은 과거를 해석하는 작업에 늘 따라 다닌다.(p.260)

그러나 그럼에도 불구하고 저자는 항상 모순되고 균열되어 있는 개인의 욕망을 통합하여 제국으로 귀환시킨다. 저자가 지적하듯이 "일제 말기에 임화(이를 여타 지식인들로 확장할 수 있다고 나는 생각한다-인용자)가 남긴 여러 논의들은 사실상 매우 비균질적이며, 서로 다른 방향의 사유들이 동시에 혼재하는 복잡한 균열의 양상을 보인다."(p.224) 이것이 임화만의 특징이 아니라, "절대적 중심 없이는 다중심을 기대할 수 없는 역설과 모순의 사유구조"(p.226)를 가진 식민지 지식인 고유의 특징이 아닐까. "도처가 중심이 될 수 있는 세계"라는 이상태를 "문제는 어느 민족 어느 성층이 이러한 세계성적 세계의 형성에 있어 주체가 될 수 있는가 하는 데 있다"(p.225)는 현실태로 전환시키는 것은 당대의 지식인이 아니라, 그렇게 보는 저자 자신이 아닐까. 당대의 지식인들은 이 봉합되지 않는 모순 속에서 사유했던 것이 아닐까. 이러한 모순은 제국에 접속함으로써 가능했고, 마찬가지로 제국에 접속함으로써 불가능한 것은 아닐까. 오해받기를 두려워하다가는 오히려 더욱 큰 오해를 초래하는 것이다.

'병역거부'와 '국민'에 대한 성찰

— 이남석, 『양심에 따른 병역거부와 시민불복종』, 그린비, 2004
— 권혁범, 『국민으로부터의 탈퇴』, 삼인, 2004

1. 국민으로부터의 탈퇴는 가능한가

"파병반대는 알겠지만, 한국국적을 포기하는 것이라면 진정으로 한국을 사랑하지 않는 것이다." "대이라크전 파병반대는 이해하지만, 국적까지 포기한다는 건……. 그럼 어느 나라 국적으로 할 것인가. 이라크 국적으로 할 것인가, 아님 미국??" "파병을 반대한다는 그 의지는 높이 사줄 수 있지만 그렇다고 국적을 포기하면서까지 파병을 반대해야하는 건가 모르겠다. 파병을 해야 한다, 하지 말아야 한다까지는 자유의사이겠지만, 내 맘에 들지 않는다고 한 나라의 국민이 그 나라의 국적으로 포기한다는 건 너무 무책임한 주장이 아닌가."

지금은 정치인들의 깜짝 쇼 덕분에 우리 군대의 이라크 파병 사실을 가끔씩 확인할 뿐 일상에서는 파병사실조차 잊어버리기 일쑤이지만, 2년 전 이라크 파병을 둘러싸고 이 땅에서는 아주 격렬한 토론이 벌어졌었다. 두 청년이 이라크 파병반대를 표명하면서 한국군이 이라크에 파병

된다면 국적을 포기하고 국적 포기자로서 받는 모든 불이익을 감수하겠다고 했는데, 위에서 보듯이 이에 대한 '국민'의 거부감은 상당한 것이었다. 두 청년의 '국적포기' 주장은 이라크 파병이 국민국가의 틀, 나아가 그것을 보장해주는 국가간 체제 속에서 벌어지는 침략행위라는 점을 충격하는 것이었으며, 이라크 파병반대를 '국익'이라는 국민국가 틀 속에서의 문제제기로 축소하려는 움직임에 제동을 거는 것이었다. 그러나 '국적포기' 주장은 그것의 근본적인 충격성에도 불구하고, 아니 그렇기 때문에 단순한 해프닝으로서 아무런 영향력을 가질 수 없었다. '국민'의 상상력은 국가를 떠날 수 없었기 때문이다.

사실 대한민국의 국적포기가 곧바로 다른 나라의 국적 취득으로 이어지는 현실, 특히 국적포기가 부르주아 계급의 '미국국적 취득=병역기피'를 곧바로 연상시키는 현실에서 이러한 거부반응은 충분한 타당성이 있다. 국민국가의 경계를 넘어선다는 글로벌화가 자본과 상품, 그리고 고급 노동자의 월경은 쉽게 인정하면서도 하층 노동자에게는 뛰어넘을 수 없는 거대한 장벽을 만들어두고 있기 때문이다. 대규모의 민족이산(離散)을 몇 차례나 경험했음에도 불구하고, 여기 이 땅에 사는 대부분의 사람들에게 '국적'의 변화는 실감할 수 없는, 특수한 사람들에 국한된 일이다. 그렇기 때문에 위에서 보듯이 국적포기는 도피, 무책임, 비애국, 나아가 이적행위까지 될 수 있는 것이다. 물론 두 청년의 주장은 '다국적'이나 '이중국적', 혹은 '국적전환'이 아닌 '무국적'이었지만, 이들 사이의 차이는 인지되지 않았다. 그것은 '무국적'이라는 것이 실감될 수 있는 것이 아님은 물론, '상상'조차 할 수 없는 것이기 때문이다. 상상력이 미치지 않는 범위의 사상(事象)을 인식할 때는 그에 인접한 범주로 그것을 흡수해서 이해하는 것이 보통인데, 글로벌화가 기존의 국민국가적 상상체계에 변형을 가한 최대한의 상상력이 '다국적', '이중국적', '국적전환'이었고, 그마저 중·하층의 사람들에게는 실감나는 이야기가 아니었다. 그러니 그 범위를 벗어나는 '무국적'은 '국적전환'이나 '다국적', '이중국적'의 상상력을 통해서만 이해될 수 있는 현 세계 체제의 '바깥'인 것이다.

'무국적'을 상상할 수 있는가. '국민으로부터의 탈퇴'를 상상할 수 있는가. 그것은 불가능하다. 상상력이 빈곤해서가 아니라, 우리가 국민주의적 사고에 너무 얽매어 있기 때문이 아니라, 그것은 원천적으로 불가능하다. 그것은 항상 '무'국적이나 '비'국민으로 일컬어지듯이 국민이 '아닌' 것으로만 표상될 뿐 고유의 기표를 가지지 못한다. 기표를 가지지 못하는 존재는 인식의 대상이 될 수 없어서 그것은 항상 '국민'이라는 기표로부터 유추될 뿐이다. 어려운 말이 되어버렸지만, 중요한 것은 '국민으로부터 탈퇴'한 후의 상황이 어떠할지 누구도 알 수 없고, 따라서 이것을 현재의 '국민국가'를 대체할 대안으로 제시할 수 있는 방법이 없다는 것이다. 마치 자본주의 이후나, 근대 이후를 제시하는 것이 불가능하듯이. 국민국가가 억압과 착취의 체제이고, 이것이 해결할 수 없는 여러 가지 문제들이 발생하고 있음에도 불구하고, 이 모든 것을 한꺼번에 해결할 수 있는 방향성이란 것이 존재하지 않는다. 방향성이 없음에도 불구하고 끊임없이 문제해결을 꾀해야한다는 것이 현대 세계의 딜레마인 것이다.

이런 딜레마를 해결하기 위해 저자들은 인식론적·전략적 '고리'를 만들어두고 있다. 이남석의 경우 이 고리는 '양심'과 '관용'이고, 권혁범의 경우는 '시민', '개인'이다. 이 '고리'란 것은, 전체적으로 문제를 해결할 수 없고 그러한 방향성조차 알지 못하지만, 현재를 기준으로 하여 현재보다 낫다고 할 수 있는 지점에 설치하는 임시 표지판과 같은 것이다. 이 글은 이러한 임시 표지판인 '고리'에 대한 이야기이다.

2. '양심'과 '관용'

도발적인 표현을 쓰자면 '양심'에 따른 병역거부의 문제는 그 주체가

'광신적인 사이비 신자'에서 '건전하고 양심적인 시민'들로 바뀜으로써
표면화되었다. 『양심에 따른 병역거부와 시민불복종』 앞장을 장식하고
있는 여당 국회의원의 추천사가 새삼 그것을 느끼게 해준다. 병역거부
앞에 붙는 '양심에 따른'이라는 수사가 그것을 느끼게 해준다. '건전하고
양심적인 시민'들이 병역을 거부하기 전까지 '사이비' 신자들의 '양심'은
'양심'이 아니라 '광신'이었다. 아니, '양심'에 따른 병역거부의 문제가 수
면에 떠오른 지금도 역시 그러한지도 모른다. 국가가 일방적으로 구획
한, 그것도 조선총독부의 분류체계를 그대로 이어온 사이비 종교의 분
류는 그러한 배제를 정당화시켰다. 또한 종교학은 학문이라는 이름으로
그러한 배제에 공모했으며 언론 등의 매체들은 이러한 담론을 확대재
생산했다. '건전한 시민'들도 또한 이러한 혐의에서 완전히 벗어날 수
없음도 사실이다. 여호와 증인들의 병역거부는 불온한 종교에 의해 그
릇된 신념을 가진 결과로 재판되었고, 이들의 판단은 독립적인 주체가
내린 판단이 아니라, 외부로부터 온 것이라고 판단되었다. 그렇기 때문
에 이들에 대한 형벌은 병역거부에 대한 교정이 아니라, 특정 종교의
영향력으로부터 개인을 격리하여 올바른 가치관을 심어주는 정신의 교
정이 주가 되었다. 몇 십 년 동안 매년 몇 백 명이나 되는 병역 거부자
들이 군사법정에서, 민간법정에서 자기 행위의 정당성을 주장해왔지만,
아무도 거기에 귀를 기울이는 자는 없었다. '양심/광신'의 분류 속에서
사고하며 그러한 배제에 공모해온 우리들 대부분은 먼저 이 사실에 대
해서 부끄러움을 느끼지 않으면 안 된다.

앞에서 '건전하고 양심적인 시민'이라고 말했지만, 특정 기독교의 신
자를 제외한 병역거부자, 그러니까 이 책에서 순서대로 말하고 있는, 절
대자 이외의 종교적 신념에 의한 거부자, 철학적·사회적 신념에 의한
거부자, 특정 전쟁에 대한 거부자 또한 병역을 거부한다는, 혹은 했다는
사실 때문에 '건전하고 양심적인 시민' 자격을 박탈당했고, 지금도 그러
하다. 저자에 따르면 국가 체계가 병역 거부를 '거부'가 아닌 '기피'로

해석함으로써 그 정치적 의미를 탈각시키려 하고 있다고 하는데(p.42), 여기에는 병역 거부자를 도덕적으로 무책임하며 불순한 인간으로 낙인 찍으려는 의도도 포함되어 있다('기피'란 '게으르기 때문에 의무적으로 해야만 하는 어떤 일을 고의로 회피하는 것', p.29). "군대는 우리의 의식에서 하늘의 공기와 바다의 물처럼 너무나 당연하여 의문의 대상이 되지 못했"(p.86) 기에 이를 거부(기피)한 자들은, 국민으로서의 자격에 미달한 자일 뿐만 아니라 인간적인 결함이 있는 자이기도 했던 것이다. 여기에는 국가를 벗어난 개인의 독립적인 판단을 인정하지 않으려는 국가 체계와, 국가를 가로질러서 사고하고자 하는 개인간의 대립과 충돌, 그리고 도덕성의 경쟁이 존재한다. 그것은 저자의 말대로 '양심'을 둘러싼 인정투쟁이라 할 수 있다.

'양심'의 개념과 범주, 다수의 양심과 소수의 양심 등에 관해서는 저자가 상세한 이론적 고찰을 하고 있다. 저자에 따르면 양심은 "사전적인 의미로 보나 법적인 의미로 보나" "철저하게 개인적인 것"이기 때문에 그것의 "형성단계부터 실천까지 어떤 것으로부터도 제한을 받거나 구속받아서는 안 된다."(p.157) 개인에게 있어 양심은 절대적인 것이지만, 개인마다 다른 내용을 지니기에 그것은 또한 상대적인 것이기도 하다. 그 상대성 때문에 그것이 실천될 때에는 규범적인 평가를 받을 수밖에 없다. 히틀러의 양심 같은 극단적이고 파괴적인 양심도 존재할 수 있기 때문이다(p.159). 여기서 소수자 양심의 인정에 딜레마가 발생한다.

양심이 개인의 내면적인 거울로 남아 있을 경우에는 절대적인 자유이지만, 개인의 양심이 사회의 거울이 되어 밖으로 드러나면 상대적인 자유가 된다. 다수가 사회적으로 합의한 가치와 규범 그리고 법이 시민의 양심을 철저하게 검증하고 규제하게 된다. 결국 사회의 다수가 합의한 규범 또는 법으로 소수의 양심을 철저하게 유린하게 된다.(p.163)

"이런 점에서 양심에 따른 병역거부의 가장 커다란 적은 바로 '양심'"(p.156)이게 되는 모순이 발생한다. 저자는 이 모순을 해결하지 못한다. 저자는 양심을 개인으로 환원함으로써 병역 거부의 존재의미를 부각시켰지만, 또한 그 때문에 병역 거부를 억압할 수 있는 논리를 제공하고 있기도 하다. 이를 조금 자세히 논의할 필요가 있을 것 같다.

저자는 '양심'의 개념을 역사적으로 고찰하면서 이것이 연속선상에 있는 것처럼 이야기하고 있지만, 이는 모든 판단의 유일한 주체로서의 개인이라는 근대적 '양심' 개념으로 본 것에 불과하다. 양심의 어원인 라틴어 'conscientia'는 '함께(con)' '인식한다(scientia)'는 '타인과의 공동지', 그러니까 '공동체 내지 타인과의 관계속의 지(知)'인 것이다. 여기서 중요한 것은 '누구와 함께'인데, 고대에는 부족적 공동체와의 공동인식이었다면 중세는 교회와의 공동인식, 근대에는 신과의 단독 대면이라는 내면적 의미로 전환되었고, 그 이후는 저자가 말하는 대로 종교적 의미가 사라지고 근대적 개인으로 환원되었다. 19세기 이전까지 '양심'을 보증하는 것은 공동체 혹은 신과의 공동인식이기에, 아니 양심자체가 그것을 통해 형성되기 때문에 그 자체로 '좋은 마음(良心)'을 의미할 수 있었다. 그러나 양심이 완전히 내면적인 의미를 획득하는 19세기가 되면 사태가 달라진다. 양심은 신학적 맥락을 벗어나 심리학·철학 등의 근대 학문의 대상이 됨과 동시에 국민국가와 은밀히 결합한다. 말하자면 19세기 이후 양심을 보증하는 것은 공동체와 신을 대신한 '국가'이고 양심을 형성하는 공동인식의 파트너도 '국민국가'가 되었던 것이다.

비록 형식상으로는 무엇으로부터도 분리된 개인의 '양심'이지만, 실질상으로는 '(국민국가적) 양심'이라는 개념의 계보학이 필요한 이유는 '양심'을 모든 것으로부터 자유로운 개인적 판단으로 환원시켜야 하기 때문이 아니다. 오히려 양심 뒤에 가려진 은밀하게 힘을 발휘하고 있는 국민국가를 빛 속으로 꺼내 무력화시키고, 그것 이외에도 양심을 보증하는, 그러니까 '~과 함께 인식하다'에서 '~'에 해당하는 공동체들이 수 없이 많이 존재할 수 있음을, 그리고 그것들이 하나로 통합되지 않음을 인식하고 인정하기 위해서이다.

저자는 일부러 '국민'이라는 말을 피하고 '시민'이라는 말을 쓰고 있다. 이는 국가와는 다르게 존재하는 자율적인 시민사회를 상정하기 때문인 것처럼 보이나, 사실은 저자에게 있어 국가는 시민사회와 일치하고 있다. 그것은 저자가 상정하는 시민사회나 시민이 국가나 국민의 경계를 가로지르지도 못하고 있기 때문이다. 저자가 병역 거부를 탈국민의 흐름이 아니라, 시민사회의 '관용'으로 해결하고자 하는 것에서도 이것은 잘 드러난다. 그러나 '관용'은 고무줄처럼 줄어들었다가 늘어났다가 할 수 있는 것이다. 헌법에 대한 해석은 다수의 자의적 해석에 의해 얼마든지 변경될 수 있는 것이다. 국민국가는 구조적으로 근본주의와 총동원체제를 내장하고 있기 때문에 언제든지 사회적 타자들을 비국민으로 억압할 수 있는 가능성을 가지고 있다. 왜 저자는 비전론, 반전론의 적극적인 전망 속에 병역거부를 위치짓지 못하는가. 왜 저자는 병역 거부가 국민국가의 병역의무보다 더 신성한 인간의 의무임을 주장하지 못하는가.

그것은 저자의 눈길이 그쪽으로 가지 못하기 때문이 아니라, 일종의 효율성 극대화의 전략 때문인 것으로 보인다. 이제 막 제기되기 시작한 병역 거부 문제를 계기로 한 발만 더 내딛자는 조심스러움으로도 보인다. 그리고 그가 병역 거부 운동에 대해 그만큼 무거운 책임감을 느끼고 있기 때문인지도 모른다. 그러나 그와 동시에 반체제운동을 통해서도 국가로 흡수될 수 있다는 역설도 염두에 두지 않으면 안 된다.

3. '주민', '시민', '개인'

권혁범은 국가와 일정한 거리를 두고 사회운동에 개입하려는 몇 안 되는 사람 가운데 하나이다. 지금도 있는지 모르겠지만, 지하철 문짝 옆에 붙어있는 국가정보원의 홍보물 가운데 여럿 사람이 건널목을 건너는데 오직 한 사람만 외롭게 반대 방향으로 걸어가는 사진이 있다. 『당대비평』에 실린 '붉은 악마'에 대한 분석(「월드컵 '국민축제' 블랙홀에 빨려들어간 '대한민국'」)을 보면서 그가 꼭 그 사진에 나오는 간첩처럼 느껴졌던 기억이 떠오른다. 『국민으로부터의 탈퇴』를 읽으면서 더욱더 그런 느낌은 강해졌는데, '촛불 시위'에 대한 분석에서는 그러한 '독립적 지성'이 무엇을 의미하는지 더욱 잘 드러나 있다. '독립적 지성'이란 국민국가를 비롯한 집단주의가 만들어낸 공동지(共同知)에 안주하기를 거부하는 지적 태도를 의미하는데, 저자에게 그것은 "이성의 근원적 성격에 대한 비판적 성찰을 멈추지 않으면서도 이성이 갖는 해방의 기능"(p.197)을 확신하는 데에서 나온다. 저자는 인류적 보편성인 '개인 해방'을 최종적인 비판적 정당성으로 삼고, 서구적 보편성인 '개인주의'를 중간 기착점, 나의 표현으로 하자면, 임시표지판, 즉 '고리'로 삼아서 우리가 살고 있는 지금, 여기를 비판적 시각에서 분석한다.

저자의 비판적인 분석은 먼저 '국가주의'에 의해 과잉 규정되고 있는 한국사회로 향한다. 저자에 따르면, "자유와 평등이라는 시민혁명적 가치의 확산 없이 발생했으며 근대적 주체로서의 개인 없이 발전"한 한국의 "제3세계"적 "국가주의"(p.20)는 "유교적인 집단·관계 중심 문화의 전근대적 반개인주의 토양"(p.21)과 결합해서 초월적인 위치를 획득한다. 이러한 "국민국가적 정체성의 전근대성"(p.42)은 "일본 군국주의 파시즘의 식민지적 유형"이라 할 수 있는 "식민지적 근대성"(p.44)과 결합하여 더욱 강고해진다. 마루야마 마사오의 '초국가주의' 분석을 연상시키는 이러한 국가주의 비판은 당연히 '서구적 근대'를 그 근거로 삼고 있다. "그러한 서구적 근대성은 한편으로는 한국사회가 체화하지 못한, 따라서 당분간 도달하기 위해서 노력해야 할 가치체계"(p.51)이다. 이러한 문제제기는 한국사회에 "자생적인 시민사회"나 "사회계약의 주체"(p.33)를 요구하게 될 터인데, 이를 만족시킬 수 있는 것은 '시민사회의 형성'과

'개인주의의 확산'이다. 저자가 시민운동의 국가중심적 사고를 비판하고 시민사회의 자율성을 획득하고자 노력하는 것(「시민운동, 무엇이 필요한가」)도 이러한 사고에 기반하고 있다. 여기까지가 임시표지판인 '서구적 보편성'에서 바라본 것인데, 이것의 비판 대상은 한국사회의 '전근대성'과 '식민지적 근대성', 그러니까 한국 국가주의의 '과잉성'이다.

여기에는 몇 가지 문제가 있는데, 첫 번째는 한국사회에서 '전근대성', '식민지적 근대성', '근대성'을 따로 떼어서 볼 수 없다는 점이다. 한국사회에서 '전근대성'이나 '식민지적 근대성'은 '근대성' 자체와 결합되어 있다. 그것은 물리적 결합이라기보다 화학적 결합이라고 해야 할 것으로서 전근대적 유산이나 식민지 유제는 그 자체가 근대적으로 분절되었기 때문에 그것만을 따로 떼어서 비판할 수 없다. 예를 들면 '국사', '국문학', '국어'라는 개념은 식민지 유제이지만, 그것은 근대에 들어와 역사학·문학·언어학이 성립되면서 국민국가의 역사, 국민국가의 문학, 국민국가의 언어로 편제되는 과정과 일치하기 때문에 "그 안에 존재하는 국가"의 "초월성"(p.27)은 이미 내재되어 있다.

두 번째는 근대적 주체와 관련되어 있다. 저자는, 서구적 개인은 국민적 주체 이외에 자율적 주체로서 형성되고, 비서구의 경우에는 개인이 국민적 주체로서만 성립되었다고 보는 듯하다. 그러나 근대적 주체는 그 자체가 '주체(Subject)'이자, '신민(subject)'이고, 국가적 이데올로기와 제도를 '내면화'함으로써만 주체로 형성될 수 있다고 한다면, 국민적 주체 이외에 어떤 주체가 존재할 수 있을 것인가. 이 지점은 하버마스의 비판이론과 포스트 구조주의가 갈리는 지점이기는 하지만, 중요한 것은 서구의 경우에도 '자율적 주체(개인)'는 이념형으로서만 존재하지 실제로는 존재하지 않는다는 사실이다.

국가로부터 벗어난 자율적인 시민사회에 대한 요구도 국민국가적 틀에 의해서 해결할 수 없는 여러 문제들이 발생하는 탈국가적＝탈근대적인 흐름 속에서 분출되는 것이지, 근대성 속에 내장된 것은 아니었다.

오히려 서구에서 근대의 시민사회는 국가에 종속적이었다. '개인=시민
=국민'이 바로 근대의 주체라고 해야 하지 않을까. 서구에서의 인종차
별이야말로 서구적 개인의 예외적 모습이라기보다는 그것의 본질적인
모습이라고 할 수 있을 것이다.

그렇기 때문에 저자가 "한국사회에서 곡해되고 과소평가되어 온 개
인주의 문화의 확산이야말로 국가 중심적 사고로부터 자유로워질 수
있는 한 방안이 될 것"(p.35)이라고 말할 때도, 이것이 서구적 개인주의
도 아닌, 비서구적 개인주의도 아닌 새로운 탈근대적 개인주의를 지칭
하는 것으로 보아야 할 것이고, "한국사회에서 경제적·정치사회적 권
리의 회복"을 위해서는 안이하게 서구적 보편성에 기대어 "서구적 개인
주의"(p.35)를 회복하기보다도 "탈근대의 문화적 주체"(p.57)를 형성해야
할 것이다. "자연을 대상화하고 그것을 효율적으로 착취하는 생산과 소
비를 문화적으로 정당화하는 과정을 통해 인간과 환경 간의 진화적 균
형을 근저에서부터 뒤흔드는 작업은 근대성의 본질적 성격과 맞닿아
있"고 "근대성"의 "완성을 지향하는 세계관이 결국은 국민국가적 정체
성에 토대한 국민의 문화를 강화함으로써 다양한 개체들의 다양한 자
아실현과 '차이'의 공존을 방해하는 획일주의적 경향을 재생산한다"(p.58)
고 보는 저자가, 그럼에도 불구하고 "서구적 근대성은 한편으로는 한국
사회가 체화하지 못한, 따라서 당분간 도달하기 위해서 노력해야 할 가
치체계"(p.51)라고 말하는 것은, 스스로 지적하듯이 "근대를 아직도 우리
가 기필코 도달해야 할 이상, 따라잡아야 할 목표로 보거나 혹은 근대
의 완성 다음에 근대의 문제를 얘기해도 늦지 않다는 식의 발상"(p.60)에
무의식적으로 빠져드는 것이 아닌가.

저자는 인류적 보편성(개인 해방)이라는 '달'을 가리키고 있는데, 내가
유독 그의 손가락 끝(서구적 보편성·개인주의)만 침소봉대하고 있는지도
모르겠다. 사실 「진보 남성은 여성주의에게 말 걸고 있는가」나 「'차이'
에 대해 생각하며」는 그가 말하는 '개인해방'이, 얼마나 큰 자기성찰을

동반해야 가능한지를 잘 보여주고 있다. 그렇지만 서구적 보편성을 매개로 해서야만 개인 해방에 이를 수 있다는 저자의 인식은, 차이를 차이로서 인정할 때 자기모순에 빠져버리는 서구이성이 행하는 오만한 덫에 빠지기 쉽다. 미국의 이라크 침략의 명분이 '자유의 확산'이었음은 기억할 필요가 있다. 그러나 해방에 대한 이라크인들의 열망은 외부로부터 '자유'가 주어질 때가 아니라, 자신의 방식에 의해서 스스로 행할 때 해소될 수 있을 것이다. 그들에게 자기혁신의 가능성이 없다고 말하는 것은 서구의 오만한 시선에 불과하다. 서구식 민주주의를 거쳐야만, 서구적 개인주의를 거쳐야만 개인 해방의 길로 들어설 수 있다고 말하는 것도 마찬가지이다.

　너무 어려운 문제를 건드리고 말았다. 그렇지만 이러한 문제를 해결하는 실마리도 저자의 언급에서 찾을 수 있다. "서구나 동양을, 중심부와 주변부를 포괄하는 보편성에 대한 탐구 없이 우리가 인간과 사회에 대해 어떤 소통의 원리를 제시할 수 있을까?"(p.195) 그러한 보편성은 "고정되거나 본질주의적 시공간에 고착된 종점이 아니라 끊임없이 변하고 분화 발전하는"(p.196) 것이지 "차이들을 흡수하는 단일적 거대이론이 아"(p.196)닐 것이다. 그렇기 때문에 우리가 해야 할 일은 고착된 거짓 보편성에 흡수되지 않는 다양한 차이의 논리(생태주의, 페미니즘 등)를 생산함으로써 '중심-주변', '서구-비서구'의 이분법을 무화시키고, 또한 그러한 차이를 보편으로 성급하게 고정시키지 않도록 노력하는 것이다. 또한 차이를 모두 개인이나 가족으로 환원시키는 것이 아니라, 다양한 비국민국가적·비자본주의적·비가족적 공동체(소집단, 소비조합, 생산조합, 연구공동체, 동네 모임, 시민사회 등등)의 형성을 통해 서로 겹쳐지고 갈라지는 여러 층위의 차이를 생산함으로써 보편이 고정될 수 없도록 끊임없이 분자단위의 운동을 거듭하는 것이다. 그것이야말로 저자의 손가락 끝에서 벗어나 그가 가리키는 '개인해방'에 한발자국 더 다가서는 길일 것이다.

셋.

변경에서 바라본 역사와 문학

➤ 질문
➤➤ 답

➤ 김사량 · 현덕 · 최정희 · 허준 같은 소설가는 학생독자들에게 널리 알려지지 않은 작가들입니다. 특별한 이유라도 있는 걸까요?

➤➤ 문학 작품 가운데 묵시적인 합의를 통해 위대하다고 인정된 작품을 정전(正典) 혹은 고전(古典)이라고 합니다. 아직 가치관이 뚜렷이 정립되지 않은 학생들에게 문학사적인 평가가 마무리되어서 좋은 작품이라고 일반적으로 평가된 고전을 읽게 하는 것은 의미가 있는 일입니다. 왜냐하면 고전을 읽는 것이 기성세대의 핵심적 가치관을 가장 효율적으로 이어받는 방법이기 때문이지요.

그렇지만 고전은 영원불변한 것이 아닙니다. 가치관이 다양해지는 현대 사회에서는 기존의 고전은 그 보편성이 의심받고 있습니다. 그동안 보편적이라고 생각해왔던 고전의 가치관이 사실은 남성, 어른, 민족, 이념을 대변하는 데 불과한 게 아닌가 하는 비판이 제기되고 있는 것이지요. 이와 더불어 그동안 억눌려온 자들이 자기 목소리를 내기 시작했습니다. 남성의 이야기가 아닌 여성의 이야기, 어른의 이야기가 아닌 어린이의 이야기, 민족의 이야기가 아닌 문화적 혼종과 이민의 이야기, 이념의 이야기가 아닌 일상생활의 이야기를 담은 소설들이 고전의 보편적인 지위를 위협하면서 새로운 평가를 받기 시작하고 있습니다. 김사량·현덕·최정희·허준의 소설이 바로 그것이지요.

이들의 소설은 그동안 한국문학사라는 남성·성인·민족·이념 중심의 역사 속에서 늘 경계의 위치에 있어왔습니다. 그렇기 때문에 고전의 지위를 가지지도 못했고, 학생들에게 소개되는 일도 드물었던 것입니다. 그러나 지금은 주변부의 역사가 중심부의 역사를 해체하면서 다양한 역사들이 공존하는 시대입니다. 남성의 역사(history)가 있다면 여성의 역사(herstory)도 있습니다. 민족의 역사가 있다면 이민의 역사도 있습니다. 국가의 역사가 있다면 그것을 가로지르는 지역 공동체의 역사도 있습니다. 이처럼 다양한 목소리와 다양한 역사를 말해주는 소설이 김사량, 현덕, 최정희, 허준의 소설입니다.

학생들도 이들 소설을 통해서 하나의 가치관만을 주입받는 것이 아니라, 다양한 가치관들을 비교·검토하여 자신의 가치관을 수립하면서도, 나의 가치관을 기준으로 다른 것들을 배척하지 않고, 서로 다른 가치관들을 조화시킬 수 있는 지혜를 배워야겠습니다.

▷ 「지기미」의 배경인 '시바우라'에서 조선인 노동자들은 비참할 정도로 힘겨운 노동에 시달리며 살아갑니다. 이 작품이 1941년에 발표된 것으로 미루어 이곳에는 어떤 역사적 사연이랄까 배경이 있을 것 같습니다. 작품을 읽는 예비 지식으로 알아야 할 것이 있다면 무엇일까요?

▷▷ 비행기가 도쿄 하네다 공항에 착륙하려고 선회할 무렵, 아래쪽을 내려다보면 넓은 간척지가 보입니다. 연기가 무럭무럭 피어오르는 공장은 물론, 화물선에 컨테이너를 싣고 내리는 광경같은 것을 육안으로도

쉽게 볼 수 있습니다. 이 지역이 바로 시바우라입니다. 지금은 거대한 기중기로 컨테이너를 싣고 내리지만, 그 당시에는 모두 부두 노동자들이 직접 화물을 실어 날랐답니다. 특히 조선인 노동자들이 대거 고용되었습니다. 이러한 현상에는 식민지 경제체제가 깊이 관련되어 있는데요, 식민지 농촌 공동체의 해체로 잉여 노동력이 생겼고, 식민지 본국 일본에서는 이러한 잉여 노동력을 싼 임금으로 고용함으로써 국제 경쟁력을 갖추려고 했지요. 특히 중국에 대한 침략이 가속화되면서 일본인 노동자들이 징병되어 감에 따라 이러한 현상은 더욱 가속화되었습니다. 그렇지만 조선인 부두 노동자들은 고된 노동을 하면서도 임금은 일본인 노동자보다 훨씬 적게 받았을 뿐만 아니라, 조센진이라 불리며 모멸과 차별을 받는 비참한 생활을 했습니다. 지금 가리봉동 같은 곳에서 쉽게 접할 수 있는 외국인 노동자들처럼 말이지요. 김사량은 시바우라 부근에 하숙을 정하고 조합 운동을 벌이기도 했습니다. 그러면서 시바우라 조선인 부두 노동자들과 자연스럽게 접할 수 있었고, 이 경험을 토대로 「지기미」를 비롯해 「십장 곱새」같은 소설을 쓸 수 있었습니다.

▷ 주인공 이름인 '지기미'는 작품의 제목이기도 합니다. 사전에는 지기미를 비듬이나 주근깨, 술을 거르고 난 찌꺼기인 지게미의 방언이라고 소개합니다. 또 제가 사는 경상도 쪽에서는(다른 지역도 그럴 것으로 생각합니다만) 사람들은 이 말을 욕설로 이해합니다. '지기미'라는 말이 작품의 주제에 어떤 영향을 미치고 있는지 궁금합니다.

▷▷ 소설 속에도 나와 있지만, '지기미'라는 것은 주인공 영감이 '지기미'라는 말을 입에 달고 살기 때문에 붙여진 이름입니다. '지기미' 영감이 경상도 사람이니까, 아마 욕설을 뜻하는 것이겠지요. 참고로 당시 한반도 이북 지역의 조선인이 대개 만주로 떠났다면, 이남 지역의 조선인은 대개 일본으로 건너갔습니다. 지금 재일 조선인 가운데에서도 경상

도 사람이 많은 것은 이 때문입니다. 그렇지만 이 말을 욕설로만 이해해서는 안 됩니다. '지기미'의 의미를 이해하기 위해서 잠깐 이 소설의 창작과 번역 과정을 살펴보기로 할까요.

김사량은 이 소설을 일본어로 번역하여 게재하면서 '벌레'라는 제목을 붙였습니다. 그런데 이 '벌레'라는 제목은 그 전에 그가 구상한 장편소설의 제목 '불가사의한 벌레'에서 따온 것입니다. 그리고 '불사가의한 벌레'란 전설속에 나오는 불가사리에서 유래한 것이라고 합니다. 김사량은 「불가사의한 벌레」라는 장편소설을 쓰는 대신에 그와 똑같은 구상하에서 「지기미」, 곧 「벌레」를 썼던 것이지요. 그렇게 보면 작가의 의도로 보면 '지기미'와 '벌레'가 같은 의미를 지니는 것이지요. 그러니까 '지기미'는 천대받고 억압받는, 그야말로 벌레같은 존재, 즉 일제하에서 밑바닥 인생을 사는 재일 조선인을 의미하는 것이겠지요. 그렇지만 '지기미'나 '벌레'는 '불가사리'처럼 아무리 밟아도 죽지않고 살아나는 강한 생명력을 가진 존재이기도 합니다. 이러한 이중성이 '지기미'라는 제목 속에 들어있는 의미이지요.

➤ 주인공 '지기미'는 조선이 망하기 전에는 군인이었습니다. 그래서 그의 목소리와 몸가짐에는 군인다움이 남아 있습니다. 그러나 시바우라에서 지기미가 하는 일을 종합하면, 군인 출신이라는 게 무색할 정도로 초라하면서 사람들의 미움을 받는 존재가 되어 있습니다. 물론 인정이 많고 다른 이들이 원하지 않는 일도 발 벗고 나서는 부지런함이 있긴 하지만, 아편쟁이인 데다가 쓸모없는 집착증을 갖고 있기도 합니다. 이런 인간형을 주인공으로 내세워서 작가가 무엇을 보여주려 한 것일까요?

➤➤ 김사량은 한글이 아니라 일본어로 창작하는 이유를 조선인의 비참한 실상을 널리 알리기 위해서라고 말했습니다. 이 소설도 그러한 김사량의 의도에서 이해할 수가 있습니다. 주인공 '지기미'는 아편쟁이이

며 모두들 외면하는 최하층의 인간입니다. 아무리 좋게 보아도 밑바닥 생활에서 탈출하려는 시도를 그에게서는 발견하기 힘들지요. 그러나 작가의 분신이라고도 말할 수 있는 작중의 관찰자인 '나'는 결코 그를 부정적으로 평가하지 않지요. 그의 나쁜 점에 대해서도 애정을 가지고 이해하려는 마음을 보여주고 있습니다. 심지어는 자기도 아편을 먹고 지기미와 같이 지내볼까 하는 유혹을 느끼기도 하지요. 그것은 작가나 관찰자가 '지기미'의 타락 원인을 그의 선천적인 성격에서 찾는 것이 아니라, 일제의 폭압이라는 사회적 조건에서 찾기 때문이지요. 원래는 늠름한 군인이었던 지기미가 타락하는 과정이 조선이 몰락하는 과정과 일치하고 있으며, 그 원인이 식민지 통치에 있음을 작가는 말하고 싶었던 것입니다.

➢ 지기미는 기회가 닿는 대로 누구에게나 아편을 권하고 있습니다. 지기미가 그토록 아편에 집착하는 까닭을 어떻게 이해해야 할까요?

➢➢ 아편은 지기미의 존재와 떼려야 뗄 수 없습니다. 그는 늘 아편을 달고 살며, 다른 이들에게 아편을 권유하기까지 합니다. 심지어는 아편을 먹어야 지기미의 세계로 들어갈 수 있기까지 합니다. 이처럼 아편은 지기미가 이 세상에 존재할 수 있게 하는 힘이라 할 수 있지요. 몸이 아픈 사람도 아편을 먹으면 나을 수 있고, 마음이 아픈 사람도 아편을 먹으면 나을 수 있다고 지기미는 믿고 있습니다. 이처럼 아편을 먹는 것은 힘들고 고된 현실을 잊는 방법 가운데 하나이지요. 다리를 다쳐 누워 있는 사내, 배가 아파 엎드리고 있는 사내, 온몸이 쑤시고 아파 끙끙거리는 사내에게 아편을 건네는 지기미는 자신처럼 아편을 통해 그 아픔을 잊어버리기를 바라는 것입니다. 발광한 대학생에게 아편을 먹이는 지기미를 보면 아편의 의미는 더욱 명확해 보입니다. 그 대학생은 시바우라 조선인의 비참한 현실을 실지로 겪고는 미쳐버립니다. 미치지 않

고서는 견딜 수 없는 것이 식민지 치하의 조선인의 현실이라고 말하는 듯합니다. 그러나 그것을 낫게 하는 것, 아니 잊게 하는 것은 아편입니다. 그렇다고 아편이 모든 것을 해결해주지는 않습니다. 작가나 관찰자인 나도 그것을 잘 알고 있습니다. 그럼에도 불구하고 작가가 아편이라는 소설적 장치를 설정한 것은 아편을 먹지 않으면 견딜 수조차 없는 조선인의 비참한 현실을 더욱 강조하기 위해서라고 할 수 있습니다.

➤ 「지기미」는 1인칭 관찰자 시점을 취하고 있습니다. 주인공인 '지기미'를 관찰하는 화자는 넝마주이를 하는 화가 지망생입니다. 일반적인 1인칭 관찰자 시점의 특징과 효과에 더하여, 관찰자의 직업이나 현재 상태가 작품을 바라보는 데 어떤 시각을 보태줄 수 있는지 궁금합니다.

➤➤ 화자이자 관찰자인 나는 넝마주이로 생활하고 있는 사람이지만, 그것은 생활수단에 지나지 않고, 화가라는 큰 꿈을 품고 있는 사람입니다. 넝마주이이면서 화가라는 설정은 이 소설을 이끌어가는 하나의 장치입니다. 여러 곳을 돌아다니면서 넝마를 줍는 행위는, 사회 밑바닥에 있는 자들을 그리는 화가의 작업과 일치합니다. '나'는 넝마를 줍듯이 지기미를 마음속으로 줍고 있는 것이지요. 그리고 '나'는 화가가 대상을 그리듯이 지기미의 외면적 행위를 가감없이 그려나가는 것이지요. 화자의 직업과 이 소설의 시점은 이렇듯 가장 알맞은 방식으로 설정되어 있다고 할 것입니다.

이처럼 화자가 작중의 관찰자인 경우를 1인칭 관찰자 시점이라고 합니다. 1인칭 관찰자는 결코 주인공의 내면으로 들어가지 못합니다. 또한 자신이 직접 보거나 들은 것 이외에는 묘사할 수가 없습니다. 이처럼 1인칭 관찰자 시점을 설정함으로써 화자인 나는 지기미보다 우월한 위치에 있지 않고 동등한 눈높이에 있게 되고, 따라서 지기미에게 완전히 이끌려 들어가지 않으면서도 그를 가장 잘 이해할 수 있게 되는 것입니다.

▷ 이 쯤해서 작가 김사량에 대해서 알아보는 게 좋을 것 같습니다.

▷▷ 김사량은 1914년 3월 3일 평양에서 출생했습니다. 중학교 때 동맹 휴업을 주도했다가 퇴학당하는 등 어릴 때부터 그는 식민지 통치에 대해 상당한 반감을 가졌습니다. 도쿄 제국대학(요즘의 국립대학) 독문과에 다닐 때에는 빈민·노동자와 그들 가족의 생활향상을 위한 조합운동인 세틀먼트에 가담합니다. 이 과정에서 그는 재일 조선인들의 비참한 삶을 알게 되고 이를 문학을 통해 널리 세상에 알리는 것을 자기 문학의 목표로 삼습니다. 「빛속으로」에서는 이 세틀먼트가 잘 그려져 있는데, 이 소설은 1940년 일본에서 가장 권위있는 아쿠타가와상 후보에 오릅니다. 그는 일본어로 소설을 썼지만, 조선과 조선인에 대해 깊은 애정을 가졌으며, 일본사회에서 소외된 조선인 편에 늘 서있었습니다. 그러나 일본이 전쟁으로 광분하던 때라 이러한 그의 행동이 곱게 보일 리가 없었고, 그 때문에 두 번의 옥고를 치르기도 합니다. 그러나 그러한 그도 일본 해군 견학기인 「해군행」, 「바다의 노래」를 쓰는 등 일본의 정책에 협력하지 않을 수 없었습니다. 이렇게 점점 일본에 동화되어가는 자신을 견딜 수 없었기에 그는 중국으로 탈출해 항일의용대에 가담합니다. 이러한 행동은 남은 가족들에게 큰 피해를 입힐 수 있다는 점에서 쉽지 않은 선택이었을 터인데, 이러한 그의 고민과 항일운동은 「노마만리」라는 수기에서 읽을 수 있습니다. 해방 후에는 평양에서 북조선예술총동맹에 가입하여 희곡과 소설을 쓰다가 6·25가 터지자 인민군 종군작가로 전쟁에 참가합니다. 그는 낙동강 전선까지 내려왔다가 연합군의 인천상륙작전을 계기로 북쪽으로 퇴각하던 중 강원도 원주 부근에서 낙오되어 소식이 끊어졌다고 합니다. 아마 이때 사망한 것이 아닌가 추측할 뿐 정확한 사망일시나 장소는 알려지 않지 않습니다.

▷ 특이하게도 김사량은 「빛속에서」를 비롯해서 많은 작품을 일본어로 썼습

니다. 그가 일본어로 작품을 쓴 논리는 어떤 것이었는지 궁금합니다.

▶▶ 김사량이 쓴 한글 소설은 몇 편 되지 않습니다. 「낙조」같은 소설이 대표적이지만, 그것조차도 조선 작가들에게 평판이 좋지 못했습니다. 조선어에 대한 언어감각이 형편없다는 비판이 쏟아질 뿐이었지요. 김사량이 일본어로 소설을 쓴 첫 번째 이유는 바로 그가 문학언어로서의 조선어에 익숙지 않다는 사실 때문이었습니다. 문학 언어는 일상 언어와는 다르고 이것은 교육과 독서를 통해서만 익힐 수 있는 언어입니다. 모어가 조선어라고 해서 누구나 조선어로 소설을 쓸 수 있는 것은 아니지요. 김사량의 모어는 조선어였지만, 그가 익힌 문학어는 일본어였던 것입니다. 이러한 모어와 문학어의 분리 현상은 식민지 작가에서 일어나는 이중 언어 문제를 제기하는데, 여기서 자유로울 수 있는 식민지 작가는 아무도 없습니다. 여기에 대해서 자세히 이야기할 겨를이 없습니다만, 한가지 기억해두어야 할 것은 이 당시 대부분의 작가들이 습작이나 독서는 모두 일본어로 했으며 한국 근대문학의 기원은 번역과 모방에 있다는 사실입니다.

두 번째는 일본어를 통해 창작을 하면, 조선의 현실을 더욱 널리 알릴 수 있다고 김사량이 생각했기 때문입니다. 이는 일본이 동아시아를 장악하고 있던 현실에서 비롯되는데요, 그 당시 조선어를 사용하는 사람이 2천만 남짓이었던 데 비해 일본어를 사용하는 사람은 1억을 넘어서고 있었고, 더군다나 그 숫자는 확대일로에 있었습니다. 이러한 시대적 추세를 받아들이면서도 더 많은 독자들에게 조선의 현실을 알리겠다는 사명감이 그로 하여금 일본어 창작을 감행케 했던 것입니다. 그러나 그는 일본어로 조선을 묘사하기 위해 일본어를 비틀어서 사용합니다. 그는 일본어 비틀기를 통해서 식민지 본국이라는 중심을 해체하고자 했던 것입니다.

➢ 김사량은 「빛속으로」로 일본의 권위 있는 문학상인 아쿠타가와상 후보에 오르는 등 문단의 주목을 끌었다고 합니다. 이 작품의 어떤 점이 당시 사람들의 이목을 끌었을까요?

➢➢ 대부분의 문학상이 그렇듯이 좋은 작품에만 상을 주는 것은 아닙니다. 물론 작품의 질도 중요하지만, 정치적인 요인이 많이 작용하는 것이 문학상이라는 제도입니다. 아쿠타가와상도 마찬가지입니다. 당시 일본은 전쟁 중이었고, 그 전쟁에 조선인을 끌어들이기 위해 식민지 당국은 내선일체 정책을 펼칩니다. 일본 문단은 「빛속으로」라는 작품이 그 정책에 부합한다고 생각했기 때문에 이 작품을 주목했습니다. 또하나의 이유는 그 당시 일본 문단이 소재의 빈곤이라는 문제에 빠져 있었기 때문입니다. 기존의 문학적 경향을 서양적이라고 비판하면서도 새로운 문학상을 보여주지 못하고 있던 그들에게 식민지 작가의 소설은 신선하게 보였던 것입니다. 그러니까 일본 문학에서 부족한 부분을 김사량의 소설이 채워주었던 것입니다. 일본에서 발행되는 「일본문학 전집」 속에 지금도 김사량의 소설이 들어가 있는 것도 이 때문입니다. 이처럼 「빛속으로」가 아쿠타가와상 후보에 오른 것은 철저하게 일본인들의 자기중심적이고 식민주의적인 사고 때문이었습니다.

이러한 점은 지금도 마찬가지라고 할 수 있습니다. 서양이나 일본에서 한국 문화가 소개되는 것을 마냥 좋아할 수 없습니다. 한국 문화를 받아들이는 그들만의 맥락이 있을 것입니다. 그것은 호의적일 수도 있고 적대적일 수도 있습니다. 호의적이라고 하더라도 신기하고 예외적인 것으로 한국 문화를 받아들일 수도 있습니다. 이것을 잘 분석하고 여기에 개입하는 것이 문화교류에서 필수적인 일이겠지요. 문화의 식민주의는 생각보다도 더 깊고 더 넓게 작용하고 있다는 점을 명심해야 할 것입니다.

➤ 「빛속으로」는 식민지 시대 조선인에 대한 혹심한 차별이 구성의 전제를 이루고 있습니다. 이 작품에 나타난 인물들의 말과 행동에서 조선인의 존재는 어떤 방식으로 부정되고 폄하되고 있는지 짚어주십시오.

➤➤ 차별에 가장 큰 상처를 받으면서도 차별에 대해 가장 적극적인 이중적인 존재가 어린이입니다. 어른은 남들의 눈을 의식해서 감히 하지 못하는 차별적인 언사도 어린이는 서슴지 않고 저지릅니다. 요즘 집단 따돌림이 어린이 사이에서 문제가 되는 것도 이 때문이지요. 「빛속으로」에서도 마찬가지입니다. 조선인에 대한 차별이 가장 두드러지게 드러나는 것은 어린이들의 관계 속에서이지요. 일본 어린이들은 하루오를 조센진이라고 부르면서 그들의 놀이집단에 끼워주지 않습니다. 조센진이라는 명명 자체가 바로 이러한 차별을 드러낸다고 할 수 있는데, 그것은 인간이라는 보편적인 존재에 조센진은 끼지 못함을 말하는 것이고, 실질적인 차별행위는 나와 다른 것에 대한 그러한 경계설정에서 비롯된다고 할 수 있습니다. 그 과정에서 따돌림을 당한 어린이는 스스로에 대한 열등감을 이기지 못해 깊은 마음의 상처를 받게 됩니다. 그렇기 때문에 자기 속에 있는 조선적인 것을 끊임없이 부인함으로써 스스로의 정체성을 유지하려 합니다. 그것은 외면적으로는 자기를 낳은 조선인 어머니에 대한 격렬한 부정으로 드러납니다. 조선인 따위가 어머니일 리가 없는 거지요. 인간은 누구나 어머니를 사랑할 권리와 그러한 본능을 가지고 있기 때문에 이것을 부인하는 것은 인간의 삶을 포기하는 것이기도 합니다. 이처럼 조선인에 대한 차별은 일본인의 시선에서 비롯되는 것이지만, 조선인의 자기 부정을 통해서 실현되는 것이라고 할 수 있습니다. 이러한 차별 속에서 자라난 하루오가 나중에 어떤 인물이 될지는 한베에의 모습을 보면 잘 알 수 있습니다.

이러한 차별의 내면화를 식민지 시대의 일로 치부해서는 안됩니다. 「빛속으로」를 일본 식민지 통치에 저항한 이야기로 읽으면 이 소설의 현재성이 사라져 버릴 것입니다. 하루오를 오늘날의 혼혈 혹은 이민자로 바꾸어 읽어보기를 간곡히 부탁드립니다.

▷ 「빛속으로」의 화자인 '남'과 하루오, 한베에는 정도는 다르지만 비슷한 갈등을 겪고 있는 인물들로 보입니다. 모두 자기의 정체성에 대한 의문과 가책을 가진 것으로 말입니다. 화자인 '남'이 끝끝내 한베에에 대해서는 적대적이면서도 하루오에 대해서 애정을 가진 것은, 자기 자신이 조선인으로서의 정체성을 꼿꼿이 지키지 못한 가책으로 이해해도 될는지요?

▷▷ 남선생과 하루오, 한베에는 동일한 갈등을 겪고 있습니다. 자신의 정체성을 어떻게 유지할 것인지에 대한 고민이지요. 갈등은 조선적 정체성과 일본적 정체성 사이에서 일어나고 있습니다. 남선생은 '남'과 '미나미(南을 일본어로 읽으면 미나미가 됩니다)' 사이에서 고민하지만 처음부터 이것을 뚜렷하게 자각하는 것은 아닙니다. 아이들에게 괜한 오해를 줄까봐 미나미로 불리는 것도 용인하는 것이지요. 이것은 스스로 자각하지 못하는 사이에 일본적인 것으로 이끌려감을 의미합니다. 그러한 그가 오히려 하루오를 만나면서 자신의 정체성에 대해서 본격적으로 고민하기 시작하지요. 그런 점에서 하루오의 정체성을 찾는 과정은 남선생의 정체성 찾기와 일치하고 있습니다.

하루오와 한베에는 동일한 방식으로 정체성을 유지하고 있습니다. 그들은 혼혈이면서도 조선적인 것을 철저하게 억압하고 부정함으로써 정체성을 유지합니다. 한베에가 조선인 아내에게 폭력을 가하는 것은 자신 속에 있는 조선인의 피를 지우기 위해서입니다. 그러나 아내를 때린다고 해서 일본인이 될 리가 없기 때문에, 더욱더 큰 폭력을 점층적으로 행사하게 됩니다. 하루오도 마찬가지입니다. 그는 남선생을 조센진이라고 부르거나 어머니를 부정함으로써 스스로를 일본인으로 생각합니다. 이는 조선인을 차별함으로써 자신이 일본인이 될 수 있다는 무의식의 발로라고 할 수 있습니다. 그러나 한베에가 아내를 때리는 것으로 일본인이 될 수 없듯이, 하루오도 어머니를 부정한다고 해서 일본인이 될 수 없습니다. 그 방식은 정체성을 봉합하는 것에 불과하고 진정한 해결이 될 수 없습니다. 진정한 해결은 자신 속에 공존하고 있는 일본적인 것과 조선적인 것을 모두 긍정함으로써 가능합니다.

혼혈에 대한 차별 때문에 이미 돌이킬 수 없을 정도로 타락해 버린 인물이 한베에라고 한다면, 하루오는 여전히 구원의 가능성이 있습니다. 이것은 하루오가 아직 어리기 때문일 뿐만 아니라, 어머니의 애정이라는 또다른 매력이 그에게 존재하기 때문이지요. 어머니에 대한 인간적인 애정의 회복을 통해 남선생은 하루오의 정체성을 찾아주려 하는데, 그것은 곧 어머니(조선)로의 귀환을 의미하기도 합니다.

➤ 조선인 정순은 남편 한베에의 폭행 때문에 병원에 입원하는 처지가 됩니다. 그녀의 말에 따르면 하루오는 자기의 친자식도 아닙니다. 그럼에도 불구하고 정순은 하루오에 대한 깊은 애정을 가지고 있고 남편을 떠날 생각도 하지 못하고 있습니다.

➤➤ 정순은 아들에 대한 무한한 애정을 가진 보통의 어머니입니다. 그 애정은 아들의 장래를 위해 어머니의 지위를 포기할 결심을 할 정도로 대단합니다. 그러나 그녀는 한베에나 아들이 사회적인 차별을 받고 있는 것이 마치 자기의 잘못인 양 생각합니다. 정순은 조선인으로서의 긍지를 가지지 못할 뿐만 아니라, 오히려 일본인이 우월하다는 허위의식에 깊이 빠져 있습니다. 차별이 반복되다 보니까 자기 부정이 내면화된 거지요. 그 점에서는 한베에나 하루오와 다를 바가 없습니다. 그렇기 때문에 정순이 할 수 있는 최대치는 아들을 자신과 같은 조선인으로 만들지 않는 것입니다. 끊임없이 하루오를 일본인으로 상상하게 만드는 것이지요. 정순이 한베에를 떠나지 못하는 이유는 그 덕분에 유곽에서

풀려났다는 점도 있겠지만, 궁극적으로는 그녀가 이러한 허위의식에 빠져있기 때문입니다.

그러나 그녀의 허위의식은 아들에 대한 애정이나 자신의 인간다운 삶과는 서로 갈등하는 관계에 있습니다. 그러기에 하루오의 조선적 정체성을 회복하는 것은 정순을 자기부정에서 벗어나 인간답게 살 수 있도록 하는 해결책이 되기도 합니다.

➢ 이 작품의 제목은 '빛속으로'입니다. 그리고 이 말은 '남'이 하루오가 무용수가 된 장면을 상상하면서 등장합니다. 여기서 이 말을, 하루오와 정순의 화해, 하루오와 '남'의 화해를 상징하는 말로 해석하는 것이 적절할까요? 아니면 그저 무용수가 된 하루오가 선 무대를 비추는 빛이라는 의미로 이해해야 할까요?

➢➢ 이 소설이 발표된 시기가 내선일체 정책이 추진되던 시기라는 점을 명심해야 할 것입니다. 이 소설이 39년 10월에 발표되었고, 창씨개명은 다음해 2월부터 시작됩니다. 내선일체라는 것은 조선적인 것을 말살하고 조선인을 모두 일본인으로 만드는 조선적인 것의 부정을 의미했습니다. 그러한 역사를 배경으로 하여 이 소설은 쓰여졌고, 또 주목을 받았던 것입니다. 그러나 이 소설은 내선일체를 찬양하는 소설이 아닙니다. 조선인이 인간다운 생활을 하려면 조선적인 것을 긍정해야함을 김사량은 말하고 싶었던 것입니다. 내선일체를 말하면서도 그것을 역행하고 있었던 것이지요.

자기긍정을 통한 정체성 회복이 바로 '빛'이 의미하는 바입니다. 일본어의 두 가지 의미 때문에 이 소설 제목을 '빛속으로'라고 번역할 수도 있고 '빛속에서'라고 번역할 수도 있지만 전자가 더 적합한 것은 이 때문입니다. 빛이 비치는 무대에서 무용수가 된 하루오는 조선적 정체성을 회복한 하루오를 상징하고 있습니다만, 그것은 아직 현실이 아니기

에 지향성을 나타내는 '빛속으로'가 더욱 맞다고 할 수 있습니다. 작가
도 다음과 같이 말하고 있습니다. "나의 마음은 언제나 빛과 어둠 속을
헤엄치며 긍정과 부정 사이를 이으며, 언제나 어렴풋한 빛을 찾으려고
노력하고 있다. 빛 속으로 빨리 나가고 싶다"라고 말이지요.

  ➤ 현덕은 동화작가이자 소설가로 알려져 있습니다. 그의 삶을 좀더 소개해
주세요.

  ➤➤ 현덕은 1909년 서울에서 태어났습니다. 어릴 때 그는 아버지의
사업실패로 가산이 기울어지고 가족들이 뿔뿔이 흩어지는 경험을 하지
요. 그때부터 밑바닥 생활을 전전하게 되는데요, 그의 소설에서 무능한
아버지와 그를 대신해 생계를 담당하는 어머니가 자주 등장하는 것도
이러한 삶의 경험에서 나온 것이라 할 수 있습니다. 가난 때문에 그는
입학한 지 일년도 되지 않아 경성 제일고보(현재 경기고등학교)를 중퇴하
고 말지만, 이 무렵 그는 동화부문 신춘문예에서 입상합니다. 그러나 여
전히 그는 생계를 꾸리기 위해서 막노동을 하거나 일본으로 돈벌이를
하러 떠나는 등 최하층의 생활을 했고 이것이 그의 소설의 밑거름이 되
었습니다. 현덕이 문단에 본격적으로 등장한 것은 38년 신춘 문예에서
「남생이」가 당선되면서부터였습니다. 이 때부터 해방되던 45년까지 9편
의 소설을 남기는데, 「남생이」처럼 대부분 어린이를 화자로 해서 당시
사회의 빈곤 문제를 다루는 소설이었습니다. 그러나 그의 장기는 소설
보다는 동화에서 더욱 잘 발휘되었다고 할 수 있습니다. 그의 동화는
50편이 넘고 지금도 여전히 읽히고 있지요. 해방이 된 후에는 조선문학
가동맹 아동문학부에서 일을 하다 월북했는데요, 북한에서는 대남 선전
소설을 발표하기도 했습니다. 그러나 62년 이후에 권력 투쟁에서 밀려
나 숙청을 당했다고 전해지고 있으며 그 이후의 소식에 대해서는 누구
도 전하는 바가 없습니다.

➢ 「남생이」에 나오는 노마는 곰보에게 열등감을 느낍니다. 그리고 열등감의 핵심이던, 양버들나무에 올라갈 수 있었던 날 그의 아버지가 죽습니다. 그 나무에 오른다는 것이 아버지의 죽음과 맞물려 가지는 의미가 궁금합니다.

➢➢ '나무 오르기'는 '남생이'와 함께 이 소설에서 중요한 상징 가운데 하나입니다. 주인공인 노마가 어른의 세계로 갈 수 있는 통과의례이기도 하고, 쓰러진 집안을 다시 일으켜 세울 수 있다는 자신감의 상징이기도 합니다. 집안을 일으켜 세우는 것은 아버지가 해야할 몫을 노마가 대신하는 것이지요. 그렇기 때문에 아버지의 죽음과 노마의 자립은 동시에 진행될 수밖에 없습니다. 새로운 세대는 바로 앞세대의 몰락과 함께 등장하는 것이기 때문이지요. 현덕은 그의 소설에서 다른 사람들과는 구별되는 희망을 제시하고 있는데, 그것이 바로 이 소설에 등장하는 어린이에 대한 희망이지요. 순수한 어린이가 어른이 되면 세상의 모순이 사라질 수 있다는 희망을 '나무 오르기'를 통해 보여주고 있습니다.

➢ 무능력한 남편 때문에 아내가 매음을 하는 이야기는 김동인의 「감자」, 김유정의 「소낙비」 같은 작품에도 나타납니다. 「남생이」가 「감자」나 「소낙비」 같은 작품과 구분될 수 있는 점이 있다면 어떤 것을 들 수 있을까요?

➢➢ 현덕은 김유정과 사적으로 아주 가까운 사이였다고 합니다. 김유정의 작품에 들병이가 자주 등장한다는 것은 잘 알려진 사실입니다만, 현덕은 이러한 모티프 사용을 김유정에게서 배웠다고도 할 수 있겠지요. 이처럼 현덕과 김유정은 똑같이 들병이를 다루지만, 그 태도는 상반됩니다.

『매춘의 역사』라는 책에 따르면 서양에서 '매춘부'라는 단어가 '일하는 여자'라는 말에 어원을 두고 있다고 하는데, 이는 많은 것을 이야기해주고 있습니다. 여자가 돈을 벌 수 있는 방법이 매춘밖에 없었던 것이 전근대적인 사회의 특징이라고 할 수 있겠지요. 이처럼 김동인의 「감자」나 김유정의 「소낙비」에서도 하층 계급 여인의 타락이 빈곤이라는 사회적인 요인 때문이라는 점은 드러나고 있습니다. 그렇지만 그 외에도 이 두 소설에서는 여성의 전락이 타락하기 쉬운 여성의 본성 때문이라고도 말하고 있습니다. 그러나 「남생이」는 후자를 받아들이지 않습니다.

무엇보다도 「남생이」가 「감자」, 「소낙비」와 구분되는 것은 사회의 부조리를 숙명으로 받아들이지 않는다는 것입니다. 「감자」와 「소낙비」는 사회적 모순으로부터 탈출할 희망을 전혀 보여주지 않을 뿐만 아니라, 남편이 아내의 매음을 부추기기조차 하지요. 그러나 「남생이」는 등장인물들이 끊임없이 희망을 찾으려고 노력하고 있습니다. 아버지는 성냥곽을 붙이면서 생계를 꾸려나가려 하거나, 남생이를 기르면서 병을 이기고 일하러 나갈 날을 꿈꾸지요. 또한 노마는 어른이 되어서 아버지를 혼자서도 모실 수 있도록 하겠다는 희망을 '나무 오르기'로 표현합니다. 이처럼 어려운 현실 속에서도 희망을 가진다는 점에서, 그리고 그 희망을 어린이에게서 발견한다는 점에서 「남생이」는 다른 소설과 구별됩니다.

➤ 이 작품은 전지적 작가 시점으로 전개되지만, 부분적으로는 '노마'의 시선으로 이야기를 펼쳐가기도 합니다. 작가는 왜 이런 식의 전개를 택했을까요? 어린 아이의 눈으로 바라보는 어른들의 이야기가 어떤 장점이 있는지 궁금합니다.

➤➤ 전지적 작가 시점으로 된 소설이라도 화자는 등장 인물 가운데 특정한 인물의 시선에 밀착해서 사건을 그릴 수밖에 없습니다. 「남생이」는 그 가운데 어린이인 노마의 시점에서 세상을 바라보지요. 어린이는 어른 세계의 논리를 잘 알지 못합니다. 이것이 어린이 시점의 장점이면서 동시에 단점입니다.

어린이 시점의 장점은 우선 이를 통해서 어른 세계에서 일어나는 비극이 극대화된다는 점입니다. 들병이로 나선 어머니가 인부들과 희롱하는 장면을 보면서 노마는 어머니가 뭇사람들에게 귀여움을 받고 있는 소중한 존재하고 생각하고 자기가 그 훌륭한 어머니의 아들임을 자랑하기 위해 큰 소리로 어머니를 부릅니다. 어린이의 눈은 이처럼 부끄러운 장면을 자랑스러운 장면으로 바꿔 인식함으로써, 진실을 알고 있는 독자로 하여금 더욱더 비극적인 느낌을 가지게 합니다. 또한 어린이의 시점은 어른들의 세계가 얼마나 훼손된 가치의 세계인지를 비판하는 역할을 하기도 합니다. 아버지 죽음앞에서 곡소리를 내는 어머니를 보며 노마는 참 서러움에서 나오는 울음이 그처럼 청승맞을 수 없다고 생각합니다. 어른의 입장에서 보면 장례식에서는 형식에 맞게 울음을 울어야 하는 것이 당연하지만, 어린이는 그렇게 생각하지 않습니다. 벌거벗은 임금님은 벌거벗은 임금님이니까요. 이처럼 어린이 시점은 비극을 증폭시키고 어른의 세계를 비판하는 데에는 유효하다고 할 수 있습니다.

그러나 어린이 시점이 가진 약점은 이를 통해서는 사회적 모순에 대한 분석을 제대로 할 수 없다는 데 있습니다. 식민지 체제의 모순이나 계급의 모순 같은 것은 어린이의 눈으로는 포착하기 어려운 것이기 때문입니다. 그 때문에 현덕은 어린이의 순수함으로 이 세상을 이겨나갈 수 있다고 쉽게 희망을 세울 수 있었지만, 냉정하게 생각하면 이 희망이 실현될지는 미지수라고 할 수 있습니다.

▶ 최정희의 「지맥」은 「천맥」, 「인맥」 등과 더불어 혼자된 여성의 문제를 다루고 있습니다. 그리고 그것은 소설가 자신의 경험에서 비롯된 것이라고 알고 있습니다. 작가가 자신이 경험한 사실을 바탕으로 쓴 작품을 자전적 소설이라고 본다면, 그런 작품을 읽을 때 특별히 유의해야 할 점은 무엇입니까?

▶▶ 작가 자신을 모델로 삼아 주인공을 만들어내는 소설을 자전소설

이라고 한다면 최정희의 「맥」 연작소설은 자전소설이라고 말할 수 있습니다. 주인공 은영의 삶의 경험이나 행적은 최정희의 삶의 궤적과 상당히 일치하기 때문이지요. 그러나 이런 이유 때문에 「지맥」을 작가 자신의 삶을 그린 소설이라고 해석해버린다면 얻는 것보다 잃는 것이 더 많다는 것도 알아야 합니다. 자전소설을 읽을 때 작가의 삶은 소설을 이해하는 데 참고가 될 뿐입니다. 작가의 삶에 대한 지식이 소설 해석을 고정시킨다면 그것은 가장 나쁜 소설읽기가 되겠지요.

아무리 자기 삶을 모델로 해서 소설을 썼다고 해도 소설가는 여러 가지 소설적 장치를 통해서 자신의 이야기가 보편성을 가질 수 있도록 변형을 합니다. 이 과정에서 작가의 실제 삶은, 그의 관념과 이상에 의해 형태가 바뀌어서 작품에 등장하게 되는 거지요. 따라서 우리는 아무리 자전소설이라고 하더라도 작가의 삶이라는 특수한 이야기가 아니라, 언제 어디서건 일어날 수 있는 보편적 인간 문제로 소설을 읽어야 할 것입니다. 그것이 한 작품을 더욱 풍성하게 해석하고 이용하는 방법이라고 할 수 있습니다.

▷ 「지맥」의 은영은 끝내 상훈의 사랑을 거부하고 행방을 감춥니다. 자신의 행복보다는 자식들에 대한 애정이 크게 작용한 결과라고 봐도 괜찮을는지요? 아니면 당대의 도덕적·윤리적 관념을 떨치지 못한 결과로 보아야 할는지요. 그리고 이러한 은영의 선택이 오늘날의 페미니즘 문학의 주인공들의 행동과는 어떻게 다른지요.

▷▷ 사생아의 어머니로서의 삶과 재혼한 여성으로서의 삶 가운데 주인공인 은영은 전자를 택합니다. 이러한 은영의 선택에 대해서는 여러 가지 해석이 가능합니다.

이러한 선택은 자신의 애욕보다 모성을 더욱 강조한 것으로 읽을 수 있습니다. 그러나 은영이 선택한 모성은 '홍가를 이가로 하라'는 말이 분하고 어이가 없'다는 말에서 알 수 있듯이 전남편에 대한 절개를 지켜야 한다는 봉건적인 윤리와 연결되기도 합니다. 따라서 이것은 곧바로 애욕에 대한 억압으로 드러납니다. 사실 모성과 애욕은 상치되는 것은 아닙니다. 그렇지만 이 소설에서는 이 둘 가운데 하나를 선택하게 하고 여성의 욕망을 요양원이라는 종교적 시선 속에 가둠으로써 내적 갈등을 해결하려고 하지요. 이것은 육체를 도외시하고 정신을 강조했던 이 시기 페미니즘의 관념성을 그대로 보여주는 것이기도 합니다.

그러나 다른 선택지인 은영의 재혼은 여성의 삶의 고난과 미혼모의 사회적 갈등을 또다른 남자에게 의지함으로써 해결하려는 것을 의미합니다. 그렇기 때문에 이러한 해결은 해결이라기보다는 또다른 갈등을 만드는 것이라고 할 수 있겠지요. 은영은 이러한 길을 선택하지 않습니다. 남성에 의한 갈등의 대체가 아니라, 여성의 자립을 강조한다는 점에서 이 소설은 진보적인 의미를 갖는다고도 해석할 수 있습니다. 다만 이렇게 해석할 때에도 사생아의 어머니로서 겪을 사회적 편견에 정면으로 맞서기보다는 그것을 회피하고 관념속에서만 운명과 맞서고 있다는 비판은 벗어나기 어려울 것으로 보입니다. 여성에 대한 억압을 철폐하고 여성의 권리를 확보하고자 한다는 점에서는 지금의 페미니즘과 맥을 같이 하고 있지만, 여성의 성을 철저히 억압함으로써 그것의 해결을 도모한다는 점에서는 차이가 있다고 할 수 있습니다.

▷ 은영은 남편과 결혼한 사실을 숨기면 취직을 할 수 있는 지식인입니다. 그런 사람이 온갖 가난과 고통을 겪어가면서 그런 사실을 숨기지 않은 것은 이미 남의 아내였고 현재 어머니가 되어 있는 자신을 속일 수 없다는 생각에서 비롯됩니다. 그리고 그런 생각은 상훈과의 관계에서도 유지됩니다. 은영의 이러한 생각이 소설 속에서 어떤 의미를 띠게 되나요.

▷▷ 당시의 여성 지식인은 구조적으로 불행한 삶을 살 수밖에 없었

습니다. 학교 교육을 받고자 한다면 결혼을 하기가 힘들고, 결혼을 하면 학교 교육을 받을 수 없는 상황에서, 이들은 결혼보다 교육을 선택했고, 그 때문에 혼기를 놓쳐버리기 일쑤였습니다. 당시는 조혼이 일반적이었기 때문인데, 사랑하는 남자가 생겨도 그에게 이미 조혼한 아내가 있는 일은 흔한 일이었습니다. 은영도 홍민규와 사랑하는 사이가 되고 결혼생활을 하여 아이까지 낳지만, 홍민규에게는 법적인 아내가 있기 때문에 은영은 법적으로는 홍민규의 아내가 아니며 그 사이에서 낳은 아이들은 사생아인 것입니다. 그처럼 은영은 법으로도 관습으로도 보호받지 못하는 미혼모가 되었지만, 거꾸로 법률적으로는 여전히 미혼이기 때문에 호적등본을 사용하면 취직을 할 수 있는 처지입니다.

아이가 있다는 사실을 숨기고 사실혼을 했다는 사실을 숨기면 충분히 그럴 수 있지만, 은영은 생활난에 시달리면서도 결코 세상을 속이려 하지 않습니다. 처녀 행세를 하면서 생활고를 타개하는 것은 은영 개인의 문제를 해결해줄 수는 있겠지만, 사회적으로 통용되고 있는 미혼모에 대한 차별 문제에 대한 해결책은 될 수 없기 때문입니다. 그리하여 그녀는 미혼모의 삶을 살면서 사회적 편견과 맞서 싸우는 길을 선택하고 상훈의 청혼도 같은 이유로 거절합니다. 지식인이란 자신만의 문제를 해결하는 데 급급해하는 것이 아니라 사회구조적인 문제에까지 눈을 돌리는 존재이기 때문입니다.

➤ 허준의 「잔등」에는 해방 직후 중국 장춘에서 회령을 거쳐 청진에 이르는 여정이 그려져 있습니다. 화자가 처해 있는 상황을 구체적으로 알려주세요.

➤➤ 현재 중국의 동북부 지방, 그러니까 만리장성 바깥 지역은 여진족(만주족)이 세운 청나라의 발상지로서 만주라고 불리던 곳입니다. 일본은 이러한 역사적 특수성을 구실로 해서 1932년 이 지역에 만주국이라는 괴뢰국을 세워 중국 본토와 분리해냅니다. 아마 여러분도 「마지막

황제」라는 영화에서 청조의 마지막 황제 푸이가 만주국 황제로 즉위하는 것을 보았을 것입니다. 이러한 만주국은 제2차 세계대전에서 일본과 함께 연합군과 전쟁을 했고, 세계대전에서 승리한 연합군 가운데 하나인 소련군이 만주국의 붕괴와 함께 만주를 일시 점령하게 되지요. 만주뿐만 아니라 소련군은 한반도의 38선 이북 지역도 점령하게 되어, 일본·필리핀 및 한반도 이남 지역을 군사점령한 미국과 맞서게 되고 그것이 한반도의 분단을 가져왔다는 것도 잘 알려진 사실입니다.

이처럼 제2차 대전의 종말은 동아시아에서 일본의 영향력을 배제하고 소련과 미국을 중심으로 지역 체제를 새롭게 재편함을 의미하는 것이었습니다. 이러한 체제 개편은 그 지역에 사는 주민들의 의사와는 관계없이 진행되었기 때문에 아주 폭력적으로 이루어졌습니다. 일찍부터 일본을 자신의 대리로 내세우려 했던 미국의 의도로 인해 남한에서는 친일파나 일본인에 대한 배제가 이루어지지 않은 것에 비해 공산주의자에 대한 배제는 아주 철저하게 이루어졌습니다. 친일파 청산이 흐지부지 되는 반면에 대구의 10월 항쟁이나 여순 반란사건, 제주도 4·3항쟁이 피로 물들었던 것이 이를 잘 말해주고 있습니다.

허준이 다루고 있는 이북 지역이나 만주 지역에서는 이와 반대로 지주·자본가 계급은 물론 일본인과 친일파에 대해서도 철저한 탄압이 이루어졌습니다. 북한에서의 살육은 종종 민족과 혁명이라는 이름으로 정당화되기도 합니다만, 그것만으로는 가릴 수 없는 광기를 띠고 있었음은 꼭 지적할 필요가 있습니다. 해방의 기쁨으로 들떠있는 상황에서는 그러한 광기를 발견하기는 힘들었을 것입니다. 그러나 허준은 제삼자의 위치에 서있었기 때문에 소련을 중심으로 새롭게 질서가 재편되고 있는 만주와 이북 지역의 혼란상을 정확하게 그릴 수 있었던 것입니다.

➢ 화자는 청진의 곳곳을 다니면서 해방 후 우리 사회의 모습을 차근차근 보여주고 있습니다. 특히 뱀장어를 잡는 소년과, 국밥을 파는 할머니를 통해

일제의 압제에서 벗어난 사람들의 시각을 드러내고 있습니다. 소년을 통해서, 그리고 할머니를 통해서 작가가 표현하고자 했던 사회상이 어떤 것인지 정리해주시면 좋겠습니다.

▶▶ 인간은 누구나 자기 고향으로 돌아가려는 귀소본능을 가지고 있습니다. 뱀장어가 상징하는 것은 바로 이러한 본능이지요. 이러한 본능은 침략자이건 피해자이건 인정받아야 한다고 화자는 주장합니다. 그러나 주인공이 바라본 해방 후의 현실은 기존의 지배자들이 사라진 공간 속에서 펼쳐지는 원한과 복수의 드라마라고 할 수 있습니다. 오히려 감격과 환희라는 축제적인 분위기는 이러한 잔혹한 폭력을 통해서 더욱 고취됩니다. 소년은 이러한 현실을 가장 잘 드러내는 존재로서, 제국주의 일본의 폭력을 똑같은 폭력으로 되돌려주는 존재입니다. 뱀장어를 잡는 그의 행동은 일본인을 잡기 위한 술책도 포함하고 있습니다. 식민지 침략에 대해서는 정당하게 그 죄 값을 물어야겠지만, 그들과 똑같은 폭력과 권력을 행사하는 것은 자리 바꾸기에 지나지 않겠지요.

맹목적인 적개심을 보여주는 소년과 대비되는 것은 자신의 유일한 희망이었던 아들을 잃었음에도 불구하고 일본인들에게 따뜻한 연민을 보여주는 노파의 모습입니다. 폭력에 대해 폭력으로써 되갚기보다 연민과 동정을 통해 원한을 극복하는 것이야말로 "인간 희망의 넓고 아름다운 시야를 거쳐서만 거둬들일 수 있는 하염없는 너그러운 슬픔"이라고 주인공은 말하고 있습니다. 노예는 주인과 맞서 싸워 이김으로써 스스로 주인이 되지만 주인과 노예라는 권력 관계는 조금도 변하지 않고 남아 있습니다. 허준은 원한을 극복함으로써 이러한 권력 관계 자체를 없애고 모두가 주인이 되는 세상을 노파에게서 발견하고 있는 것입니다.

▶ 이 작품은 해방 직후에 나온 작품입니다. 그럼에도 작품 전반에 걸쳐서 해방의 기쁨보다는 어딘지 모를 아픔과 고통이 더 많이 느껴집니다. 그것은 남

아 있는 일본인의 모습도 마찬가지로 보입니다. 아무리 현실이 고통스럽더라도, 해방을 맞이한 활기나 새 세상에 대한 기대를 거의 표현하지 않은 이유는 무엇일까요? 작가는 왜 그렇게 작품을 썼을까요?

▷▷ 이 소설에서 화자는 스스로를 제삼자라고 표현하고 있습니다. 가해자도 그렇다고 피해자도 아닌 자신의 처지를 그렇게 표현하고 있는데, 그것은 그의 만주 체험에서 오는 것이 아닌가 생각됩니다. 만주에서 조선인은 가해자이면서도 피해자였습니다. 일본인에게서는 억압을 받으면서도 중국인에게는 억압자가 되었던 거지요. 이러한 조선인의 이중적인 위치가 그로 하여금 다소 냉소적인 시각을 갖게 한 것입니다.

이러한 시점에서 보면 해방은 곧 새로운 종속을 의미하는 것이고, 식민지적 폭력의 끝은 또다른 폭력의 시작을 의미하는 것이겠지요. 이러한 폭력의 연쇄고리를 끊는 방법은 없을까 하고 화자는 문제를 제기하고 있습니다. 그래야만 해방도 해방으로서 의미를 가진다고 화자는 말하고 있습니다. 이 관점에서 본다면 해방 후 우리나라의 현실은 실망스럽게 그지없었던 것이고, 그 때문에 다시 화자는 절망하지 않을 수 없었던 것입니다.

▷ 이 작품의 제목이기도 한 '잔등'이라는 말은 "황량한 폐허 위 오직 제 힘뿐을 빌려 퍼덕이는 한 점 그 먼 불그늘"이라고 소설 말미에 표현되어 있습니다. 이 작품의 주제와 연관지어서 '잔등'이 가진 상징성을 어떻게 읽어야 할는지요?

▷▷ 중국의 대문호 루쉰의 소설 가운데 「작은 사건」이라는 세 페이지 가량의 짧은 소설이 있습니다. 신해 혁명 후 혁명 정부에 참여하고 있던 루쉰이 실제로 겪은 일을 소재로 쓴 소설입니다. 어느날 루쉰은 인력거를 타고 바쁘게 길을 가고 있었는데, 그 인력거에 어떤 노파가

스쳐 쓰러집니다. 루쉰은 그 노파가 엄살을 부리는 거라고 하며 인력거 꾼에게 그냥 가지고 하지만, 그는 그 사고 때문에 다시는 인력거를 잡을 수 없다는 사실을 알면서도 노파를 부축해 파출소로 걸어갑니다. 그 뒷모습을 보며 루쉰은 이렇게 말합니다. "그것은 내게 점차로 일종의 위압에 가까운 것으로 변하여, 심지어는 내 가죽털옷 속에 숨겨진 소아를 밀어내려는 것 같았다. (……) 이 작은 사건만은 항시 내 눈앞에 아른거리며, 어떤 때는 도리어 더욱 분명해져 나를 부끄럽게 하고, 나를 새롭게 분발시키고, 또한 나에게 용기와 희망을 북돋아 주는 것이다." 또 루쉰은 인력거꾼의 이 작은 행위가 혁명보다 성인의 경전보다 더욱 중요하다고 말하고 있습니다. 진정한 혁명이라는 것은, 진정한 해방이라는 것은 이런 것이 아닐까요. 이전의 권력을 대체하여 더 나은 우리 혹은 나의 권력을 세우려는 소아적 발상이 아니라, 「잔등」의 노파처럼 "그 비길 데 없이 따뜻한 큰 그림자"로 모든 것을 품어주는 것이 아닐까요. 잔등이란 혹 불면 꺼져버릴 정도로 미미하고 작은 존재이지만, "황량한 폐허 위에서도" 모든 것을 그 속에 포용할 수 있는 넉넉함을 가진 "제 힘뿐을 빌어 퍼덕이는 한 점 그 먼 불그늘"을 의미하고, 그것만이 세상을 구원할 수 있다고 작가는 말하고 있는 것입니다.

저자소개

尹大石
(yds70@dreamwiz.com)

　1970년 대구에서 태어나 고등학교까지 마쳤다. 법학대학을 다녔지만, 처음부터 흥미가 없었던 법학 공부인지라, 대학 시절 내내 문학 공부만 했다. 자연스레 대학원에서는 국문학을 전공하게 되었고, 2006년 「1940년대 '국민문학' 연구」로 박사학위를 받았다. 인종 혹은 민족이 문학이나 인간의 의식ㆍ무의식 속에서 어떻게 작동하는가에 흥미가 있었기에 연구테마를 동북아시아의 식민지 담론으로 잡았다. 이 테마를 연구하기 위해 한번은 학생으로, 한번은 연구원으로 도쿄 외국어 대학에 머물렀다. 주요 논문으로는 「식민지인의 두 가지 모방양식」, 「1940년대 '만주'와 한국문학자」 등이 있으며, 번역서로는 『국민이라는 괴물』, 『임사체험』, 『청중의 탄생』(2006년 출간예정), 『만주국의 초상』(2006년 출간예정)을 발간했거나 발간할 예정이다. 아주대ㆍ서울대ㆍ홍익대ㆍ한양대ㆍ광운대ㆍ경기대에서 강의를 했거나 하고 있으며, 현재는 성균관대학교 대동문화연구원 연구교수로 재직하고 있다.

식민지 국민문학론

발 행 · 2006년 3월 2일

저 자 · 윤대석
펴낸이 · 이대현
편 집 · 박소정
펴낸곳 · 도서출판 **역락**

　　　서울 성동구 성수2가 3동 301-80
　　　(주)지시코 별관 3층

　　　전화 3409-2058, 3409-2060
　　　FAX 3409-2059
　　　이메일 youkrack@hanmail.net
　　　등록 1999년 4월 19일 제303-2002-000014호

ISBN　89-5556-470-8-93810
정 가　15,000원

・잘못된 책은 교환해 드립니다.